U0939642

谁主沉浮

陈启文 著

CNS PUBLISHING & MEDIA 中南出版传媒
湖南文艺出版社·长沙
HUNAN LITERATURE AND ART PUBLISHING HOUSE

图书在版编目（CIP）数据

谁主沉浮 / 陈启文著. -- 长沙：湖南文艺出版社，2025.4. -- ISBN 978-7-5726-2359-2

Ⅰ. I25

中国国家版本馆CIP数据核字第2025GU6369号

谁主沉浮

SHUI ZHU CHENFU

作　　者： 陈启文
出 版 人： 陈新文
责任编辑： 袁甲平　杨晓澜
营销编辑： 谭　婷
责任校对： 黄　晓
封面设计： 文　俊 | 1204设计工作室（北京）
内文排版： 刘晓霞
出版发行： 湖南文艺出版社
（长沙市雨花区东二环一段508号　邮编：410014）
印　　刷： 长沙超峰印刷有限公司
开　　本： 710 mm × 1000 mm　1 / 16
印　　张： 27.5
字　　数： 316千字
版　　次： 2025年4月第1版
印　　次： 2025年4月第1次印刷
书　　号： ISBN 978-7-5726-2359-2
定　　价： 68.00元
（如有印装质量问题，请直接与本社出版科联系调换）

目录

引　子

一

很多乍看一目了然的历史事实，却如斯蒂芬·茨威格所谓："有时具有谜一样的无穷无尽的魅力。"当我开始追溯新民学会的来龙去脉，就从"一目了然"一下变得茫然了。那"谜一样的无穷无尽的魅力"，或许是因为一切都从茫然开始。谜本身就是让人心中起疑又十分难解、无法确定的事物，而那个谜底，就是毛泽东从少年到青年时代一直在执着追求的大本大源。

何谓大本大源？《大学》释义："物有本末，事有终始。知所先后，则近道矣。"

毛泽东第一次突出地提到大本大源，是在 1917 年 8 月 23 日致黎锦熙的信中。

那年暑假，毛泽东偕挚友萧子升外出游学。这两位"身无分文，心忧天下"的书生，肩头上各自斜挎着一把油纸雨伞，背着一个粗布包袱，里边装着几件简单的换洗衣服和笔墨纸砚，皆是"剃发光头，身穿短褂，脚蹬草鞋"，一副苦行僧的行头。他们从长沙城出发，一路跋山涉水辗转西行，从湘江一直走到沅江，白得耀眼的烈日一直炙烤着湖湘大地，暑气蒸腾。这是屈原曾经走过的一条路，"路漫漫其修远兮，吾将上下而求索"，这种上下求索的精神成为湖湘文化的精神源头之一。

对于毛泽东，这是一次寻求大本大源之旅。他和萧子升历时一个多月，徒步考察了长沙、宁乡、安化、益阳、沅江五县，直到八月下旬他们才漫游归来。回到住处，毛泽东带着一路的征尘、体验和感悟，给黎锦熙写了一封长信。若要追踪毛泽东青少年时代的思想轨迹，这封信就是他为当时的自己勾画出来的一张精神图谱。他在信中把真理和立志结合在一起："十年未得真理，即十年无志；终身未得，即终身无志。"这一年毛泽东二十四岁，他已大致认定了一个方向："向大本大源处探讨。探讨既得，自然足以解释一切。"在他看来，大本大源乃宇宙之真理。然而此时，真理对于他还是一片朦胧的风景，他在信中茫然地叩问："真理从何而来？"

黎锦熙，字劭西，湘潭人。他比毛泽东年长三岁，生于官宦书香之家，少而聪颖，又得家学熏陶和塾师教诲，熟读四书五经、《昭明文选》、唐宋诸大家诗文，十五岁中秀才，乃是一位誉满桑梓的少年才俊。清廷废科举、兴学堂后，他又以秀才资格考入湖南优级师范学堂史地部，二十二岁毕业，从此开始他近七十年的教育和研究事业。毛泽东在湖南四师和湖南一师就读期间，这位一身清瘦、风神飘逸、戴着一副黑边圆眼镜的年轻先生，一直担任他的历史老师。黎锦熙虽是历史老师，其实在语言文学上的造诣更深于历史。他从 1912 年开始编辑小学国文教科书，第一个大胆将当时不登大雅之堂的神魔小说《西游记》收入课文。他还力推教育改革，鼓励学生学作语体文（白话文）。这在当时，乃是离经叛道之举，一时间引得保守人士"大为惊骇"，却赢得了毛泽东等学子打心眼的敬佩和追随。

毛泽东与黎锦熙年龄相若，他们名为师生，实是亦师亦友。由于两人是湘潭老乡，毛泽东常以“乡弟”自称。在此信中，毛泽东表达了对黎锦熙非同一般的情谊：“四无亲人，莫可与语。弟自得阁下，如婴儿之得慈母。”他经常到黎锦熙的住处请教，并频频致信求教，称黎锦熙是“可与商量学问，言天下国家之大计”的良师挚友。黎锦熙则谓：“得润之书，大有见地，非庸碌者。”据其日后追忆，在当时的学生中，毛泽东“显得沉静儒雅，并无过激言行，上课听讲时从不浮躁，只是一双眼睛灼灼有光”，课间休息时，他“从不和人打闹，对一切事物总是静思、观察”。

黎锦熙在教学之余，还与杨昌济、徐特立、方维夏等进步教师组织了“宏文图书编译社”，他担任主任。该社以编辑中小学各科教材为主，这些教材是湖南最早的新式课本，为改革陈腐僵化的教育体制、培育新型人才添砖加瓦。黎锦熙在该社还办了《公言》杂志，“发表正义舆论，抨击教育弊政，极力鼓吹新学”。该刊对时政特别关注，自 1914 年第一次世界大战爆发后，以三分之一的版面对这场旷日持久的战争进行追踪报道。这让毛泽东等青年学子看到了帝国主义列强之间为重新瓜分世界和争夺全球霸权所产生的不可调和的矛盾，也看到了这次惨烈的世界大战给人类带来的空前浩劫、给参战各国人民带来的巨大灾难。据黎锦熙回忆，他在编教材和办报刊时，有三个学生帮他抄过文稿。他以风趣的口吻感叹：“这三个学生一个是不问文稿的内容，照抄不误；一个是凡见到文稿中有问题，总要提出来，并代为润色；一个是看到他不同意的文稿，干脆不抄。后来，第一位默默无闻了；第二位成了著名的作家，那就是田汉；第三位成了伟人，即毛泽东。”

同出身于书香仕宦之家的黎锦熙相比，毛泽东的求学之路则要坎坷和艰辛得多。毛家祖祖辈辈都是韶山冲的农民，一代代人起早贪黑勤耕苦作，除了耕种农田，还喂猪放牛，上山砍柴，下河捕鱼，但哪怕累得弯腰驼背，也一直是贫穷的农户。毛泽东的父亲毛贻昌（顺生）于清同治九年（1870）在韶山冲降生，十七岁当家，上辈留给他的仅有六七亩薄田。他上过两年私塾，能左右开弓噼噼啪啪地打算盘，撂下算盘又开始打草鞋。毛泽东从小就听父亲教训：“吃不穷，用不穷，不会算计一生穷。”而毛家能够在毛贻昌手上发家，也多亏了他会划算。1936 年，毛泽东在陕北的窑洞里对斯诺说：“我父亲是一个贫农，年轻的时候，因为负债过多而被迫当兵。他当了很多年的兵。后来，他回到我出生的村子，通过做小买卖和别的营生，用心节约，积下一点钱，买回了他自己的田地。这时我家成了中农，拥有十五亩田地。这些田地每年可以收六十担谷。一家五口，每年食用三十五担——即每人七担左右——有二十五担剩余。利用这个剩余，我父亲又积蓄了一点钱，过了一段时间又买了七亩地，这就使我家具有富农的地位了。我们当时每年可以收八十四担谷。”

毛泽东的母亲原名文素勤，因在同族姊妹中排行第七，人称文七妹，1867 年 2 月 12 日出生在距韶山冲二十余里的湘乡县四都唐家坨（后改为棠佳阁）的一个小康农民家庭。据棠佳阁文氏族谱记载，文七妹这一辈为文天祥的第二十二代后裔。她十八岁时嫁给毛贻昌，共生五男二女，四个不幸夭折，只剩下毛泽东、毛泽民、毛泽覃三兄弟。若要追寻毛泽东最初的思想轨迹，还得从他从小所受的教育开始。毛泽东原本排行第三，但因长兄、次兄均在襁褓中夭折，他实际上成了家里的长子。他八岁入塾，在韶山一带的私塾里辗转求学，用他的话说是“读了六年孔夫子”。他后来回忆说：“我熟读经书，可是不喜欢它们，我爱看的是中国旧小说，特别是关于造反的故事。”如《水浒传》等旧小说中所描述的奸臣当道、官逼民反的社会乱象，驱使他从小就开始思索，这乱糟糟的世道如何才能从根本上改变？少年毛泽东一心想在书本里寻求答案。然而，十六岁时，他便在父亲的授意下中断了学业。毛贻昌送儿子上学的目的是只要学会识文断字、能记账、会写状纸就行了，他一心想把这个长子留在家里务农和管理家业。为了拴住儿子的心，在毛泽东十四岁那年，父亲就做主给他娶了罗氏为妻。此事，毛泽东后来同斯诺谈过：“我十四岁时，父母给我娶了一个二十岁的女子，可是我从来没有和她一起生活过——后来也没有。”

在辍学的两年多时间里，白天，毛泽东同家里的雇工一起干农活，晚上还要点灯熬夜帮父亲记账，他也学会了左右开弓打算盘。但在劳作之余，他一直坚持自学，无论在田头垄上还是饭前饭后，只要一有空他就拿起了书本，很快就读得入了迷。那时候他把韶山冲能借到的书几乎都读过了，只能到处找书读。一天，他正在田间干活，有个干渴的过路人来讨水喝。毛泽东赶紧给他倒了一碗茶水，端到了他的手上。这人喝过后，看见地头放着一本翻得卷了边的旧书，知道这位农家少年爱读书，随口说到湘乡唐家坨有一个刚从外边告老还乡的老先生，带来了很多藏书。毛泽东的母亲就是唐家坨人，从韶山冲过去要走十多里山路，山林中还时常有野兽毒蛇伤人。那人一听毛泽东说要去唐家坨借书，再三叮嘱他：“你可别一个人走山路呀！”但一个对书本如饥似渴的少年哪管它山路凶险，第二天一大早，毛泽东就在雄鸡的打鸣声中奔出了云遮雾罩的韶山冲。他一路翻山越岭，直到中午时才赶到唐家坨，在一个山坳里打听到了那位老先生的住处。老先生看着这样一个满头汗水、两脚山泥的少年，一听他是从韶山冲那边过来借书的，就被这个求知若渴的少年深深感动了。他随即把少年领进藏书阁，任他挑选，藏书中还有不少当时的新潮书刊。

毛泽东最早接触到新思潮，大约就是从这时开始的，他读到了当时惊世骇俗的《盛世危言》和梁启超创办的《新民丛报》。《盛世危言》是近代中国最早具有维新思想的启蒙思想家郑观应写的一本书，毛泽东借来后一口气通读了十几遍。书中列举了中国闭关锁国的种种危机，介绍了西方列强的政治、经济、社会情况，首次要求清廷立宪法、开议会，实行君主立宪制。这给少年毛泽东打开了一扇窗。他还看到了当时流行的一幅《时局图》，用漫画来描绘西方列强从四面八方瓜分中国：一头在东三省耀武扬威的北极熊，指沙俄；一条占领长江一带的恶犬，指英国；一只占领广东、广西和云南的大蛤蟆，指法国；一条盘踞在山东的毒蛇，指德国；一只从太平洋飞来的鹰，指美国；在广东的下方、香港的左侧画了一只虾，指葡萄牙；在东边，还有一轮咄咄逼人的太阳，指日本。而图上代表清政府的人物：一个手举铜钱者，指搜刮民财的贪官；一个不顾民族安危，正寻欢作乐；还有一个昏昏似睡者，手中拉着网绳，网中一人正念着“之乎者也”，另一人在马旁练武，揭示清政府用科举考试等升官之途愚弄人民。

这些书籍和《时局图》让少年毛泽东产生了强烈的民族危机感和

使命感，他后来回忆说："尤其是在我读了一个谈论瓜分中国的小册子之后。我甚至现在还能记得这小册子的开头第一句：'呜呼，中国将亡矣！'它讲到日本的占领高丽与台湾，中国的失去安南、缅甸等。我读了这本书之后，我为我祖国的将来痛心，开始明了大家都有救国的责任。"如此世道，如此国度，如何才能拯救？当时《新民丛报》上载有康有为、梁启超倡导变法和改良主义的文章，这些为救亡图存、变法图强而竭力呐喊的文章像磁石一样吸引了毛泽东，也在他心灵里深深扎下了根，他越读越觉得，变法和改良是一条救国救民的出路。他后来说："这些书刊我读了又读，直到可以背出来。那时我崇拜康有为和梁启超……"

在辍学务农之际，少年毛泽东一直渴望重新上学。1910 年秋季，他凭着一股子让父亲难以理喻的心劲儿冲出了韶山冲，奔赴湘乡县东山高等小学堂求学，那年他已十七岁。而当时，一门心思想发家致富的父亲，原本要安排毛泽东去湘潭县城的一家米店当学徒。据毛泽东回忆，在得到去湘乡读书"可以增加我赚钱的本领"的许诺后，父亲最终才勉强同意他继续求学。临行前，毛泽东还挥笔改写了日本明治维新三杰之一——西乡隆盛的一首诗（《七绝·改西乡隆盛诗赠父亲》）夹在父亲每天必看的账本里："孩儿立志出乡关，学不成名誓不还，埋骨何须桑梓地，人生无处不青山！"

东山高等小学堂是湘乡在戊戌变法以前最早兴办起来的新式学堂之一，地处东台山麓、湘江支流涟水之滨。清光绪十七年（1891），湘乡人氏、新疆巡抚刘襄勤回乡省亲养病，"捐廉为倡，并卜筑于东台山麓"，与当地士绅一起创办了"东山精舍"，1900 年易名为东山书院，1905 年再更名为湘乡公立东山高等小学堂。该校秉持“公诚勤俭”之校训，“陶铸群英，弦歌不辍”，毛泽东和弟弟毛泽覃，萧子升和弟弟萧子暲（萧三），还有好友易礼容都先后在东山高等小学堂求学。该校不仅培养了开国领袖毛泽东，后来还培养了开国大将陈赓、谭政以及众多的名流学者。

毛泽东入学之际，萧子升刚好从东山学堂毕业，一个前脚跨进校门，一个后脚走出校门。这两位少年才俊在校门口擦肩而过，他们虽未在东山同窗共读，但彼此也算相识了。而他们要成为推心置腹的挚友，至少还要再等三年。

萧子升，后改名萧瑜，字旭东，比毛泽东小八个月，1894 年 8 月生于宁乡县的一个书香门第，其曾祖父是晚清举人，父亲萧岳英留洋后回乡从教。此公为人开明，颇有绅士风度，有人喊他“假洋鬼子”，他也只是豁达地一笑。1907 年，萧岳英被延聘到东山高等小学堂任教，把儿子萧子升、萧三也带到东山就读，并时常鼓励他们：“人生在世，要有抱负，有志气，有所作为。”兄弟俩秉承父教，学业精进，皆是品学兼优的学生。萧子升从东山学堂毕业后，萧三还在东山学堂继续求学。他比毛泽东小三岁，但两人以书为缘，志趣相投，渐渐成了莫逆之交。萧三从父亲那里得到了一本《世界英雄豪杰传》，还没来得及看呢，就被毛泽东看上了。他二话不说，就借给了毛泽东。这本书收入了华盛顿、拿破仑、彼得大帝、威灵顿、卢梭、孟德斯鸠和林肯等人的传记，毛泽东读了好几遍，还在书上圈圈点点，写了许多批语。还书时，萧三看着那些批语直发愣，这位润之兄，怎么在他的书上乱写乱画呢？毛泽东却对萧三冲口说了一句话：“中国也要有这样的人物!”

毛泽东在东山只上了半年学，他的老师就觉得他的学识足以升入中学了。经老师推荐，毛泽东于 1911 年春天背着一个包袱、拖着一根辫子奔赴省城，进入湘乡驻省中学就读。而萧子升则于同年考入了湖南中路师范学堂（湖南一师前身）。这两位未来的挚友，此时依然没有交集，继续着各自的求学之路。当时，正处于辛亥革命的前夜，山雨欲来，在长沙城里也能感觉到局势将有重大变化的迹象和气氛，最明显的就是涌现出了不少新潮报刊，有倾向改良的，有疾呼革命的，这让毛泽东的眼界又为之一开。他后来回忆说：“在长沙，我第一次看到报纸——《民立报》，那是一个民族革命的报纸，刊载着广州反清起义和七十二烈士殉难的消息，这个起义是由一个名叫黄兴的湖南人领导的。我深为这个故事所感动，并且还发现《民立报》充满了激动人心的材料。……这个时候，我也听人谈到孙中山和同盟会的纲领。当时全国正处于第一次革命的前夜。我是如此地激动，以至于写了一篇文章贴在学校的墙上。这是我第一次发表政见，可是这个政见却有些糊涂。我还没有放弃我对康有为、梁启超的钦佩。我并不清楚孙中山和他们之间的区别。所以我在文章里鼓吹立即把孙中山从日本召回，担任新政府的总统，由康有为任国务总理，梁启超任外交部长!”

这年 10 月 10 日，具有划时代意义的武昌起义爆发了。湖南新军随即宣布湖南起义，一举攻占长沙，革命党人从清廷的巡抚手中夺取了湖南的政权，并发兵支援武昌。十八岁的毛泽东也敏锐地感觉到这是一场划时代的革命，他随即撰文表示拥护孙中山及同盟会的纲领，还毅然剪掉了那根缠绕了自己十八年的辫子，感觉脑袋一下子解放了。在长沙街头，他听了一个革命党人的演讲后，决心投笔从戎。他一开始准备去武昌投奔革命军，后因长沙革命党人发动武装起义，成立了湖南军政府，便就近加入了湖南新军，在二十五混成协第五师标第一营（辎重营）左队当了一名列兵。当时当兵要人担保，毛泽东在队伍里没有熟人，一位士兵主动站出来说："我当他的证人!"这位士兵叫朱其升，湖北大冶人，入伍前是一名铁匠。毛泽东当时是一个穷书生，连被褥也没有，就和朱其升挤在一床被褥里睡觉。这也是毛泽东的第一次从军经历，他领到了一支编号 8341 的"汉阳造"，而这个编号后来成为中国人民解放军 8341 部队（中央警卫团）的番号。这当然是历史的巧合，却也让人倍感历史的神奇。毛泽东在湖南新军先后参加过两次军事行动，其中一次，毛泽东和朱其升在丛林中突遇一发炮弹，朱其升凭经验抱住毛泽东往旁边一滚，弹片劈断了他们藏身的松树枝，但他们都毫发未伤。毛泽东后来在自传中追述："我同队中有一个矿工和一个铁匠，我极喜欢他们。"他和这些集"工农兵"于一身的战友结下了很深的友情，还为这些目不识丁的战友代写书信，对他们贫苦的家境也有了深入的了解，这些穷苦出身的士兵都是豁出了性命想改变一家人的命运。新中国成立后，朱其升还给毛泽东写过信，毛泽东没有忘怀这位昔日的战友，在回信时还寄给他两百万元（旧人民币，相当于新币两百元），这是毛泽东当时月工资的一半。

毛泽东原本是抱着为国献身的信念投身革命的，但随着南北议和，毛泽东所在的新军部队奉命解散，毛泽东脱下军服，放下枪杆子，又重新拿起了笔杆子，继续他的求学之路。1912 年春，毛泽东以第一名的成绩考入湖南全省高等中学校（今长沙市第一中学），编入普通第一班。其间，他写了一篇六百多字的作文——《商鞅徙木立信论》，国文教员柳潜阅卷后，一连作了多个赞语：“实切社会立论，目光如炬，落墨大方，恰似报笔，而义法亦骎骎入古”；“精理名言，故未曾有”；“逆折而入，笔力挺拔”；“积理宏富”；“力能扛鼎”；“历观生作，练成一色文字，自是伟大之器，再加功候，吾不知其所至”。最后，他给这篇作文打了一百分（满分）并作出了这样的总评：“有法律知识，具哲理思想，借题发挥，纯以唱叹之笔出之，是为压题法，至推论商君之法为从来未有之大政策，言之凿凿，绝无浮烟涨墨绕其笔端，是有功于社会文字。”

柳潜，湖南湘阴县人，前清秀才。他酷爱梁启超的著作，倡导梁启超的文风，这让原本就崇拜梁启超的毛泽东更深受其影响，这篇《商鞅徙木立信论》就是一篇颇有梁氏风骨的文章。毛泽东赞赏“商鞅之法，是好法，是富国利民之法”，他紧扣“立信”二字，先从立法的角度论述了法与民的关系，强调为政者要取信于民，法律、政策必须以民为本，以民为出发点、归宿点，要有利于人民。如果法律违背了人民的意志，政策有损于人民的利益，那就会使政府与人民对立起来。然后，他又从执法的视角，阐明执法要严明、公正。有了好的法律，但不去执行，有法不依，执法不严，不能取信于民；或对人不对事，刑不上大夫，礼不下庶人，不公正，不透明，也不能取信于民。至于违法不惩治，那天下就会大乱，好人也会变坏。此文不只是“练成一色文字”，更是针对社会现实，表达了青年毛泽东变法图强和以法治国的思想。

毛泽东在湖南全省高等中学校只上了一个学期，便决然退学。他觉得该校“规则繁琐”而课程太少，难以满足他旺盛的求知欲。毛泽东素爱自由自在地学习。退学后，他寄居于长沙城新安巷的湘乡会馆，订了一个自修计划，每天到设在定王台的湖南省立图书馆去自修。毛泽东后来形容说：“那时进了图书馆，就像牛进了邻人的菜园，尝到了菜的味道，就大口大口地拼命吃。”半年的自学生活，他如饥似渴地阅读了不少西学书籍，其中便有严复翻译的、英国经济学家亚当·斯密的《原富》（今译《国富论》）。他还读过赫胥黎的《天演论》，自然科学的书籍他却是当社会科学书籍来读的，从生物进化的角度来研究社会变革。

毛贻昌一开始听别人说儿子考上了湖南全省高等中学校，比考上秀才还难，这让他也感到脸上有光，谁知毛泽东只读了半年便退学了，这让他气得直跺脚。自修？什么自修！他认为儿子搞自修是不务正业，就拒绝供给生活费用。毛泽东正在进退两难之际，看到了湖南省立第四师范学校登出了招生广告，宣称不收学费，膳宿费低廉。这让毛泽东眼前一亮，他决定试一试。1913 年春季，毛泽东以第一名的成绩考入了湖南四师预科一班，尤其是他的作文，让校长陈夙荒先生击节叹赏：“这样的文章，我辈同事中有几个做得出来！”

1914 年春，湖南四师并入湖南一师，毛泽东先是编入预科三班，后进入本科第一部第八班。毛泽东坎坷的求学之路，至此步入佳境，最重要的一段人生之旅由此开启。他在湖南一师学习和工作达八个春秋，这里堪称他的初心形成地。1936 年，他在延安同斯诺谈话时说：“我在湖南省立第一师范学校的生活中，发生的事很多，我的政治思想也在这一时期开始形成。在这里，我也获得了社会活动的最初经验。”1950 年，毛泽东为母校亲笔题写了校名“第一师范”，并题词“要做人民的先生，先做人民的学生”。他在会见当年的师友时也多次说过：“我没有正式进过大学，也没有到国外留学，我的知识，我的学问是在一师打下的基础。一师是个好学校。”

二

追溯湖南一师的前身，早先是南宋大儒张栻创办的城南书院。长沙有两座著名的古书院，一座是屹立于湘江西岸岳麓山谷的岳麓书院，为中国古代四大书院之一，还有一座便是位于湘江东岸、妙高峰下的城南书院。这两座书院的精神源头都是力主经世致用和求实求理的南宋大儒张栻。张栻是南宋“精忠茂烈，贯日月、动天地”的中兴名相张浚之子，他虽无缘像父亲那样成为一个王朝的托命之人，却成为湖湘学派的首领人物。他反对科举利禄之学，力倡“学贵力行”，以培养“传道济民”的人才为旨归。在学与思的问题上，主张“学思并进”，这给湖湘文化注入了强劲而持久的行动能力，从而造就了王夫之、曾国藩、左宗棠、郭嵩焘等一批又一批“学思并进”和“经世致用”的湖湘巨子。

仰望一座千古书院，令人充满了沧桑浩叹，如《九日集妙高峰》

诗曰："道脉开南楚，朱张仰昔贤。往来同讲席，沿革又荒烟。石断苔痕古，碑残绿字悬。来游重九日，怀古意茫然。"尽管张浚、张栻父子在此营造的古老建筑早已化为尘埃，但一座妙高峰依然是时空中恒久的坐标，"长与流芳，一片当年干净土；宛然浮玉，千秋此处妙高峰"。妙高峰为长沙城南最高峰，如《长沙府志》所云："妙高峰高耸云表，江流环带，诸山屏列，此城南第一奇观。"

如今走向云霞与江面烟波相互映衬的妙高峰，依然是一派长与流芳、丽泽风长的景致。在森森古木、如盖绿荫的掩映下，那一片中西合璧的主体连廊建筑，廊柱硕大，成双顶拱，屋脊棱角分明，衬托墙体、门窗、檐框，青白相间，栋栋之间或有走廊，或由亭楼连接。往这儿一走就让人不觉放轻了脚步，神情像这灰墙深瓦的建筑一样深沉而肃穆，仿佛一不小心就走进了那个遥远的年代，在一片弦诵之声中，将邂逅一个个让你景仰的前辈。中国近代史上著名人物如曾国藩、左宗棠、黄兴、陈天华等曾藏修于此。清光绪二十九年(1903)，城南书院与湖南师范馆合并，称湖南全省师范学堂，次年改为湖南省中路师范学堂，直到 1914 年才改名叫湖南省立第一师范学校。这是全国最早的五所师范学校之一，开湖南师范教育之先河。

从 1914 年春至 1918 年夏，毛泽东一直在湖南一师本科第八班学习，直至毕业。他当年的教室已复原，第一行第四个座位就是他坐的地方。往这座位上一坐，一百多年的岁月忽然消失了，你依然能触摸到一个青年学子滚烫的体温，能感觉到他勃勃的心跳。毛泽东在一师苦读时，不只是求学于讲堂，尤爱自修。他总觉得晚自习的时间太短了，回到寝室后又捧着书本阅读。吹号熄灯后，他还自备了一盏灯，下面用一节竹筒垫起，坐在床上继续看书，睡则以书代枕。这是他在一师求学的常态，且持之以恒。他曾引用明代学者胡居仁之联语作座右铭：“贵有恒，何必三更眠五更起；最无益，只怕一日曝十日寒。”

毛泽东刚入一师时，校长是孔昭绶，字明权，号竞存，笔名攘夷。他是浏阳东乡人，为孔子第七十一世孙，1910 年冬毕业于湖南优级师范学堂，随后赴日留学，1913 年获得日本法政大学学士学位后归国，任湖南一师校长，但在第二年他就因发表反袁檄文，逃亡日本，再次入日本法政大学攻读法学硕士学位。在孔校长离任之后，张干担任校长。1915 年春期末，湖南省议会颁布了一项新规，从下学期开始，每个学生须交纳十元学杂费。这对那些家境贫寒的学生是一笔难以拿出的开支，很多学生选择读师范看上的就是不收学费。为此，学生们纷纷举行罢课，毛泽东还起草了一份传单，声讨校长张干“对上奉迎，对下专横，办学无方，贻误青年”。张干一怒之下，要开除毛泽东等十七名带头“闹事”的学生。杨昌济先生闻之震怒，公开反对校长开除学生的决定，且毛泽东等带头“闹事”的学生都是他特别看重的学生，他拿起粉笔在黑板上唰唰写下了两句诗：“强避桃源作太古，欲栽大木柱长天！”随即联络了徐特立、方维夏、王季范、袁仲谦等教师，并为此专门召开了全校教职员工会议，为学生们仗义执言，据理力争，最终迫使张干收回成命，但仍给毛泽东“记大过一次”的处分。而张干自觉无颜继续担任校长，便主动向省府递交辞呈，于当年 7 月正式辞职。

尽管校方收回了决定，但毛泽东越来越不满足于课本学习的知识，对一些多而杂的课程及繁琐僵化的校规也越来越不满。随后又提交了退学申请，想要重走自修之路。那一纸差点改变他人生轨迹的退学申请，恰好落到了刚刚复任校长的孔昭绶先生手上。孔昭绶于1916年9月从日本归国后复任校长，随即便酝酿对一师教育思想和管理办法进行大胆革新。他看到了毛泽东的退学申请，便召毛泽东来问明原委。毛泽东一开始表情还有些凝重和压抑，心想会遭到校长一顿劈头盖脑的训诫。但孔校长却带着一脸和蔼的笑意，他掂了掂手里的退学申请说："你这张纸很有分量哦，我只要把笔一挥你就可以卷铺盖走人了，但我这支笔却有点提不起来啊。我还想当面听听你退学的理由，看你能不能说服我。"这让毛泽东脸上的神情渐渐放松了，他挺了挺胸膛，深深地呼吸了一下，然后一条一条地说出了自己退学的理由。孔校长一边听着，一边微微颔首，这位学生一脸书生意气，却还颇有说服力，而这些理由和他推行改革的想法不谋而合。听完，他把手里的那张纸放在了桌子上，还特意用镇纸压着，然后说："如果我们学校再像你说的这样办下去，别说你想退学，我这个校长也不想干了。这样吧，你的退学申请先保留在我这里，你再耐心观察、等待一段时间。如果你还不满意，我马上给你签字！"

在接下来的日子里，毛泽东一直观察着。孔昭绶先是废除了许多陈旧而僵化的校规，本着"采最新民本主义规定教育方针"，"以人格教育、军国民教育、实用教育为实现救国强种唯一之教旨"，对一师的教育和教学进行了一系列的改革。他认为，学生在德、智、体方面全面发展就是充实自己的实力。因此，促进学生德、智、体全面发展的教育就是"根本解决"民族耻辱和民族危机的关键。

孔校长不愧为“民主教育的先驱”，他奉行“有治人然后有治法，然无治法未必有治人”的教育观，有一种放手让学生自由发展的气度。放手是为了培育学生的“自觉、自动、自治”，让学生从被动接受教育一变而为把学习当作自身的职责，这解放了年轻学子的天性，激发了他们的天赋潜能。

所谓自觉，主要是指思想和道德修养方面。为此，学校制定了以“知耻”为中心的校训。孔校长之所以确立以“知耻”为中心的校训，是为了“时时以国耻唤醒学生之自觉心”，以挽救民族危亡为己任。若要挽救民族危亡，就必须使“人人之实力充足，而后国家之实力充足”。“君子明乎耻”，而当时最大的“耻”就是国耻。1915 年 5 月，袁世凯屈服于日本政府的最后通牒，接受了丧权辱国的“二十一条”，举国认为这是中华民族的奇耻大辱，各城市爱国团体纷纷集会抗议，拒不承认“二十一条”。全国教育联合会决定，各学校每年以 5 月 9 日为“国耻纪念日”。北京各学校学生议决，每日课余诵“最后通牒”一遍，以示不忘国耻。在悲愤的抗议中，有的学生断指书写“誓雪国耻”的血书，有的要求入伍请缨杀敌，更有一些学生愤而自杀，如长沙第一中学学生彭超因悲愤绝望至极而跳进湘江自杀。毛泽东对自杀殉国的学生非常痛惜，他认为自杀是不可取的，最好的方式是用救国的道理唤醒民众。他在湖南一师刊印的《明耻篇》封面上奋笔疾书：“五月七日，民国奇耻，何以报仇？在我学子！”他还在挽学友的诗中写道：“我怀郁如焚，放歌倚列嶂。列嶂青且茜，愿言试长剑；东海有岛夷，北山尽仇怨。荡涤谁氏子，安得辞浮贱！”毛泽东在给萧子升的信中还发出了这样的警告：中日之间“二十年内，非一战不足以图存，而国人犹沉酣未觉，注意东事少”。后来爆发的九一八事变、七七事变都应验了毛泽东在他二十二岁时发出的预言和危言。

所谓自动，就是要求“各科教授应提倡自动主义”，旨在“唤起学生讲学兴味，并涵养其高尚之思想”，“务使学生锐意研究，养成自动之能力”。为此，孔校长调整了教职员队伍，聘任了一大批学识渊博、思想进步、品德高尚的教师，又在对部定师范课程进行必要调整的基础上，确定了具有自身特点的课程及教学内容。此举，既是因材施教，又能引导学生学以致用，更能培养学生的自学能力和自我钻研之精神。

所谓自治，主要是指提倡学生自己管理自己。一师一方面有严格的管理制度，另一方面又给予学生很大的自治权。早在 1913 年，孔昭绶第一次担任一师校长时，就为倡导学生自动与自治而特设技能会（1915 年改为学友会），开湖南教育界学友会高度自治风气之先。1915 年秋季，毛泽东被推选为一师学友会文牍（秘书）。当时，学友会会长由校长兼任，而主持日常工作的总务由学校学监主任兼任，各部部长则由各科教员担任。孔昭绶复任校长后，学监主任方维夏担任一师学友会代理总务（会长）。方维夏是湖南平江人，1880 年出生，1905 年考入日本东京农业大学，专攻农业科学，回国后任湖南一师农业、博物教员和学监主任，在一师的地位和作用仅次于时任校长孔昭绶。这位“敦品励学，德高望重”的师长，深受学生敬重，有“方圣人”之称。毛泽东转入一师后受教于方先生。一般学监主任都给人一种循规蹈矩，乃至严厉而苛刻的印象，而方维夏在对学生的管理上与孔校长一样，有着放手让学生自由发展的气度。对毛泽东这位特立独行、个性峥嵘、敢于抗争、一再触犯校规的学生，他非但没有严加管束，还赞赏有加：“润之是我最好的学生。”在改组学友会时，他在征询学生意见时采纳了毛泽东的建议，确定学友会各部部长不再由各科教员担任，而改为由高年级学生担任，并由全体会员大会选举产生。毛泽东在学生中既有声望，又有很强的活动组织能力，这让方维夏做出了一个前所未有的大胆之举，推举毛泽东接任自己兼任的总务一职，同时兼任教育研究部部长。在一师乃至长沙各校，由学生担任学友会总务不但打破了先例，更进一步扩大了学生的自治权。

在孔校长的倡导下，一师还率先打破了学校和社会“鸿沟分明、相隔相疑”的局面，将原由一师和附小两部教员试办的夜校也交学友会来办，以锻炼学生的教学能力。这给了毛泽东大显身手的机会，他把学校附近那些被人看不起的“睁眼瞎”和“光脚板”的“泥腿子”请进课堂。每周二四六晚上，他都坚持到夜校组织工人学习，从教他们认识自己的名字开始，识字，读书，明事理，改弊习。这是毛泽东在“改造社会”的理想中迈出的重要一步。那时候，一师周边的许多工人和农民都知道一师有位“高个子毛先生”。在与这些底层人民的接触中，毛泽东更深地了解了这些劳苦大众，对他们的辛酸苦楚充满了深切的同情，对他们的勤劳和坚忍也打心眼里敬重。他站在最广大劳苦大众的立场上，一边教他们识字读书，给他们在文化思想上启蒙，一边弯下腰来潜心向他们学习。新中国成立之初，他给母校题词：“要做人民的先生，先做人民的学生。”这也是毛泽东一直守望的初心。

孔校长鼓励学生走出校园，参加户外活动，不仅要读“有字之书”，还要走向社会、深入民间读“无字之书”。从1916年开始，一师开始实行修学旅行制度，每学期集中组织一次学生外出，或深入民间进行社会调查，或走进自然采集各种动植物及矿物标本。这正是青年毛泽东的追求，如其《讲堂录》所云：“闭门求学，其学无用。欲从天下国家万事万物而学之，则汗漫九垓，遍游四宇尚已。”

湖南一师拥有孔昭绶这样一位校长，也是毛泽东那一代学子的幸运，一师校史中这样评价孔昭绶：“顺应新文化运动的潮流，运用在国外考察教育的结果，进一步发展了湖南第一师范的民主教育，并使之章程化、制度化。”他主导的这些改革举措如同一股自由清新之风吹进了校园，毛泽东更是如鱼得水，那曾经特别压抑的心情变得特别舒畅，走在校园里也有一种在湘江里畅游之感。

在那个军阀混战的时代，湖南地处南北要冲，省城长沙更是沦为了南北争夺的战场，这让赤手空拳的毛泽东不禁为之悲叹：“南北军兴，湘为斗场，省城波浪迭兴。”而一个学子之悲叹，也是一位校长之所忧。在孔校长的改革举措中，有一项是组建湖南一师学生志愿军，在课上学习军事常识，在课下进行军训。一方面“以激发爱国思想，提倡尚武精神，研究军事学术”，另一方面也可在一定程度上保卫学校，避免兵祸，守护一张张安静的书桌。这让原本就抱有投身入伍报国志愿的毛泽东有了用武之地，他立马就报名参加了学生志愿军。全校报名学生组成一个营，下设两个连，孔昭绶任总指挥，连长、副连长则由兵式操教师担任，毛泽东被任命为一连上士文书。在学生志愿军成立大会上，同学们头戴镌着“师”字的五角星制帽，穿着领章上缀有“第一师范”字样的制服，擎着红麾、黄镖、蓝绿色的校旗，高唱着雄壮的校歌：

衡山西，岳麓东，城南讲学峙其中。
人可铸，金可熔，丽泽绍高风。
多材自昔夸熊封。男儿努力，蔚为万夫雄。

在接下来的军阀混战中，这支训练有素的学生志愿军，还真是为保卫学校立下了奇功。

那是 1917 年 11 月，在护法战争中，北洋政府派往湖南镇压护法运动的傅良佐部被参与护法的桂系军队击败，一支三千多人的溃军沿粤汉铁路逃往长沙方向，一边逃窜一边沿途打劫。当溃军逃到长沙南郊猴子石一带，离湖南一师越来越近了，当时长沙驻军都已调往衡山、湘乡一带的战场，长沙几乎是一座没有驻军的空城。这让孔校长焦急万分，谁来保护一师校园？尽管一师此前组建了学生志愿军，但所持“武器”大多是一些上操用的木棍，持有真枪实弹的只有一百多人，而这些没有任何实战经验的书生又怎能阻挡三千多全副武装的溃军？为保师生安全，孔校长决定将全校师生紧急疏散到城东的阿弥岭一带暂避。值此危急关头，毛泽东挺身而出，他恳切地对孔校长说：“溃军正在逼近，这上千师生难以在短时间内疏散，而外面战事混乱，在疏散过程中若是遭遇溃兵更是凶多吉少。就算人员安全撤离了，紧靠铁路的一师校园势必成为溃兵洗劫的第一个目标。”孔校长听了毛泽东的分析，眼看学校就要毁于一旦，一时不知如何才好。毛泽东于是主动请缨，要求组织学生志愿军设伏截击溃兵。孔校长望着一身凛然正气的毛泽东，还是颇为踌躇，这全校师生的性命，他还真不敢托付给这位摩拳擦掌的学生。毛泽东绝非逞一时之勇，他带着几个学生志愿军到猴子石一带侦察后发现，这些溃兵一个个犹如惊弓之鸟，又加之在逃窜中极度疲惫和饥饿，既没有什么战斗力，更无心恋战。他觉得，只要能争取警方的支持，对付这样一支溃兵是有把握的。孔校长在反复权衡之后，也有了几分把握，随即授命毛泽东全权指挥一师学生志愿军守护校园。毛泽东立马组织了一百多名配有枪支的学生志愿军，寻找有利地势设伏截击溃兵，并动员全校师生把桌椅板凳都搬出来堵住进出校园的所有路口，形成多道截击溃兵的屏障。随后，毛泽东又带着湖南一师的公函到长沙南区警察分局联络警察统一行动。警察肩负保境安民之责，自是义不容辞。当他们准备完毕，夜幕降临，溃军在越来越浓的夜雾中从猴子石向城南一带移动。待到那些鬼鬼祟祟的人影进入伏击区，毛泽东一声令下，学生志愿军和南区警察在山头上一齐开枪射击，那装在煤油桶里的爆仗也噼噼啪啪炸响了，众人一起向溃军高喊："傅良佐逃走了，桂军已经进城，缴枪不杀!"那溃军不知道长沙城里到底有多少兵力，只听到处都是轰鸣的枪炮声和喊杀声，在夜幕下犹如千军万马横扫过来，一个个慌不择路四下逃窜，还有的竖起白衫当白旗。这一场战斗，在毛泽东的指挥下，一百多名学生志愿军和几十名警察打退了三千余名北洋溃兵，长沙城因此而免遭一场兵灾，一师校园秋毫无损。

这是毛泽东第一次指挥军事作战，他指挥若定、智取溃兵的故事，成为湖南一师历史上的一段传奇。他的胆识和军事才干受到孔校长和全校师生的一致称赞。孔校长还将他由一连的上士文书提升为一连连长。对于一个学生，这又是一次破格任用。

第二年 4 月，烽烟再起，又有一支溃军涌入城南一带。这次，孔校长有了底气，旋即命毛泽东率学生志愿军守护校园。毛泽东与周世钊、张国基、罗宗翰等同学组成警备队，“分夜梭巡，警卫非常”，那些溃兵一看一师墙高宅深，而进出校园的道口和高墙上戒备森严，便在夜幕下悄悄溜走了。

毛泽东率一师学生志愿军两次护校的事迹，被孔校长亲笔记入一师校志：“学生捍卫学校异常得力，因摄影以留念。”在一张为学生志愿军所摄的照片上还写着：“戊午上期，本校教职员学生弦歌不辍，几不知有兵祸云。”此外，孔校长还将毛泽东撰写的 1917 年至 1918 年间《学友会记事录》一本、《夜学日志》两本一起收藏起来。1951 年，这些册子在孔昭绶家中被发现，为青年毛泽东的那段传奇经历留下了确凿的证据。

这两次校园保卫战，也给毛泽东打出了一个响当当的外号，一师的学生都以普鲁士历史上那位文韬武略的元帅冯·毛奇相喻，称毛泽东为“毛奇”，连孔校长也将这位学子誉为“毛奇”。说来，毛泽东在一师学子中也堪称一位奇人，他也常对人说：“好男儿要为天下奇，读奇书，交奇友，做奇事，做个奇男子。”但凡奇才都有独特的禀赋，其实毛泽东在平时也不显山露水，但每到关键时刻，他就充满了“舍我其谁”的自信和“拿得定，见得透，事无不成”的意志，而这种自信和意志也是有本源的，如他在《讲堂录》中所记：“不为浮誉所惑，则所以养其力者厚；不与流俗相竞，则所以制其气者重。”而毛泽东被誉为毛奇，这也许是对毛泽东军事天赋的一个预言，毛泽东未来作为军事统帅的战略思维和指挥艺术还远远超过了那位普鲁士元帅。拿破仑认为，一个优秀统帅必须具备几个基本素质：坚定的个性，过人的勇气，深谋远虑及优等的才智。这几个基本素质在青年毛泽东身上已锋芒初露，而在他未来叱咤风云、逐鹿疆场的岁月中，这些素质还将在他身上迸射出无与伦比的光芒。

又不能不说，湖南一师的师生有着非同一般的眼光。在一师1917年举办的“人物互选”活动中，方维夏综合全体师生的意见，对毛泽东各方面都给予了高度褒奖。这次活动从敦品、自治、胆识、文学、才具、言语等六项进行评选，方维夏对毛泽东“敦品”的评语为“敦廉耻，尚气节，慎交游，屏外诱”；对他“自治”的评语为“守秩序，重礼节，慎言笑”；对他在“文学”上的评语为“长于国文词章”；对他“言语”的评语为“长于演讲、论辩、应对”；对他“才具”的评语为“应变有方，办事精细”；对他“胆识”的评语为“冒险进取，警备非常”。其中“言语”和“敦品”两项，毛泽东的得票数高居第一，而“胆识”一项的得票为他所独有，其综合评价在全校三十四名当选者中名列榜首。这绝非方维夏先生的偏爱，而是湖南一师对学生放任自度的宽怀和“不拘一格降人才”的胸襟和气度，造就和成全了毛泽东这样一位奇才。

方维夏后来投身革命，加入了中国共产党，参加了北伐战争和南昌起义，1936年春天在南方坚持游击战争中壮烈牺牲。当时在陕北的毛泽东听到方维夏牺牲的消息后，不禁悲泪长流。他对老师徐特立说道：“方先生是我的好老师、好同志啊！他敦品励学，德高望重，放着国民党的高官不做，四十多岁投身革命，了不起呀！”

三

每个人的思想形成都是一个复杂的演变过程。若要探悉毛泽东在这一阶段的思想轨迹，最直接的影响就源于毛泽东“最所佩服”的杨昌济先生。

杨昌济，字华生，清同治十年（1871）出生于长沙县清泰都隐储山下的板仓冲，其家乃世代诗书之家。杨昌济的高、曾祖父都是太学生，祖父杨万英是邑庠生（秀才），父亲杨书祥中进士，做过清朝国子监学录。杨昌济少时父母早逝，在亲族的接济下刻苦求学，光绪二十四年（1898），进入岳麓书院读书。时值戊戌变法，杨昌济拥护康梁变法主张，积极参加谭嗣同、唐才常等在湖南组织的维新改良活动，加入了他们组织的南学会，认为“非改革不足以图存”。其后，他又先后留学日本、英国，主攻教育学、哲学、伦理学。在赴日留学启程前他特意改名“怀中”，表示身在异邦，心怀中土。他放洋十年，辗转“寻求知识的世界之旅”，于 1913 年回到湖南。时任湖南督军谭延闿想聘请他当省教育司司长，他坚辞不就，转而出任湖南高等师范学校教授，并兼任湖南第四师范学校修身和心理学教员。

毛泽东在四师就读时就成了杨昌济的学生。四师并入一师后，杨昌济又兼任第一师范修身、教育学两科教师。毛泽东后来说：“当时给我印象最深的教员是杨昌济，他是从英国回来的留学生，后来我同他的生活有密切的关系，他教授伦理学，是一个唯心主义者，一个道德高尚的人，他对自己的伦理学有强烈的信仰，努力鼓励学生立志做有益于社会的正大光明的人。”这一时期，毛泽东深受杨先生“观念主义”之影响，尝言：“在他的影响下，我写了一篇文章，题目叫《心力》（《心之力》）。那时我也是一个观念主义者，我的文章大受杨教授的赞赏，给我那篇文章一百分。”

一方面，生为湖湘之子，毛泽东在青少年时代几乎是下意识地从湖湘文化中去寻求可资借鉴的出路，而杨昌济先生首先也是在湖湘文化的浸染下成长起来的。追溯近代湖湘文化的灵魂人物，首推王夫之。王夫之是一位百科全书式的思想家、哲学家。明崇祯年间，王夫之求学岳麓书院，深受朱张（朱熹、张栻）之道的浸润。明亡后，清顺治五年（1648），王夫之在衡阳举兵抗清，在失败后乃决心隐遁，伏处深山，潜心治学，于石船山下筑草堂而居，世称船山先生。王夫之对天文、历法、数学、地理学等均有研究，尤精于经学、史学、文学，而他最卓越的贡献就是在哲学上总结并发展了中国传统的辩证唯物论。他针对程朱理学的“存天理，灭人欲”，提出了极具超越性的观点：天理即在人欲之中，不能离开人欲空谈天理。这是对程朱理学的反拨。在他看来，人性不是一成不变的，人性的形成不全是被动的，人可以主动地权衡和取舍，“生之初，人未有权也，不能自取而自用也。……已生之后，人既有权也，能自取而自用也”。他基于自己的天理人欲观和人性论，提出了“平天下者，均天下而已”的观点，从而树立了均天下、反专制的信念和爱国理想。从忠君到爱国，乃是其在历史上的一大进步。

王夫之的学说“立乎其大、着眼于远”，史家公认其学说“具有穿越时空的精神魅力”。越到后来，王夫之的历史地位越受到推崇。杨昌济在出洋留学之前，“常读《通鉴》及王船山《读通鉴论》诸书，以古证今，痛论时弊，储备经世之学，以诏来者”。他吸收了王夫之的经世思想，以救世济民为急务。从家国之痛到民族大义，杨昌济与王夫之一脉相承。为了寻找自己的出发点，他“独居深念，默察世变，方计划己身之如何处世，国家之如何图存，而定一己救人之方针，努力躬行实践，方能无愧于所学”。

时空中的一些地理坐标往往会成为精神坐标。如今，在长沙市中山东路北侧坐落着一座船山学社旧址，这是一座单层三进四合院。这房子始建于清光绪元年（1875），最早为曾国藩祠，并设思贤讲舍。辛亥革命后，刘人熙等湖湘文人学士为弘扬王船山的学说，于 1914 年在此建立船山学社。刘人熙，字艮生，号蔚庐，浏阳人。他早年就读城南书院，服膺船山学说，注重经世之学，曾任广西道员，1907 年出任湖南中路师范学堂（湖南一师前身）监督、法政学堂总办。辛亥革命后，他又一度担任湖南都督府民政司司长，后因感社会政事日非而辞职。刘人熙是谭嗣同的业师，谭嗣同也深受王夫之的影响。刘人熙与船山学社的创始人都是传统的道德决定论者，认为民初之所以社会动荡，其根本原因在于固有道德沦丧。刘人熙在发挥王船山义利之辨时尝云：“以义而开民国，武昌振臂一呼，天下响应，五族共和，渐积之势使然也；以利而争总统，南昌首难，喋血长江，未六旬而逮逃洋外，义之必利而利非可以利者，非事理之显然乎？”他认为武昌起义、辛亥革命一开始均是从“义”出发，而结果却落到了争权夺利的“利”上，这是精神道德的堕落。因此，他们以拯救社会的精神道德为己任而创办船山学社，“一面为抚怀先哲，表彰船山之绝学；一面为拯溺救焚，亟于维持人心风俗”。

毛泽东在一师读书时，船山学社每星期日设座讲学，毛泽东常去听讲，并抄有王船山多处语录。他将王船山和黑格尔相提并论：“西方有一个黑格尔，东方有一个王船山。”王船山的民族危机意识，辩证唯物论，尤其是其重践履、重习行的思想，对毛泽东有着深远的影响。后来，毛泽东在延安撰写《矛盾论》《实践论》时，还写信给在长沙主持八路军办事处的徐特立，请他设法从湖南补齐《船山遗书》所缺各册，而《矛盾论》《实践论》写作，就参考借鉴了王船山的哲学思想。

杨昌济最推崇曾国藩。他读曾国藩所读之书，仿曾国藩坚持天天写日记，他曾在日记中写道：“曾文正谓经济之学，当以能树人能立法为主。余谓改良社会之物质生活，能为百年之计者，乃是真人才。”在他看来，曾国藩就是一个经世致用、“学贵力行”的典范。曾国藩率湘军征战，身为统帅，每日视察营墙，亲自点卯查营，丈量战壕，这种务实作风就是他主张的“力行”。

毛泽东对王夫之、曾国藩、左宗棠、谭嗣同、黄兴、蔡锷等湖湘人物都充满了敬佩：“呜呼湖南！鬻熊开国，稍启其封。曾、左吾之先民，黄（兴）、蔡（锷），邦之模范。”而他在致黎锦熙的信中说：“愚于近人，独服曾文正。”一直在探寻大本大源的毛泽东，认为曾国藩便是有“大本大源之人”。曾国藩堪称一位“学思并进”的经典人物，以一介书生率三湘子弟转战半个中国，把自己打造为“同治中兴”第一名将和第一名臣，清廷称他“学本有源，器成远大，忠诚体国，节劲凌霜”。而曾国藩集圣贤与豪杰（修养与事功）于一身，被当时人奉为“立德、立言、立功”之楷模，《曾文正公全集》被誉为“道德文章冠冕一代”。毛泽东早在东山学堂读书时，就批读过《曾文正公全集》。现韶山毛泽东同志纪念馆还收藏有清光绪年间传忠书局木刻本《曾文正公全集·家书》，每卷扉页上皆有毛泽东手书的“咏芝珍藏”（毛泽东原字咏芝）。在毛泽东早年读书笔记《讲堂录》中随处可见曾氏警策。曾国藩编有一部《经史百家杂钞》，毛泽东认为此书“孕群籍而抱万有”，“尽抡四部精要”。1915 年 6 月 25 日，毛泽东在致友人的一封信中说：“尝见曾文正家书有云：吾阅性理书时，又好作文章；作文章时，又参以他务，以致百不一成。此言岂非金玉！”他尤其敬佩曾氏持之以恒的毅力：凡人作一事，便须全副精神注在此一事。首尾不懈，不可见异思迁，做这样想那样，坐这山望那山。人而无恒，终身一无所成。

当时，又岂止是毛泽东“独服”曾文正，“湘江三友”个个都服曾国藩。蔡和森是曾国藩的老乡，他母亲家和曾家还沾亲带故。蔡和森在血缘、地域、师承上几乎是自然而然受到曾国藩的影响，他对曾国藩有一种发自内心的敬佩：“三年以来，每觉胡林翼所以不及曾涤生者，只缘胡夙不讲学，士不归心，影响只能及于一时。”

萧子升对曾国藩不只是崇拜，更是刻意效仿其行为举止。每当他与别人发生激烈争论时，他总是正襟危坐，闭目养神，仿佛入定一般。他这其实就是效仿曾国藩。曾国藩也时常陷入争议甚至受到攻击，每当如此，他也是这样正襟危坐，闭目养神，如入定一般。直到那人喊得口干舌燥，大口大口喝茶时，曾国藩才慢条斯理地站起来说：“诸位慢饮，我要回去练兵了。”曾国藩以“厚藏匿锐，身体则如鼎之镇”作为座右铭，这需要在心神上由“入定”而“主静”，如《大学》所云：“定而后能静；静而后能安；安而后能虑；虑而后能得。”萧子升对此心领神会，毛泽东之所以给他取了个“萧菩萨”的外号，这也是原因之一。他那入定的姿态还真如菩萨一般。

杨昌济为弟子树立了两个楷模，一个是曾国藩，一个是梁启超。他在日记中还记载了他和毛泽东的一次谈话：“余因以农家多出异材，引曾涤生、梁任公之例以勉之。”当时，“所处之时代，以国内论，是危急存亡之秋，是封建王朝行将崩溃之日。以世界论，是帝国资本主义挟其新兴势力，从西至东，猖狂侵略之时”，杨昌济一如中国近代进步知识分子一样，向西方寻求救国救民的真理，“合东西两洋之文明一炉而冶之”。他潜心思考“以民为主，如何可以救民”的道理，而他所倡导的“力行”则是改造和变革人类社会、治国济世的伟大实践。力主把个人道德实践与社会政治实践结合起来，积极投身于伟大社会变革中去。这也是湖湘文化最重要的精神。从张栻、王夫之到曾国藩，一直秉持“学贵力行”的信念，而杨昌济向学生特别强调“力行尤要”，“学者尤不可不置重于实行也”。毛泽东也一直将“学贵力行”付诸多方面实践。正因为此，杨昌济对毛泽东特别看好，曾在日记里这样记述对毛泽东的印象：“资质俊秀若此，殊为难得。”而后，他还对毛泽东做出了更高的评价：“海内人才，前程远大。”

诚然，从张栻、王夫之到曾国藩，以及孔孟儒家学说，对毛泽东等“湘江三友”都有深远的影响，从另一方面看，如前文提及，毛泽东青少年时代也深受康有为、梁启超的社会改良主义的影响，其后又接受了以孙中山为代表的民主革命派的思想。然而，辛亥革命后的现实与他的理想所形成的强烈反差，让他越来越失望。尽管辛亥革命推翻了我国几千年封建帝制，从龙椅上赶下了一个皇帝，老百姓剪掉了辫子，妇女们放开了裹得像粽子一样的小脚，但劳苦大众却一如既往地深受压榨和欺凌。中国的内忧外患愈演愈烈，从袁世凯复辟称帝到日本提出妄图灭亡中国的秘密条款“二十一条”，接下来又是军阀混战。又加之长沙地处南北要道，在民国初年的军阀混战中成为各方争夺的焦点，因而社会秩序的混乱和政局的动荡更超过其他地区。毛泽东在长沙求学期间，即从 1911 年 11 月响应武昌起义到 1917 年的六七年中，湖南都督就像走马灯似的换。“城头变幻大王旗”，受苦受难受折腾的却是老百姓，“战灾频繁，兵匪共起，百业凋零，民不聊生”。这使原来对共和制充满希望的人们迅速跌入失望的深渊之中。他们痛切陈言：“自民国以来，人民感受种种痛苦，毫无福利可言。”更有人为他们破灭的理想而怅叹：“理想中庄严准琛之中国，亦仅成幻梦耳!”

毛泽东越来越觉得孙中山的民主革命道路并非一条拯救中国的根本出路，这让他的思想变得犹疑而复杂了。在追寻真理的历程中，毛泽东渐渐悟到“要改变中国混乱局面，必须改变人们的思想，而要改变人们的思想，应该找到大本大源”，如他在给黎锦熙的信中所谓：“夫本源者，宇宙之真理。天下之生民，各为宇宙之一体，即宇宙之真理，各具于人人之心中，……今吾以大本大源为号召，天下之心其有不动者乎？天下之心皆动，天下之事有不能为者乎？天下之事可为，国家有不富强幸福者乎？”然而，他也在给黎锦熙的信中诉说了自己的茫然：“自揣固未尝立志，对于宇宙，对于人生，对于国家，对于教育，作何主张，均茫乎未定。”

那时候在湖南一师最出类拔萃的学生就是毛泽东、蔡和森和萧子升，号称“湘江三友”，他们都是杨昌济的得意门生，又称“杨门三杰”。他们是互相最亲密与值得信赖的朋友。

从他们的名字看，还真是特别投缘。毛泽东，字润之；蔡和森，别名林彬，字润寰，号泽膺。两人的名字（号）中，都含有“润”“泽”二字，一个是“泽被东方”，一个是“润泽寰宇”；萧子升，字旭东，他与毛泽东的名字都是旭日东升之意。而这三人也可算是小老乡，蔡和森和萧子升都是湘乡人，萧子升的老家是湘乡县萧家冲桃坞塘，离韶山冲不远。又加之毛泽东的母亲是湘乡人，他从小就在那边走亲戚，童年和少年岁月差不多有一半是在湘乡度过的。这一切也许只是巧合，却又实在是有缘。

他们形影不离，走到哪里都是一道风景。毛泽东个头最高，挺拔修长，玉树临风，眉宇间带着一股英气，又加之一头茂密的头发猎猎生风，看上去精神抖擞，潇洒而超逸，那挥手之间更有一股指点江山的气势。蔡和森浓眉大眼，眼神敏锐而犀利，脸颊瘦削而棱角分明，颇有一股挥斥方遒的书生意气。而萧子升年纪轻轻却是慈眉善目，那性情和他的长相一样平和而温厚。他特别沉得住气，静坐入定的功夫相当了得，一坐便仿佛进入了禅定的境界。

实际上，这“湘江三友”在湖南一师同学的时间只有一年多。

1915年秋季，比毛泽东高三届的萧子升从一师毕业，经徐特立介绍入修业学校任教，第二年又应聘到长沙楚怡学校任教。蔡和森则跳级考入了岳麓山下的湖南高等师范学校文史专科。在这一年多的同学岁月中，他们几乎形影不离，无话不谈。毛泽东是一个特别重情义的人，“天下快意之事莫若友，快友之事莫若谈”，尤其是和志同道合的朋友在一起，给他带来了课堂和书本之外的收获。他常感叹“自幼失学，少年学问寡成。壮岁事功难立，单靠学堂一天上几节课是不行的，必须多结胜友，以求学业广博”。他在给萧子升的一封信中说：“弟近年来有所寸进，于书本得者少，于质疑问难得者多。苟舍谈论而专求之书，其陋莫甚。”这正是毛泽东交友的收获之一。为了珍惜在一起交谈的时间，毛泽东给自己规定了“三不谈”：“不谈金钱，不谈家庭琐事，不谈男女问题。”他们都有着一种“奋斗的和向上的人生观”，以“为人之学”“为国人之学”“为世界之学”作为自己学习的目的。

这“湘江三友”从一师分开后，一有空便凑在一起。1918年，他们一起来到岳麓山爱晚亭促膝相谈，当谈到个人婚姻问题时，毛泽东首先提议，为寻求救国真理，甘愿终身不娶。对此倡议，蔡和森和萧子升皆深以为然。他们经常在一起讨论的问题，就是国家和民族的命运，中国的出路在哪里？他们自己的出路又在哪里？这也是他们一直在追寻的大本大源。

就在他们探寻之时，一方面时局瞬息万变，一方面国内新文化、新思潮风起云涌。1915年9月，陈独秀在上海创办《青年杂志》（后改为《新青年》），指出“伦理的觉悟是吾人最后之觉悟”，这标志着新文化运动的开始。杨昌济是近代系统引进西方伦理学思想的第一人，他教授的伦理学也是毛泽东等“湘江三友”和其他众多学生最喜欢的课程。毛泽东当时兴趣最大的就是伦理学，他认为“伦理学是规定人生目的及达到人生目的的方法之科学”，甚至把杨昌济翻译的一部共七册的《西洋伦理学史》全部抄录下来。也正是由于杨先生介绍和推荐《新青年》，一师学子开启了另一扇认识中国与世界的窗口。随后，陈独秀又循着新文化运动的思路继续探索和开拓，高举新文化运动的两面旗帜——“德先生”和“赛先生”(民主与科学)，掀起追求真理和个性解放的热潮。这些新文化运动的领袖和主将大多受过西方教育，他们将西方的各种思潮引入中国，如改良主义、自由主义、社会达尔文主义、无政府主义、实用主义、民粹主义、工团主义等各种主义和思潮，五花八门，莫衷一是。1917 年 11 月 7 日（俄历 10 月 25 日)，俄国发生了十月革命。“阿芙乐尔号”巡洋舰发出的一声炮响，也震撼了沉睡的中国。这使得中国的很多有识之士开始重新思考中国之命运和自身之命运。但马克思主义才刚刚开始在中国传播，其传播范围和影响力还极其有限，毛泽东在此时还不可能把马克思主义认定为他寻求的真理，他依然在茫然中寻找大本大源。他在 1917 年前后读了大量哲学、伦理学方面的书，既手抄过老师杨昌济翻译的《西洋伦理学史》，也阅读过蔡元培翻译的德国哲学家泡尔生的《伦理学原理》，在约十万字的原文上写下了一万多字的批语。他在分析时局后认为，当时变革中国的方子开了不少，但“俱从枝节入手”而“本源未得”，都没能从根本上改变中国的前途和命运。

那时候，毛泽东觉得中国的病根在于“国人积弊甚深，思想太旧，道德太坏”，而要改变这种状态，在他看来，只有“向大本大源处探讨”，才能“执此以对付百纷，驾驭动静”，从改造哲学、改造伦理学入手，改造学术与人心，方可从“根本上变换全国之思想”。这是探寻解决中国问题大本大源之道的大方向。——这也是毛泽东和萧子升、蔡和森经常探讨的问题。

当“湘江三友”无暇聚首时，彼此间便以书信联系，有些信开头便是一句“日来思念甚殊”，可见他们的友情之深笃。萧子升从一师毕业那年 8 月到第二年的 7 月，毛泽东给萧子升写了十三封信（后收入《毛泽东早期文稿》），这段时间他们谈论最多的问题就是“如何使个人及全人类的生活向上?”而他们的恩师杨昌济也认为，一个人要想树立一种奋发向上、积极进取的人生观，就要教育学生先加强自身的道德修养，并善于“自理其身”，然后要树立远大的理想和为国家为民族献身的精神。思想与道德，也是毛泽东当时最揪心的一个问题，他在致黎锦熙的信中说：“吾国思想与道德，可以伪而不真、虚而不实之两言括之，五千年流传到今，种根甚深，结蒂甚固，非有大力不易摧陷廓清。”

这样的探讨，往往只有争论，没有结论。随着参与讨论的同仁越来越多，毛泽东、萧子升和蔡和森也越来越觉得要组织一个可以聚在一起探讨问题的社团，这就是酝酿中的新民学会。新民学会的成立，堪称毛泽东等人在追寻大本大源历程中的一个必然归宿，从一开始他们就抱有“经纶天地之大经，立天下之大本”的初衷。这也是毛泽东在一师求学期间的一个标志性事件。在这个学会的背后，在那被风吹走的岁月中，你依然能看见那一代热血青年被阳光勾勒出的矫健身影……

第一章

书生意气

一

每到清明前后，刘家台子的桃花、玉兰花、石榴花便在乍暖还寒的风中陆陆续续开了。

我来这里时正是清明过后，这恍惚的季节，忽而下雨忽而出太阳。阳光、雨水、雾气和花香纠缠在一起，便有了一种隐秘而奇异的氛围。你越是想要看清某种事物的真相越是看不清楚。

刘家台子虽小，却位于“江山”之间。江是湘江，山是岳麓山。风从湘江的浪尖哗哗吹来，一浪一浪地吹进岳麓山，一座山响彻着一条河流的回声，一如河流般波澜起伏。往这儿一走，一低头，便是山鸣谷应，一抬头，便是风起云涌。一条路从湘江边上蜿蜒而来，向着雾中的岳麓山山麓延伸。为了寻找一百多年前的那几间老屋，我在一幢幢高楼大厦的背后七弯八拐费了不少周折。这条路其实很短，却在时空中绵亘了一百多年。上世纪初，这条路还是一条从荒草和野蒿中穿过的黄泥巴路，刘家台子一带还是河西的荒僻之地，在荒草和杂树中偶尔冒出一块爬满青苔的墓碑或一个阴恻恻的坟头，在那荒芜深处仿佛隐藏着什么鬼怪。而眼下，那死气沉沉的坟地已化作繁华的市井，每一个角落里都充满世俗的热闹。一个人若是带着对往昔的缅怀走到这里，很容易产生时空错乱之感，又在错乱的时空中迷失方向。

然而天不藏密，当隐隐约约的花香从那过于幽深的地方飘来，便有蜜蜂与蝴蝶悄悄地向着某个隐秘的角落飞去。我就是跟着这些从来不会迷失方向的小生灵，寻觅到一百多年前的那座农家小院。

我是第一次来这里，却有一种故地重游的感觉。小院环以一圈竹篱斜护的院墙，前有一道青瓦起脊、白墙墨柱的朝门，门额上悬挂一块匾额——沩痴寄庐。我定了定神，凝视着，那每一个繁体的汉字都闪烁着悠久的光泽，仿佛掩藏着不为人知的秘密。对这一方匾额，你还真得一字一字地解读。沩，指宁乡的沩山或沩水。沩山地处宁乡县西，古称潭州沩山，潭州即长沙。沩水为湘江一级支流，古称玉潭江，发源于沩山，自西向东流入湘江。这全长一百多公里的河流，流经湘中古刹密印寺和千佛洞。这条路是毛泽东二十四岁那年走过的。1917 年暑假，他与好友萧子升结伴而行，外出游学，拜谒密印寺，与寺中方丈纵论深谈了两天三夜，探讨济苍生、安黎元、普度众生的大本大源。而世间因缘或因果，总于冥冥中深藏玄机。一如这座“沩痴寄庐”，谁能想到它会在时空中成为一个历史的开端？

这小院的主人是宁乡人氏，自称“沩痴”。而寄庐，乃指寄居于墓庐。这几间黑白分明的老屋，也确是一位宁乡人为守护祖坟而盖起的墓庐，始建于清朝末年。只是，那一座坐北朝南、白墙青瓦的老屋早在抗战时期便毁于战火，我看见的这房屋是上世纪 80 年代按原貌复建。这是一幢凹字形平房，为竹木结构，面阔三间，进深一间。走进堂屋，左为正房，右为厢房，后边还带有一间杂屋。小院左边为一小块菜地，种着辣椒、苋菜、蕹菜（空心菜）。院内还有一方清水塘，那一百多年前的清水沉浸在一片宁静中，澄明如镜，几近虚无，倒映着今天的天光云彩，又表明了它的存在。当一串水泡在风中泛起，从水底传来的声音，仿佛一个老人深沉的呼吸声。我在房前屋后转了几圈，这小院连同房屋的结构并不复杂，深邃而复杂的或许是那如天空的云絮一样变幻莫测的岁月。

没想到，一个小院里竟有这么多树木，眼下正是石榴花开得最盛的季节，那花骨朵儿如星状绽开，如迸发出的斑斑血花。除了桃树、石榴和玉兰，还有桂花树和老香樟。香樟树是湘中最挺拔高大的乔木，那两棵一百多岁的香樟也经历过一次火劫，身上还有雷电和风暴留下的伤痕，但它们吸收着大地的能量，以永远不向时间屈服的方式生长，长成了两棵遮天蔽日的参天大树，那苍老的树干和历尽沧桑的枝叶依然泛出湿润的光泽，而岁月中总有坚韧而顽强的生命来见证物是人非。

而今，这小院的主人早已无处追寻，若不是另一家人租住于此，这小院、老屋、水塘、菜畦或许早已连同当年的坟茔一起在无尽的岁月中湮没，但它命定又不会湮没。

那是 1917 年秋天，就在毛泽东和萧子升漫游归来后不久，蔡和森的母亲葛健豪变卖了从娘家陪嫁来的金银首饰，从湘乡县荷叶光甲堂（今属双峰县）迁居到这个小院，带着大女儿蔡庆熙、外孙女刘昂一起来到省城求学。而在此前，蔡和森和蔡畅兄妹俩已来长沙求学。这一家人从来就不是小院的主人，只是临时租客，但一家人在省城终于有了一个团聚的地方，这也让蔡和森和毛泽东、萧子升等一帮形影不离的学友有了一个时常聚首之地。

蔡和森有一个活成了传奇的母亲，哪怕在今天看来，她的一生也是一个传奇。

葛健豪，原名葛兰英，1865 年 8 月 17 日生于荷叶桂林堂。葛家与曾国藩的曾氏家族、“鉴湖女侠”秋瑾的婆家王氏家族并称为当地三大望族，三家还彼此联姻，血脉相连。葛健豪自幼聪颖，且极有悟性和个性，她五六岁时便在家塾中读书习字，从《三字经》《女儿经》一直读到“四书”等儒家经典，在当时的女性中，她的文化程度算相当高了。她娘家桂林堂与秋瑾的婆家相隔不远。秋瑾比她小十岁，乳名玉姑，原本是浙江绍兴人。1894 年，秋瑾十九岁，其父秋寿南任湘乡县督销总办，将秋瑾许配给荷叶镇神冲王廷钧为妻。秋瑾嫁入王家时，葛兰英还去喝过喜酒。当她见到这位貌美如花的女子时，一下惊为天人。秋瑾不但天生一副好姿色，还是一位剑胆琴心、能文能武的奇女子，她那一股不让须眉的侠气，很快就传遍了方圆数十里，也引起了不少风言风语。葛兰英对秋瑾又是佩服，又是羡慕，一个女子可以活得这样有声有色、扬眉吐气，这让她看到女人在天地间还有另一种活法。一有空，她就去看望秋瑾。秋瑾对这位大姐也是掏心掏肺，无话不谈，却从来不谈那些针头线脑、婆婆妈妈的事情。葛健豪发现这女子心眼大得很，她心里装着江山社稷和天下苍生。

秋瑾当时在湘乡有两个知音，一个是葛健豪，一个是唐群英（中国同盟会第一个女会员）。她们“情同手足，亲如姐妹，经常集聚在一起，或饮酒赋诗，或对月抚琴，或下棋谈心”，这三姊妹后来被誉为“潇湘三女杰”。只要跟秋瑾和唐群英在一起，葛健豪就跟着了魔似的，她的心眼也越来越大了，觉得自己再也不能针头线脑、婆婆妈妈地过一生了，她也想换一种活法，像秋瑾那样活得矫健而豪迈，于是将自己的名字改为了健豪。她更想让自己的儿女活出另一种人生。

葛健豪生有三儿三女，大儿子和二女儿不幸夭折。蔡和森为第三子，1895 年 3 月 30 日出生于上海，其父蔡蓉峰当时为上海江南机器局的一个小职员。江南机器局乃是中国近代最早的、规模最大的新式工厂之一，一个小职员的薪水也不低。蔡蓉峰很快就经受不住那百般的诱惑，他在上海讨了一个小老婆，还学会了抽大烟。对这样一个丈夫，葛健豪忍无可忍。1899 年春天，她在与丈夫争吵之后，便带着蔡和森等子女气冲冲地回到了娘家荷叶桂林堂。1908 年，为了减轻家里的负担，蔡和森还未满十三岁就被送到伯父蔡广祥开办的辣酱店当学徒。他在母亲的教育下，一边当学徒，一边挤出时间来自学。三年学徒期满后，十六岁的他进入永丰国民小学读三年级。由于年龄大，他常常被同学嘲笑称“太学生”。他听了只是一笑而已，然后又一头扎进了书本里。一个学期过后，就再也没人笑话他了，那些嘲笑过他的同学一个个都大眼瞪小眼地瞅着他——他创造了一个奇迹，竟然连跳三级考入了湘乡县城的高等小学。

令人惊奇的不只是一个蔡和森，还出现了葛健豪三代人同进学堂的稀奇事，葛健豪带着儿子、女儿还有一个四岁的外孙女，一家三代进了湘乡县城念书。葛健豪报考县城第一女校时已年近半百，一个小脚老太婆，竟然来报名上小学，这老太婆莫不是疯了吧？那负责报名登记的先生用奇怪的眼光打量着她，葛健豪不怕这样的眼光，只怕不让她报名。可无论她怎么恳求，学校就是不让她报名。这让她悲愤不已，难道年纪大了就没有读书的权利？她立马就叫女儿写了一纸呈文，送到县衙去评理。那县官还算开明，读了她的呈文，觉得这是一位了不起的妇人，提起笔来就在呈文上批了四个字："奇志可嘉"。然后又命学校破格录取。当葛健豪踩着一条凹凸不平的石板街去上学时，满街的人就像看怪物一样看着她，她却一路昂着头，微笑着，有一种说不出的快意。

1913 年，蔡和森考入了湖南省立第一师范，这年他刚满十八岁。一个十六岁才读初小三年级的"太学生"，在短短的两年内就以名列前茅的成绩考入了第一师范，这又是奇迹了。就在他进省城念书的第二年，父亲为得一个财主五百银元，竟然要把十三岁的毛妹子蔡畅卖给人家做童养媳。葛健豪一听肺都气炸了，可在那个男权社会，一个母亲也无力保护自己的女儿，何况要出卖她的是自己的亲生父亲。她赶紧向长沙的儿子告急。

蔡和森一听也急了，赶紧和毛泽东、萧子升商量怎么办。

萧子升一个劲地摇头叹气："唉，你怎么会有这样一个父亲?"

毛泽东却是硬邦邦的一句话："干脆来个釜底抽薪，把毛妹子接过来啊!"

蔡和森心急火燎地赶回家里，他跟母亲和小妹商量后，趁着父亲酒醉未醒，连夜把妹妹接到了长沙。

蔡畅，原名蔡咸熙，乳名毛妹子，1900 年 5 月 14 日生于荷叶光甲堂，是家里最小的孩子。这个差点成了童养媳的毛妹子，跟着哥哥逃到长沙不久，正好赶上周南女校招生，她报考了音乐体育专修科。在报名表上，她写上了自己的新名字——蔡畅，既表达了她与命运搏斗后的舒畅心情，也反映了她渴望今后的生活道路畅通无阻的美好愿望。她非常珍惜母亲和兄长为她争得的学习机会，每天直至深夜还在苦读。她因成绩优异，像她三哥一样一连跳了好几级，只用了两年时间就读完了别人四五年才能学完的功课。1916 年春季毕业，她留校担任体育教员，此时她才十六岁，还是一个满脸稚气的毛妹子，那红扑扑的脸蛋，一笑就露出两个天真的酒窝。

葛健豪迁居刘家台子后，这位五十多岁的小脚老太太又报名参加了女子教员养习所学文化，大女儿蔡庆熙入长沙自治女校学缝纫和刺绣，外孙女刘昂入周南女校幼稚园。蔡家祖孙三代五人进省城求学的故事，在长沙又成了一个传奇，这不是一个人的传奇，而是一家人的传奇。

一百多年过后，我在这农家小院里蹑手蹑脚地走着，生怕惊动了什么。我悄悄地透过一扇窗户或一扇门，窥探着那在一星灯火的光晕中放大了的一个个背影。那书页轻轻揭开的声音，还有那随风飘来的书香，让我深深沉浸于其中，恍然不觉那已是另一个时空的往事，一切如在眼前，连那温热的呼吸声也能感觉到。

二

蔡家刚搬来时，这刘家台子还满目萧索，阴气逼人。自从蔡家搬到刘家台子后，这里的人气越来越旺了，每到周末，蔡和森便邀毛泽东、萧子升等好友来家里聚会。据蔡畅后来回忆："从 1917 年秋季起，毛泽东以及张昆弟、罗学瓒、邹鼎彝、何叔衡、陈章甫、萧子昇（升）等进步青年更为频繁地来往我们家中。他们多数是第一师范的学生，而第一师范的校址几乎正和我家的住处隔岸相对。”这当然不是一般的聚会，他们都是非同一般的人物，在这几间偏僻的农舍里探讨的都是国运与命运。在葛妈妈看来，这一个个阳刚气十足的后生仔，火焰高啊！

毛泽东等“湘江三友”就不用说了，张昆弟也是这家里的常客。这小伙子和毛泽东一样有着一头乌黑茂密的头发，也留着一个潇洒的大分头。他 1894 年生于益阳县板溪乡龙西村（今属桃江县）一个贫寒的农家，1913 年考入第一师范，与蔡和森为同班同学，和毛泽东为同一届的挚友。在那风华正茂的岁月里，他们只谈大事，一心向学。在张昆弟看来，毛泽东简直是一个箪食瓢饮、不修边幅的苦行僧。刚进一师时，学校里给每位新生发了一套青色呢制服，毛泽东一直穿到毕业，衣袖裤管磨破了，颜色褪了，他还是缝缝补补，穿了又穿。他的被褥是湖南一般农民用的蓝棉大布套被，没有枕头，他则以书代枕。毛泽东唯一比较体面的衣服是一件褪了色的灰布长衫，一年四季常穿，不同的是冬季穿时里面加些旧衣裤，夏天穿时则把它减去。因此，张昆弟和一些同学开玩笑说：“毛润之的算术学得好——冬天用加法，夏天用减法。”这样一位“身无半文，心忧天下”的同学，也越来越赢得了张昆弟打心眼里的尊重，两人时常结伴而行，而去得最多的就是刘家台子。

对于毛泽东那时的一些谈话和设想，张昆弟在日记中有所记载。他在 1917 年 9 月 16 日的日记中说：“毛君云，西人物质文明极盛，遂为衣食住三者所拘，徒供肉欲之发达已耳。若人生仅此衣食住三者而已足，是人生太无价值。又云，吾辈必想一最容易之方法，以解经济问题，而后求遂吾人理想之世界主义。”9 月 23 日，他又在日记中真实地记录了他们在刘家台子的一次聚会和促膝夜谈：“时近黄昏，遂宿于此，夜谈颇久。毛君润芝云：现在国民思想狭隘，安得国人有大哲学革命家、大伦理革命家，如俄之托尔斯泰其人，以洗涤国民之旧思想，开发新思想。余甚然其言……毛君又主张家族革命、师生革命；革命非兵戎相见之谓，乃除旧布新之谓。”从张昆弟的日记看，毛泽东此时主张的革命并非“兵戎相见”的流血革命，而是“除旧布新”的维新变革，实为一种改良主义的主张。这也是青年毛泽东在思想上的一个无法绕开的阶段。

当历史进入民国七年（1918），翻检这一年的大事记：1 月 3 日，孙中山为教训执掌广州军政大权的桂系军阀、广东督军莫荣新，在炮舰上亲自指挥炮轰被桂系军阀莫荣新盘踞的广东督军府；2 月，《晨报副刊》创刊，李大钊任主编，这是《新青年》之外又一个在国内传播马克思主义思想、介绍俄国革命的主要阵地；3 月中旬，北洋军阀张敬尧“血洗平江，其惨状为南北战争以来所未有”；4 月 14 日，毛泽东、蔡和森在长沙组织新民学会……

这年清明过后，一个周末的下午，大雨正下得猖狂，通往湖南一师的那条石板街水流汹涌，蔡和森和萧子升挽着裤腿、打着雨伞来一师找毛泽东。这是早已约好了的，他们要去刘家台子商量事情。

此时，毛泽东正穿着短裤、光着身子坐在一师的井台边淋雨呢。

这也是毛泽东早已养成的习惯和信念。杨昌济一直强调人的身心同样需要锻炼，主张德智体“三育并举”。若要身体力行，首先就要有一个好身体。一个人没有强健的体魄，就会缺乏勇毅的精神和坚忍的意志，对恶劣的环境就没有抵抗力。一个国家若不注重体育，人民体质羸弱，国势必然衰颓。他长期坚持静坐、冷水浴、长途步行等体育锻炼方法，还把这些方法传授给学生。毛泽东是冷水浴最坚决的仿行者，从 1915 年暑期开始，他就把冷水浴作为每天的“第一课”。每天清晨，他便来到校园东北隅浴室旁的一眼水井边，脱光上衣，吊上一桶桶冰凉清骨的井水往身上浇，然后用浴巾摩擦全身，一直到全身皮肤发红发热为止。他曾经说过：“冷水浴足以练习猛烈与无畏，又足以练习敢为，是一种很好的锻炼方法。”如今，在湖南一师的小院里还保存着一方风雨沧桑的井亭。当时，不管刮风下雨，哪怕大雪纷飞，毛泽东每天一大早就会来这水井旁，打上两桶水，从头浇到脚，在那哗哗的水声中，他感到特别痛快淋漓。除了冷水浴，他还坚持风浴、雨浴、日光浴，更是一位“到中流击水”的游泳健将。他还写了一篇《体育之研究》（署名“二十八画生”），抒发了他的体育观：“体育之大效盖尤在此矣。夫体育之主旨，武勇也。武勇之目，若猛烈，若不畏，若敢为，若耐久，皆意志之事。”此文还被杨昌济先生推荐到《新青年》上发表了。

毛泽东所谈乃是“体育之大效”，这仅仅只是他的一个切入点，而其目标则是“以真理为归”。据蔡和森记载，毛泽东的《体育之研究》在《新青年》上刊登以后，他和蔡和森有过一次长谈。他说：“冲决一切现象之网罗，发展其理想之世界，行之以身，著之以书，以真理为归，真理所在，毫不旁顾。前之谭嗣同，今之陈独秀。其人者魄力雄大，诚非今日俗学所可比拟。”

眼下，这雨越下越大了，而越是风狂雨骤，毛泽东越是要把自己吹个够，淋个透。若是烈日当头，他还要选个阳光最炽烈的地方进行日光浴。他那被风雨和阳光浸透了的身子骨多健美啊，在冲刷而下的水流中更凸显出一身肌肉的光泽和力量，这让蔡和森和萧子升看了啧啧称叹。毛泽东在雨帘中看见了那两把吹得东倒西歪的油布雨伞，哈哈大笑地冲他们喊道：“嗨呀，打什么伞啊，让风使劲吹一吹吧，让雨痛快地淋一淋吧！”

蔡和森和萧子升一听就把雨伞收了。他们脱下长衫挂在井亭里，穿着短裤扑进了风雨里，一边和毛泽东坐在一起吹风淋雨，一边就在风雨中商量起交友结社的事情来。

这交友结社之事由来已久，而最早萌生此念的就是毛泽东。他时常感伤自幼失学，少年学问寡成，壮岁事功难立，单靠学堂一天上几节课是不行的，必须多结胜友，以求学业广博。1915 年 7 月，他在给萧子升的信中说：“弟近年来有所寸进，于书本得者少，于质疑问难得者多。苟舍谈论而专求之书，其陋莫甚。”为此，他与萧子升、蔡和森、陈章甫（陈昌）、熊光楚、萧三等组织哲学研究小组，在杨昌济的指导下，对哲学和伦理问题进行定期讨论。但“以求学业广博”只是毛泽东交友结社的初衷，他还有更高的追求，那就是结交更多志同道合的朋友，共同探讨和求索他一直在执着追求的大本大源。为此，毛泽东还以当时最轰动、最超前的传播方式，在湖南寻求进步青年，以相互砥砺，用他的话说：“求友互助之心热切到十分。”

那是 1915 年 9 月，正值秋季开学不久，长沙城内各中等学校传达室门口贴出了一张《征友启事》，用八裁湘纸油印，那字是一笔遒劲飘逸的兰亭体，从字体到文体一看就知道此人功力非同一般，这启事后边所列举出的征友条件也非一般人所能达到，要求应征的朋友必须对学问、时政感兴趣，能吃苦耐劳，意志坚定，随时准备为国捐躯。这可不是一般人敢于应征的。那一句“愿嘤鸣以求友，敢步将伯之呼”，前一句出自《诗·小雅·伐木》“嘤其鸣矣，求其友声”，后一句曾为湘军宿将、清两广总督刘坤一《书牍·复奎乐峰》所用，乃是求助之意：“无奈罗掘皆穷，点金无术，万不得已，始为将伯之呼！”

这启事贴出来后，一时间，各校师生又是议论又是猜测，这征友者是何许人也？落款“二十八画生”，这是毛泽东三个字的繁体笔画数，可谁又知道呢，看起来就像是一个谜语。不过，启事后注明“来信由湖南省立第一师范附小陈章甫转交”，这就是唯一的线索了。

当时，有人甚至猜测这是“求女友帖”。那个时代还是严格的男女分校制，尤其是女校，更是严禁男女学生往来。湖南女子师范的马校长，急匆匆地跑到湖南第一师范附小，她紧绷着脸逼问陈章甫，那“二十八画生”究竟为何人？陈章甫赔着笑脸再三解释，那是一位品学兼优、志向远大的青年，这个启事也绝不是什么“求女友帖”。他还把启事抑扬顿挫地朗诵了一遍，很动情地说：“马校长啊，您听听，这哪是寻找什么女友啊？这就是寻求志同道合的朋友啊！”

听罢，马校长那紧绷着的脸才稍稍放松了，嘟囔了一句：“哪有这样征友的！”

尽管毛泽东征友的反响很大，但应征者却寥寥无几。毛泽东后来回忆说，“仅有三个半人回信”，另一说，“应者亦五六人”。应征者如此之少，只能说毛泽东征友的要求实在是太高了。毛泽东征来的“三个半”朋友为陈章甫、罗学瓒、罗章龙。为什么会有半个呢？因为有一个虽然应征但没有明确表态，此人叫李隆郅（即李立三）。

陈章甫，又名陈昌，浏阳人，1894 年 7 月生于广西梧州，后随父母迁回故乡浏阳。因家境拮据，陈章甫从小就想通过读书改变命运，“自朝至昃，未尝释卷”。他勉励自己：“人不能天生聪明也，发愤就是聪明。人一知之，吾十可知也，人十知之，吾百可知也。”1911 年夏，他考入湖南中路师范学堂，与萧子升为同届同学。他比毛泽东小一岁，却比毛泽东高了三个年级，但两人一经相识，就成了志趣相投的好友。毛泽东征友时，把他当成了征来的第一位朋友，并将他作为收信联络人，其实他俩早已结为好友了。

毛泽东与陈章甫都是黎锦熙的学生，黎先生在日记中曾这样评价他的两位得意门生：“在润之处观其日记，甚切实，文理优于章甫，笃行两人略同，皆可大造。”在校期间，毛泽东与陈章甫、张昆弟还组织了一个哲学小组，专门研究《新青年》上提出的新思想。1915 年，陈章甫毕业后相继受聘于长沙女校、周南女中和第一师范附小，担任地理教员。毛泽东一有空便来他这里，两人面对中国地图和世界地图，纵谈中国和世界的命运。就在这年 12 月，袁世凯悍然宣布接受帝位，推翻共和，让孙中山等革命党人艰辛缔造的中华民国一变而为“中华帝国”。这让原本就倍感世道黑暗又报国无门的陈章甫，陷入了更深的悲愤与绝望之中，感觉中国已重新坠入了黑暗的深渊。他在日记中将 1915 年的农历除夕称为“民国四年之末日，或谓共和之末日”。正月初一，他又在日记中写下悲观的誓言：“处乱世，贵独善其身。”

对于袁世凯称帝，毛泽东也极为痛恨，但他在致蔡和森等的书信中也做出了自己的分析，认为“均系不读历史之故”。在对历史典籍充分研读之后，他得出了历史演进的基本规律：“历史上凡是专制主义者，或帝国主义者，或军国主义，非等到人家来推倒，决没有自己肯收场的。”这种冷峻的历史观，让他在黑暗中从来没有悲观和绝望过，而总能看到前途，“如果要看前途，一定要看历史”。当他看见陈章甫情绪低落，每天唉声叹气、借酒浇愁，不仅当面劝解他，还一连写了数封信开导和勉励他，并随信给他寄送了数本《中华杂志》《时事痛言》。陈章甫读罢，甚感“少去其萎靡之气，故人贵有师友也”。正因为有毛泽东等诤友，他才渐渐走出悲观绝望的境地，又有了积极入世、奋发进取的精神姿态。三个月后的 5 月 1 日，他在诗中慷慨高歌：“兴邦雪耻属吾曹……爱国头颅等弁毛。”在教学之余，他还立志习武。他在给毛泽东的信中说：“弟日夜奋张空拳，摩挲武器，良以百重有待武功之驱逐也。虽属九牛一毛，敢荒匹夫之责？”

1917 年寒假，毛泽东到陈章甫的家乡浏阳考察，其间在陈家小住。浏阳是军阀混战的重灾区，那原本肥沃的良田沦为了血腥的战场，老百姓遭受一次又一次的洗劫，粮食和牲畜几乎被军阀抢光，壮丁也被军阀拉上了战场。中国的老百姓是极其坚忍的，哪怕再苦再累他们也能活下去，可这样的世道逼得他们没法活了。陈章甫和毛泽东一样忧国忧民，两人都深感救国救民责任之重大，天下兴亡，匹夫有责啊！后来，毛泽东还与陈章甫一家在长沙天鹅塘青山祠一起生活过一段时间，就跟一家人似的。陈章甫的妻子毛秉琴把毛泽东当作自家兄弟，陈章甫的女儿陈文新一直叫毛泽东舅舅。毛泽东与杨开慧结婚时，也是由陈章甫夫妇亲手操办，连新房都是他们两口子布置的。

毛泽东征来的第二位朋友是罗学瓒，字云熙、荣熙，1894 年生于湘潭县马家河镇，家境优越，1913 年考入湖南省立第四师范，与毛泽东为同年级同学。四师并入一师后，罗学瓒与毛泽东同分在本科第八班，两人成为了同班同学。在一师求学的过程中，罗学瓒和毛泽东走得越来越近了。他一开始以读书为乐，曾作一首偶感诗：“读书行乐处，作事养心时。世事浮云过，艰难我不知。”但他这样一天到晚抱着书本，几乎把自己读成了一个无问东西、不省人事的书呆子。由于缺少运动，他的身体孱弱多病，三天两头感冒发烧，一双眼睛高度近视，毛泽东有时候走到了他跟前，低头看着他，他竟然不知是谁。毛泽东一把抽掉了他手中的书，大叫一声：“哪有这样读书的？你看你，连这个世界、这世道也越来越看不清楚了！”毛泽东连拉带拽，把罗学瓒拉出门，到外面去游览，去锻炼，这个书呆子才渐渐改变了。他在日记中写道：“近数周来，于下午与同学远游三四里，或临山，或眺水，觉心志愉快异常，真大有益处。”1917 年 9 月 30 日，毛泽东等十六人租两条小船，环游湘江水陆洲一周，罗学瓒抒写了一首《咏怀》诗：“龙蛇争大地，豹虎满环瀛。蹂躏无余隙，巢空草木惊。安得异人起，拔剑斩妖氛。倾洋涤宇宙，重建此乾坤。一同登乐园，万世庆升平。”

毛泽东兴奋地说：“好，你这书呆子的眼睛总算睁开了！”

眼看着罗学瓒的身体素质一天天增强，毛泽东又教他学游泳，从夏天游到秋天，又游到冬天。此时风大水凉，湘江里已很少有人游泳了，但毛泽东还是拉着罗学瓒一起游，罗学瓒也越游越来劲了。他在1917年9月20日的日记中记载：“今日往水陆洲头泅游，人多言西北风过大，天气太冷。余等全然不顾，下水亦不觉冷，上岸也不见病。坚固皮肤，增进血液，扩充肺腑，增加力气，不得不谓运动中最有益者。”10月8日又写道：“余前数日，因浴冷水，致身痛头昏。休养数日，少饮食，多运动，今日已痊愈，复与毛君泽东等往河干洗擦身体一番，大好快畅。”他又抒写了两首诗，一首是《自勉》：“不患不能柔，惟患不能刚；惟刚斯不惧，惟刚斯有为。将肩挑日月，天地等尘埃；何言乎富贵，赤胆为将来。”

毛泽东看了这首诗，又端详着罗学瓒这个人，发出一声惊叹：“好家伙，‘将肩挑日月’，‘赤胆为将来’，我都不敢相信，一个书呆子能写出这样的诗，你可真是变了啊，变得我都不敢相认了！”

罗学瓒还写了一首《随感》：“我心如不乐，移足晤故人。故人留我饮，待我如嘉宾。开怀天下事，不言家与身。登高翘首望，万物杂然陈。光芒垂万丈，何畏鬼妖精？奋我匣中剑，斩此冤孽根！立志在匡时，欲为国之英。”

毛泽东连声赞道：“好，你也写出了我的志向啊！奋我匣中剑，斩此冤孽根！立志在匡时，欲为国之英。”

一旦有了共同的志向，两人更成了铁哥们。而他俩对结交朋友都极为严格，毛泽东和朋友们相约三不谈：“不谈金钱，不谈男女之间的问题，不谈家庭琐事。”罗学瓒则认为：“人将欲有为于社会，安能特立独行……不交于人，非所以处世也。”他立下“三不交”原则：

第一是势利的人不交；第二是品行卑污、无远大志向的人不交；第三是好谄谀之人不交。他对毛泽东十分钦佩，在家信中曾说毛是“敦品励学之人”，和他“朝夕相处，时有受益”。

毛泽东真正征来的一个新朋友，是此前素昧平生的罗章龙，字璈阶。他比毛泽东小三岁，1896 年 11 月生于浏阳县沿溪镇榴花村义和隆，幼年就读于本地广学书塾，后考入曾为谭嗣同、唐才常老师的刘人熙任校董的南台高小。谭嗣同也是浏阳人，罗章龙在高小时就读了谭嗣同的激越之诗。他父亲罗泰钧曾参与辛亥革命，这也让罗章龙少年时就深受民主革命风潮的影响。1912 年，罗章龙考入长沙第一联合中学（联中）就读，1915 年入长沙长郡中学。这年 5 月，罗章龙到长沙司马里第一中学访友。经过门卫处时，他两眼忽地一亮，连忙扶正了眼镜，细细端详。那是一则寻友启事，“用八裁湘纸油印的，古典文体，书法挺秀”。他读了一遍，又读了一遍。嗨，世上还有如此奇人！他当即记下联系方式，回去后便写文章应征，署名纵宇一郎。毛泽东收到他的信后立即回复，还引用了《庄子》里的两句话：“空谷足音，跫然色喜。”他在回信中约好星期日上午到湖南省立图书馆见面，并约定两人以手持报纸为接头“暗语”。

那天上午，久雨初晴，阳光把眼前的一切照得分外清晰。毛泽东按约定时间在图书馆门口等着，眼看着一个戴着黑边眼镜的小伙子，中等个儿，拿着一张《晨报副刊》走过来，他一副书生模样，还带着几分青涩的稚气，又透着一股湖南人特有的倔劲。

这里，再换一个角度来还原当时的情景，据罗章龙在《椿园载记》中回忆：“是日，适逢久雨初晴，丽日行空……同学陈圣皋也欣然同往。”他不是一个人来赴约，还有一位叫陈圣皋的同学陪同。“上午九时左右，我们到达定王台省立图书馆……在走廊处有一少年仪表端庄，气宇轩昂，心知即所欲晤见之人。我们乃趋前为礼，彼此互通姓名，方知少年姓毛名泽东，字润之。二十八画乃其名字笔画数。略谈数语后，圣皋去阅览室看书，润之建议到院内觅一僻静处倾谈……我们就坐在一长条石上，直谈到图书馆中午休息时止，足约二三小时始别。”而他们所谈的内容，据罗章龙所记：“谈话内容涉及很广，包括国内外政治、经济以至宇宙人生等等。”

这两三个小时的畅谈，应该说两人谈得特别投缘。临走时，毛泽东握着罗章龙这位小老弟说：“愿结管鲍之谊!”

他们的这次会面，后来被罗章龙的同乡、毛泽东的一师同学彭道良称为“三奇会”，罗章龙和陈圣皋在联中颇有异禀，被称为“二奇”，毛泽东则被一师同学誉为普鲁士能征善战的元帅冯·毛奇。彭道良还告诉罗章龙，毛泽东“品学兼优，且具特立独行之性格。他常语人：男子要为天下奇，即读奇书、交奇友、著奇文、创奇迹，作（做）个奇男子……此君可谓奇特之士，因此同学中戏称为毛奇，且语意（义）双关。”又据他们共同的同乡陈赞周（绍休）说：“润之气质沉雄，确为我校一奇士，但择友甚严，居恒骛高远而卑流俗，有九天俯视之概……堪称益友!”

总之是，这一面之交后，毛泽东就认下了罗章龙这个朋友。罗章龙也是毛泽东在一师同学之外的一位挚友，被誉为“管鲍之交，后无来者”。

再看毛泽东征来的“半个朋友”李立三，他年纪就更小了，1899

年出生于湖南省醴陵县阳三石村，当时正在长沙求学，因为“二十八画生征友启事”的指引，毛泽东和他有了通信联系。

尽管毛泽东征来的朋友不多，但加上此前和后来陆续结交的朋友，这些志同道合的朋友“大概有十五人内外”，这就是他们成立新民学会的骨干队伍。对此，毛泽东在1920年冬撰写的《新民学会会务报告》第一号中，追述了他们发起成立学会的缘起：

> 新民学会的发起在民国六年之冬……这时候这些人大概有一种共同的感想：就是“个人及全人类的生活向上”。“如何使个人及全人类的生活向上”？乃成为一个迫待讨论的问题……相与讨论这类问题的人，大概有十五人内外。有遇必讨论，有讨论必及这类问题。讨论的情形至款密，讨论的次数大概在百次以上。至溯其源，这类问题的讨论，远在民国四、五两年，至民国六年之冬，乃得到一种结论，就是“集合同志，创造新环境，为共同的活动”。于是乃有组织学会的提议，一提议就得到大家的赞同了。这时候发起诸人的意思至简单，只觉得自己品性要改造，学问要进步，因此求友互助之心热切到十分。——这实在是学会发起的第一个根本原因。又这时候国内的新思想和新文学已经发起了，旧思想、旧伦理和旧文学，在诸人眼中，已一扫而空，顿觉静的生活与孤独的生活之非，一个翻转而为动的生活与团体的生活之追求。——这也是学会发起的一个原因。还有一个原因，则诸人大都系杨怀中先生的学生，与闻杨怀中先生的绪论，作成一种奋斗的和向上的人生观，新民学会乃从此产生了……

眼下，这事渐渐有了眉目，但这学会宗旨是什么，一直还没有定下来，这也是他们要商量的。

毛泽东忽然击了一下掌，水花四溅地说："哈，有了，我们这个学会的宗旨就是要从学术、从品行、从身心上入手，革新学术，砥砺品行，改良人心风俗！"

蔡和森一听就兴奋地喊了起来："好啊！梁启超、谭嗣同也倡导过'新民之道'，主张'采补其所本无而新之'，以建设中国一种新道德、新思想、新精神，我看过梁启超的《新民说》，我们要比他更进一步才是！旭东兄，你说呢？"

萧子升却又正襟危坐、闭目养神、如入定一般了。蔡和森急眼看着他，过了好一会儿，他才慢慢睁开眼，慢条斯理地说："润之兄和我想到一块了，但我觉得还不够，我等同仁还必须潜在切实、不务虚荣、不出风头……"

毛泽东说："我看这样吧，先起草一个会章，再好生商议。"

蔡和森说："好，这个会章就由润之兄来起草吧，你可是文章高手！"

萧子升说："润之兄眼看就要毕业了，毕业功课很紧，我们眼下也正忙呢，就叫鼎丞给润之兄当个助手吧。"

萧子升推荐的鼎丞是邹彝鼎，字鼎丞，湘阴人，1913 年春天考入湖南一师本科第一部第六班，和毛泽东是同届同部不同班的同学，而毛泽东的挚友张昆弟和邹鼎丞在一师是同班同学，他们也是小学同学。在考入一师之前的 1912 年，张昆弟高小毕业后考进长沙湘军工厂艺徒学校，李维汉和邹鼎丞也考了进来，他们又成了同学。这是一所半工半读的学校，附属于一家军工厂。学徒们半天学习，半天实习，后来几乎整天做工，干的都是劳动强度很大的铸工或钳工。而学校施行一套军阀兼宗法的管理制度，这些尚未成年的学徒既要遭受体力上的摧残，还要遭受政治上的高压。有一次，工厂总办竟然无故惩罚学徒，李维汉、张昆弟、邹鼎丞带领学徒们奋起抗争，三人被扣上“煽动闹事”的罪名开除出校。第二年，他们又考入了湖南一师。由于张昆弟的关系，李维汉和邹鼎丞也结识了“湘江三友”，成了发起成立新民学会的骨干。

几个人在风雨中把事情商量出一个头绪，那风雨也渐渐停了。湖湘的春天就是这样，风雨来得急走得也快。毛泽东一边用毛巾使劲擦着身上的水渍，一边笑道：“这一场风雨没有白来啊。”

三人从一师校园走出来，便直奔湘江。蔡和森和萧子升都知道毛泽东的性情，吹过风、淋过雨了，还要在湘江里畅游一番。从城南走向下河街，一路上都是浑身破烂、蓬头垢面的乞丐。毛泽东和蔡和森都是一文不名的穷书生，萧子升一个小学教师，也是穷得叮当响，他口袋里的几个铜板很快就施舍光了。当乞丐们再次围上来，他把几个口袋都翻在外边了，真是一个铜子儿也没有了。但乞丐们还是追着他，他无奈地将两手一摊，对那捧着一个破碗的老叫花子说：“你信不信，我们也当过乞丐呢！”

这倒是真的。萧子升后来在《我和毛泽东的一段曲折经历》中记下了他俩在漫游中的一段行乞生活。在通往宁乡县城的路上，他们徒步行走了大半天，越走越饿，走到一家路旁的小食店时，他们饿得要命了，身上又没有一分钱。他们打听到在小店后面住着一位姓刘的老翰林，便去乞讨。萧子升记下了那一幕：“我们走到一座堂皇的住宅前，敲门。刘翰林终于走出来了。他年约七十岁，他带着惊奇的眼光注视着我们。当他明白我们的来意后，过了一会儿，他爽快地给了我们一个红纸包。我们向他告别之后，打开纸包，一下子富了起来，纸包里有四十枚铜板。我们以最快的速度回到小食店，不一会儿就饱餐了一顿，每人只花了四枚铜板。后来，我们沿路乞讨，农舍相隔二三里，讨到的只是些冷饭冷菜，半饥半饱的。我们深深感到，讨饭与在饭馆里吃饭是何等的不同！”

他们来到了沩山，找到一户人家，一对和善的老夫妇给了他们足够的饭菜后，又问：“你们两个小伙子看上去决非乞丐，可为什么以乞讨为生呢？”

毛泽东答道：“我们家境不好。但我们想旅行，因此唯一的办法便是一路乞讨。”

老人说：“当叫花子没什么不好，叫花子总比强盗好得多！”

萧子升说：“叫花子是最诚实的人，甚至比做官的都要诚实得多。”

这一段行乞的经历，也让他们更加同情乞丐了。当一个女人带着一个七八岁的小伢子过来乞讨时，毛泽东看着那瑟瑟发抖的小伢子，把自己的长衫脱下来裹在他身上，而他自个儿却只剩下一件旧背心。这长衫可以为小伢子挡一挡风寒，也可以去换几十个铜板。那女人牵着小伢子要给恩人下跪，毛泽东赶紧把小伢子拉了起来，还把他紧紧地搂了一下：“别下跪，男儿膝下有黄金，哪怕当了乞丐，你也是个男儿！”

萧子升看了毛泽东一眼说："你也是个菩萨啊！"

毛泽东摇了摇头说："这世道啊，再多的菩萨也救不了！"

到了江边，刚下过一场大雨，水里还带着浓重的泥腥味儿，河滩上还留下了一些斑斑点点的小水洼。毛泽东蹬掉鞋子，脱掉衣服，就下河了。这条湖南人的母亲河，对他来说从来不是阻隔，而是世界上的另一条路，他能踩水涉江而过，衣服鞋子就盘在头顶上。这时节江水还挺冷，但他水性好，也不怕冷，在冬天也时常下河游泳。这水越冷，他越是游得痛快。

蔡和森和萧子升都没有这么好的游泳本领，只能坐渡船过江。

蔡和森坐在船头，望着那在风里浪里如闲庭信步一般的毛泽东，不禁对萧子升叹息："什么时候我们也能像润之兄一样游过湘江啊？"

萧子升逆光而坐，那脸色愈发显得深沉，看不出一点表情。

就在他们过江时，风浪声中忽然传来了另一种声音。毛泽东用双手挡开一个猛扑上来的浪头，蓦地回头一看，漫天的晚霞照亮了一个书生伫立在岸边的身形。那是陈章甫，他正对着滔滔江水演讲呢。陈章甫刚进湖南一师时，还是个口拙舌笨的乡下穷小子，每次老师点名让他回答问题，他都是勾着个大脑瓜，结结巴巴，语无伦次，在课堂上闹出了不少笑话。而杨昌济仿佛跟他过不去，他越是这样，杨先生越是点他的名。说也怪了，陈章甫的口才竟慢慢练出来了。到毕业时，他的演讲才能已闻名全校，哪怕在大庭广众之下，他也一点都不怯场，他昂首挺胸，声音如铜钟般洪亮，一双眼睛顾盼生辉，还打着刚劲的手势。而他的秘密，也被很多同学发现了，每天清早和傍晚，他总是一个人跑到湘江边，对着风浪大声练习演讲，这澎湃起伏的风浪仿佛是他的万千听众。

毛泽东在浪尖上扬起手冲陈章甫远远地打了一声招呼，也不知陈章甫看没看见，但闻那演讲声更加激昂起来：“今之天下纷纷，就一面言，本为变革应有事情；就他面言，今之纷纷，毋亦诸人本身本领之不足，无术以救天下之难，徒以肤末之见治其偏而不足者，猥曰吾有以治天下之全邪！”

毛泽东一听，这是自己致黎锦熙信中的一段话，竟被这家伙拿来做演讲材料了。不过，经他一讲，这段话在这风浪里引起一阵阵回荡，愈加荡气回肠了。

当几个小伙子还在湘江东岸边走边谈时，葛妈妈已在河西那边张望了。

每到周末下午，她一边在小菜园里择菜，张罗着晚饭，一边打量着从湘江边上延伸而来的那条黄泥巴路。清明前后，天气还有些阴冷潮湿。葛妈妈时不时地张望着，到了傍晚，才远远看见三个后生仔从湘江边上走过来。那个头最高的是润之，打着赤膊，手挽着衣服，胸脯被风吹得通红发亮，真健壮啊。他们一边走还一边争论着，嗓门最高的就是她儿子林彬（蔡和森）。林彬很少跟旭东（萧子升）争论，这小子就像一个闷葫芦。但他动不动就会跟润之争吵起来，这俩小子简直是一对天生的冤家，“不是冤家不聚头啊！”林彬有时候争得面红耳赤，而润之却是笑眯眯的，像个谦让小弟的大哥一样。一看他们这神情，葛妈妈忍不住就笑了。

“葛妈妈好！”毛泽东一看见她就亲热地叫起来，就像叫自己的亲娘一样。

“葛伯母好!”萧子升弯腰行了一个大礼。

毛泽东每次一来就拿起锄头到菜园里干活，他打小就在家里干农活，锄草、松土、施肥，他是一把好手。锄头一到他手里便挟着一股风，翻开的泥土如浪涛一般起伏，而那胳膊上的肌肉愈发耀眼闪光。萧子升干起农活来慢条斯理，握着锄头像是捏着羊毫笔，眼神也不好，一不小心就把菜根给挖断了。

毛泽东没好气地冲他喊道：“去去去，到一边看你的《菜根谭》去!”

毛泽东正挥汗如雨地干着呢，忽然听见一阵银铃般的笑声。

蔡畅带着两个好姊妹回家了。在湖南一师有“湘江三友”，在周南女中则有“周南三杰”——向警予、陶毅和蔡畅。这“湘江三友”和“周南三杰”自然早就相识了。虽说男女有别，但他们都是开放新潮的青年，哪管他什么男女之大防，他们早已成了志同道合的挚友。这男男女女交往密切了也难免会有闲言碎语。那又有什么呢？向警予就满不在乎，她曾公开说过：“蔡和森和毛泽东是我的契友，我的思想感情是倾向他们的。”确实，在她心里，蔡和森是摆在第一位的。

向警予，原名向俊贤。她与蔡和森是同龄人，1895 年生在湘西溆浦县商会会长之家，在家排行第九，小名九儿。“溆浦”一名最早见于屈原的诗篇《涉江》，也是屈子的放逐之地。据屈学专家考证，屈原曾在溆浦度过八年时光，其传世诗篇有半数以上是在溆水之滨所作，溆浦因而被誉为“楚辞的源头”。在《涉江》中，屈原记述了他的流放之路：“入溆浦余儃佪兮，迷不知吾所如。”由于生长在屈原文化之乡，向警予深受屈原的影响。她青年时代就撰写文章，多处引用屈原诗句。在她那上下求索、特立独行，直至“以身许国”为真理而献身的人生中，处处闪耀着屈原的精神之光、人性之美。

另一方面，向警予有几个兄长曾留学日本，这让她自幼受他们的影响追求新知识。1903 年，向警予进入长兄在县城开创的新式小学，成为全县第一个入学的女学生。她十五岁时在常德读书，与丁玲的母亲余曼贞等七人结拜姐妹，对天起誓：“姐妹七人，誓同心愿，振奋女子志气，励志读书，男女平等，图强获胜，以达教育救国之目的，如有违约，人神共弃！”

1912 年秋季，向警予考入湖南省第一女子师范，1914 年转学周南女校。当时，杨昌济先生也在周南女校执教，向警予是他最得意的女学生之一，杨先生称赞她“可谓女教育界中之人才”。而周南女校后来被誉为“中国先锋女性的摇篮”和“女革命家的摇篮”，向警予和蔡畅就是其中的杰出代表。

不过，在周南女校，当时名气最大的还是陶毅（字斯咏）。她比毛泽东小三岁，湘潭人，1896 年生在一个富商之家，1916 年考入周南女中师范二班。毛泽东是男生中的高个子，玉树临风，陶斯咏则是女生中的高个子，亭亭玉立。她是长沙有名的美女，又多才多艺，琴棋书画、诗词歌赋无所不精，有人赞美她是“湘江才女冠江南”，还有人称她为“江南第一才女”。

陶斯咏迈着一双修长的腿儿跨过院门时，恰好有两只黄莺从头顶飞过，还叫了几声。黄莺是大自然的歌唱家，那鸣叫声既清脆又圆润，婉转而嘹亮。她笑吟吟地说：“真是好地方啊！黄莺也爱新凉好，飞过青山影里啼。”

向警予扑哧一声笑道：“我看还有更好的风景呢，田夫荷锄至，相见语依依。”

陶斯咏一听，就知道这话中有话，她落落大方地看了那“田夫”一眼，扬手招呼道：“润之兄，你过来一下，我有个问题要向你请教呢。”

毛泽东放下锄头，撩起背心擦了一把满头的热汗，便汗津津地跟着陶斯咏走到了水塘那边的樟树下。他搓了搓腿上的泥巴，看了看陶斯咏，陶斯咏却含笑不语。毛泽东便主动问她，毕业后有什么打算？陶斯咏微微一笑：“我正要问你呢。”毛泽东沉吟了一下，这个他还真是没有想好。他最近在《新青年》上看了周作人的一篇文章，介绍了日本的新村主义。周作人在 1910 年还专程奔赴日本九州参观过一个日向新村，在那个新村里，所有人都过着一种无政府、无剥削、无强权，既读书又劳动的田园诗般的新生活。这种如桃花源般的生活让毛泽东十分着迷，他也想毕业后找一些情趣相投的朋友试一试。

陶斯咏说：“我今后想过新村主义描述的那种生活，不过，不是在现实中，而是在梦里。”

毛泽东笑道：“梦想也有可能实现啊，至少也可以试一试吧。”

陶斯咏看了看毛泽东那充满梦幻神情的眼睛，突然给他来了一个小小的袭击，飞快地掏出手帕把他脸上的一块泥给擦掉了。她扑哧一笑：“哈，这就是现实！”

毛泽东先是一惊，继而一笑。陶斯咏看了他一眼，那长长的睫毛一闪一闪：“你笑什么啊？”

毛泽东朝蔡和森那边努了努嘴，笑道：“你刚才一个突然袭击，肯定把那两个家伙吓了一跳。”

蔡和森刚才还真是吓了一跳，他跟萧子升对视了一眼，小声嘀咕：“坏了，坏了。”

萧子升倒是神色不惊，慢声道：“我看他俩还真是天生一对呢。”

蔡和森却是一脸的危急：“危险，危险！你忘了那天咱们在爱晚亭，润之兄首先立下誓言，为寻求救国救民的真理，甘愿终身不娶。我看润之兄的誓言已成危言矣！”

而此时，另一双眼睛正含情脉脉地看着蔡和森，向警予正在石榴树下看着他呢。蔡和森还没反应过来，萧子升就已提前察觉，他诡谲地一笑：“嘿，我看最危险的还是你！”

这时候，从灶房里飘来了饭菜的香味，毛妹子蔡畅过来喊大伙儿去吃饭。向警予和陶斯咏赶紧过去帮着端菜盛饭，蔡和森悄声问了毛泽东一句：“润之兄，斯咏刚才向你请教什么啊？”

毛泽东早已猜到这小子想问什么，故意跟他开玩笑：“她问‘窈窕淑女，君子好逑’是写实还是虚拟？”

蔡和森急着问：“你是怎么回答的？”

毛泽东一本正经地说：“我说这个问题最好让林彬来回答。”

蔡和森推了他一把：“去你的！”

大伙儿都上桌了，一张方桌围了十多个人，碗是粗瓷大碗，吃的也是粗茶淡饭，但刚从地里摘下的蔬菜新鲜得不得了，还有一大碗从湘江里捞的鱼虾，这还是毛泽东上个周末捞起来的，葛妈妈晒干了，连同剁辣椒热辣辣地一炒，又香又下饭。

吃完饭，蔡畅和向警予、陶斯咏赶夜班渡船回城里去了，几个后生仔又抢着抹桌、扫地、洗碗，直把里里外外收拾得干干净净了，三人便一人端了一个小板凳，又坐在那石榴树下谈事。葛妈妈也端了一把椅子坐在旁边张起耳朵听着，几个后生仔也从来不介意，对她还挺尊重，有时候还征询一下她的意见。她虽只能听个大概意思，但也能感觉到这几个后生仔正在筹划一件了不得的大事，为此，她也感到莫名的兴奋。

夜渐渐深了，满院的月色和树影在风中摇晃起来，那水塘里的青蛙叫得越来越响亮。葛妈妈知道润之小时候就吟了一首《咏蛙》诗："独坐池塘如虎踞，绿荫树下养精神。春来我不先开口，哪个虫儿敢作声？"感觉这后生仔气魄可真大！她一边寻思着，一边把堂屋左边的一间厢房收拾好。三个后生仔在水塘边用冷水哗哗冲过澡，就挤在一张床上，盖着一床被子入睡了。多少个夜晚他们都是这样度过的。

三

1918 年 4 月 14 日，这是一个必将载入史册的日子。

清明过后近十天，渐渐进入春和景明的时节，那原本有些模糊不清的季节越来越清晰了，在明媚阳光的映照下，天是特别的蓝，水是格外的清，连蜜蜂和蝴蝶的影子也分外清晰。这天一清早，刘家台子一下涌来了十几个后生仔，把一间堂屋挤得满满的。他们围着一张方桌，坐的坐，站的站，开了一天会，宣告新民学会正式成立了。

对于参会人员，史上说法不一，一说十二人，一说十三人，一说十四人，他们都被视为新民学会的发起人或基本会员。据李维汉《回忆新民学会》（原载《历史研究》1979 年第 3 期）所记：“一九一八年四月的一个星期天，在长沙岳麓山刘家台子（又叫周家台子）蔡和森家中召开了成立会。参加会的有：毛泽东（润之）、蔡林彬（和森）、萧旭东（子升）、萧植藩（子暲）、陈绍休（赞周）、罗璈阶（章龙）、邹彝鼎（鼎丞）、张昆弟（芝圃）、邹蕴真（泮芹）、周名弟（晓三）、陈书农（启民）、叶瑞龄（兆桢）、何瞻岵（叔衡）、李维汉（和笙）等十四人。”若算上当日没有到会的和同年 8 月入会的，还有陈昌（章甫）、罗学瓒（云熙）、周世钊（惇元）、熊楚雄（瑾玎）、傅昌钰（海涛）、曾以鲁（星煌）、彭道良（则厚）等。这些人后来均被视为新民学会的第一批会员，共有二十九位，除了罗章龙，几乎都是杨昌济先生在第一师范任教时的学生。

李维汉，原名厚儒，字和笙，参加革命后又名罗迈，1896 年 6 月生于长沙县高桥镇学仕桥村一个知识分子家庭。这位个子高大又长相儒雅的小伙子，同时又有一种刚烈的性格。1912 年，李维汉考进长沙湘军工厂艺徒学校，因反对该校的军阀兼宗法的管理制度而被开除学籍，又于 1916 年考入湖南一师第二部，1917 年暑期毕业，留校任初级部主任。在第一师范期间，他同毛泽东、蔡和森和萧子升等人交往日深，志趣相投，也早有交友结社之念，因而成了参与发起成立新民学会的第一批会员。

在成立大会召开之前，毛泽东、蔡和森和萧子升已多次征询过杨昌济先生的意见，杨先生给予了很多指导，他认为一个人要想树立一种奋发向上、积极进取的人生观，就必须从我做起，从现在做起，讲求实际，如此才能“倡民族之精神”，“救人心之陷溺”，图社会“根本之革新”。杨先生的主张，也被毛泽东融入了会章。在成立会上，第一件事就是商议毛泽东、邹鼎丞起草的会章，这会章一开始条款很多，毛泽东还深谋远虑地列入了一些对未来的远景设想。这次会议经过了长时间的筹备，到了开会时也并非走过场，参会者“时而激烈地争论，时而埋头沉思，为学会的宗旨、名称、章程而殚精竭虑”。

萧子升已提前看过了会章草案，他首先发表了意见：“我觉得将现在不见诸行事的条文加入会章，为时过早，至于未来的愿景，还是先走一步看一步，关键是先要迈开第一步，还要脚踏实地地走好，才能走下去。”

萧子升讲了后又看了看大家的反应，他还特意征询何叔衡的意见：“瞻岵兄，你看呢？”

何叔衡是这批会员中的老大哥，1876 年生于湖南省宁乡县一个农民家庭，比毛泽东大十七岁。这是一位“求知嗜学的典范”，如今在他的家乡还流传着这位山里娃子勤奋苦读的故事。上山砍柴时，他就以树枝当笔，以大地为纸，山野间都是他大写的字迹，比在纸上更有一种旷达的奔放；在家煮饭烧火时，他就用夹钳在火烬里写字，那又是一种燃烧的感觉。夜深了，哪怕寒冬腊月，他都在桐油灯下苦读。一个风雪交加的冬夜，何叔衡正在伏案读书，在一旁纺纱的姐姐忽然闻到了一股烧焦的味道，她抽动着鼻子惊讶地一看，发现弟弟写字的桌子底下正在冒烟，原来，那桌子底下的炭火把他裤脚烧着了，而他竟还浑然不觉。姐姐一把推开了弟弟，一边给他扑火一边大嚷："你这样读书，真是连命都不要了啊!"

何叔衡就凭着这样的苦读，在二十六岁时考上了秀才。县衙门聘请他去当掌管钱粮的吏员，而这位穷秀才却拒绝了那一份让人垂涎的官差，宁愿在家乡一边种地，一边教私塾。1913 年春，何叔衡考入湖南省立第四师范学校，当时他已三十七岁了。校长陈夙荒在面试中问他："你这么大年纪了，又当了那么多年先生，怎么还要来当学生?"何叔衡欠身答道："学生深居穷乡僻壤，风气不开，外事不知，耽误了青春，旧学根底浅，新学才启蒙，急盼求新学，想为国为民出力。"这正是一位大龄学子孜孜以求的初心——为国为民出力。当四师并入一师后，何叔衡又编入了第一师范讲习班。刚进一师时，很多人看着这个穿着一身长衫、戴着一副黑框圆眼镜的同学就像一位老学究，有的同学还以为这是一位先生，一见他便鞠躬行礼问候他："先生好!"何叔衡赶紧一边还礼一边解释："惭愧，惭愧，我不是先生，也是学生!"别看他年岁大，却从不倚老卖老，这么多年来他深感"世局之汹汹，人情之愦愦"，而他抱着"为国为民出力"的目标，很快就找到了毛泽东等志同道合的学友。从四师到一师，何叔衡和毛泽东都是同届学友，经毛泽东介绍，他又认识了蔡和森、萧子升，由此与"湘江三友"打成一片。在湖南一师结业后，何叔衡先后在长沙楚怡学校和第一师范附小任教，与萧子升还一度是在楚怡学校执教的同事，两人的交往更深了一层。

何叔衡加入新民学会，从一开始就是抱着"为国为民出力"的目标，他也打心眼里是赞成把未来的愿景写入会章的，不过此时他还有些犹豫，是现在写好呢，还是待条件成熟后再写好呢？而一位大龄青年，总是比那些血气方刚的同学多几分思虑和审慎的。每次好友聚会，他从不率先发言，总是先在一边听听大家的意见，而且是听的多，讲的少，显得特别低调、谦逊。此时，萧子升一下就叫他表态，这让他顿了一下，又把滑落在鼻尖上的眼镜扶正了，才若有所思地说："这会章的条文也确实多了，我赞成旭东兄的意见，应该删繁就简。至于未来的愿景，乃是学会发展的方向和更高的目标，写是有必要写的，但现在是否还过早了一点？我琢磨着，还是循序渐进为好，而眼下，我们先要迈出扎扎实实的第一步，如杨先生所说，我等同仁，首先要树立一种奋发向上、积极进取的人生观。"

何叔衡刚刚缓缓地讲完，陈书农早已憋不住了，他砰的一声放下茶杯，又猛地一蹿，就直起身来抢着发言了："我也赞成循序渐进，但如何奋发向上、积极进取？我以为，现在不见诸行事的条文，正是我们要确立的远大志向和目标，为什么要删除？如果删除了，当我们迈开了第一步，下一步将走向何方？"

陈书农，又名启民，长沙人，1898 年出生，一师毕业后在长沙周南女校任教。这年，他年方弱冠，在会员中是年岁较小的，也难免血气方刚，性子比较急。对这位小兄弟，萧子升像大哥一样宽厚一笑，又轻轻拍了拍这小兄弟直挺挺的背脊，提醒他少安毋躁。

罗章龙也是个急性子的小兄弟，随即站起来表态支持陈书农："我赞成启民的意见，现在就必须确立一个未来的方向，这与一步一步走并不矛盾啊，旭东兄刚才不是说了嘛，走一步还得看一步嘛！"他正说到激动处，那鼻梁上的眼镜一下掉了。他这近视眼，一下抓瞎了，在地上摸索了一阵也没有找到自己的眼镜。

萧三就坐在罗章龙身边，他也戴着一副眼镜，却戴得很稳。当罗章龙摸索眼镜时，他一低头就发现了，从桌子底下给罗章龙把眼镜拾起来，还吹了吹上面的灰尘，才给罗章龙端端正正戴上。大伙儿看见这一幕都咧嘴直乐，萧三也跟着乐。笑过了，他又用手指梳了一下自己的小分头，仰起脸来表态：“我赞成启民和章龙的意见！”

萧子升下意识地瞥了老弟一眼，这家伙竟然在跟他唱反调呢！萧三却顽皮地冲他哥扑哧一笑。

这时候蔡和森不紧不慢地站了起来，看得出他一直在克制自己，但一开口嗓门儿就特别高昂：“各位同仁，我们为什么要成立这个学会？就是必须达成杨先生所指出的目标，‘倡民族之精神’，‘救人心之陷溺’，图社会‘根本之革新’，这是我辈必须承担起来的根本改造大任，也是我辈首先要树立的一种奋发向上、积极进取的人生观，这个必须写入会章，否则，我们的目标就定得太低了！”

他这发言，尽管一直克制着，却表达了他毅然决然的立场，也赢得了好几位会友的支持，但支持萧子升的人更多，这让争辩声一下变得更激烈了，一时间众声喧哗，几乎相持不下，萧子升连连打着向下压的手势让大家安静下来。

这时候有一个人站起来说：“我看都别争了，还是先听听润之兄怎么说吧，他是章程起草者，自有他的高见！”

此人便是邹蕴真，字泮芹，号半耕，1893 年生于汉寿县株木山乡邹家坪村一富户。1913 年考入湖南省立第一师范，与毛泽东在第八班同窗五载，但一开始两人并没有深交，他只觉得毛泽东是个才华横溢的同学。有一年放寒假后，邹蕴真和毛泽东一同留下来护校，除夕夜，长沙城内很多大商家将喜庆爆竹放得震天响，毛泽东却神情凝重，不时地叹气。邹蕴真问他："润之兄，何须长吁短叹呢？我们把书读好，将来成名立业，有什么办不到？"毛泽东说："我想的不是这些，我想的是，在眼前鞭炮声中，全国还有多少受苦受难的老百姓啊！"自那时起，邹蕴真才了解到毛泽东的远大志向。他们还时常登上岳麓山顶，在山风呼呼中席地而坐，横论国是，纵谈人生。随着与毛泽东的交往越来越深，他觉得毛泽东不只是才华横溢，更是一个深刻而有思想的人。这也让他养成了一种习惯，每当各种意见相持不下时，他就想听听毛泽东怎么说。

当邹蕴真瞅着毛泽东时，大伙儿也一齐看着毛泽东。毛泽东却微微一笑说："我就不必表态了，这会章是我和鼎丞兄起草的，自然就是我们的态度，我看还是交给大家表决吧。"

萧子升说："好，那就以起立的方式表决吧。"

表决结果，多数赞成萧子升的意见，于是对会章草案"颇加删削"，"将现在不见诸行事的条文"一一删去。据毛泽东 1920 年撰写的《新民学会会务报告》第一号所载："会章系鼎丞、润之起草，条文颇详；子昇（升）不赞成将现在不见诸行事的条文加入，颇加删削。"那些萧子升"颇加删削"的条文，恰是毛泽东所提的一些具有超前意识的政治主张，也是萧子升后来一直不赞成的主张，这其实为他们最终分道扬镳埋下了伏笔。而删削后的章程，确立了以"革新学术，砥砺品行，改良人心风俗"为宗旨——这是新民学会第一阶段的宗旨，也是会员们当时达成的共识。在这一阶段，他们将中国贫弱落后的原因主要归于国民“思想太旧，道德太坏”，认为革新学术、改造全国旧思想为首要之务。因此，他们提倡“学问要进步，品性要改造”，寄希望于会员之间切磋学术，砥砺品行，互相帮助，共同向上，以清除个人在求索之路上的“孤寂盲目”。应该说，这个宗旨在当时也是比较符合他们的身份和思想状况的，而毛泽东、蔡和森等人已有面向未来的超前眼光。

这次成立大会，一开始在蔡家的堂屋里举行，大伙儿在屋子里待久了，都感到脊背凉飕飕的。眼看外面的阳光越来越明亮，毛泽东伸手一指说：“我们移到院子里去吧，可不要辜负了这春天的阳光哦！”

大伙儿把长凳短椅纷纷搬到了院子里。阳光明晃晃地照着，桃花开得正盛，一张张年轻的面孔在阳光与桃花的映衬下显得愈加有生气了，那个一百多年前的春天也变得更加清晰了。毛泽东一见阳光，那两眼便特别有神，萧子升则一直眯着眼，那从水塘折射的阳光仿佛把他的眼睛刺痛了。他往树影下挪了一下板凳，又提出了时下道德风气太坏，社会上流行着种种陋规恶习，会员必须严于律己，引以为戒。他还说：“曾文正公为自己订立了修身十二法：持身敬肃，静坐养性，坚持早起，读书专注，多读史书，谨言慎行，持正居中，爱惜身体，技不荒疏，求知向学，饭后写字，夜不出户。我们会员也要制订一些戒律才好。”

蔡和森一听就笑了起来：“那第一条、第二条我就做不到，旭东兄啊，我可没有你那静坐养性的功夫，我看还要简单可行才是。”

毛泽东说：“严于律己是必须的，但这些清规戒律也确实难以一一遵循，有的已经不合时宜，我看可以通俗简单一些，就由大家议一议吧，把最要紧的列出来。”

于是，大伙儿又七嘴八舌地议出了五项戒律：“一、不虚伪；二、不懒惰；三、不浪费；四、不赌博；五、不狎妓。”

这五项戒律，也是杨昌济先生平时最为厌恶而自己洁身力戒的。

最终，大伙儿又以起立表决的方式，一致通过了新民学会的第一个会章，也是第一阶段的会章：

第一条　本会定名为新民学会。

第二条　本会以革新学术，砥砺品行，改良人心风俗为宗旨。

第三条　凡经本会会员五人以上之介绍及过半数之承认者，得为本会会员。

第四条　本会会员须守左（以下）之各规律：一、不虚伪；二、不懒惰；三、不浪费；四、不赌博；五、不狎妓。

第五条　会员对于本会每年负一次以上通函之义务，报告己身及所在地状况与研究心得，以资互益。

第六条　本会设总干事一人，综理会务；干事若干人，协助总干事分理会务。任期三年，由会员投票选充之。

第七条　本会每年于秋季开常年会一次；遇必要时，并得召集临时会。

第八条　会员每人于入会时纳入会费银一元，每年纳常年费银一元；遇有特别支出，并得由公决征集临时费。

第九条　本会设于长沙。

第十条　会员有不正行为，及故违本简章者，经多数会员之决议，令其出会。

第十一条　本简章有不适应时，经多数会员决议，得修改之。

接下来，便是选举学会负责人，萧子升被推选为总干事，毛泽东、陈书农当选为干事。毛泽东虽然只是担任作为副职的干事，但其后学会的会务工作，尤其是萧子升赴法勤工俭学后，实际上都是由毛泽东主持。

对于新民学会的成立，未来的历史已经做出了这样的评价：这是我国在俄国十月革命以后、五四运动前成立的中国最早的进步团体之一，在五四时期以学生为主体的众多进步团体中是成立最早的，从一开始就具有奋发的精神、严格的纪律和强有力的领导。后来，在毛泽东、蔡和森等人的主导下，其宗旨逐渐向“改造中国与世界”的更高、更辽阔的境界演绎，从进步团体演变为革命团体，成为湖南省反帝反封建的核心组织，在五四运动和中国共产党创建活动中，发挥了重要作用，产生了全国性的影响，成为中国共产党早期胚胎之一。这是后话了。

就在他们开会时，葛妈妈和两个女儿正在厨房忙着中午饭。毛泽东还一再跟葛妈妈说过，这次会议用餐可不能白吃白喝，由会员凑份子钱，从溁湾镇买来了猪肉，还有毛泽东、蔡和森等人早早从湘江捞上来的鱼虾。那菜地里的蔬菜此时长得正旺，葛妈妈怎么也不肯收钱。她还笑着跟毛泽东说：“润之啊，你要给菜钱，那我就要给你开工钱啊，你可没少给我们家打短工啊!”

当满桌子的饭菜摆好了，他们的会议也告一段落。毛泽东、萧子升和其他会员们首先高举茶杯向葛妈妈致敬。葛妈妈笑着说：“这可是我们家搬来后最热闹的一天啊，你们这些后生仔一个个都是干大事的，以后可别忘了我这个小脚老太婆哦!”

毛泽东深深地鞠了一躬说：“我们永远不会忘记你老人家!”

午餐后，大伙儿又讨论了会员的出路问题。尤其是毛泽东这一届学生，很快就要毕业了，他和新民学会的大多数会员一样，还想继续求学，而这时湖南的政局十分混乱，政权不断更迭，“教育摧残殆尽，几至无学可求”，陈章甫等人都想出国留学，罗章龙则想去北京上学。但这样的讨论一时间还难有结果，大伙儿都同意一部分会员到外面去发展。

对这一天的会议，毛泽东在1920年冬天撰写的《新民学会会务报告》第一号中做了追记：“餐毕，讨论会友出省出国诸进行问题，至下午散会。天气晴明，微风掀拂江间的绿波和江岸的碧草，送给到会诸人的脑里一种经久不磨的印象。”

这一帮风华正茂的年轻人，在“微风掀拂江间的绿波和江岸的碧草”间一个个充满了书生意气，阳光照亮了那一代青年挥斥方遒的群像。罗章龙扶了扶黑边眼镜，兴冲冲地赋诗一首：“济济新民会，风云一代英。沩痴盟众士，滦水泛流觥。佳气郁衡麓，春风拂郡城。庄严公约在，掷地作金声。”

此时毛泽东正望着北去的湘江，在滔滔不绝的流逝声中冥思遐想。

蔡和森悄声问："润之兄，你又在想什么呢?"

毛泽东那挺起的胸膛像江水一样起伏着："我在想三五年之后，或三十多年后，我们又在哪里呢?"

这正是毛泽东非凡而又超前的眼光，他总是拉开时间的距离，用一种未来的眼光来回望当下的事物。历史都是后人书写的，只有经历岁月长河的反复淘洗，方能彰显出其本质的光泽。回首当年，那时谁又能想到，这一群充满书生意气的青年学子组成的一个社团会成为一个载入史册的组织呢？而这湘江边上的刘家台子，一个竹篱斜护的农家小院，还有这几间偏僻的农舍，也会因一个历史开端而被赋予非同寻常的意义，从而成了时空中的一个"经久不磨"的坐标呢?

第二章

湘江北去

一

当你走近湘江的一刹那，你总忍不住要多看她几眼。

当你凝视她的那一刻，眼前已闪过无数浪花。

湘江，湖湘儿女的母亲河。她是由潇湘、蒸湘、沅湘等纷繁的水系交汇而成的一条长河，这是湖南一地被人们称为三湘大地的原因。湘江源出广西境内海洋山西麓，自南向北注入洞庭湖，然后奔向长江，而湘江就是洞庭湖伸向四周的蓬勃茂盛的树冠。这不仅是地域性文化符号，更是湘江和洞庭湖共同构成的一个重要精神和文化谱系，即湖湘文化。当屈原的《离骚》和湘楚之地的巫歌被当地人们以笨拙的方式混在一起大声歌唱时，湖湘文明的精神内核已经长成。从周敦颐、王船山，到曾国藩、左宗棠、郭嵩焘、谭嗣同、唐才常、黄兴、蔡锷、陈天华、宋教仁，无数湖湘人物纷纷登上中国历史的舞台，尤其是近三百余年来，她所制造的生命能量，一次一次地把湖湘文化推向无与伦比的高度，一部中国近现代史，几乎有一大半篇幅是这条河流书写出来的灿烂篇章。

湘江以其自然流量之大，又加之人文荟萃，让湘人王闿运发出此言："大江东去，无非湘水余波。"此虽近乎狂言，却也逼近历史真相。无论是谁，一旦走近这条河流，他们都将在这强悍的民风中去掉他们最后的矫情，最终在这无遮无挡的裸露的自然力量中完成自己，同时诞生自己。当杨度眼睁睁地看着倭寇与列强虎视眈眈，把魔爪一次次伸向中国，把一个古老的帝国一块块地撕裂、瓜分，那种压抑的悲愤和澎湃的激情如惊涛骇浪撞击胸膛，他一口气写出了荡气回肠的《湖南少年歌》："中国如今是希腊，湖南当作斯巴达；中国将为德意志，湖南当作普鲁士"，直至发出"若道中华国果亡，除非湖南人尽死"的绝望呼号。那时最绝望的是湖南人，最充满激情的也是湖南人。这一首硬朗、直接、血气逼人的歌，抒发出了湖湘儿女生命中最动人的力量。至今，湖湘儿女依然感受到他们血脉中涌动的那种与一条河流有关的激情与自豪。

毛泽东自从到长沙求学以来，几乎每天都要在湘江里畅游一番。岁月无痕而流年似水，他早已习惯了浪涛拍打在身躯上的哗哗声，甚至觉得自己已化作河流的一部分，而时光正在湘江北去的浪涛声中滔滔流逝。从 1911 年春天背着一个包袱、拖着一根辫子走进长沙，到 1918 年 6 月从湖南一师毕业，他在湘江里已畅游了七年，已是一个二十五岁的大小伙子，那在湘江的风浪里练就的一副强健的体魄，从骨子里都散发出成熟的气息。一根辫子早已剪掉了，而身上的包袱依然没有放下，还觉得越来越重了。

五年学业，一朝毕业，对于每一个学子都是难舍难分的告别。对于在第一师范度过的五年半岁月，毛泽东有一种难以割舍的眷恋与惆怅。而与朝夕相处的同学惜别，不只是情意殷殷、难舍难分，更有一别之后对各自前程命运难以捉摸的忧虑。在那变幻无常的岁月，多少同窗共读的同学一别之后便是永别，这更让人平添不可名状的怅惘。

而在惜别同学之际，毛泽东还要送别杨昌济先生。这五年来，毛泽东多次拜访杨先生的鹅塘寓所，在先生家中所受的教益更胜于课堂。恩师如父啊，他真觉得自己是送别远行的父亲。

杨昌济先生在北上之前，一直力推创办湖南大学。追溯湖南大学办学起源，乃是创建于宋太祖开宝九年（976）的岳麓书院，1897 年在岳麓书院创办新式高等学校——时务学堂，1903 年由岳麓书院等合并改制为湖南高等学堂。这是全国唯一整体改制转为高等学堂延续办学的古典书院，这所古代高等学府顺利实现近代化进程。1912 年民国建立后，教育部即颁令将清末的优级师范学堂改为高等师范学校，湖南奉命停办湖南高等学堂，并将湖南优级师范学堂改建为湖南高等师范学校，迁入岳麓书院办学，杨昌济先生回国后便担任该校教授。而在这“惟楚有才，于斯为盛”之地，他深感“湖南尚无可与东西洋比较之大学”，建议“合湖南之高等师范学校、高等工业学校、明德高等商业学校、法政学校、医学校等，组成一湖南大学”。但北洋政府对设立大学的要求极为苛刻，当时限定只能在北京、南京、武昌、成都、广州、沈阳等六地设立高等师范学校，连湖南高等师范学校也难免裁撤的厄运，于 1917 年 5 月宣布停办，这使创办湖南大学的希望愈加渺茫。如若高师不撤，毛泽东也有机会如蔡和森一样考入高师深造，而这一撤，一下就断绝了无数湖湘学子的求学机会。为此，杨昌济与易培基等人联名呈文湖南省政府，杨先生还将呈文改写成一篇题为《论湖南创设省立大学之必要》的文章，从振兴教育、培养人才、现实需要、传承历史、繁荣学术等方面更加系统、全面、充分地论述了筹办湖南大学的主张，并对未来湖大的发展规模、科目设置及经费投入提出了初步设想，他也因此被誉为“湖南大学蓝图设计第一人”。同年 9 月，湖南省政府正式在岳麓书院半学斋设立湖南大学筹备处，聘任杨昌济、孔昭绶、胡元倓、易培基等四位先生为筹备员，筹备处设于岳麓书院进门右侧的半学斋。半学，取自《尚书·说命》“惟教学半”一语，意为半教半学，教学相长。半学斋门联为：“惟楚有材，三湘弟子遍天下；于世无偶，百代弦歌贯古今。”半学斋原本为历代书院山长、高等学堂领导人居住所在，杨昌济在这里也有一间寓所。

正当湖大筹备之际，杨昌济在 1918 年 6 月接到了北大校长蔡元培的聘书，任北京大学伦理学教授，而毛泽东这一届学生恰好在此时毕业。他一连几天都来到岳麓山饮马塘“板仓杨寓”，帮着杨先生整理书籍和家用物品，准备搬家。这块“板仓杨寓”的铜牌，杨先生走到哪里就搬到哪里，这次要搬到北京去了。

毛泽东包扎书籍时，杨开慧也在一边帮忙。杨开慧比毛泽东小了整整八岁，1901 年 11 月 6 日出生。在那个男尊女卑的时代，杨昌济先生对儿女一视同仁，他给长子起名开智，给女儿起名开慧，合在一起便是“开启智慧”。而杨开慧不但有名，还有字有号，字云锦，号霞，乳名霞姑。1904 年，杨昌济远涉重洋出国留学，杨开慧在母亲向振熙的抚养下一天天长大。1908 年，杨开慧七岁时，杨昌济从国外来信，嘱咐夫人一定要送开慧上学，随后杨开慧破例进入长沙第四十初级小学（一说为杨公庙小学），在当时的板仓，女孩子还没有上学读书的先例，杨开慧开了风气之先，成为该校第一批女学生。杨开慧在小学读了三个学期后，转到离板仓五里路的储能学校。辛亥革命发生后不久，杨开慧回家动员不识字的母亲也进学校读书。她和母亲一起转到离家二十多里的衡粹女校，母亲读实业班，她读附设小学班，母女同校读书一时被传为佳话。后因衡粹女校要迁往长沙，杨开慧又转到麻林桥附近的县立第一女子高小，一直读到毕业。1913 年，杨昌济留学归来，杨开慧便随同家人搬到了长沙城跟父亲一起生活。杨开慧从县立第一女子高小毕业后，有一段时间没进学堂，而是在家自修，杨昌济还亲自教女儿学习英文，给她打下了扎实的英文基础，她后来还给毛泽东翻译过一些文章。

毛泽东刚进一师时，这小师妹还是个十二三岁的黄毛丫头，他第一次见到杨开慧，约为 1914 年春天，那时候杨昌济刚把家眷从板仓迁到长沙居住。

杨先生在长沙任教时，至少在三个地方居住过，先是从板仓迁居城内的大鹅塘，在门上挂上了一块“板仓杨寓”的铜牌，毛泽东第一次见到杨开慧就是在大鹅塘。随后，“板仓杨寓”又迁入了李氏芋园。芋园的主人李星沅为湖南湘阴（今为汨罗）人，清道光进士，曾任兵部尚书、陕甘总督、云贵总督、两江总督等职，参与禁烟与鸦片战争抗英，被誉为湖南“以经济而兼文章”的三君子之一，曾国藩誉之为“八州作督”。这里原本有一座荒废的寺庙——水月林，李星沅入仕之前曾在废寺苦读，当他成为封疆大吏后，为了告老还乡“一笑还山”，在此营造了一座私家园林。可惜，芋园落成一年后，李星沅就在与太平军作战中病逝。他有一位五世孙李青崖，1912 年毕业于比利时列日大学，归国后任职于湖南高等商业学校，并在一师兼课，担任毛泽东的法文教师。当时，一师的很多教师都为住房犯愁，杨昌济等人听说芋园有不少空房，便请李青崖向李家长辈商借。随后，杨昌济、黎锦熙、方维夏、徐特立等人都陆续搬入了芋园中怀庐的一个院落。毛泽东那时也是芋园的常客，他时常来这里访师求教。

当时，李青崖还和杨昌济等一起组成健学会，传播西方进步思想。其后，在新民学会组织湖南青年赴法勤工俭学之际，李青崖还在芋园辟出教室，举办赴法预备班，徐特立、向警予、蔡畅、李富春等人在赴法之前都曾参与学习。李青崖后来参加湖南新文学运动中成立最早、影响和贡献最大的文学社团之一——文学研究会，还组织了湖光文学社，致力于法国文学的翻译，翻译了《莫泊桑全集》和大仲马、左拉等法国作家的经典作品，被视为与傅雷齐名的法语文学翻译家。

说来又可惜了，这一座浸润着浓郁的近现代人文色彩的李氏芋园，在 1938 年 11 月的“文夕大火”中，连同大半个长沙城被烧成一片废墟。若要追寻青年毛泽东当年的足迹，也只能在劫火与余烬中去寻找了。

李氏芋园也是杨昌济住得较久的一个地方，1915 年 7 月 5 日，杨先生为便于在湖南高师授课，又将“板仓杨寓”从河东的李氏芋园移居河西岳麓山饮马塘，毛泽东曾偕罗章龙一同来这里拜访杨先生。据罗章龙回忆：“板仓杨寓位于河西，岳麓山自卑亭迤北。有稻田数十亩，均为长沙东乡杨氏祀田，庄前有古樟林高数十尺，广荫数亩，前有小溪，自山麓流入湘江。其后平原即岳麓书院。”

毛泽东第一次见到杨开慧时，她刚从长沙第四十初级小学毕业，正在家中自学。一天晚上，杨开慧正在自己的房中看书，忽听父亲在书房里猛击了一下桌子，连叫了两声：“好，好！”杨开慧很少见过父亲如此兴奋，她走到书房门口，探头探脑地问父亲：“爸，您有什么好事啊？”杨昌济笑了笑说：“我正在看一个学生的《讲堂录》，他不但记下了讲堂的内容，还有很多感言，我觉得太好了！”

杨开慧从父亲手中拿过来一看，那《讲堂录》的封皮上署名“润之”，她扑闪着眼睛好奇地问：“润之，这家伙是谁啊？连您都这样连连叫好。”

杨昌济笑着揪了揪女儿的辫子：“你先别管他是谁，你先拿过去看看，好好看看！”

杨开慧一看就被这《讲堂录》深深地吸引住了，这笔记用的是直书九行纸本，那一笔字用的是清丽的兰亭小楷，而内容主要是修身课和国文课的听课笔记，而修身课就是杨昌济所教。其中有大量名人的修身格言和记录者的感悟。杨开慧看完这本《讲堂录》，对“润之”便产生了一种敬佩之情，很多格言她都背得了，还有一些不太懂，她特别想要见见这个“润之”。

没过多久，一个星期天，毛泽东便同蔡和森、陈章甫、罗学瓒、张昆弟等几位好友一起来到了杨先生家中。——杨先生为了把学生从“小课堂”引入“大社会”，和一部分师生组织了一个哲学研究小组，成员有黎锦熙、方维夏、徐特立等老师，还有毛泽东、蔡和森等学生，每逢星期日，这些人都要到杨先生家中来讨论哲学问题，并把自己一周来的读书心得拿来讨论和分享。他们被杨先生迎进门时，杨开慧正在自己的房间里看书，一听外边的笑语声，她就从屋里出来了，杨昌济指了一下自己的女儿，给学生们介绍道：“这是小女开慧，我刚把她从板仓接过来不久，你们就叫她霞姑吧。”然后，他又向女儿介绍了几位年轻人，而那位个子最高的青年正是她一直想见的“润之”。

毛泽东亲切地叫了她一声小师妹：“小师妹啊，听杨先生讲，你在家发愤自修，已经读了不少书了啊。”

杨开慧这时候还是一个天真单纯的小姑娘，一双眼睛像清水塘一样清纯，还没有那么多小心思，在毛泽东面前一点也不拘束，她挺调皮地回答说：“闭门求学，其学无用呀！”

杨先生让她叫毛泽东大师兄，她却顽皮地叫了一声“润之兄”，那声音就像她的脸蛋一样圆润。

自此之后，每当毛泽东、蔡和森、萧子升到杨先生的寓所来请教，这小师妹给他们端茶倒水后，总是搬一条小凳坐在旁边，一脸文静地听他们谈论治学、做人之道，研讨朝代兴衰，探寻救国救民真理。此时，杨开慧总是入迷地看着毛泽东，在她还很懵懂的内心里，也不知是对毛泽东的谈吐入迷了，还是对他这个人入迷了。

1916 年暑假，杨先生偕家人一起回到板仓乡下度假，没想到毛泽东风尘仆仆从长沙县走路来到板仓杨家。这次，他在板仓杨家待了一个多星期才回长沙，他浏览了杨先生在板仓的藏书，还与杨先生讨论了很多学术问题、社会问题，杨开慧则一直不离左右。不过，尽管毛泽东和杨开慧日渐熟悉，但在毛泽东眼里，这小师妹一直都是一个少不更事的小丫头。

杨先生问起毛泽东毕业后的打算：“润之，你是打算留在长沙，还是到外边去发展啊？”

这也是毛泽东毕业后首先面临的出路问题。在新民学会成立之前，他就跟萧子升、陈章甫等人谈起过去日本留学的计划。据萧三1918年3月31日记载："二兄（萧子升）来坐已久……又述润之等赴日求学之计划。"而在新民学会成立后，他考虑的还不只是个人的出路问题，新民学会成立之后如何发展，也一直是毛泽东、蔡和森和萧子升等人思考和讨论的问题。新民学会成立的初衷是强调个人修养，但毛泽东和蔡和森从一开始就觉得光强调个人修养、强调潜心学习还不够，他们自认为对国家和社会负有"根本改造大任"，还需要去思考、去探求解决中国的出路问题，但此时，他们还没有找到一条如何达到这个目的的道路。

毛泽东告诉杨先生，他眼下的打算，是想在岳麓山开辟一块小天地，拉几个同学一起建一个"新村"。对于这种新村，学贯中西的杨先生是早已知道的。这并非中国古典的田园牧歌式的乡村，而是无政府主义者所设计的一种理想的社会模式，实际上是集克鲁泡特金的互助主义、托尔斯泰的泛劳动主义、北美工读主义为一炉的空想社会主义。他们希望通过"和平的社会改造的办法"，以新村为实验园地，进而推广到全世界。这种新村又称"共产村"，早在1903年，法国无政府党人亨利·孚岱就在法国与比利时接壤处试办"鹰山共产村"，日本武者小路实笃于1910年在《白桦》杂志上开始宣传新村主义，而中国较早介绍新村的则是周作人。新村主义提倡"协力的共同生活"，一方面尽了对于人类的义务，一方面也尽了各人对于各人自己的义务，既赞美协力又赞美个性，既发展共同的精神，又发展自由的精神。这美妙的"新村"不是桃花源却胜似桃花源，让青年毛泽东充满了梦幻般的憧憬，他一直跃跃欲试。

对毛泽东的这一打算，杨先生并不怎么看好，但他觉得试一试也未尝不可。他还把自己在半学斋的房间钥匙交给了毛泽东，这样，毛泽东在毕业后至少还有个落脚之地。毛泽东曾先后三次寓居半学斋，第一次是 1916 年暑假，毛泽东在此自修，第二次就是这一次，后来他在五四运动期间主编《湘江评论》时，也曾一度寓居半学斋。

杨昌济一家启程北上时，毛泽东、蔡和森和萧子升等学友都来湘江码头送别。

那时候京广线尚未全线贯通，分为京汉铁路和粤汉铁路两段，从北京到汉口已经贯通，但从汉口至广州的粤汉铁路还是一条断头路，中间没有长江大桥相连。从长沙赴京一般都是先从湘江坐船过洞庭，入长江，在汉口再转火车赴京。杨先生站在码头上跟自己的这些得意门生一一告别，又对他们说："我先去北京蹚开一条路，你们接着再来吧!"

杨开慧也站在船头不断跟他们挥手告别，当船渐渐开远了，那只白皙秀气的手还在阳光和江风中不停地挥舞。

萧子升忽然说："我都看得糊涂了，这小师妹到底是在跟谁挥手啊?"

蔡和森把嘴一撇："我是更加糊涂了!"

毛泽东哈哈一笑道："我看你俩越来越疑神疑鬼了，连喘口气也鬼头鬼脑的。"

其实，萧子升和蔡和森还是猜对了小师妹那小小的心思，杨开慧这次北上，内心充满了不舍，因为毛泽东已经逐渐住进她心里。在分别时，两人还约定互通书信，交流思想。两人之后的书信称呼也开始出现了微妙的变化，杨开慧在信中称呼毛泽东为“润”，毛泽东的回信称呼杨开慧为“霞”。

送别了杨先生，毛泽东便邀请蔡和森、张昆弟、陈书农等新民学会会员，到岳麓书院半学斋商量创办新村的设想。当毛泽东拿出杨先生交给他的钥匙来开锁时，蔡和森还开了一句玩笑：“润之兄，你掌握的这把钥匙将要打开怎样一把锁、一扇门啊？”

毛泽东笑道：“应该可以打开半学斋这把锁、这道门。”他话音刚落，一把锁便应声而开，一扇门也被他轻轻推开了。

经过一番商议，他们决定分两步走，先在岳麓山设立一个半工半读、平等友爱的“工读同志会”；再就是在岳麓山一带寻找合适的村落开辟一个新村。接下来的一段日子，他们一边在半学斋自学或讨论，一边赤脚草鞋，翻山越岭，分头在岳麓山一带的村落里考察。对于这些穷学生，既没有找到工作，又没有家里的接济，最简单的生存问题成了他们第一个要解决的难题。在生活上他们自己上山拾柴，走几里路到山脚下的湘江里去挑水，用蚕豆拌和大米煮着吃，常常是吃了上顿愁下顿。这日子过得十分清苦，而劳动强度又非常大。这些人中，只有毛泽东从小就干惯了体力活，他个子高大，两百斤的担子一肩挑，连腰也不闪一下。其他几个书生挑个上百斤，腿肚子都连连打战。蔡和森小时候当过学徒，但没上山砍过柴，当他背着一捆柴下山时，一脚在山岩上踏空把脚崴了，走路一瘸一拐的，好长时间都没好。陈书农是长沙城里人，还从未经历过这种乡下人的生活，这种蚕豆拌和大米的饭，他是吃得咬牙切齿，吃进了嘴里怎么也咽不下去。

真正吃得消的只有毛泽东和张昆弟。张昆弟是穷人家的孩子，高小毕业后一度因家贫而辍学种田，上山砍柴，烧火做饭，他都是一把好手。当他看见陈书农吃不下蚕豆拌和大米煮的饭时，还像一个农家大哥一样教训他："这么好的东西你都吃不下，若是饿你三天，你连糠都吃得下了！"他在乡下还真吃过糠，那是喂猪的，穷人过的就是一贫如洗的日子啊。

这一次"新村梦"的实验，为时也就十天半月吧，他们没有找到一个适合实践"新村梦"的理想实验场所，又加之几个人都没有任何收入，眼看"用蚕豆拌和大米"煮的饭也没得吃了，毛泽东也觉得这样干下去难以长久。对此，毛泽东曾在 1919 年《湖南教育月刊》上发表的《学生之工作》序言中说："我数年来梦想新社会生活，而没有办法。"然而，这却是毛泽东等新民学会会员为改造社会而进行的第一次探索和实践，一如毛泽东所说，"改良其旧"，必须"创造其新"，尽管这一实验以失败而告一段落，但这种探索精神还会在他们未来的人生中继续延伸。

当毛泽东等人进行这一实验时，有些刚毕业的会员已经在长沙找到了工作，还有的人想到外边去发展。毛泽东、蔡和森和萧子升等人都觉得新民学会这些会员不能"堆积在湖南一个地方"，要走出去，向外发展。毛泽东还提出来："最好是一个人或几个人担任去开辟一个方面。"但到底怎么开辟呢？这些刚刚走出校门的学子，还真是一头雾水。几个人正在彷徨之际，萧子升拿着一封信跑来了："润之兄，好消息，杨先生来信了！"

杨昌济还真是告知了他们一个重要信息。那正是第一次世界大战后期，法国到中国招募华工，北大校长蔡元培和李石曾等人借机筹建了华法教育会，组织中国学生开展赴法勤工俭学活动。杨先生刚到北京就听说这一消息，他觉得这是解决湖湘学子出洋求学的一条出路，随即便写信告知他们。

毛泽东等人眼前豁然一亮，这正是新民学会向外发展的一个好机会啊。

此时已是 1918 年 6 月下旬，萧子升和毛泽东随即召集新民学会会员在一师附小开会，蔡和森、何叔衡、李维汉、陈赞周、周世钊、萧三等人出席了会议，主要是围绕赴法勤工俭学这件事，商讨会友如何“向外发展”的问题，这也是萧子升、毛泽东和蔡和森主导新民学会开展的第一个重要活动。而在当时湖南“教育摧残殆尽，几至无学可求”的情境下，这些只有中等学历、想要继续深造的青年，在走投无路之际，都觉得这是一条出路，而勤工俭学大大降低了出洋留学的门槛，让每个人都有希望走出国门。这次讨论几乎没有争议，大伙儿一致赞同组织会友和湖南青年赴法勤工俭学的决定。眼看会友们热情高涨，一个个都急着奔赴北京，连一向从容沉着的萧子升也显得有些急切，说：“我看这事应尽快进行，大家既然一致同意，那就赶紧准备赴京!”

大伙儿纷纷站了起来，一个个生恐夜长梦多，连夜就要回去准备。毛泽东却摆了摆手，冷静地说：“大伙儿先别急，这样一窝蜂地去北京，谁来接洽？如何安顿？我看得有专人负责，还得有人先行赴北京打前站，先把情况摸清了，再组织会友一批一批地赴京，这样才不会乱套啊。”

萧子升听了，拍了一下自己的脑门说："是啊，这事还真是急不得，曾文正公说，每遇大事，先静之，再思之，五六分把握即做之。这节骨眼上还是润之兄沉得住气啊！"

于是，大伙儿又坐下来商量了一阵，推举萧子升和蔡和森"专负进行之责"，而蔡和森则自告奋勇："我就先行赴北京打前站吧！"

毛泽东看他还裹着绑腿布，关切地问："这一路长途颠簸，你那腿脚没事吧？"

蔡和森一咬牙，笑道："没事，又不是上岳麓山砍柴！"

就这样，蔡和森成了新民学会同仁中第一个走出湖南的探路者。

二

蔡和森和杨昌济走的是同一条路。1918 年 6 月 23 日，他肩负着新民学会同仁的厚望，从长沙乘船到汉口，然后转乘火车赴京。

"西南云气来衡岳，日夜江声下洞庭。"这是悬挂在岳麓山云麓宫的一副对联，抒写出了湘江与洞庭湖的关系。所谓湖湘，从自然地理看就是指洞庭湖和湘江。生为湖湘之子，蔡和森自幼深受湖湘文化的滋养。从屈原的"路漫漫其修远兮，吾将上下而求索"，到范仲淹的"先天下之忧而忧，后天下之乐而乐"，都深深地影响着他。湘江北去，穿越洞庭，注入长江，奔向大海，湖湘文化中那种以出世的超越而入世、经世、救世的精神内核，一直在延伸，而岳麓书院和岳阳楼就是湖湘文化的两个精神坐标，一座岳阳楼造就了湖湘文化的一个高度，甚至是中华民族的一个精神图腾。

从湘江进入洞庭湖时，眼界一下子变得辽阔起来。八百里洞庭，无风三尺浪。洞庭湖“北通巫峡，南极潇湘”。当蔡和森途经岳阳楼时，阳光瞬间便化作天边的乌云，阴霾旋即席卷而来，范仲淹那穿越千载的描述在蔡和森眼前突然涌现，“阴风怒号，浊浪排空”。他在颠簸的轮船上瞭望着那座风雨飘摇的岳阳楼，感觉一片大泽连同大地都在阴风浊浪中颤抖和摇晃。这让二十三岁的蔡和森陡然生出了一种撑巨浪、挽狂澜的豪迈之气，他一口气抒写了一首气势磅礴的五言诗《少年行》：

大陆龙蛇起，乾坤一少年。
乡国骚扰尽，风雨送征船。
世乱吾自治，为学志转坚。
从师万里外，访友入文渊。
……
匡复有吾在，与人撑巨艰。
忠诚印寸心，浩然充两间。
虽无鲁阳戈，庶几挽狂澜。
凭舟衡国变，意志鼓黎元。
潭州蔚人望，洞庭证源泉。

蔡和森第一次进京，泱泱大都让他一下失去了正常的时空感，而唯一的指引便是杨先生来信上的地址。他走路还一瘸一拐的，只得叫了一辆黄包车，一路上穿过拥挤嘈杂的人流。那些挑着货郎担、掮着糖葫芦的小贩，一个个瘦骨嶙峋的，用嘶哑的嗓门儿长一声短一声地吆喝着，连背脊都汗湿了。蔡和森眼看着这些为生计而奔走的穷苦老百姓，眼里一阵阵发酸。这世道，天底下都一样啊。

北京豆腐池胡同15号，蔡和森当年寻找的这个地址，我在多年后也找到了。

这胡同位于今北京东城区鼓楼后边。从大街上拐进来，便是一条青灰灰的老胡同，西起旧鼓楼大街，东至宝钞胡同，这胡同从头到尾一支烟的工夫就走完了，几乎一眼就可以望穿。但它却有着难以想象的深度，从邈远的岁月深处通向今天的阳光、今人的脚底。早在明朝时，这里是陈氏豆腐作坊，就叫“豆腐陈胡同”，后演绎为“豆腐池胡同”。这胡同中间，有一座坐北朝南的四合院，为两进院落的青砖瓦房，灰白色的院墙上盖着一抹青瓦檐，大门开在东南角，院门上原本挂着一块“板仓杨寓”的铜制门牌，如今镶嵌着一块“杨昌济故居”的大理石碑。

走进小院，这院子南北长不足三十米，东西宽仅十二米，前院有南北房各三间，这房屋是北京民居中最普通的硬山合瓦顶小房。靠东墙有一棵枣树，挂满了半青半黄的枣子。只是不知还是不是当年的那棵。后院有北房四间，是杨先生和家属的住处。外院北房则是杨先生的书房，还有一间是女儿开慧的住房。南房为两明一暗，两明一间为会客室，靠门道的一间为客房。毛泽东初来北京时，就住在这间客房里。

这座四合院能够保存至今，不仅因它是杨昌济故居，还因它是毛泽东、蔡和森青年时代在北京的一个重要的人生驿站。在毛泽东生前，这四合院的大门多少年来一直闭锁着，这让过往行人更觉有一种神秘色彩。只有趴在门缝，才能看到照壁墙下自发生长的一株绿萝，在翻过院墙的阳光关照下，以生命的坚韧向上攀爬和生长。有人还为这四合院写了一首诗："豆腐闻名数百年，偏留胡同坊间传。曾经年少中流水，矢志毕生万仞山。烽火连天经岁月，骄杨一去梦魂牵。孤门难锁春风绿，步履蹒跚且流连。"

在苍茫岁月中，谁也不知道未来会发生什么。对于蔡和森来说，只有那个纸上的地址是确凿的。他七弯八拐才找到这里，对着那块铜牌看了一眼，眼里便弥漫出一种温煦的光泽。在举目无亲的北京，杨先生一家就是他的亲人了。他摇了几下门环，院门便吱呀一声打开了，开门的是杨开慧。她惊喜地叫了一声："蔡师兄，我爸一直盼着你们来京呢。"这小师妹边说还边朝蔡和森背后瞟了几眼，那眼神里顿时充满了失望，"怎么，你是一个人来的啊?"

蔡和森一下就猜到了她的心思，这姑娘还不太会掩饰自己的感情呢。他笑了笑说："我是来打前站的，润之兄这次没来，但过不多久就会来的。"

杨开慧的脸上又飞起了一片红霞，她捂着脸羞涩地一笑："我就盼着你们都来呢，就像在长沙一样，多热闹啊。"

杨开慧把蔡和森引进客房，又赶紧去给他打水洗脸。

杨先生傍晚才从北大回家，蔡和森把新民学会开会的决定告诉了杨先生。

杨先生一边听一边点头："好，你们想得挺周到，润之很有组织能力，长沙那边不用我操心，你今晚就好好睡一觉，我去给你写介绍信，明天一早你就去拜访蔡先生和李先生。这个机会你们一定得抓住啊！"

蔡和森第二天上午便拿着杨先生的推荐信，拜访了北京大学校长蔡元培，他也是华法教育会会长。华法教育会于 1916 年 6 月成立，会址在法国巴黎，由蔡元培、李石曾、吴玉章、吴稚晖及法国学者欧乐（Aulard）等创建。首任会长为欧乐和蔡元培，副会长为李石曾和法国学者穆岱（Marius Moutet）。其宗旨是"发展中法两国之交通，尤重以法国科学与精神之教育，图中国道德、智识、经济之发展"。其主要工作是翻译中法文书籍，联络中法学者和学术团体，介绍中国学生到法国留学，并介绍法国人游学中国，组织留法华工教育，在法国设立华文学校或华文讲习班。

蔡和森第一次见到蔡元培，还有几分敬畏，而穿着一袭长衫的蔡先生却像一位私塾先生一样和蔼可亲，还一口一声叫他"小本家"。蔡先生听说湖南正在组织青年赴法勤工俭学，连连点头说："好，好，我们办华法教育会的目的，就是要为你们这些求学无门的寒门子弟另辟一条道路啊。眼下各地学生纷纷响应，我就怕各省学生一窝蜂地上北京，搞得我们措手不及。你们杨先生在北大也是一流学者，他在湖南可真是带出了不少好学生啊，一个个都这么能干。"

蔡和森谦逊地说："我们就怕给老师丢脸。"

蔡先生是个大忙人，蔡和森一看来找他的人都在门口排着队呢，便起身告辞了。蔡先生起身把他送到门口，具体的事情，让他去华法教育会找李石曾接洽。他还叮嘱蔡和森："你们若是有什么意见和想法，尽管提出来。"

蔡和森拿着蔡先生的介绍信，去华法教育会拜访了李石曾。

李石曾，原名李煜瀛，字石曾，河北高阳人，1881 年 5 月出生，其父李鸿藻在清同治年间曾任军机大臣，是以保守著称的清流派的代表人物之一，有"高阳相国"之称。尽管他以保守著称，但也没有闭上那双面对世界、审时度势的睿眼。西学东渐，甲午战败，使中国人不得不睁眼看西方，在更大的空间展示对世界的关注。从一度被蔑视的西夷到船坚炮利、无坚不摧的西方列强，从曾经被不屑一顾的倭奴到不可一世的日本帝国，这颠覆性的变化让整个世界如同倒悬，也让一头睡狮在噩梦中惊醒。当外在的压力遭遇内在的动力，必将转化为一种强烈的愿望：走出国门，走向世界，去看看那些被我们称为列强的国家，到底掌握了什么制胜的独门绝技。

李石曾为李鸿藻的第三子。1902 年，李石曾随驻法公使孙宝琦赴法国，在巴黎，李石曾入蒙达顿农校学习，毕业后又入巴斯德学院及巴黎大学学生物。1906 年，他和张静江、吴稚晖等人在巴黎组织了世界社，宣扬无政府主义。同年，经张静江介绍，李石曾加入同盟会巴黎分会。随后他在巴黎西郊创办中国豆腐公司，以机器新法制豆腐，因而获得"豆腐博士"的雅号。他在开办豆腐公司时，就从故乡布里村及附近的乡村招收了一批赴法工人，还在布里村先开办了一个留法勤工俭学会初级预备会，第二年改名为留法工艺学校。为创办这所学校，李石曾在给政府的呈文中称留法的目的有三：一、扩张生计；二、输入实业知识；三、改良社会。1911 年李石曾回国参加辛亥革命，翌年便和吴稚晖等人在北京创立留法俭学会。1913 年初，他们组织了一批由俭学会资助的三十名学生赴法，李石曾安排他们进入巴黎南郊的蒙达学院，采用勤工俭学的方式，用自己的劳动收入来维持生活和学业。经过几年试验，李石曾发现效果不错，又与蔡元培等人发起成立了华法教育会。1917 年李石曾应蔡元培之邀回国担任北大生物系教授。他一边教书，一边继续组织中国青年赴法勤工俭学。

蔡和森去拜见李石曾的时候，他刚从家乡布里村回来，案头放着一幅法国地图，拿着一支红蓝两色的铅笔正在上面圈圈点点。当秘书领着蔡和森一瘸一拐地走进办公室，他放下笔，抬头打量了一下蔡和森，又盯着他的脚问："小伙子，你这腿脚怎么了？"

蔡和森把受伤的情形告诉他后，李石曾才松了一口气，又说："你们到法国去，不是留学，而是勤工俭学，那是要下苦力干活的，你们可得有心理准备哦！"

蔡和森说："这个我们有心理准备，也跟大伙儿说清楚了。"

李石曾摸了摸两撇胡子说："那就好，你们湖南人是最能吃苦的，我亲家公也是湖南人呢，易培基，你应该认得吧？"

蔡和森躬身说："易先生是我在湖南一师和高师的老师呢。"

李石曾笑道："这家伙性子倔啊，简直是一头湖南骡子，他给黎元洪副总统当秘书，黎先生对他还特别赏识。他在日本留学时就加入了同盟会，要资历有资历，要地位有地位，对他的前程谁不看好啊，可他一气之下就挂冠而去，跑回湖南去了。"

这事，蔡和森也听说过，易先生是因黎元洪依附袁世凯才愤而辞职的。

李石曾替他亲家公惋惜了一阵，才言归正传，问湖南来了多少青年。蔡和森说他是第一个进京来探路的，若这条路可行，接下来就会组织湖南青年进京。李石曾微微点头道：“这就好，你们想得很周到，最好是一批一批来，我们这边也好一批一批安排，这样才不会乱套啊！”

蔡和森这一趟北京之行，不但为湖南青年打开了一条赴法勤工俭学之路，还有幸见到了北京大学图书馆主任兼经济学教授李大钊先生。

李大钊，字守常，1889 年 10 月出生于河北省乐亭县大黑坨村。他七岁起入塾读书，1905 年考入永平府中学，开始接受新式教育。河北毗邻京师，李大钊在青少年时代目睹了国家危亡的局势和在黑暗世道苦苦挣扎的老百姓的悲惨生活，这让他开始叩问，中华民族的出路何在？1907 年，十八岁的李大钊投考天津北洋法政专门学校时，他就说出了自己的初心：“钊感于国势之危迫，急思深研政理，求得挽救民族、振奋国群之良策。”当延续了两千多年的封建帝制被推翻，李大钊也曾看到了民族复兴的一线希望。然而，转眼间，辛亥革命的果实就被袁世凯窃夺，而军阀政府的统治非但不能“挽救民族、振奋国群”，反而给民族带来了更深重的灾难。1913 年，李大钊带着对明治维新的向往东渡日本，进入日本早稻田大学政治学部学习，试图为中华民族寻求一条出路。当时，在河上肇、幸德秋水等日本早期社会主义思想传播者的传播下，《共产党宣言》和《资本论》日译本开始出版。李大钊在阅读河上肇、幸德秋水等人的著作后，初步接触到马克思主义。而在当时的中国，“国势之危迫”愈演愈烈。1915 年 1 月

18 日，日本以支持袁世凯称帝为交换，提出了灭亡中国的“二十一条”。李大钊随即投身到留日学生的抗议斗争中，编印了《国耻纪念录》，用六个昼夜写出了声讨袁世凯的战斗檄文——《警告全国父老书》，痛呼：“吾中国之待亡也久矣！”他号召国民起来奋起自救：“凡有血气，莫不痛心，忠义之民，愿为国死。”但袁世凯却根本不把人民的抗议放在眼里，于同年 12 月 12 日悍然称帝，李大钊又秘密发起组织神州学会，以“愿为国死”之信念同倒行逆施的袁世凯抗争。由于他一心扑在“奋起自救”的抗争中，很少去上课，1916 年 2 月 2 日被早稻田大学以“长期欠席”为由而除名。李大钊毫不在乎那一纸文凭，回国后继续联络护国反袁斗争。随后又与陈独秀、鲁迅、蔡元培、胡适、钱玄同等先进知识分子一起，以改造旧中国的决心和激情，以《新青年》为阵地，掀起了新文化运动，向封建顽固势力展开了猛烈斗争。1917 年俄国十月革命胜利后，在日本就已初步接触马克思主义学说的李大钊，敏锐认识到这场革命将对 20 世纪世界历史进程产生划时代的影响，他从中看到民族独立和人民解放的希望，他称俄国革命是“和平之曙光”，代表“国外政治之潮流”。在宣传十月革命过程中，他从一个爱国的民主主义者转变为一个马克思主义者，进而成为我国最早的马克思主义传播者。

蔡和森久仰李先生盛名，在《新青年》上拜读了他不少文章，尤其是李大钊 1916 年发表在《新青年》上的《青春》一文，他呼唤青年为“索我理想之中华”而斗争，“冲决历史之桎梏，涤荡历史之积秽，新造民族之生命，挽回民族之青春……”“以青春之我，创建青春之家庭，青春之国家，青春之民族，青春之人类，青春之地球，青春之宇宙……”这充满了青春活力和生命激情的文字让蔡和森读得热血奔涌，更将这些文字深深地融入了他的骨子里、血脉中。

北大图书馆里，蔡和森正在为勤工俭学查阅法国方面的资料。他一边翻阅书刊，一边低头做笔记，由于精力高度集中，没有注意到一道高大魁梧的身影正在向他走来，而那个人正用关注的目光看着他。当时，李大钊正在图书馆例行巡查，他看见这么一位刻苦用功的学生，便在蔡和森身边停下了脚步。蔡和森这才感觉到了什么，下意识地仰头一看，他一眼就认出了李先生。李先生是一个特征鲜明的人，天生一副国字大脸，理着一个硬匝匝的平头，浓黑的眉毛，还有两撇浓黑茂密的八字胡，一看就让人肃然起敬。蔡和森赶紧站起来鞠躬敬礼，李先生也谦和地给他回礼。一开始，李大钊还以为他是北大学子，一问，才知道是从湖南来的一位准备赴法勤工俭学的青年，还是杨昌济先生的学生。在简短的交谈后，李大钊发现这是一位颇有抱负的青年，还特意把他叫到了自己的办公室，又关起门来继续交谈。蔡和森向李先生请教了许多一直迷惑不解的问题，那也是他和毛泽东、萧子升等人一直在探讨的问题，有的问题李大钊给予了回答，有的问题李大钊本人也还在思考。

蔡和森和李大钊的第一次见面和交谈，虽说没有留下详细的记载，但可以肯定的是，李大钊给蔡和森介绍了马克思主义和俄国十月革命，这给蔡和森带来了从未有过的震撼和启示。历史的证据还保存在《新民学会会员通信集》中，那是蔡和森于 1918 年 7 月 24 日给毛泽东写的一封回信。对于解读蔡和森的思想轨迹，这是一封极为重要的信件，兹全文照录：

润之兄：

昨夜奉读来示，极忠极切！本以待兄主张然后定计，今计定矣。只要吾兄决来，来而能安，安而能久，则弟从前所虑种种，皆不成甚问题；盖所仰赖于兄者，不独在共学适道，抑尤在与立与权也。大规模之自由研究，最足动吾之心，慰吾之情，虽不详说，差能了解。兄之“梦呓”，尤是弟之兴味，通我智紘，祛我情瞀，其为狂喜，自不待言。前者对于大学之兴味，全在制造友生；对于往法兴味，全在团结工人；二皆不适，亦既耿耿于心。只以事不称意，遂思超脱原计，另辟一路；实则又入网罗，此运思不缜密之过也。自由研究社，略分内容与外延。今兄于外延已略揭其端，远矣大矣，只有巴黎一处，当加矣！至其内容，弟尝思非财力差厚不举，非通一二外国文字不行。故前有虑其太早之说，又有往法做三五年工即行回国开馆延朋之想，由今思之，此亦似太早计。着手办法，惟有吾兄所设之“乌托邦”为得耳。且同侪既有一队往法，则凡所以调剂利用之者，正大有方法可想，是以前之异议，又已神而化之矣。私窃以为不但本国学校无进之必要，即外国学校亦无进之必要；吾人只当走遍各洲，通其语文，读其书报，察其情实而已足，无庸随俗拘苦为也。吾人之穷极目的，惟在冲决世界之层层网罗，造出自由之人格，自由之地位，自由之事功，加倍放大列宁与茅原华三（山）（此二人亦不审其果有价值否，暂以为近人近事而假借之）之所为，然后始可称发展如量。然有时为达此穷极目的计，不必要中亦有必要在；

是以本来厌恶学校也，而竟又欲入学校；本来痛恨万恶也，而竟公然主张主人君子要为恶。然此实一时之直觉，未经师友之讨论，是以前书略吐之，明知此等为兄脑中所含弘，特欲借此得丰富之反响耳。兄之行止，幸已确定，无犹夷，前书斟酌之说，实无所用其斟酌也！熊希龄氏若抵湘，请兄为往法事往会之，问其答应筹款若何，其详在致升兄书中，请查阅。谨此顺问行期。

蔡林彬

八年七月二十四日

此时，毛泽东正在长沙主持学会工作。新民学会刚成立时，还不到三十个会员，在短短的几个月后就增加了一倍多。毛泽东在致蔡和森的信中说，出国留学是为“求得世界的学问”，而他当时主张一方面有计划地派人去世界各重要地方，尽快吸取新的思想学说；另一方面，在国内也要把大家组织在一起，作“大规模自由研究”。对此，蔡和森在这封复函中极表赞同：“大规模之自由研究，最足动吾之心，慰吾之情，虽不详说，差能了解。兄之‘梦呓’，尤是弟之兴味，通我智絯，祛我情瞀，其为狂喜，自不待言。前者对于大学之兴味，全在制造友生；对于往法兴味，全在团结工人……自由研究社，略分内容与外延，今兄于外延已略揭其端，远矣大矣，只有巴黎一处，当加矣！”

蔡和森这封信中尤为重要的是必须“加倍放大”的一段话：“吾人之穷极目的，惟在冲决世界之层层网罗，造出自由之人格，自由之地位，自由之事功，加倍放大列宁与茅原华三（山）（此二人亦不审其果有价值否，暂以为近人近事而假借之）之所为，然后始可称发展如量。”茅原华山是日本明治时代著名政论家，李大钊在日本早稻田大兴政治学部留学时，深受茅原华山的影响，此时又影响了蔡和森。这封信证明了，蔡和森在新民学会会员中是第一个提出应“加倍放大列宁”的人。此后，他更明确提出要仿效列宁：“只计大体之功利，不计小己之利害，墨翟倡之，近来俄之列宁颇能行之，弟愿则而效之。”哪怕在时隔一百多年后重读蔡和森的这封信，也令人感到特别惊奇，他仅仅在同李大钊第一次见面、第一次交谈后，就开启了他人生最关键的转变，这表明他已初步接受了马克思列宁主义，决定走俄国十月革命的道路。诚然，这还只是他思想发生裂变之前的一个萌芽，他从此就没有偏离这一方向，在接下来的时间里，他只是在进一步探索和求证。而毛泽东对这一方向和道路的选择与认定，则比蔡和森经历了更多的曲折。

蔡和森抵达北京之初，各地输送的勤工俭学学生还不多，蔡和森两次写信给毛泽东，一是告诉他与新民学会其他同仁，“知留法俭学及留法勤工俭学颇有可为”，他催促毛泽东和萧子升尽快组织一批湖南青年到北京来赴法勤工俭学，他也希望毛泽东来北京，一起来做这个组织工作。另外，蔡和森在另一封致毛泽东的信中还特别转达了杨昌济的意见：“兄事已与杨师详切言之，师颇希望兄入北京大学。”北大校长蔡元培“正谋网罗海内人才……吾三人有进大学之必要，进后有兼事之必要，可大可久之基”。

事实上，在蔡和森的这后一封信发出之前，毛泽东等人就已出发了。1918 年 8 月 15 日，毛泽东和萧子升、张昆弟、李维汉、罗章龙等新民会友十二人，还有李富春等湖南青年十二人，共二十四名青年离开长沙，奔赴向往已久的北京。

这是他们第一次走出湖南，第一次感受到了天空的宽广和大地的辽阔。途中，他们还遭遇了一场洪水。据罗章龙后来回忆："当时火车到达河南郾城县，因沙河涨水，铁路淹了十几公里，我们便在漯河车站宿了一夜。"第二天，洪水仍未退去。毛泽东觉得与其在这里焦灼地等待，不如去看看三国时的魏都。他随即拉上罗章龙、陈绍休，走了二十多里路，到许昌老城去凭吊曹魏古迹。在青年毛泽东的心目中，魏武帝曹操是一位拥有文韬武略的命世之才，而绝非什么乱世之奸雄。可惜，一座繁华的汉魏古都只剩下一片萧瑟的断壁残垣，这让毛泽东的心被深深刺痛了。他们在那里徘徊很久，"观眼前景物，抚怀古今，萧条异代，激情慷慨，不能自已！"

罗章龙在满目苍凉中迸出了一句诗："横槊赋诗意飞扬。"

他还没有吟出第二句，毛泽东便应了一句："自明本志好文章。"

这两句都用了曹操的典故，罗章龙用的是"横槊赋诗"，指的是曹操能文能武的英雄豪迈气概。而毛泽东用的典故"自明本志"则是曹操的名篇《让县自明本志令》，这篇文章讲的是曹操统一中国北部的过程，表达了曹操以平定天下、恢复统一为己任的政治抱负。

接下来，毛泽东又将笔锋一转："萧条异代西田墓。"

罗章龙随即应上一句："铜雀荒沦落夕阳。"

这两句诗又用了两个典故，一个是曹操葬于西陵墓田的遗令，一个说的是曹操曾经建造的铜雀台，而如今萧条异代，铜雀荒沦，充满了沧桑感。

这首毛罗联诗被后人命名为《过魏都》，从中亦可窥探毛泽东、罗章龙当时的心境和日后的抱负。而曹操“以雄武之姿，当艰难之运。栋梁之任，同乎曩时；匡正之功，异于往代”，也确实令毛泽东一生景仰。

当毛泽东等人回到漯河车站时，沙河的洪水终于退去了。

毛泽东一行于 8 月 19 日下午抵达前门车站。蔡和森到车站接站后，便与毛泽东、萧子升对湖南青年做了临时安排，将他们分住在湖南各地在京设立的会馆。

罗章龙是浏阳人，他投宿在浏阳会馆，这是谭嗣同曾经住过的地方。罗章龙仿佛又听到了在那个弥漫着血腥的残暴黄昏，当屠刀架在了那个湖湘汉子的脖子上，他还在大声呼喊：“有心杀贼，无力回天，死得其所，快哉快哉！”面对如此悲壮的死，你恨不得替他再死一次，你恨不得替他再生一次！而戊戌六君子被杀戮，提前宣告了那条以和平方式改变中国的道路是一条死路。当鲜血再一次浇灌着一个帝国最后的黄昏，整个中国突然显得格外安静，这让那些血腥的镇压者可能产生了某种幻觉，他们开始庆幸这次杀戮所产生的震慑效果，却忘了谭嗣同留给一个民族的临终遗言：“各国变法无不从流血而成，今日中国未闻有因变法而流血者，此国之所以不昌也。有之，请自嗣同始。”当晚，罗章龙在飘摇的灯光下一遍遍地吟诵着谭嗣同的绝命诗：“望门投止思张俭，忍死须臾待杜根。我自横刀向天笑，去留肝胆两昆仑。”他在日记中挥笔写下了一句话：“流风余韵，发人深省。”

待湖南青年暂时都安顿下来后，蔡和森便带着毛泽东和萧子升去拜见杨先生。

杨开慧早从蔡和森这里知道毛泽东等人来京的日期，正在门口等着他们呢。

毛泽东一见杨开慧，就笑着打招呼："霞姑，几个月未见，你又长大了啊！"

杨开慧大胆地瞪了他一眼说："我早就长大了！"

萧子升站在毛泽东背后扑哧一下笑出了声。

杨先生还未下班回家，毛泽东先进屋去看望向师母（向振熙），她是杨先生的表姐，大家闺秀，生有一子二女，杨开智、杨琼和杨开慧。在长沙时，向师母就和杨昌济的这些得意门生熟悉了，还经常在家里给他们开小灶，那剁椒鱼头、辣椒炒肉毛泽东可没少吃。这会儿，她正在锅里热辣辣、香喷喷地炒着呢。毛泽东连吸了几口气："好香啊！"

向师母叹口气说："唉，北京的辣椒没有长沙的辣，炒不出那个香味来了，不过，你们杨先生胃不好，他是爱吃辣又不能吃辣了。"

正说着，杨先生就进门了："润之啊，你们今天的车没晚点吧？"

毛泽东说："没晚点，还提前了半个钟头呢。"

杨先生笑道："中国的事就是这样没谱啊，不是早就是晚，那我们今天就正点开饭！"

北京 8 月份的天气燥热难耐，晴朗的夜空挂着一轮明月，映照出满院婆娑的树影。夜里，杨先生和几位弟子坐在小院的枣树下乘凉，那枣子已经熟透了。杨开慧洗了一盆枣子端过来，又端了一个小板凳坐在边上，她还是像在长沙家里一样，文文静静地听父亲和几位得意门生谈人生中的学问，谈学问中的人生，每一句话都让她记到了心里。

杨先生摇着芭蕉扇问："你们几个都打算去法国?"

萧子升说："我们兄弟俩都要去，家里也同意了，我母亲打算把陪嫁的田卖掉给我们做路费呢。"

杨先生说："旭东家里条件不错，你爸也是留过洋的。林彬，你呢?"

蔡和森说："我刚刚收到家书，家里正在准备呢，我妹也要一起去，连我母亲也要去呢。"

大伙儿一听都笑了。杨先生说："这可不是笑话，又是一段佳话啊，林彬，你有一个了不起的母亲!"

杨先生又把眼光转向毛泽东："润之，你呢?"

毛泽东说："我还没有想好，至少眼下还没考虑自己的事，先得把湖南青年赴法勤工俭学这件事组织好，就是去法国，我也打算最后一批去。不过，转而一想，咱们学会的骨干也不能全都出国，总还得有一批骨干守着中国这个地盘啊。"

杨先生赞许道："润之想得很周到，我让林彬转告过你，你可以报考北大，凭你的成绩，我觉得还是有把握的，若能来北大深造，确实能为你打下可大可久之基啊!"

毛泽东还没答言，萧子升就摇了摇头说："我打听过，教育部有一个规定，中等师范毕业生不能马上考大学，先要服务几年。"

杨先生说："若不能直接报考，润之也可考虑先在北大找个事情干干，一边自学或旁听，过几年再考。"

毛泽东点了点头说："好，先生您放心，我会郑重考虑的。"

这晚，这"杨门三杰"都挤在杨先生家的客房里。第二天一大早，他们就被胡同里此起彼伏的吆喝声给吵醒了。他们对北京风土民情的了解，首先就是从豆腐胡同里的叫卖声开始的，那声音含混而又抑扬顿挫，悠远而又拐弯抹角，像唱歌似的。这几位南方青年一开始还听不清他们在叫卖什么，但一个个都侧耳倾听，就像听着独特而又别有韵味的北方民歌。

萧子升笑道："哈，这吆喝声还真是挺好听呢，他们好像不是在经商做买卖，而是在进行民歌演唱一般。"

蔡和森沉声说："我是一点也笑不出来，你到街上看看，他们有多辛苦!"

毛泽东说："若是没有战乱，没有饥荒，中国的老百姓就是这样乐观而又容易满足，可连这样的日子，大多数老百姓也过不上啊!"

在接下来的几天，湖南陆续到京准备赴法的青年已达五十多人，在当时是全国来的人最多的省份。据毛泽东 1920 年冬撰写的《新民学会会务报告》第一号追述，新民学会发起这个活动时，"并未料到后来的种种困难"。到京后，"会友所受意外的攻击和困难实在不少，但到底没有一个人灰心的"。一开始，湖南青年都分住湖南各地在京设立的各个会馆，由于居住分散，往来相聚，诸多不便。为了把湖南青年和来京的新民学会会员尽可能凝聚在一起，毛泽东、蔡和森和萧子升几经奔走，终于在北京大学附近的景山东街三眼井吉安东夹道 7 号（现改吉安左巷 8 号）租了三间房，把大伙儿集中安顿在一处。毛泽东和蔡和森、萧子升、罗章龙等八个人晚上睡觉就挤在一个大通炕上，人多炕窄，挤得几乎都透不过气。每个人只能抵足而卧，如果实在熬不住要翻身，先得推醒睡在两旁的人，否则根本翻不过来。这些人夏天挤在一起，热汗滚滚流在一起，而在入秋之后，北京的天气转凉，夜里就要盖被子了。那棉被大，摊不开，几个人只好合盖，一个挤着一个蒙头大睡。早上醒来，一个个挤得腰酸背痛，又是捶腰又是揉背。萧子升一边穿衣一边唉声叹气，罗章龙也是叫苦不迭。

而在毛泽东的眼中，这点困难又算得了什么呢？他一边站在门口做操一边风趣地笑道："这叫作'隆然高炕，大被同眠'。"

为了尽快给这些青年做好出国的安排，毛泽东、蔡和森和萧子升四处奔波。

尽管此前蔡和森拜访过李石曾，但萧子升还觉得有很多具体的问题要向李石曾当面请教。那年农历八月十八日，是萧子升一生铭记的日子。那时他也没有想到，他的命运，乃至他的未来，都将在这一天发生转折。他第一眼看见李石曾，发现眼前这位正当盛年的绅士"英光锐气，扑人眉宇"。这让萧子升打心眼里生出一种莫名的崇敬。但他并未缩手缩脚，而是从容大方地递上了蔡元培的介绍信。李石曾含笑道："你们湖南已有一位姓蔡的年轻人早先来过了，这次来了多少人？"萧子升一五一十地告诉他后，又从口袋里掏出一张卡片，用双手递给李石曾说："我们还有一些疑问，我这次就是特意来向先生请教的。"李石曾低头看着卡片，那上面的字体灵秀飘逸，提出的却是一个个必须解决的问题，如旅法川资、半工半读、学生入学的难度、侨工局贷款、法语教师、赴法后做工的难易等，一共二十四个问题，一看就是经过缜密思考的。李石曾笑道："好家伙，你一口气就提出了这么多问题，让我一下子还招架不住哦，有的问题我现在就可以回答你，有的问题呢我还真没有你想得这样周到，这需要一个一个来解决……”

萧子升躬身告辞后，李石曾还在望着这位湖南青年的背影出神。

说来，华法教育会的主要组织者大多醉心于无政府主义学说的“互助论”，而李石曾更是无政府主义的信徒，他在法国就翻译介绍了克鲁泡特金的《互助论》，后来又在国内出版，吸引了大批青年学生。克鲁泡特金认为“互助”是人类天生的本能，是人类社会得以生存的基础。李石曾既是这一学说的传播者，也是实验者。华法教育会只是一个组织松散的团体，也可谓“一块无政府主义试验田”，除了聘用的一两位专职秘书，大部分事务均由学生半义务性质地操办。萧子升缜密的思维和那一笔漂亮的字体，让李石曾一下动了心思。他很快就征得蔡元培的同意，给萧子升发了一封聘书。一切仿佛命运的安排，萧子升刚到北京就被聘用为华法教育会专职秘书，从此他一直追随李石曾，矢志不渝地追求无政府主义。

萧子升在卡片上列出的那些具体问题，华法教育会也在逐一解决，先后在北京大学、保定育德中学、河北蠡县布里村和长辛店开办了留法预备班，接受准备赴法勤工俭学的青年入学。

从 1918 年 7 月到 1919 年春天，这半年多时间，毛泽东等人所干的主要事情，就是把赴法勤工俭学的新民学会会员和湖南青年组织到北京，又分别安排到各地的留法预备学校。毛泽东还起草了一个湖南青年赴法勤工俭学计划，交有关方面协调。另外他还促成建立了华法教育会湖南分会，管理和协调湖南青年赴法事宜。新民学会会友罗学瓒在 1918 年 10 月 16 日致祖父、叔祖父的信中说：“毛润之此次在长沙招致同志来京，组织预备班，出力甚多，才智学业均为同学所佩服。”

经华法教育会分配，来自湖南的一部分文化程度较高的青年分配到了保定育德中学留法高等工艺预备班第二班，学习法文及木工、电工等二十多门课程，其中有张昆弟、李维汉、李富春、邹鼎丞等人，还有毛泽东在湖南四师和一师的同班同学贺果等。育德中学在三四年里一共办了四个预备班，其教学设备好，教师水平高，在此培训过的湖南学生共有四百多人，也是向法国输送勤工俭学留学生人数最多的预备班。

据《新民学会会务报告》第一号所记，这段时间发生了两件极不幸的事：“即民国七年（1918）七月会友叶瑞龄之去世，及民国八年（1919）四月会友邹鼎丞之去世。叶君名兆桢，益阳人，湖南省立第一师范毕业，为人和平中正，有志向学。于毕业归家的途次遇热，抵家即故。邹君名彝鼎，湘阴人，与叶君同学同班。好学有远志，持身谨严而意志坚毅。七年（1918）十月赴北京留法预备班。因历年积劳得病，至此迸发。八年（1919）一月回湘，四月竟死。所做日记及论文数十本，朋友们想替他刊出其警要，但现在还没有刊。凡与他接近过的人，大概没有不觉得他是一个可敬可爱的人。他有一个极爱念的未婚妻，临死寄给他（她）一封信，可惜没有第三人看见，不能将他的遗墨存留。他是发起学会的一个重要人。他于学会之发起，既认为必要，便毫不游移。他于学会抱有极大的希望。他丝毫不料他自己之不幸短命。他之从善如流，他之改过不吝，他之胸怀坦白毫无城府，他之爱人如己，他之爽快，他之勇敢，他之真诚，他之好学，他之对于道义之热情——这些都是曾经和他见过面，或曾经和他相处较久的人所知道的。”

新民学会成立不久，就痛失了两名会员，邹鼎丞还是会章的起草人之一。对这两位英年早逝的会友，毛泽东既悲痛又惋惜。他只能强忍着悲痛继续做好勤工俭学的组织工作。在安排好高级班的学员后，又迎接和安排了来自湖南的一批初级班学员。

据贺果在日记中的记载，1918 年 10 月 6 日，毛泽东、蔡和森由北京来保定看望他们，并在火车站迎接来自湖南的初级班学生。这初级班有一个十四岁的少年——唐铎，后来成了一位闻名中苏的飞行英雄。他在赴法勤工俭学后又赴苏联留学，后来加入了苏联空军。在十月革命十六周年纪念日，这位中国青年驾驶的苏联战鹰作为一百多架飞机的排头兵，飞越莫斯科红场上空，接受斯大林等苏联党和国家领导人的检阅。在苏联卫国战争期间，他英勇作战，曾荣获苏联最高苏维埃主席团授予的苏联卫国战争勋章、列宁勋章、红旗勋章和红星勋章。新中国成立后，唐铎携家人回到祖国，1955 年，被授予中国人民解放军空军少将军衔。这是后话。而此时的唐铎还是一位十四岁的少年，他于 1904 年生于湖南省益阳县一个农民家庭。1918 年，唐铎十四岁时从湖南第一师范附小毕业，由于家庭贫困没有继续升学，只能辍学回家务农。他的物理老师是新民学会第一批会员陈绍休，他觉得这孩子很有出息，若不读书实在是可惜了。第二年，恰好赶上新民学会组织赴法勤工俭学，陈绍休赶紧写信告诉唐铎，唐铎从乡下赶到长沙，跟着陈绍休北上，二十多个人在汉口转火车到了河北保定。毛泽东和蔡和森接站后，把初级班的学生们安排住在保定北唐家胡同第一客栈，他们还和学生们一起座谈。毛泽东回京后，蔡和森带着他们在保定的公园里头游玩，还在公园里看了一场电影，是无声片。那时候电影才刚刚引入中国，这些初级班的孩子们都觉得很新鲜。

从保定到布里村还有八十里。初级班的学生在这里待了三天后，蔡和森便带领他们赴布里村学习。他们分两批走，一批是坐船去的，从保定当时的南关出发，有一条直通天津的护城河，可以抵达布里村附近。还有一批人是坐着铁轱辘骡车走的。蔡和森当时的脚伤尚未痊愈，他是拄着棍一瘸一拐地走的，但没有记载他是坐铁轱辘骡车走的，还是坐船去的。

布里村当年是培训赴法勤工俭学学生的一座重镇，李石曾在布里村创办了全国第一所留法工艺学校。一座中西合璧的校门，仿佛一个进入那段岁月的入口。这所学校培养了两百多名赴法勤工俭学学生，其中最杰出的代表就是蔡和森。按蔡和森的文化程度，应该分配在留法高等预备班，但作为湖南勤工俭学的组织者之一，他还得带着一批只有小学文化程度的学生来这里上初级班。由于南北方学生语言不太通，布里工艺学校把初级班学生分了两个班，一个是北方班，一个是南方班。蔡和森任南方班的班主任，既当先生，也当学生，教初级班的国文，同时也在班上学法语。南方班的一切事务都是蔡和森办理。唐铎那时候生活还不能自理，蔡和森对他特别关照，几乎是走到哪里带到哪里。

据唐铎后来回忆，蔡和森对他关照得很细。他非常想家，蔡和森就安慰他，哄着他。另一方面，蔡和森管理这批岁数比较小的学生又比较严格。布里工艺学校的伙食是免费供应的，但这些南方学生吃不惯北方的窝头，便趁着课余时间，到离学校不远的西樵镇买零食吃。

蔡和森看见了，就会严厉批评他们。蔡和森很注重锻炼身体，他的家乡是武术之乡，从小练习武术。他每天都要带着孩子们出早操，练武术。蔡和森还教他们“跳坑”，在地上挖一个坑，只有两只脚并着才能够站进去，你先从外边往坑里跳，再从坑里往上跳，这不但需要体力和耐力，还特别需要掌握平衡的技巧。唐铎后来当飞行员，一辈子都很注重锻炼身体，保持了一个强健的体魄。

蔡和森不但要带领他们学习、生活，还要在布里、保定、北京之间辗转奔波，或是跟华法教育会联系工作，或是去筹措一些经费。据唐铎后来回忆，1919 年除夕，由于钱粮接济不上了，蔡和森还从布里村赶到保定上火车去北京，同华法教育会联系。初级班的学生选派了几名代表，包括唐铎，到保定去送他。这大过年的，一路风雪，进站后，候车室里空无一人，只有蔡和森一个人孤零零地上车。

几个孩子看着在风雪中呼啸而去的火车，一个个都被寒风吹出了眼泪。

三

安排好赴法勤工俭学的学生们分赴各预备班学习，毛泽东接下来要去的一个地方，也是我在一百多年后探访和瞻仰的北京大学红楼。

这是一座中西合璧的大楼，始建于 1916 年，直到 1918 年下半年才全部竣工并投入使用。当年，在一座垂暮、晦暗与混沌的泱泱古都，这座红楼不仅是北大的标志性建筑，也是一个激情澎湃、活力四射的所在，令无数青年学子憧憬和神往。即便过了一百年，往这儿一走，依然有一种激情燃烧的感觉。大楼通体由红砖砌筑，红瓦铺顶，砖木结构，沉稳而端庄的正门和一层层西式拱形窗户托起一座中式歇山顶。正楼坐南朝北，翼楼位于东西两厢，整个建筑呈“工”字形。一眼看上去，它并没有巍然耸立的高度，却给人博大精深之感。这里是新文化运动的重要营垒，汇集了当时国内各方面的一流学者和新文化、新思潮的领军人物，集中了新潮社、国民杂志社、新文学研究会、哲学研究会等许多革新团体。这里是陈独秀、李大钊最早传播马克思主义的重要场所，也是五四运动的策源地和中国共产党的重要发祥地之一。

一直到现在，还有许多人觉得，毛泽东原本可以以另一种方式走进北大红楼，那就是直接报考北大。此时，与他一同来京的罗章龙先是考进了北大预科，随后又考入北大哲学系。那么，一向具有强烈的求知欲和探索精神的毛泽东，为何没有按杨昌济先生的希望去报考北大？据罗章龙回忆，他也曾劝毛泽东一同报考，但毛泽东压根就没有报考北大的意愿，他觉得还是按照自己的意愿自修比较好。这也是他一直推崇的求学主张，显示了他的独立思考精神和豪放不羁的个性。但这并非唯一的解释，对此后来有不少猜测，一说可能是经济上的原因，那时上北大是要一大笔学费的，而毛泽东连来北京的路费都是借的。还有一个原因，就是萧子升此前提及的，当时教育部规定，中等师范毕业生不能马上考大学，先要服务几年。

历史从来没有假设，毛泽东只能以一种业已注定的方式走进红楼。1918 年 10 月间，毛泽东穿着一件洗得发白的蓝布长衫，揣着杨昌济先生的推荐信，走进了红楼一层东南角的一间办公室。这是图书馆主任室，也是《新潮》杂志社的所在地。时年二十五岁的毛泽东，在这里见到了仰慕已久的李大钊先生。在一张老式办公桌上摆放着一盏绿色玻璃罩的台灯，堆着一摞摞的书。一个宽厚的身影，正趴在书堆里钻研。第一次见面，毛泽东还有些忐忑和局促。李先生相貌威严，尤其是那一抹浓黑的八字胡子，令人望之而俨然。他看了毛泽东递上的推荐信，又抬起头来打量着毛泽东，然后指了指桌子对面的一把椅子说："别站着，坐吧，说说你的想法。"

毛泽东的想法其实很简单，他想到北京大学找一份工作，干什么粗活儿都行，再就是抽空旁听一些课。这是大实话，毛泽东是一个理想主义者，也是非常现实的，眼下，必须先解决生存问题。他在一师毕业后一直没有找到工作，也就没有分文收入。据萧子升所说，在来京的新民学会会员中，毛泽东当属最窘困者之一，他"几乎一无所有，虽然路费（往法国）已减少到一百大洋，但这对他仍是无法解决的大数目，而且他自己知道，无人能借这笔钱给他"。萧子升把毛泽东没有赴法归咎于没有路费，这当然不是主要原因。但毛泽东当时的生活确实极为窘困，他后来也对斯诺谈过："北京对我来说开销太大。我是向朋友们借了钱来的，来了以后，非马上就找工作不可。"

李大钊听了毛泽东的想法，不禁笑道："你可是杨昌济先生培育出来的高材生啊，若让你去干粗活儿，大材小用了。"

对于如何安排毛泽东，李大钊这个主任也做不了主。他随后便带毛泽东去见蔡元培校长。

校长室位于红楼二层右手朝南第一间房。从 1917 年至 1927 年，蔡元培在任北大校长的十年间，在此废寝忘食地工作。作为近代中国文化界的卓越先驱者，蔡元培提倡“循思想自由原则，取兼容并包主义”，引进了一批具有新文化、新思想的代表人物进入北大。他认为教育是国家兴旺之根本，是国家富强之根基，他高度重视公民道德教育及世界观、人生观、美学教育。在他的主持下，北大从学术上冲破了旧有习俗，开科学研究之风气，为国人开导出一股新潮流，使得当时遭受顽固守旧派排挤和打压的新文化、新思潮有了立足之地，也使得北大成为新文化运动的堡垒，民主科学的思想以北大为中心在全国得以传播。从这个意义上讲，蔡元培不仅是现代北大的缔造者，也是中国现代大学理念和精神的缔造者，北大因此而成为中国思想活跃、学术兴盛的最高学府。

到了门口，李大钊先让毛泽东在会客厅稍等片刻，然后敲门进了校长室，一扇刚刚打开的门又关上了。毛泽东打量着这一间简朴的会客厅，靠墙摆着几张硬木椅子，还有一张圆木桌，上面还摆着一碗米饭、一盘青菜和一碗汤，饭菜都凉了，蔡先生还在废寝忘食地工作，这让毛泽东更添了几分敬意。过了片刻，那扇门又吱呀一声打开了。一看李先生那微笑的神情，毛泽东感觉这事可能有希望了。

李先生指了一下校长室说：“润之，你进去吧，蔡先生想跟你谈谈呢。我还有事，先告辞了。”

毛泽东走进校长室，深深弯腰给蔡元培先生行了一个大礼。这是他第一次见到这位誉满中国的“学界泰斗，人世楷模”，而蔡先生却是一副蔼然长者之风，又是还礼，又是让座，还亲手为毛泽东沏了一杯茶。随着那徐徐飘溢的茶香，毛泽东从略显紧张中渐渐变得从容了。蔡元培问了毛泽东来京前后的一些情况和想法，尽管毛泽东那一口浓重的湖南乡音他听不太清楚，但他一直凝神静听着。当听到毛泽东谈到他们在湖南创办新民学会，首先要树立一种奋发向上、积极进取的人生观，蔡先生脸上渐渐露出了欣赏的神色。当毛泽东说到新民学会组织湖南青年赴法勤工俭学时，蔡元培更是连声称道："好，你们湖南是全国来人最多的省份，确实组织得好，而且都安排得很好。"随后，他又看了毛泽东一眼，有些奇怪地问："小伙子，你既然组织了这么多湖南青年赴法勤工俭学，那你为什么不去呢？"

毛泽东诚恳地说："我现在还没有决定去不去，眼下，我们学会的几个主要组织者都决定要去了，接下来我们还要组织一批一批的学生赴法，我就是要去也打算放到后一步……"

蔡先生一边听一边不住地点头："好，我们还要组织一批一批的学生赴法，而你宁可牺牲自己的前途也要为别人着想，实在难得，国内也确实需要你这样的组织者。"

随后，他在一张八行笺上唰唰唰地写下对这位年轻人的安排："守常先生大鉴：毛泽东欲在本校谋一半工半读工作，请设法在图书馆安置一个书记的职位，负责整理图书和清扫房间，月薪八元。蔡元培即日。"这一段记载也在萧子升的回忆录中得到了佐证，由于"蔡（元培）校长帮忙的缘故"，"李大钊安排毛泽东干打扫图书馆、整理图书等轻便工作"。他还意犹未尽地补记了一笔："毛泽东对蔡孑民校长一直非常感激，写给他的每封信都以'蔡夫子大人'开头。他认为自己是蔡校长的学生，永远对蔡校长表示尊敬。”

李大钊将毛泽东安排在位于红楼一层的第二阅览室，担任图书馆助理员，这每月八元的薪资解决了他的生存问题，他再也不用为生活发愁了。而毛泽东更看重的是北京大学这个新文化运动的中心的地位。蔡元培“循思想自由原则，取兼容并包主义”的办学精神，网罗了当时国内顶尖的知识分子，各种思想、学术在这里交叠、碰撞。这种氛围，毛泽东在湖南是无法接触到的。只要有空，他就会如饥似渴地阅读，这里拥有许多过去他从未读到过的书刊。

在这间宽敞的阅览室里，毛泽东兢兢业业地干着一个助理员的工作，他每天把房间和桌椅清理得干干净净，把报刊整理得整整齐齐，然后就坐在门口的一张书桌前，负责登记新到的报刊和前来阅览者的名字，这其中，有一个他久闻其名而终于得以一睹真容的人物。

在这里，毛泽东见到了西装笔挺、温文尔雅、戴着一副金丝眼镜的胡适先生。1917 年 7 月，胡适在张勋复辟之时，从美国回到了阔别七年之久的祖国。他去美国时，还是清朝末年，待他回国时，已到处飘荡着中华民国的五色旗。但是他认为除了改旗易帜之外，并没有看到其他新气象，中国仍旧是这样一个“中世纪”的国家。他在《我的歧路》一文中描述自己归国的感受：“我回国时，船到横滨，便听见张勋复辟的消息；到了上海，看了出版界的孤陋，教育界的沉寂，我方才知道张勋的复辟乃是极自然的现象，我方才打定二十年不谈政治的决心，要想在思想文艺上替中国政治建筑一个革新的基础。”

胡适回国之前，陈独秀便向校长蔡元培力荐胡适为教授，甚至愿意把文科学长的位置让出来。这位年轻的留洋博士只比毛泽东年长两岁，是北大当时最年轻的教授。而年轻的胡适感到时代和历史赋予自己特殊使命，就以“国人导师”作为目标，而他也确实以儒雅的气质、渊博的学识和缜密的逻辑征服了许多差不多年纪的学生。他也是毛泽东当时心中的楷模。据胡适回忆，两人在见面之前，毛泽东就曾给他写过信，向他请教一些问题，并在信中谦虚地自称“你的学生”。可惜，这封信后来给烧掉了，多少年后，胡适还为此跌足叹恨。这是后话也是历史的遗憾了。毛泽东在给胡适写信后不久，便经杨昌济荐引，携萧三等新民学会会员专程去拜访过胡适。他们同胡适讨论了关于新思潮、新文化的各种问题，而胡适对各种主义——除他恩师杜威的实用主义之外一概不感兴趣，他最感兴趣的就是各种具体的问题，对毛泽东提出的疑问他也给予了解答。胡适先生是实用主义者，实用主义只忠于事实，而毛泽东一直特别务实且注重实践，这两者当然不是一回事，但都关注行动是否能带来某种实际的效果，这也是青年毛泽东和胡适所能达成的共识吧。这次见面后，毛泽东和胡适的交往越来越密切了，他一边抽空旁听胡适的课，一边以新民学会在京会友的名义，邀请胡适在北大文科大楼同在京会友进行交流，而胡适所谈多是学术和人生问题。这两位在当时地位悬殊的年轻人，一位虚心好学，一直孜孜以求心中的大本大源，一位热忱待人，以“国人导师”作为目标，这让他们之间也有过一段亦师亦友的交往。

毛泽东在北大图书馆工作期间，还结识了中国新闻理论的开拓者、奠基人——《京报》社长邵飘萍。当时，他参加了由《京报》社长邵飘萍发起组织的北京大学新闻学研究会，这是中国历史上第一个新闻学研究团体。邵飘萍是研究会的两位导师之一，这位中国新闻理论的开拓者、奠基人，对新鲜事物异常敏感，但他在衣着上却很传统，总是穿着一件华丝葛长衫，套着黑色纱马褂，令人感觉质朴而亲切。他在新闻学研究会授课半年，除了讲授一般的报纸出版、新闻采访等业务知识之外，更强调“访员”（即记者）的素质与思想的训练。他对新思想新思潮不竭的探索精神，他卓绝的新闻采访技能，还有他恣肆凌厉的社评文章和潇洒有致的言谈举止等等，都深深地打动了毛泽东。毛泽东除了在课堂听邵先生讲课外，还时常去邵先生家请教。据邵飘萍夫人回忆：“那时，毛主席是北大职员，平易近人，到我家里来，很有礼貌，叫飘萍为先生，叫俺为邵师娘。”毛泽东后来对斯诺说过：“特别是邵飘萍，对我帮助很大。他是新闻学会的讲师，是一个自由主义者，一个具有热烈理想和优良品质的人。”毛泽东在新闻研究会第一次系统地学习了新闻理论和专业知识，更深受邵飘萍这位新闻战士“铁肩辣手，快笔如刀”的风格影响。1926 年 4 月，邵飘萍被军阀张作霖杀害，毛泽东听说后痛惜不已。1949 年 4 月，毛泽东亲自批文追认邵飘萍为革命烈士。他对这段短暂的师生关系极为珍惜，一直称“我是邵飘萍的学生”。在邵飘萍的影响下，毛泽东一度想成为一名新闻记者。在新民学会会员讨论“个人生活方法”时，他曾表示：“我可愿做的工作：一教书，一新闻记者，将来多半要赖这两项工作的月薪来生活。”尽管他后来没有成为一位职业新闻记者，但他以新闻为武器，相继主编了《湘江评论》《新湖南》，创办了平民通讯社，还曾充任湖南《大公报》特约记者。而在毛泽东未来的伟大革命征程中，追随他的有两支队伍，一支是军委作战部，一支是新华社。他一面指挥打仗，一面指导新华社展开舆论攻势，亲自撰写了大量新闻、时评和社论，被新华社的同志亲切地称为“新华社首席记者”。毛泽东也确实是一位杰出的新闻舆论工作者，他说出了一句至理名言：“共产党是左手拿传单、右手拿枪弹才可以打倒敌人的。”

毛泽东还报名成为北大社会哲学系的一名注册旁听生，并参加了1919年1月成立的北京大学哲学研究会。该会由北京大学教授马叙伦、陈大齐、胡适、杨昌济等发起成立，宗旨是“研究东西诸家哲学，瀹启新知”。这让毛泽东大开眼界，接触了唯物主义和唯心主义各派学说。他和梁漱溟的交谊也是从这时开始的。他俩是同龄人，梁漱溟只比毛泽东年长三个月。早在民国二年（1913）正月，也就是毛泽东转入湖南一师的那年，梁漱溟就读到了幸德秋水的《社会主义之神髓》，并深受其影响。幸德秋水创建了日本第一个社会主义政党——社会民主党，并于1904年翻译了《共产党宣言》，这是日本思想史上的一件大事。这时幸德开始接触马克思主义，但其后又受无政府主义的影响。而梁漱溟在反复钻研《社会主义之神髓》后，于当年年末写出了《社会主义粹言》，当时他才二十岁，也堪称一位奇才了。这位奇才报考北大却名落孙山，但其后竟被蔡元培校长聘为北大哲学系讲师。他与杨昌济同在哲学系任教，经常来杨家造访，毛泽东寄寓杨家时，多次为梁漱溟开门，两人也因此有了交往，并在一起探讨“社会主义”。但梁漱溟所信奉的“社会主义”并非马克思主义的科学社会主义，他后来在《乡村建设理论》一书中向世人揭示了他理想中的新社会，从总体上说，“就是经济上的生产与分配都社会化”，而新社会的社会组织构造必须是“乡村为本”。梁漱溟认为，中国是农业国，中国的立国之根在乡村，他为此还发起了著名的“乡村建设运动”，但一直缺乏实现他理想社会的正确方法和途径。梁漱溟沿袭了 19 世纪欧洲空想社会主义，企图在现存政治制度范围内，依靠旧政权，用和平的、改良的方法去实现社会改造。他明确提出新社会“必须不是阶级社会”，有阶级和阶级冲突的社会，“就非理想的社会”，这与马克思主义的科学社会主义是背道而驰的。但在当时的中国，梁漱溟的新社会设想和他发起的“乡村建设运动”是有进步意义的。而毛泽东那时还没有找到科学社会主义这条大道，“社会主义”对于他，还是一个模糊的概念。

追溯毛泽东青少年时代的思想轨迹，笔者已在“引子”中进行了一番追溯，他大致经历了以湖湘文化为代表的实学思想——以梁启超为代表的社会改良主义——孙中山民主革命思想——以陈独秀和《新青年》为代表的新文化运动思潮。而在他来北京之前就已初步接触了“社会主义”学说。毛泽东是什么时候接触社会主义思想的？据《西行漫记》，毛泽东在延安接受斯诺采访时说过，他最早接触社会主义思想是在 1911 年辛亥革命时期，那时候他正在湖南新军当兵，“当时鼓吹革命的报刊中有《湘江日报》，里面讨论到社会主义，我就是从那里第一次知道社会主义这个名词。我也同其他学生和士兵讨论社会主义，其实那只是社会改良主义”。的确，那时候的“社会主义”学说还鱼龙混杂，传播者有资产阶级改良主义者、资产阶级革命派、无政府主义者以及打着“社会主义”旗号的社会改良主义者。他们一般都只是把它当作一种学说、一种人道主义、一种救治不平的“药方”来介绍。当时流传于中国思想界的既有达尔文的进化论，又有卢梭的天赋人权；既有巴枯宁、克鲁泡特金的无政府主义，又有拉萨尔的机会主义；既有圣西门、傅立叶、欧文的空想社会主义，又有马克思的科学社会主义。最初，青年毛泽东曾对打着“社会主义”旗号的社会改良主义产生了强烈的探索愿望。如他热衷的新村主义，实际上也是无政府主义者所宣扬的“空想社会主义”。在他们描述的“社会主义”社会中，没有剥削和压迫，人人享有经济上和政治上的“绝对自由”，产品“各取所需”，这与青年毛泽东当时所追求的那种平等和谐的社会理想不谋而合。

梁漱溟在同毛泽东的交往中，两人有相似的观点，也有争论，梁漱溟也看出这位图书馆助理员“很了不起”，尽管他们后来多次因政见不同而发生激烈争论，但他一直认为：“毛主席这个人呢，我跟他接触很多，他是雄才大略，那是很了不起。”

陶孟和也是对毛泽东颇有影响的一位学者。他毕业于英国伦敦大学经济政治学院，1913 年获经济学博士学位，先后任北京大学教授、系主任、文学院院长、教务长等职，是蔡元培推动北大改革的主要助手之一。他教授的社会学、社会问题等课程，是毛泽东特别感兴趣的，毛泽东时常去旁听和请教怎么解决中国的问题。陶孟和走的是改良主义道路，“讲求改良的方法”，但他也非常赞赏苏俄的变革与发展：“苏俄以平民革命推倒帝制……其显扬民治，实吾良友。”陶孟和还立志于社会调查：“我向来抱着一种宏愿，要把中国社会的各方面全调查一番，这个调查除了在学术上的趣味以外，还有实际功用。”他的这一宏愿，后来被毛泽东付诸实践。从毛泽东青年时代“汗漫九垓，遍游四宇”的田野调查，到投身革命后运用马克思主义理论指导调查研究，从实际出发，实事求是，以客观事实作为解决问题的唯一根据，毛泽东一再强调没有调查就没有发言权，而调查就像“十月怀胎”，解决问题就像“一朝分娩”。

毛泽东在北大图书馆工作期间，对他影响最大的还是李大钊。

李大钊说：“人生最高之理想，在求达于真理。”

而毛泽东此前就在致黎锦熙的信中说过：“十年未得真理，即十年无志；终身未得，即终身无志。”

这两位真理的追求者走到了一起，云从龙，风从虎，同声相应，同气相求。

当时，正值李大钊在中国宣传俄国十月革命、传播马克思主义的第一阶段。而那时，马克思主义的经典著作尚未翻译过来，外语水平不高的毛泽东还不能直接阅读外文版的马列原著，他主要还是在与李大钊的交往中，还有李大钊发表的文章中，初步了解到一些马克思的科学社会主义的基本观点。诚然，此时的毛泽东对马克思主义和其他种种主义还很茫然，他也向李大钊提出不少一直在琢磨又琢磨不透的问题。李大钊笑道：“你的这些问题我也一直在琢磨，也还没有琢磨透。譬如说革命，有法国式革命，也有俄国式革命，对此我也做过一番比较，你不妨看看。”他随即从一堆书刊里抽出一本杂志，那是1918 年 7 月 1 日出刊的《言治》季刊第三期，上面刊登了李大钊的《法俄革命之比较观》一文，这是中国最早的一篇欢呼俄国伟大十月社会主义革命胜利的文章，“法兰西之革命是 18 世纪末期之革命，是立于国家主义上之革命，是政治的革命而兼含社会的革命之意味者也。俄罗斯之革命是 20 世纪初期之革命，是立于社会主义上之革命，是社会的革命而并著世界的革命之采色者也。时代之精神不同，革命之性质自异，故迥非可同日而语者”。李大钊先生在文章中明确提出，中国革命必须走俄国十月革命的道路。这是李大钊先生认准了的一条路，但毛泽东并未在第一时间接受。这只是李大钊对他影响的开始，他还有一个继续比较和琢磨的过程。

1918 年 11 月，天安门广场阴云密布，一声声闷雷击打着沉寂的苍穹，在天安门城楼反射出的幽光中，“一位身着长袍、戴着椭圆眼镜、留着八字胡的中年人”正在慷慨演讲，演讲的主题是“庶民的胜利”，这是李大钊对俄国十月革命胜利的呼应：“这回战胜的，不是联合国的武力，是世界人类的新精神。不是那一国的军阀或资本家的政府，是全世界的庶民。……这新纪元的世界改造，就是这样开始。资本主义就是这样失败，劳工主义就是这样战胜!”

这振聋发聩的呼喊，在那巍峨的皇城里引起一阵阵震荡。

当时，毛泽东就站在北风呼啸的天安门广场上，聆听着李大钊的演讲。尽管此时他依然在茫然地寻求着那个“自然足以解释一切”的大本大源，但他也在那如铜钟般穿透时空的声音中，感到了从未有过的震撼。

李大钊堪称“那个暗淡中国的普罗米修斯”，“把马克思主义的火种在这片土地传递，誓将燃尽这片阴霾”。自俄国十月革命胜利后，他先后发表了《法俄革命之比较观》《庶民的胜利》《布尔什维主义的胜利》《新纪元》等文章和演讲。1919 年元旦，李大钊在《每周评论》第三号上发表《新纪元》，指出俄国十月革命对中国的影响：“我们在这黑暗的中国，死寂的北京，也仿佛分得那曙光的一线，好比在沉沉深夜中得一个小小的明星，照见新人生的道路。”当月，他还在

《新青年》上发表了《布尔什维主义的胜利》，再次热烈赞扬俄国十月革命。他在黑暗的中国第一次发出了一个惊世的预言："人道的警钟响了！自由的曙光现了！试看将来的环球，必是赤旗的世界！"

随后，李大钊又在1919年的《新青年》上发表了《我的马克思主义观》，这篇文章被公认是李大钊成为马克思主义者的标志。

那时候，毛泽东对李大钊的每一篇文章都要反复精读，每一次演讲都要倾听。李大钊对马克思主义的坚定信仰、大力宣传和不懈实践，对青年毛泽东产生了最直接的影响。李大钊堪称引导毛泽东走向马克思主义的"第一人"。毛泽东后来在延安同斯诺谈话时说："我在李大钊手下担任国立北京大学图书馆佐理员（助理员）的时候，曾经迅速地朝着马克思主义的方向发展。"1949年3月，毛泽东在西柏坡追忆他初到北京的情形时，再次动情地说："三十年前我为寻求救国救民的真理而奔波，吃了不少苦头。还不错，在北京遇到了一个好人，就是李大钊同志。在他的帮助下，我才成为一个马克思主义者……没有他的指点和指导，我今天还不知在哪里呢！"

这段时间，毛泽东和陈独秀也有了交往。陈独秀，字仲甫，1879年10月9日出生于安徽安庆怀宁县。他比李大钊年长十岁，比毛泽东年长十四岁，也比他们有着更丰富而坎坷的人生经历。他自幼丧父，随人称"白胡爹爹"的祖父修习四书五经，1896年考中秀才，次年应江南乡试落第。最初他也深受儒家文化的影响。然而，当中国被西方列强的坚船利炮轰开国门，儒家文化却开不出济世救民的良方，在坚船利炮面前简直不堪一击，这给近代中国知识分子带来了极大的震撼和沉痛的反思。自1840年的鸦片战争以来，一代一代的仁人志士在亡国灭种的强烈危机感驱使之下，以匡时救世为己任，对内主张整饬吏治，改革弊政，形成一股经世致用的社会思潮；对外提倡学习西技，探求新知，寻求强国御侮之道，逐渐形成了一股向西方学习的新思潮。从寻求器物之变到探求技术之变，从“师夷之技以制夷”到“师夷长技以自强”，出现了以“中学为体，西学为用”的洋务运动。当洋务运动失败后，很多仁人志士又觉悟到，若要让一个国家、一个民族在骨子里、血脉里变得强大起来，还必须从探求技术之变推进到探寻制度上的变革，由此又出现了戊戌变法，但康有为、梁启超、谭嗣同的艰辛探索又失败了。给陈独秀带来极大震动的还是1901 年八国联军攻入北京后，逼迫清廷签订了《辛丑条约》。这是中国近代史上失权最严重的不平等条约，进一步加强了帝国主义对中国的全面控制和掠夺，标志着中国已完全沦为半殖民地半封建社会。陈独秀痛定思痛，为什么无数仁人志士怎么也找不到一条拯救中国和中华民族的道路？

陈独秀带着这样的追问与反思，先后五次东渡日本求学或避难，在不断的求索中，他逐渐认识到，洋务运动致力追求的器物现代化，维新变法所寄望的制度现代化，最终都不能从根本上改造中国。其后，孙中山领导的辛亥革命推翻了中国几千年封建帝制，建立了中华民国。但革命的果实很快就被以袁世凯为首的北洋军阀所篡夺，随后又是袁世凯称帝、张勋复辟、军阀割据、南北对峙，中国仍然深陷于半殖民地半封建社会，人民依然生活在水深火热之中。这让陈独秀和那一代觉醒者得出了一个结论：“我们不只是技不如人，也不只是制度不如人，更重要的是思想、理念上的落后……”

从思想上、理念上改造中国，是陈独秀在辛亥革命后认准的第一条路。1915 年 9 月，陈独秀在上海创办《青年杂志》（翌年改名为《新青年》），在国内掀起了提倡民主与科学、反对封建文化的新文化运动。1917 年 1 月，陈独秀被北京大学校长蔡元培聘请为文科学长，《新青年》编辑部随之从上海移至北京，由一人主编改为轮流主编的同人刊物，并成立编委会。当时，文科学长室就设在红楼二层，这里虽不是《新青年》杂志社的社址，但却在此形成了一个以陈独秀为中心的新文化运动营垒。

追溯陈独秀对青年毛泽东的影响，首先便源自《新青年》。毛泽东在延安曾对斯诺说过："《新青年》是有名的新文化运动的杂志，由陈独秀主编。我在师范学校学习的时候，就开始读这个杂志了。我非常钦佩胡适和陈独秀的文章。他们代替了已经被我抛弃的梁启超和康有为，一时成了我的楷模。"另据蔡和森记载，毛泽东的《体育之研究》在《新青年》上刊登以后，他和蔡和森有过一次长谈。他说："冲决一切现象之网罗，发展其理想之世界，行之以身，著之以书，以真理为归，真理所在，毫不旁顾。前之谭嗣同，今之陈独秀。其人者魄力雄大，诚非今日俗学所可比拟。"毛泽东在北大图书馆工作期间，陈独秀的思想正处于一个变化的关键阶段。几年来，随着新文化运动的兴起，一时间，各种新思潮风起云涌，如资产阶级改良主义、无政府主义、空想社会主义……陈独秀都钻研过、探索过，但他发现，这些道路在中国都走不通。1917 年 11 月 7 日，俄国十月革命取得胜利，建立了人类历史上第一个社会主义国家，开创了人类历史的新纪元，为世界被压迫民族被压迫人民树立了榜样，指明了方向。陈独秀继李大钊之后，在1918年3月就已表达了他对俄国十月革命的礼赞："二十世纪俄罗斯之共和，前途远大，其影响于人类之幸福与文明，将在十八世纪法兰西革命之上，未可以目前政象薄之。"不过，陈独秀的思想真正发生裂变，还是在五四运动之后，那时他才坚信只有马克思主义才是最适合中国的道路，才是民族解放和民族复兴的希望。而青年毛泽东在思想上真正发生裂变，则要更晚一些。

毛泽东在北大图书馆工作期间，除了向李大钊、陈独秀、胡适等北大的教授学者虚心请教，也渴望能结交一些北大学子，与他们一起深入交流。但这位湖南一师毕业的高材生，到了北大这块精英荟萃之地，干着一个月薪八元工作的助理员，一开始还真是没有被某些"天之骄子"放在眼里，他们在文质彬彬的举止后面，隐含着一种优雅而冷漠的高傲。多年之后，毛泽东在陕北同斯诺坦诚交谈时，还追忆起了这段让他难以释怀的经历："我的职位低微，大家都不理我。我的工作中有一项是登记来图书馆读报的人的姓名，可是对他们大多数人来说，我这个人是不存在的。在那些来阅览的人当中，我认出了一些有名的新文化运动头面人物的名字，如傅斯年、罗家伦等等，我对他们极有兴趣。我打算去和他们攀谈政治和文化问题，可是他们都是些大忙人，没有时间听一个图书馆佐理员（助理员）说南方话……"

傅斯年，字孟真，山东聊城人，1896年生于山东聊城一个举人之家，其先祖傅以渐是清代顺治年间的首任状元。他比毛泽东小三岁，在毛泽东转入湖南一师的1913年，考入北京大学预科，后升入北京大学文科。别看他长得胖乎乎的，还有些其貌不扬，但在北大学子中却是一位重量级人物，在很多教授眼里，"傅孟真这个人才气非凡!”他是当时“北大最杰出的学生”，也是北大学生会领袖之一。

罗家伦，字志希，1897 年生于江西进贤一个官宦之家，其父罗传珍曾任江西进贤等县知县，政声卓著，思想也比较进步。罗家伦幼承家学，学业精进，从复旦到北大都是屈指可数的高材生和学生领袖。

毛泽东早已听说过傅斯年和罗家伦的鼎鼎大名，在阅览室也见过他们不少次面，尽管毛泽东“对他们极有兴趣”，但一直没有机会和他们深入交谈。机会其实是有的，只是这两位北大骄子没有给他，他们没空理他，也没有兴趣结交这位“月薪八元的助理员”。

一个周末的下午，机会又一次来临，傅斯年、罗家伦等北大学生来到第二阅览室，一边走一边讨论着什么问题。毛泽东当时就坐在阅览室门口，桌子上摆着一本摊开的登记簿。傅斯年、罗家伦等人在这里签下名字后，连看都不看毛泽东一眼，便旁若无人地走进阅览室，而毛泽东一直注视着他们。他们选了一张靠窗的桌子，几个人围坐在一起，又开始商量着什么大事。他们都是北京大学的第一个学生社团——新潮社的成员。这个社团是在蔡元培、陈独秀、李大钊、胡适、钱玄同等师长的直接指导与帮助下发起成立的。他们于 1919 年 1 月 1 日正式创办了《新潮》月刊，该刊经文科学长陈独秀报请蔡元培批准，蔡元培亲自为《新潮》题写了刊名，并批准每月拨四百大洋（一说两千大洋）作为办刊基金。李大钊则从图书馆拨出一间房间作为办刊场所，胡适担任该刊学术顾问。而这次他们走进第二阅览室，就是商量办刊宗旨。傅斯年显得很沉稳，一开始没有发言，而是听大家发表意见，在一番讨论后确定该刊“专以介绍西洋近代思潮，批评中国现代学术上、社会上各问题为职司”，大力提倡白话文和学术思想解放，反抗传统礼教，主张“伦理革命”。随后，傅斯年又提出三点办刊宗旨：“一是批评的精神；二是科学的主义；三是革新的文辞。”这些学生一个个踌躇满志，意气风发。而这些毛泽东“极有兴趣”的青年，讨论的也是毛泽东“极有兴趣”的话题。此时，他坐在一边，注视着这群比自己更年轻的北大学生，或是联想起他和萧子升、蔡和森在一起筹划创办新民学会时的情景，又或是被他们的话题深深吸引了，他一时间有些忘情，竟不由自主地插入了讨论。他一开口，那一口浓重的湖南乡音，让那几个青年抬起头来，一齐望着他，仿佛此时才第一次发现他的存在，那眼神里却泛着冷漠的光泽。毛泽东正在尴尬之际，傅斯年倒是挺有修养，他先礼貌地与毛泽东打了个招呼，又对几位同学说：“这位工友是杨昌济先生的学生，他在湖南一师读书时，就在《新青年》发表过文章，也是一位有为青年呢。”那几个人听了，才客气地冲毛泽东点点头，随即又旁若无人地讨论起他们的大事情了。

这只是毛泽东在北大遭遇冷落的一个细节，却给毛泽东留下了一个挥之不去的心结。而从他们随后的人生走向和思想演变轨迹看，毛泽东和这几位北大学子也确实是道不同不相为谋。在五四运动爆发后，傅斯年被推举为学生游行总指挥，高举爱国大旗走在队伍的正前方，但他因受胡适的影响，反对“过急”运动，从一开始就想让示威成为“有纪律的抗议”。当学生运动真正如火如荼地开展起来，眼看局势已无法控制，傅斯年很快便急流勇退，转而认同以学术研究为途径来谋求救国。他是著名历史学家、古典文学研究专家和中央研究院历史语言研究所的创办者，也是一位恪守独立人格和自由思想的学人。哪怕在蒋介石面前，他也是叼着一个大烟斗，习惯地跷着二郎腿。1945 年 7 月，在抗战胜利前夕，傅斯年作为六名国民参政员之一飞往延安。此时的毛泽东，已是叱咤风云的中共领袖，但他还是在繁忙中单独安排时间，与傅斯年这位北大故交作彻夜长谈。他还特别谈到了傅斯年在五四运动中发挥的作用，这不只是毛泽东表现出来的大度和雅量，其实也是他对那一段历史做出的客观公正的评价。而傅斯年则谦逊地说了一句："我们不过是陈胜、吴广，你们才是项羽、刘邦。"这话，让毛泽东听了猛地一顿，却也没有深问。两人话别时，傅斯年还郑重向毛泽东索字。第二天，毛泽东给傅斯年写了一封信："遵嘱写了数字，不像样子，聊作纪念。今日闻陈胜、吴广之说，未免过谦，故述唐人语以广之。"随信附去手书的唐代诗人章碣的《焚书坑》："竹帛烟销帝业虚，关河空锁祖龙居。坑灰未烬山东乱，刘项原来不读书。"毛泽东以条幅书写后赠与傅斯年，其间虽含有自谦自况之意，但放之于长远的历史中更耐人寻味。

尽管毛泽东当年在北大遭受过冷落，但他还是相继结识了谭平山、邓中夏、许德珩、张国焘等北大学子。他们聚集在李大钊、陈独秀的身边，在这两位导师的指引下"看见了新世纪的曙光，焕发出蛰伏的战斗热情"，逐渐由激进民主主义者向马克思主义者转变。

谭平山，广东高明人，1886 年出生，1909 年在两广优级师范学校学习期间加入了孙中山领导的同盟会。1917 年，谭平山考入北京大学文科哲学系。在北大期间，谭平山参加了李大钊等组织发起的马克思主义研究会、新闻学研究会，也加入了蔡元培、陈独秀等人发起成立的新潮社。在五四运动期间，谭平山被推选为北大学生的主要领导人之一，参与“火烧赵家楼、痛打卖国贼”等壮举，曾被北洋政府反动军警逮捕关押，后被释放。1920 年 7 月，他从北大毕业后，回到广东高等师范学校任教，是广东党组织的主要创建者。

邓中夏，湖南宜章县人，1894 年 10 月出生，1915 年就学于湖南高等师范文史专修科，与蔡和森同学。1917 年，邓中夏随父进京，考入北京大学国文门（文学系）。在李大钊的引导和十月革命的鼓舞下，邓中夏开始研究马列主义，并积极投入当时的反帝爱国斗争，成为学校中的积极分子。1919 年 3 月，邓中夏等发起组织北京大学平民教育讲演团，并被推选为总务干事。他带领讲演团走上街头，深入工厂和农村，宣讲新文化和新思潮，旨在“增进平民知识，唤起平民之自觉心”。五四运动爆发后，讲演团在唤醒民众上更是发挥了呼风唤雨般的影响力。邓中夏堪称一位演讲的天才，当他讲到中华民族和底层人民的悲惨命运时，总是催人泪下，台下一片悲泣声。他的演讲常常由悲愤到慷慨，让人从悲痛中激昂振奋，热血沸腾。1920 年 10 月，邓中夏参加了李大钊领导的北京共产主义小组，是最早的成员之一。而讲演团也从一个学生进步团体转变为党的外围组织，在唤醒劳苦大众、推动工人运动中发挥了历史性的作用。

许德珩，字楚生，江西德化（今江西省九江市）人，1890 年出生。1915 年初，许德珩考入北京大学后，参加了少年中国学会，并和邓中夏等人组织北京大学平民教育讲演团，向人民群众进行宣传，以扩大新文化运动和爱国民主运动的影响。他是当时全国学生统一组织“学生救国会”创办的《国民》杂志负责人之一，也是五四运动的学生领袖之一。在北大学子中，许德珩是年岁较大的，又是两次投笔从戎的“革命军人”，比那些从校园走进校园的北大学生有了更多的历练。但他给人的第一印象并非老成持重，而是北大学生中有名的“大炮”。不过，他那时候的立场却是鲜明的，当李大钊发表《庶民的胜利》和《布尔什维主义的胜利》后，许德珩视之为“卓越”之作，认为俄国十月革命才是他所期许的真正革命。他也是同李大钊走得最近的北大学生之一，两人常在李大钊的办公室聚谈，情谊介乎师友之间。

这几位北大学子都没有小瞧毛泽东，随着交往日深，他们越来越看重毛泽东。不过，毛泽东与张国焘的第一次相遇，就不那么愉快了。

张国焘，又名特立，江西萍乡人，1897 年 11 月生于一个生活富足、家世显赫的官绅世家。1916 年，十九岁的张国焘考入北京大学。这位才华横溢、充满激情的学生，很快就从北大学子中脱颖而出，成为北大学生领袖之一，也是李大钊特别器重的学生。1919 年初，张国焘在北大红楼与毛泽东第一次相遇。李大钊向毛泽东介绍说：“这位是张特立！”毛泽东久闻其名，赶紧迎上前，热情地同张国焘握手，并自我介绍说：“我是湖南毛润之。”张国焘客气地点点头，旋即转过身子，与李大钊高谈阔论起来。而毛泽东看着一个傲岸而又炫耀的背影，心里有一种说不出的滋味。1936 年，毛泽东同斯诺谈到了他与张国焘的第一次相遇，他笑道：“他们看不起我这个乡下土包子。”

毛泽东同李大钊、陈独秀、谭平山、邓中夏、许德珩等倾向共产主义的北大师生结识后，时常和他们在一起讨论。但与此同时，他也结识了王光祈、朱谦之等倾向无政府主义的青年学生。说来，蔡元培校长本人就深受无政府主义的影响，他所招聘的教员李石曾、吴稚晖等也是无政府主义者，他们将无政府主义思想传播到了北大，影响了一大批学生。朱谦之是当时无政府个人主义派的一个代表人物。他1899年生于福州一个世代行医的杏林之家，幼时父母双亡，由姑母抚养成人。在他的成长史上，也和少年毛泽东一样有过一段英雄崇拜情结，他在福建省立第一中学求学期间，曾自编《中国上古史》，并撰写了《英雄崇拜论》等小册子。1916年，年仅十七岁的朱谦之以全省第一名考取北京高等师范学校（北京师范大学前身）。到京后，他改入北京大学法预科学习，凡二年，又转入北大哲学系攻读。他也是北大图书馆第二阅览室的常客。他戴着一副眼镜，长得白白净净，看上去还有几分腼腆，但他思想特别活跃，一旦谈及自己感兴趣的话题，便神气活现，手舞足蹈。他除了听名师授课外，几乎一天到晚泡在图书馆或阅览室里。他最爱读的是中外哲学文化书籍，当他捧着一本比砖头还厚的书走向一个靠窗边的座位时，李大钊看见了他，还拍着他的肩膀说："小伙子，我们图书馆的哲学书籍都快被你读完了啊！"

那段时间，毛泽东和朱谦之颇为投机。毛泽东后来在延安同斯诺谈话时还特意提到："我常常和一个北大学生，名叫朱谦之的，讨论无政府主义和它在中国的可能性。"朱谦之认为，读书为求学问，而不是为了一纸文凭，他连毕业考试都不想参加，甚至在北大第一次贴出大字报，要求废除考试制度。这就是典型的无政府主义，把个人自由看得高于一切，试图废弃一切制度。而在其后的五四运动期间，朱谦之也是特别激进的活跃分子，他在《北京大学学生周刊》上发表《劳动节的祝辞》，提出“劳动人民神圣”的口号，主张将所有私人财产“一切收回社会公有”，“劳动者要直接管理工场”，他的这些主张都是从无政府主义出发，即把国家当作压迫和剥削的根源，他认为只有消除一切所有权，才能从根本上解决一切社会不公的问题。而无政府主义又打着“共产主义”的招牌进行传播，对当时的青年有很大的迷惑性和欺骗性，不仅让朱谦之深陷其中，也一度让毛泽东产生了思想上的共鸣。

每逢星期天，毛泽东就会在豆腐池胡同 15 号的枣树下与一帮年轻人纵论新思潮和国内外大事，这是毛泽东在北京发起的“星期天讨论会”。参与讨论的主要是旅京的新民学会会员和北大学子，谭平山、邓中夏、许德珩、罗章龙、朱谦之等都是“星期天讨论会”的常客，李大钊和杨昌济有时也参加讨论。他们讨论的话题都是当时的热点和焦点问题，如改良主义、无政府主义、社会主义等，大伙儿各抒己见，时不时还会展开激辩。杨开慧几乎成了讨论会的专职服务员，也是忠实听众。当大伙儿各抒己见、相互辩论时，她总是坐在小板凳上，用一只手托着脸蛋，一双眼睛水灵灵地看着毛泽东，是那样纯净而又文静。

从毛泽东第一次进京期间的思想轨迹看，他一下子接触到了各种各样的新思潮和形形色色的人物，这大大打开了他的眼界，对于奠定他本人的思想基础有十分重要的意义，但此时他依然没有寻找到自己认定的大本大源。一方面，他开始意识到马克思主义是一种历史的潮流，如他后来回顾自己青少年时代探索真理的经历时所说：“我读了六年孔夫子的书，又读了七年资本主义的书，1918 年才读马列主义。”另一方面，此时他还比较倾向社会改良主义者所宣扬的“社会主义”。毛泽东在致蔡和森的信中解释过他在这一时期对“世界主义”的认知：“这种世界主义，就是四海同胞主义，就是愿意自己好也愿意别人好的主义，也就是所谓社会主义。”而这种“社会主义”实际是无政府主义。在我国早期的共产主义知识分子中，许多人都一度倾向于无政府主义，这也是毛泽东走上科学社会主义的旅程中经历过的一个中间环节。对此，毛泽东后来也做出了反思：“当时我的思想还是混乱的，用我们的话来说，我正在寻找出路。我读了一些关于无政府主义的小册子，很受影响。我常常和一个经常来看我的、名叫朱谦之的学生讨论无政府主义和它在中国的前景。当时，我赞同无政府主义的很多主张。”

从韶山冲里走出来的毛泽东，一直对大海充满了向往。他在新文化、新思潮的海洋里畅游时，也渴望看到真正的大海。1918 年底，北京正值隆冬，在一场风雪过后，毛泽东约了罗章龙、萧三等十几个年轻人一起到天津塘沽去看海。罗章龙一听就打了个寒噤，他看了毛泽东一眼。毛泽东还是穿着那件褪了色的灰布长衫，只是在里面加了些旧衣裤，看不出一点冷的感觉。毛泽东还推了罗章龙一把，搓了搓手说：“走吧，隆冬无袭，挺身而过！”

当他们登上天津大沽口的北岸炮台，海风裹着霰雪从渤海湾席卷而来，扑扑地打在炮台上。大沽口乃京津门户、海路咽喉，这炮台为明永乐二年（1404）在天津筑城设卫时所置，号称“津门之屏”，拱卫入京水道。清道光二十年（1840）又建大沽南北炮台，置大炮三十余尊。其后屡经扩建，构成了大沽要塞的防御体系。然而，这炮台却一直守护不了自己的国门，从1840年起，英、法、美、俄、日等国军队先后七次入侵京津，其中五次由大沽口登陆。光绪二十六年（1900）五月，八国联军进攻大沽炮台，尽管守军拼命抗击，但因后援不继，炮台失陷。侵略军入侵京津后，于次年迫使清政府签订《辛丑条约》，内有拆毁“大沽炮台及有碍京师至海通道之各炮台”之条款，签约后大沽口要塞大部分被毁，唯南岸“海”字炮台仍然存留。这是青年毛泽东倍感屈辱的一段历史，这也是一座写满中国屈辱历史的炮台。他在寒风霰雪中触摸着这残缺的炮台，那曾经喷出的烈焰已化作凝固的岩浆，摸到哪里都是冰冷的。而此时，那被乌云压低的大海已经静止，海浪的波纹已结成了坚硬的冰凌。毛泽东紧闭着嘴唇，大睁着眼睛，他的目光是冰冷的，也是灼热的，在触及大海的瞬间，迸射出一道静默的闪电……

此刻，大沽口渐渐现出了一些阳光，心潮起伏的毛泽东，有满肚子的话想要跟同来的年轻人一起交流、倾诉。据罗章龙回忆：“我们特地选了背风朝阳的地方围坐在一起，讨论祖国的未来，个人的理想。有人提议以海为题，每人作诗一首。我们十几个人都即兴作了诗。我还记得毛泽东诗中头两句是：‘苍山辞祖国，弱水望邻村。’”

“苍山辞祖国，弱水望邻村！”这是青年毛泽东心中涌现的忧患意识和报国情怀。

那段时间，毛泽东还和杨开慧一起时常漫步在紫禁城外的金水河畔，时而去故宫的庭院和北海公园踏雪寻梅。后来，他在陕北的窑洞里对斯诺回忆起北京的那段漂泊岁月：“故都的美对于我是一种丰富多彩、生动有趣的补偿……在公园里，在故宫的庭院里，我却看到了北方的早春。北海上还结着坚冰的时候，我看到了洁白的梅花盛开。我看到杨柳倒垂在北海上，枝头悬挂着晶莹的冰柱，因而想起唐朝诗人岑参咏北海冬树挂珠的诗句：'千树万树梨花开'。北京数不尽的树木激起了我的惊叹和赞美。"

那冰冻三尺的北海岸边杨柳低垂，如冰瀑一般，而松柏傲雪，看上去愈加挺拔伟岸。杨开慧尤其喜欢雪花中的梅花。她眼尖，一眼看见了梅花，便一路小跑跨过石桥，那脖子上系着一条红围巾，在冰天雪地随风飘舞。当她依偎着梅花时，那脸蛋也像雪花中的梅花一样白里透红，那清纯的眼睛里映出一朵朵梅花。

毛泽东出神地看着她，扑哧一声笑道："霞姑，我该叫你梅姑了！"

杨开慧抬头看着毛泽东，莞尔一笑，一扬手将毛泽东脖子上的雪花拂去了。

毛泽东脖子上围着杨开慧编织的围巾，身上穿着杨开慧编织的毛衣，他感觉在北京度过的这个冬天比任何一个冬天都要暖和。而在北京的风雪里，杨开慧那娇小的身体也有了一个可以依靠的怀抱，那个怀抱是那样宽阔而温暖。

当两位年轻人从风雪中归来时，杨先生透过一扇窗口看见了，他悄声对夫人说："你看，我们家的霞姑终于长大了啊！"

第三章

到中流击水

一

对于季节更替，女性似乎有一种天生的敏感。那枣树上还挂满了冰溜子，杨开慧就“咿呀”叫了一声，她发现冰凌中已抽出了嫩绿的叶芽。开春了啊，她希望父亲的病赶快好起来。

杨先生的病说来也是多年的老毛病了，胃病，不发作时好端端的，说发作就发作了。

毛泽东在北大图书馆担任助理员期间，实际上还担任湖南赴法勤工俭学青年的“驻京办主任”，要安排陆续来京的湖南学子，为他们赴法勤工俭学筹措旅费。可他一个穷书生，第一次上北京的路费还是借的，在京师没有什么能帮上忙的熟人，只有请杨先生帮忙。那天上午，师生俩正在书房里谈着这事，杨先生的脸色忽然就变了，浑身开始抽搐。毛泽东一把扶住杨先生：“先生，你怎么了？是不是胃病发作了？我赶紧送你去医院吧！”杨先生咬着牙摇了摇头，他是个特别坚忍的人，哪怕疼得钻心他也咬着牙关一声不吭。额头上迸出了一颗颗豆大的汗珠，他还说出一身汗就好了。

出了一身大汗，杨先生的病痛还真是缓解了，便带着毛泽东出了门。

那时候，湖南一省就有三百多人赴法勤工俭学，差不多占全部人数的四分之一。要把这么多湖南青年送往法国，当务之急就是要筹措一大笔经费。那时候，从上海到法国马赛港的一张四等舱的船票需一百多大洋，加上在船上的吃用，每个人至少还要花费两三百大洋。如萧子升兄弟俩，算是家境比较殷实的，母亲也要卖了陪嫁田来筹钱，而很多贫寒子弟根本拿不出这样一大笔钱来。到哪里去筹措这样一大笔经费呢？杨先生几经打听方才知道，熊希龄和范源濂当时掌管着一笔湖南的经费。那是前清户部应退还湖南的粮、盐两税的超额余款（又称“米盐公款”），存在华俄道胜银行。杨先生同毛泽东谈了他的一个想法，若能将这笔存款的利息提取出来，就能资助湖南青年赴法勤工俭学。

熊希龄，字秉三，1870 年出生，湘西凤凰人。他二十五岁中进士，后点翰林，戊戌维新后，曾充当清廷考察宪政五大臣出洋的参赞。武昌起义时，他与立宪派张謇、梁启超等拥护袁世凯有功，出任北洋政府财政总长和热河都统。1913 年 7 月 31 日，经国会通过，熊希龄被任命为北洋政府第四任国务总理，和梁启超、张謇等出面组阁。熊希龄内阁制定了民国第一部宪法，以图中国能尽快走上现代资本主义法治国家的轨道，并由此而建成一个真正意义上民主共和的资产阶级国家。去职后，他成了一位实业家和慈善家，后来还担任过世界红十字会中华总会会长。

范源濂，字静生，1875 年出生，湖南湘阴县人。他早年就学于长沙时务学堂，戊戌变法失败后流亡日本，先后入读东京高等师范学校和日本法政大学。辛亥革命后，曾任教育部次长、中华书局总编辑部部长、北洋政府教育总长。他是清华大学和南开大学的创始人之一，一生从事教育事业，致力于走教育救国之路。

这两位先生一向热心助学，又与杨先生素有交谊，当杨先生说明来意后，他们随即商定，从“米盐公款”的利息中拨借一万六千元大洋给赴法贫困学生。熊先生还下意识地掩上门，压低声音对杨先生说：“这笔经费乃是湖南公款，我们只是管理者，若这笔借款收不回来，就只能由我们来还了。”

杨先生连连给熊希龄和范源濂拱手鞠躬道谢：“熊先生、范先生，你们可是给湖南学子帮了一个大忙，这也是为国家、为湖南造就人才啊！”那腰一弯下去就伸不直了——胃病又发作了，他赶紧用手捂住胃部，可还是疼得浑身颤抖。

杨先生的病情如此频繁剧烈发作，让毛泽东更着急了，他把杨先生往身上一背：“先生，您这病不能拖了，我这就送您上医院！”

熊希龄和范源濂这才知道杨昌济是抱病而来，他们都被杨先生深深地感动了，赶紧吩咐手下派车。他们眼看着毛泽东把杨先生抱上了车，毛泽东用一只臂膀枕着杨先生的脑袋，一只手还揉着杨先生的肚子。

熊希龄揉揉眼角说：“人道是师徒如父子，这师生俩真是情若父子啊！”

范源濂说：“一日为师，终身为父。杨先生培育出了这样的学生，也值了啊！”

经治疗，杨先生的病痛减轻了不少，又转到西山卧佛寺静养。

这是一方山明水秀的清净之地，窗口冒出一朵朵白云，偶尔还飞过一行白鹭。在杨先生疗养的日子里，杨开慧和母亲一直轮流在病榻前侍候，而毛泽东已提前进入女婿的角色，他除了照看杨先生，伺候汤药，还要照顾他们一家人，吃喝用度，事无巨细，全靠他里里外外张罗。杨先生也难得有这么一段静养的时间，那苍白的脸上又渐渐泛出了血色。

杨先生尚未痊愈，毛泽东接到家书，母亲又病了，还病得不轻，他“不得不赶回服侍”，而湖南第一批赴法勤工俭学的青年们已从半年预备班学习结业，将要从上海启程出洋，他作为组织者，还要转道上海去为他们送行。跟杨先生辞行时，毛泽东几番张嘴又不忍说出一声告别。杨先生一看就知道他有为难之处，笑道：“润之啊，你有什么事情就赶紧去办吧，别记挂我，你看我这身体都养得白白胖胖了，哪里像个病人啊。”

毛泽东这才说出了母亲生病和需转道上海为赴法学生送行的实情，杨先生和向师母都一个劲地催他赶紧回去。毛泽东同他们道别后，又去北大图书馆向李大钊先生辞行。李大钊从来没有小看这位图书馆的助理员，半年多来他们私下里探讨了不少问题，李大钊越来越看重这位湖南小伙子了。一听毛泽东要转道去上海，李大钊还悄声告诉他：“仲甫先生担任北大文科学长后，刚毅勇猛，锐气逼人，一直被那些保守派视为眼中钉，他们在思想观念上攻不倒仲甫，近来很多人又借口所谓私德问题向他泼脏水。蔡先生虽说有心回护他，但以仲甫桀骜的个性，岂肯再留。我估计他离开北大后就会去上海，那里原本就是他创办《新青年》的大本营。你去上海，若是能见上仲甫先生，可以深谈深谈啊。”

毛泽东郑重地点了点头，他知道李先生此中有深意。那些保守派对陈独秀的攻击，在北大已经闹得满城风雨了。这些人老谋深算，他们并不公开攻击陈独秀的学术观点和政治主张，而是一再强调陈独秀私德太坏，并依据传言添油加醋渲染“陈独秀八大胡同狎妓”，一再建议蔡元培校长痛下狠招，整肃校纪，将不配为人师表的陈独秀辞聘。毛泽东也知道，这些保守派仇恨的哪是陈独秀的什么私德，而是他的学术观点和政治主张啊。

毛泽东告别李先生，刚刚走出图书馆，就遇上了夹着书本匆匆走来的罗章龙。

罗章龙考入北大后，和李大钊先生走得也越来越近了。毛泽东在北大图书馆这段时间，罗章龙几乎天天来图书馆和毛泽东纵谈一番，有什么疑难就去请教李大钊先生。这次，听说毛泽东要走了，罗章龙是特意来为毛泽东送别的。他扶了一下滑到鼻尖的黑边眼镜说：“润之兄，你什么时候回京啊?”

毛泽东怅然地摇了一下头说：“唉，我也说不定啊。”

罗章龙说：“快意之事莫若友，快友之事莫若谈。润之兄，你这一走，我还能和谁推心置腹地交谈啊。”

毛泽东说：“这样也好，我们一个在南，一个在北，就约定了，三年为期，南北分途，各自努力，终会殊途同归!”

罗章龙奇怪地问：“为什么要以三年为期?”

毛泽东说：“我有一种预感，三年之内，必有大事发生。”

罗章龙说：“我也有一种强烈的预感，不久就要出大事了!”

毛泽东深深地点了点头：“是啊，国家处于内忧外患之中，就像一个火药桶，一点火星就可以点燃啊!”

这两位被誉为管鲍之交的好友，就在一种深重而强烈的危机感中告别了，而忧国忧民之心，更甚于怅然离别之情。

1919 年 3 月 12 日，毛泽东离京南行，一场倒春寒正在袭来，冷雨夹雪，感觉比冬天还冷。杨开慧一直把他送到了前门车站，忽然扬起脸来问他：“你真的不去法国吗?”

毛泽东笑着问：“你是想我去，还是不想我去?”

杨开慧用那认真而又天真的眼神看着他：“我当然不想你去，那是我替自己着想，我觉得这太自私了。若替你着想，我觉得你应该去见见世面，不，去见见世界!”

毛泽东说：“我也确实想去见见世界，以前呢是想去日本，我想研究一下，为什么日本在明治维新之后会变得这么强大，而我们的戊戌维新为什么会失败。我也想去俄国看看十月革命后的变化。法国呢，我当然也想去，从法国大革命到巴黎公社，我想要探究一番。而现在，眼看着这么多人到外国去，我觉得不能一窝蜂地全出去了，我想留在国内，一边对国内的问题做些更切实、更深入的研究，一边与去国外的同仁相互交流，彼此对照，这样的效果也许会更好。”

杨开慧说：“父亲常说年轻人很容易偏激，但你想事情很周到，他还真是看得准啊!”

据毛泽东 1936 年在延安同斯诺的谈话，谈及他第一次北京之行时他说：“在这里，我遇见而且爱上了杨开慧。她是我以前的伦理学教员杨昌济的女儿。”

从去岁仲夏入京，到今年早春离京，毛泽东在北京的这大半年时间里一直寄居在杨先生家里，与霞姑朝夕相处，形影相随。而一朝分别，毛泽东也是满腹惆怅，难舍难分。但他又不只是儿女情长，说来还是心忧天下，那段时间，中国正处于内忧外患之中。从国内形势看，南北和谈又陷入了僵局，若和谈不成势必再次爆发大规模内战；从国际形势看，第一次世界大战以德国为首的同盟国遭受惨败，一场重新洗牌、坐地分赃的巴黎和会正在凡尔赛宫举行。中国加入了协约国阵营，并于 1917 年对德宣战。作为战胜国，中国派陆征祥、顾维钧、王正廷等五人为参加巴黎和会全权代表，国人对此寄予厚望，希望收回被德国占领的山东主权，但有风声不断传来，在巴黎和会讨论山东问题时，作为战胜国的日本，其主要目标是夺取德国在中国山东的租借地和太平洋上的重要岛屿，以确立日本在东亚地区的优势。这也是中国爱国人士最担心的，日本是中国的强邻，自甲午海战以来在中国攫取了巨大的利益，但一直欲壑难填。若是日本在谈判桌上夺取了山东，那可真是从前门赶跑了一条狼，从后门又窜来了一条更凶猛的、张着血盆大口的鲨鱼。尽管这些还只是隐隐约约的风声，但北京已经笼罩在一种躁动不安的情绪之中，颇有一种暴风雨袭来之前的气氛。

毛泽东就是带着这种预感奔赴上海的，这也是他平生第一次去上海。

据《西行漫记》，毛泽东同斯诺谈过这一路上的经历：“1919 年初，我要到上海去，和准备赴法的学生一起。我只有到天津的车票，也不知道怎样可以走下去。一位同学借了十块钱给我，使我能买票到浦口……不过当我到达浦口以后，又是一文不名了，而且车票也没有。没人有钱借给我，也不知道怎样才可以离开这个地方。不过最倒霉的还是一个贼偷去了我仅有的一双鞋子！啊呀！怎么办呢？不过，中国有句老话，‘天无绝人之路’，我的运气非常好。在车站外面，我碰到一个湖南的老友，他借给我足够买一双鞋子和到上海的车票的钱。就这样，我安全地完成了我的旅程——一路盯着我的新鞋。”

据考证，那位借了十块钱给他的同学就是北大哲学系的朱谦之，十块钱刚好能够买一张到浦口去的车票。浦口，即今南京浦口区。毛泽东到达浦口时，又没有钱买去上海的车票了，他在车上打盹时，被小偷偷走了仅有的一双鞋。在这乍暖还寒的季节，他打着一双赤脚，在冷风飕飕的站台上兀自蹉跎，感到又冷又饿。这可真是一文钱难倒英雄汉啊。说来又真是幸运，他突然听见有人叫他：“润之兄，你怎么在这里啊?”

毛泽东一看，竟是他在一师的同学李中。毛泽东把来龙去脉说了一番，自己反倒先笑了。

李中，原名李声澥，字印霞，1897 年出生于湘乡县采桑村（今属双峰县)。他家祖辈四代都是当地有名的私塾先生，李中自幼诵读“四书五经”，但反感旧学，追求新学，后入新学堂求学。1913 年秋天，李中才十六岁，就与同乡蔡和森一同考入湖南一师，和毛泽东为同一届的学友。毛泽东担任一师学友会总务时，李中积极参加学生活动，是毛泽东的好帮手。当时，一师学友会在附近的国民学校内开办工人夜学，分为甲、乙、丙班，毛泽东特意点将，让李中担任乙班的管理员（即班主任)。对于李中未来的人生走向，这是一次重要的历练，他同工人阶级建立了最初的感情，也为他未来从事工人运动积累了最初的经验。李中从一师毕业后到了上海，在一家古玩商店帮工，这次是到南京来收购古董，一下车，恰好遇到了途经浦口去上海、身无分文的毛泽东。这还真是一次巧遇，两人都倍感天地何其之大，人间又何其之小，而有缘之人总是以巧妙而又出人意料的方式重逢。李中二话不说，掏钱给毛泽东买了一张去上海的车票，又买来了一双新鞋子和热乎乎的饭菜。

既然是老同学，毛泽东也不讲客气，他风趣地笑道："幸亏遇上了你，你可真是我的救命菩萨啊！"

李中也被毛泽东逗笑了："哈，能为润之兄助一臂之力，也是我的幸运啊。"

毛泽东于 3 月 14 日抵达上海。这是他第一次到上海，也是他第一次从内陆走向大海。一个湖湘之子，从奔流的湘江到汹涌的大海，眼光一下变得无比辽阔，这个世界太大了，却又充满了无边的惆怅。

在这里，毛泽东见到了华法教育会的吴玉章和上海寰球中国学生会总干事朱少屏。

吴玉章，字树人，1878 年 12 月出生，四川荣县人，1903 年东渡日本，在日本留学期间加入同盟会。回国后，先后为革命党人在广州黄花岗起义购运军火，随后为夺回川汉铁路自主权，又返川领导了轰轰烈烈的保路运动。民国初建，他代表蜀军政府赴南京，出任参议院议员和大总统府秘书，襄助孙中山先生建政。袁世凯复辟帝制时，吴玉章参加二次革命，失败后到法国，参与组建华法教育会。1917 年，他随李石曾回国，在北京创办留法俭学预备学校，先后选送留法学生近两千人，如周恩来、邓小平、王若飞、陈毅、聂荣臻、赵世炎、蔡和森、李富春等，都是他在上海杨树浦轮船码头送别的。而毛泽东在组织湖南青年赴法勤工俭学时与吴玉章过从甚密，两人也特别投缘。吴玉章后来投身革命，奔赴延安，成为“延安五老”之一，毛泽东称赞他“一辈子做好事”。

朱少屏，1882 年出生于上海，早年赴日本留学并加入中国同盟会。1912 年中华民国临时政府成立，朱少屏受孙中山的邀请任总统秘书。不久，南北议和，孙中山辞职，朱少屏又回到上海。1916 年，朱少屏受邀担任上海寰球中国学生会总干事。该会于 1905 年在沪成立，宗旨是“联络全世界中国学生情谊，互相扶助，交流知识”，设有会员部、教育部、介绍部、游学（留学）部、出版部、演说部、交谊部和图书馆等。朱少屏被时人赞誉为“美风姿，濯濯如春日柳，西装革履，精通英文，办事又干练”，他手下也有一批得力干将。出国留洋有很多具体而繁琐的工作，从为各地青年办理出洋手续，到预订船票、安排舱位，还有赴法青年抵达上海后的食宿安排、送行仪式，都是寰球中国学生会一揽子办理的，他们还给每个赴法学生赠送了《西礼须知》等书，让他们提前了解法国的风土人情和交际礼仪。而朱少屏不只坐镇指挥，很多事他都是亲力亲为。看着他奔来跑去的，谁能想到这曾是一位深为孙中山先生倚重的总统秘书。

毛泽东此行，主要是为湖南赴法青年送行。3 月 17 日，第一批八十九名留法勤工俭学学生乘日本邮船由上海启程赴法，其中有四十三位湖南青年。据《申报》1919 年 3 月 15 日报道：“出洋学生办事处即设在静安寺路 51 号寰球中国学生会，闻此次所派留法学生多至八十九人。兹已陆续到沪，定于 17 日上午乘‘因幡丸’出发，并闻今日下午开一欢送会。”翌日，《申报》接着记述欢送会的情形：“寰球中国学生会昨日下午三时开会，欢送赴法留学生。中西来宾者到者，有法国驻沪领事韦耳登君、副领事翰德威君”，“前参议院议长张继君”，“先由主席朱少屏君报告开会并致欢迎词”，然后是张继发表演讲。张继是同盟会和国民党元老，曾任民国第一届参议院议长，可见这一次送行仪式的规格很高。欢送会后，与会代表“乃共摄一影”。

据《毛泽东传》记载：“三月十二日，毛泽东离开北京。途中转道上海送别了蔡和森、萧子升等湖南赴法青年。”而事实上，萧子升在各省青年学子分批赴法之前，便以华法教育会职员的身份（一说是作为李石曾的秘书），与李石曾一道提前奔赴巴黎，为接待勤工俭学学生做准备。而萧子升在出发之际，还拜访了黎锦熙先生。黎锦熙此前已受聘为教育部教科书特约编审员，从此一直在北京工作和生活。据他 1919 年 1 月 6 日的日记：“子升至，拟今夕行，偕李石曾赴法。”据此推测，萧子升当是这天晚上与李石曾一起离京赴沪。那么，萧子升是否会在赴沪后一直逗留到“三月十二日”后才走呢？又有专家查找到华法教育会当时的油印宣传品，上面曾刊发萧子升在海上航行期间的两封信函，一是 1919 年 2 月上旬，萧子升途经香港时，从香港发出的一封信；一是 2 月 12 日，萧子升途经越南西贡（今胡志明市）时发出的一封信，后来还被上海《国民》杂志刊载。那时候从上海至法国马赛港约四五十天的航程，当 3 月 17 日毛泽东在上海送别第一批勤工俭学学生时，萧子升已经抵达了法国，他于 3 月 24 日从巴黎发出了给其弟萧三的一封信，这是确凿无疑的证据。

至于蔡和森赴法的时间，说来就更是后话了，他直到 1919 年 12 月 25 日才从上海启程，这也是有确凿记载的。

第二批赴法勤工俭学的青年为二十六人，比第一批晚行近半个月。据《毛泽东年谱》，毛泽东于 3 月 29 日参加又一批赴法留学学生欢送会，31 日送别。而在此前，他就接到了母亲病势危重的消息，随即匆匆登上一艘江轮，离沪回湘。这次上海之行，毛泽东来也匆匆，去也匆匆，也没有时间和机缘见到陈独秀先生，他是带着遗憾走的。

二

那时候从上海到长沙没有铁路，只能走水路，从上海逆江而上，到了岳阳城陵矶入洞庭，溯湘江，抵达长沙。

毛泽东赶回湖南，大弟泽民已将母亲接至长沙治疗。此时清明刚过，一个从风雨中归来的儿子，裹着一身潮湿的夜雾奔向医院。毛泽东一见母亲，就单膝跪地，伏在病榻边，深深地叫了一声娘。母亲那带着一抹阴蒙的眼睛顿时一亮，那是亮晃晃的泪花。毛泽东旋即打来一盆热水，给母亲洗脚。他打小就记得，母亲爱用热水泡脚，无论是劳累了还是生病了，只要用热水泡泡脚，那疲乏和病情便会减轻不少。而他儿时，总是将两只小脚丫子和母亲的脚泡在一起，母亲还要给他慢慢搓洗，按摩。现在，轮到他来照顾母亲了。他慢慢地给母亲搓洗着脚，给母亲一点一点地按摩脚心。泪水在眼眶深处打转，但他决不会让泪水流出来。他打小就知道，母亲从来不喜欢看见一个流泪的儿子。

在很多人的笔下，毛泽东从小就充满了反抗精神。诚然，毛泽东在青少年时代对父亲强悍而狭隘的农民意识表现出了种种叛逆之举，但他无论对父亲还是母亲都恪尽孝道。从毛泽东的性格形成环境看，他自小便受到父亲的严厉管教，却也倍受母亲的钟爱，这双重的影响铸就了毛泽东特殊的秉性。一方面，父亲越是严厉，他骨子里越是倔强；另一方面，母亲的钟爱和仁慈让他从小就在内心形成了一种悲悯情怀，他和母亲更有母子连心、心心相印之感。每当父子之间发生冲突时，母亲多是站在儿子一边。毛泽东后来对斯诺说过："我们家分成两个'党派'。一个是我父亲，是执政党；反对党由我、母亲和弟弟组成，有时甚至包括雇工。但反对派组成的'联合阵线'内部也存在着意见分歧。我母亲主张不直接进攻的政策。她批评任何明显的情绪表露和对执政党的公开反抗，她说这不是中国人的做法。"

毛泽东少年时，母亲便开始患病，其病为淋巴腺炎，因患处很像蚕蛾，俗称喉蛾，病重时会肿大穿孔，称为疡子。那时候乡下缺医少药，只能靠烧香拜佛祛病消灾。毛泽东进省城求学后，把母亲接到城里看病，但这病一直难以根治。1918 年夏天，毛泽东正在长沙为组织赴法勤工俭学而奔忙，母亲病情又一次发作，他闻讯后立马赶回韶山，想把母亲接到长沙治疗。那时从韶山到长沙不通车，没有任何交通工具，一百多里山路全靠两条腿走，一路上翻山越岭要走一天一夜。当他赶到韶山冲时，他的七舅、八舅（文玉瑞、文玉钦）已将母亲接回娘家，正请当地郎中治疗，病情已有所缓解。毛泽东服侍了母亲几日，又急匆匆地赶回长沙，他充满感激地给两位舅舅写信：“家母在府上久住，并承照料疾病，感激不尽。”他还根据母亲的症状，找到一位名医，开了药方，让舅舅给母亲“如法诊治，谅可收功。如尚不愈之时，到秋收之后，拟由润连（毛泽民）护送来省”。随后，他便带领部分新民学会会员和湖南青年奔赴北京。千里行程，他一直牵挂着患病的母亲。

这次，毛泽东回长沙后一直在母亲身边服侍，“亲侍汤药，未尝废离”。眼看母亲病情渐渐好转，毛泽东又把母亲接到刘家台子蔡和森家中静养。葛妈妈比毛母还年长两岁，但身子骨却健朗得多，两人还结为姊妹。这姊妹俩相谈甚欢，葛妈妈又那么开朗和乐观，整天笑哈哈的，这也有助于毛母的病情好转。每天晚上，毛泽东都要俯下高大的身躯，蹲在母亲的膝前，细心地给母亲洗脚，搓脚，捶腿，这让葛妈妈看了感叹不已：“妹妹啊，你们家的润之不但有出息，还这么有孝心，这真是你的福气，你可得养好身子，好好活着啊！”

毛母在长沙治疗了二十余日，随着病情好转，一心想着早日回家。4 月 28 日，毛泽东再次致信两位舅舅，在信中禀报了母亲的病情和自己的近况，并再次感谢二位舅父对母亲的照顾：“七、八两位舅父大人暨舅母大人尊鉴：甥自去夏拜别，匆忽经年，中间曾有一信问安，知蒙洞鉴。辰维兴居万福，履瞩多亨，为颂为慰。家母久寓尊府，备蒙照拂，至深感激。病状现已有转机，喉蛾十愈七八，疡子尚未见效，来源本甚深远，固非多日不能奏效也。甥在京中北京大学担任职员一席，闻家母病势危重，不得不赶回服侍。于阳（历）三月十二号动身，十四号到上海，因事勾留二十天，四月六号始由沪到省。

亲侍汤药，未尝废离，足纾（纾）廑念。肃颂福安!”

在送母亲回韶山前，毛泽东想到母亲难得来长沙一次，也难得兄弟三个都在长沙（毛泽民在长沙和毛泽东轮流照顾母亲，小弟毛泽覃比大哥毛泽东小十二岁，当时正在湖南一师附小念书，毛泽东是他的监护人），便和弟弟们一起搀扶着母亲走进了一家照相馆，留下了一张珍贵的合影。这也是毛母在世间留下的唯一影像，一直挂在韶山的毛泽东旧居，而毛母脸上已看不出病容，一脸谦和温厚。

长沙的夏天总是突如其来。毛泽东送别母亲时还是阴雨连绵，一场春雨过后，重现的太阳如火一般热烈起来。他脱下长衫，便奔向了橘子洲头。

一个身影跃入了湘江。可以想象他那一刻的激动，他差不多有一年没在这条河里畅游过了。那跃向空中的身体灵动矫捷，一群水鸟叫喊着从他头顶掠过，惊慌地向西北方向飞去。那是太阳沉没的方向。河流被橘子洲头一顶，在这里拐了一个弯。王夫之曾经在这里拐弯，曾国藩曾经在这里拐弯，凡江河拐弯之处的水域，水就会变得阔大无边。湘江流到此处，才成为名副其实的一条大河。那无边的空茫里似乎得有些东西来填满。一条河，亿万年的等待，终于等来了这样一个空前绝后的人物。这样漫长的等待是看不见的，需要有河流和时间这同样漫长的东西来慢慢发现。他游得很快，很远，从来没有人像他游得这样快这样远，也从来没有人像他那样是一个彻彻底底的弄潮儿。他不是在一条河里游，他是推动着一条河在游。那浪涛一经他双手推出，就势不可挡。

这时候，湘江东岸忽然传来一阵喊声：“润之兄，你一个人跑来游泳，怎么不叫上我啊？”

他抬头一看，那岸上站着的是他的同窗好友周世钊，便邀他下水同游。

周世钊，字敦元，别号东园，1897 年生于宁乡，1913 年春考入湖南省立第四师范，后并入湖南一师。他与毛泽东同窗五载，一说还是同桌，两人既是学友，也是吟诗填词应对唱和的诗友。后来，周世钊成了毛泽东诗词的传播者和注释家。毛泽东担任一师学友会总务之际，周世钊任文学部部长。据周世钊回忆，毛泽东在校时赠给他的诗有五十首之多，可惜后来都佚失了。

周世钊从一师毕业后，在修业学校任国文教员。该校创办于 1903 年，最初只设中学部，后来汇小学、中学、师范于一校，成为湖南最早的综合性学校之一。在创办之初，修业学校以贫穷起家，学生多为贫寒子弟，社会上有“修业叫化”之谑称，但师生并不以此为苦为辱，反以此为乐为荣，课后歌弦声不断。当时，徐特立先生既在湖南一师教教育学、各科教授法和修身等课程，还担任修业学校校董，他来校上课每天往返八九里，总是步行，从不乘轿。

在五四运动前夕，毛泽东被修业学校聘为历史教员，又和周世钊这位老同学成了同事。毛泽东每周上六节课，工资不高，课程也不多，这让他有更多的时间和精力投入到新民学会的组织工作和社会活动中。而周世钊于 1918 年夏加入新民学会。周世钊好老庄之道，从来不是学会的活跃分子，这也与他谨小慎微的性格有关。但他干什么都勤勉尽责，又细致缜密，也是毛泽东的一位好帮手。毛泽东创办工人夜校，就委托周世钊兼任管理员，事无巨细，周世钊都管理得井井有条，毛泽东称他是一位难得的“贤者与能者”。两人虽说性格迥异，志趣有别，却也是情意拳拳的知心朋友。在周世钊看来，毛泽东是一位“素抱宏愿”的兄长，而毛泽东则称周世钊是“真能爱我，又能于我有益的人”。

此后，每当晚霞照亮湘江，毛泽东便拉上周世钊一起去畅游湘江。入夏之后，湘江便进入了汛期，而越是风高浪急，毛泽东游得越是酣畅淋漓。周世钊胆子小，从来不敢“到中流击水”，只是在江边游来游去。毛泽东则在大风大浪中给他打气：“自信人生二百年，会当水击三千里。”——这是毛泽东于一师求学期间在湘江游泳时吟出的一首七古，可惜后来毛泽东和周世钊怎么都想不起那首全诗了，只记得这两句。1958 年 9 月文物出版社出版了大字本《毛泽东诗词十九首》，毛泽东为《沁园春·长沙》一词中“到中流击水”句作批注：“击水：游泳。那时初学，盛夏水涨，几死者数。一群人终于坚持，直到隆冬，犹在水中。当时有一篇诗，都忘记了，只记得两句：自信人生二百年，会当水击三千里。”可见，这句诗是毛泽东本人十分看重的早年诗作，它抒发了青年毛泽东劈波斩浪的豪情与壮志，更表达了他敢于面对一切困难和挑战的意志和信念，如此他才能在历尽坎坷的一生中愈挫愈勇，乃至在陷入绝境之后犹能创造出绝处逢生的奇迹。

在那个初夏季节，正当毛泽东“到中流击水”之际，从巴黎和会传来的各种消息就已不再是风声，一场时代的风浪正在席卷而来。

中国本是第一次世界大战的战胜国之一，但西方列强无视中国的正义呼声，竟然把战败国德国在中国山东攫取的权益全部交给日本。

消息传来，中国人民长期郁积的对帝国主义侵略和政府当局卖国行径的愤怒，像火山一样爆发了！1919 年 5 月 4 日，在陈独秀、李大钊等人的支持下，北京学生首先行动起来，他们如潮水般一路呼啸汹涌，冲向北京各大街道和天安门广场，呼吁全国人民一致奋起，敦促北洋政府拒签巴黎和约，严惩卖国贼曹汝霖、陆宗舆、章宗祥，收回一战期间日本从德国手中夺取的在华权益。五四运动中，有两则广为人知的学生宣言，一则是罗家伦的《北京全体学界通告》，就是他第一个喊出了五四运动中最简明夺目又撼人心魄的口号："外争主权，内除国贼!"还有一则是许德珩用文言文撰写的《北京学生界宣言》，这位两度投笔从戎的"革命军人"，如大炮一般在阴霾密布的苍穹下轰鸣："至有甘心卖国，肆意通奸者，则最后之对付，手枪炸弹是赖矣。危机一发，幸共图之!"但这场爱国学生运动旋即遭受北洋政府的镇压，许德珩等三十二名学生被捕。囚禁之夜，他在步军统领衙门监房里赋诗："为雪心头恨，而今作楚囚。被拘三十二，无一怕杀头。痛殴卖国贼，火烧赵家楼。锄奸不惜死，爱国亦千秋。"

在北京的五四运动中，毛泽东虽说提前离开了北京，但新民学会会员没有缺席。蔡和森积极组织准备赴法勤工俭学的湖南青年投入这一运动，其中有湖南一师学生贺果、陈绍休等。而罗章龙作为新民学会会员，在攻打赵家楼中扮演了急先锋的角色。赵家楼原为明代隆庆朝文渊阁大学士赵贞吉的宅邸，后成为北洋政府外交总长曹汝霖的宅第。当罗章龙等四五个人领头到了赵家楼胡同，发现曹宅铁门紧闭，还有军警守卫。罗章龙和几个同学绕开军警的视线，搭成人梯，打开曹宅临街窗户，然后跳进房内，打开宅门，学生们如潮水般涌入。学生们满屋子找曹汝霖，没有找到，却找到了“广大学生要求严惩的三大卖国贼之一”章宗祥，大家一拥而上痛打章宗祥，并放火烧了赵家楼。这一把火也点燃了五四运动的熊熊烈火。

北京学生游行示威的消息，很快传遍全国，各地纷纷响应，掀起了从知识分子到工商界，再到全国范围的爱国运动。此时，统治湖南的为皖系军阀张敬尧。为了遏止北京学潮波及湖南，张敬尧一方面加紧武装戒严，一方面严密封锁消息，每天派人检查报纸，扣留所有从北京发来的新闻电报，严禁湖南报刊刊登五四运动的消息。

张敬尧，字勋臣，1881 年出生，安徽省霍邱县人。他幼年当过粮坊学徒，后流落山东，因犯杀人罪潜逃京津地区，1896 年参加袁世凯北洋新军随营学堂，后又入保定军官学校。1911 年，辛亥革命爆发之际，张敬尧担任标统，率一营为先遣队开赴武昌镇压义军，以“杀敌骁勇”而擢升团长。在孙中山举兵讨袁的二次革命期间，张敬尧奉命率部从湖北进攻江西，镇压革命，又擢升旅长兼南昌卫戍区司令。护国战争爆发后，张敬尧又被袁世凯任命为第二路军司令进攻四川，晋升陆军上将。1917 年张勋复辟失败，段祺瑞出任北洋政府国务总理，任命张敬尧为苏鲁豫皖边境督办。据当时的《民国日报》记载，大兵过处“大半烧残，十室九空，不忍目睹”，他的部队也因此被人们称为“披着军衣的活强盗”。1918 年，北洋政府任命张敬尧为湖南督军兼署省长。张敬尧有一妻十二妾，还有兄弟四个，张敬尧是老大，其弟张敬舜、张敬禹、张敬汤，他走到哪里就把这几个兄弟带到哪里，人称“二、三、四大人”。张敬尧督湘后，张氏兄弟在湖南称霸一方，纵兵劫抢，滥发纸币，盗夺矿产，强种鸦片，钳制舆论，勒索军饷，伪造选举，几乎无恶不作。一位湖南人编了这样一个顺口溜：“堂堂呼张，尧舜禹汤。一二三四，虎豹豺狼。张毒不除，湖南无望。”

尽管张敬尧严密封锁消息，但在5月9日，湖南报界的爱国人士还是冲破封锁，报道了北京五四运动的情况，毛泽东才知道北京发生了大事。虽然还不知详情，但他敏锐地预感到这场运动将会给中国带来“数千年未有之大变局”，作为在湘新民学会的主事人，他随即召集新民学会会员何叔衡、周世钊等商议，发动长沙各校学生响应北京的五四运动，“奋不顾身以殉国家之急”。那时，毛泽东虽已离开一师，但他和母校的联系仍然是十分密切的。就在5月9日那天，他写了一张“毋忘国耻，誓死反抗”的传单，与一师新民学会会员商量后，即以一师学生会名义发出，点燃了湖南五四运动的第一把火。随后，在毛泽东、何叔衡等新民学会会员的推动下，湖南一师、湖南商专等校学生连日在街头散发“请先救山东人之性命!”“请看我国之危险!”等传单。

毛泽东正在考虑如何同北京的学生取得联系时，5月23日，北京学联代表邓中夏等两人日夜兼程，赶到长沙，随即找到毛泽东、何叔衡等人。毛泽东和邓中夏久别重逢，但却无暇畅叙阔别之情，一见面就开始商量如何组织长沙的学生声援北京学生的爱国运动。当晚，毛泽东和邓中夏赶到湖南一师，与蒋竹如、陈书农、张国基等人在学校后山妙高峰操坪里商讨。那晚的月光格外明亮，映照着一张张焦灼而又兴奋的脸孔。据蒋竹如《湖南学生的反日驱张斗争》一文追忆：“五月二十三日晚上，我正在一师十三班的自习室里复习功课，忽然毛泽东同志把我叫了出去，并告诉我：北京派来了两个代表……现在要商量一下怎样响应北京的学生运动。于是，他邀我和陈书农、张国基等几个人，到一师后山操坪里，在月光下商谈了一阵。决定通过新民学会会员的活动，每个学校推举一个或两三个代表，于二十五日上午到楚怡小学开会。第二天，我们便分途进行，通知各校推派代表。”

蒋竹如，字集虚，别号继琬，1898 年出生，湘潭人，是毛泽东在湖南一师的校友，毛泽东在第八班，蒋竹如在第十三班。他在湖南一师毕业后留校任教，并加入新民学会，后又加入中国共产党，是中共在湖南的早期党员。

张国基，字颐生，1894 年 4 月出生于益阳县（今资阳区）一个偏僻的山村，1915 年考入湖南一师，比毛泽东低两届，于 1919 年加入新民学会，并成为学会的骨干之一。

经过两天的发动和筹备，5 月 25 日上午，毛泽东在何叔衡任教的楚怡小学主持召开了湖南响应五四运动的动员大会。楚怡小学创办于 1906 年，校名取“惟楚有才，怡然乐育”之意。自五四运动至大革命时期，该校一直是毛泽东、何叔衡等新民学会同仁在长沙从事革命活动的地点之一。这次动员大会，是毛泽东也是新民学会第一次发动和组织大规模的学生运动，参会的有新民学会骨干何叔衡、周世钊、陈书农、蒋竹如、张国基等人，还有长沙的二十余名各校学生代表。窗外雷电交加，一声炸雷震碎了窗户的半边玻璃，毛泽东却显得异常沉着坚毅。他先向各校学生代表介绍了邓中夏和另一位北京学联的代表，讲述了湖南当前的情势，接下来便请邓中夏做报告。邓中夏通报了北京学生和市民群众游行示威的经过和继续罢课的目的，希望湖南学生实行总罢课，声援北京学生的爱国斗争，要求惩办曹、章、陆三个卖国贼，拒绝在巴黎和约上签字。邓中夏在五四运动爆发之前就发起组织了旨在“增进平民知识，唤起平民之自觉心”的北京大学平民教育讲演团，带领讲演团的同志到街头演讲。他的演讲充满了激情和感染力，那飞扬的神采和凌厉有力的手势，把各校代表的爱国热情一下鼓动起来了。

邓中夏报告完毕，毛泽东便提出罢课的问题，征求大家的意见，结果一致主张罢课，和北京学生采取共同行动。会上还讨论通过了三条决议，毛泽东在电闪雷鸣中大声宣布：一、尽快成立湖南省学生联合会（省学联），作为发动罢课和统一各校学生行动的领导机构；二、迅速传达北京学联代表的报告和会议的决议；三、全省学联正式成立后，立即实行罢课。

窗外，黑沉沉的夜，只有呼啸的风、撕裂的闪电，随后，苍穹突然裂开一道缝隙，一场压抑了许久的暴风雨终于降临了，以纵横决绝的势头冲刷着一座满面尘垢的城市……

三天后，5 月 28 日上午，各校代表齐聚省教育会，举行湖南学生联合会成立大会，首先逐条讨论通过了章程，确定“本会以爱护国家、服务社会、研究学术、促进文明为宗旨”，选举夏正猷为会长，彭璜为副会长。由于夏正猷在 6 月 5 日组织罢课不力，会长随后被彭璜取代。学联下设评议部、干事部和执行部，易礼容被推选为评议部主席，陈书农被推选为干事部主席（6 月 5 日改选为执行部主席），第一师范学生会代表张文亮被推选为执行部主席。这些学联的主要负责人和骨干，在五四运动前后都相继加入了新民学会，是毛泽东发动和组织湖南五四运动和“驱张运动”的得力干将，而彭璜和易礼容则成了毛泽东的左膀右臂。

彭璜，字殷柏，湖南湘乡人，1896 年生于贫苦农民家庭。他作为商专学生代表，与毛泽东等发起成立湖南学生联合会，并加入新民学会，其后又成为长沙共产主义小组最早成员之一。这小伙子个头不高却特别精悍，那满头硬扎扎的黑发，一旦激动便根根直立，像个刺猬似的，毛泽东也戏称他为“刺猬头”。他有一股子冲劲，而每到关键时刻，还真是需要他这种充满血性的小伙子来冲锋陷阵。但毛泽东也像兄长一样多次提醒这位小兄弟，锋芒不可毕露，还要讲究斗争的谋略智慧。

易礼容，字润生，号韵珊，1898 年出身于湖南湘乡新研铺文家滩一个农民家庭，1908 年考入东山高等小学堂，1911 年秋考入湘乡驻省中学堂，为毛泽东的中小学校友。1916 年秋，易礼容转入湖南商业专门学校学习，任商专学生会会长，并任湖南学生联合会评议部主席。他在湘乡驻省中学堂念书时即与同年考入该校的毛泽东相识，两人结下了很深的友谊。1919 年 6 月，易礼容加入新民学会，很快就成为学会的骨干。他与彭璜志趣相投，但性格迥异，他性情温和不动声色，心思缜密而又踏实肯干，越是关键时刻越是冷静，毛泽东总是放心地把一些繁杂的事务交给他去办。1936 年，毛泽东在陕北接受美国记者斯诺采访时，还将易礼容列为新民学会八名主要代表之一。

而今，在长沙五一大道南侧有一条老街——落星田街，这条狭窄的街道长约百米，街道两旁还有一些门庭冷落的小商铺，一不小心就会错过。然而这确实是一条不容错过的老街，这是毛泽东五四运动期间在长沙来来往往走得最多的一条路。据清光绪《善化县志》，这里早先是长沙郊外的一片农田，“石叠铺田中，土人呼为落星田”。当年，湖南商业专门学校就坐落于此。该校创建于 1911 年，初名商业教员讲习所，1912 年改为湖南中等商业学校，1916 年升格为湖南公立商业专门学校，为湖南大学的前身之一。该校曾聘请杨昌济先生出任教务主任并兼国际商法及伦理学教授，而毛泽东在 1912 年春天曾一度考入了这所学校，但仅仅待了一个月他就退学了。他后来回忆说：“我在新学校遇到了麻烦，入学后我发现大多数课程都是用英语教授的，同其他学生一样，我不懂英文，除了字母之外，我几乎一窍不通。另一个障碍就是这学校没有专门教英语的教师。这种境况令我生厌，我在月底就退了学。”

若拉开时间距离看，人生中的每一次选择往往就是历史的选择。而在毛泽东发动和领导湖南五四运动期间，湖南省学联就设在湖南商专，这里成为“前线指挥部”，在毛泽东的运筹帷幄和实际指挥下，省学联刚刚成立便向北洋政府发出通电，提出了拒绝巴黎和约、废除一切不平等条约等六项要求。随后，省学联又从这里发出长沙各校学生举行总罢课的号令。毛泽东担任主编的《湘江评论》编辑部的牌子也挂在这里。毛泽东当时住在修业学校，离落星田很近，在这条老街上时常能看见他奔忙的身影。而省学联的主要领导成员大多是新民学会会员，湖南的五四运动实际上是在新民学会的领导下进行的，毛泽东作为新民学会的领导人，被公认为“是这个富有战斗性的新的学生组织的实际领导者”。

一场正在酝酿的风暴，在6月3日那天早晨降临。当这天的上课钟声鸣响，学生们却没有像往日一样走进课堂，而是走向了校外。这天，湖南一师、长沙师范、湖南商专、湘雅医专等长沙二十多所学校的学生一致宣布罢课，随后，彭璜、易礼容等学生领袖率领各校学生打着横幅，走上街头，散发传单，沿途演讲，揭露山东问题真相，宣传全国各地学生爱国运动的情况。彭璜个头不高，但声音高亢，他用那一口尖锐的湘乡口音带头高呼着口号："力行救国之职责，誓为外交之后盾！"那如潮水般的游行队伍，渐渐汇聚了如大海般的群众，而一座在军阀的高压之下原本万马齐喑的长沙城，此时已如山呼海啸一般，让那座威严的督军府在震撼中摇晃。张敬尧气急败坏，随即调集大批军警冲向街头，他们挥舞着枪托和大棒，驱逐和殴打游行的学生和聚集的群众，这让一场有序的和平游行示威一下变得混乱了，到处都是愤怒的呐喊、痛苦的尖叫和浓烈的血腥味。彭璜一直奋不顾身地冲在最前面，军警用枪托砸在他的脸上，他的牙齿被打落，满口鲜血，依然发出喷血的呐喊。

镇压愈厉，反抗愈烈，军阀的每一次镇压都如火上加油，使抗争的烈火越烧越旺。在长沙二十多所学校的学生宣布罢课后，长沙七十三所学校教职员同时宣布总罢教，接着湖南全省学生相继罢课。当湖南的学生运动进入高潮后，毛泽东又在运思如何把长沙的五四运动更深入地推向民间，他看到了文艺唤醒民众的力量。6月6日，湖南工专学生在岳麓书院赫曦台演出话剧《青岛风云》，"情节离奇，意气悲壮，观者为之泣数行下。其中欧战讲和一幕，尤为别开生面，引起一般人之世界观念"。6月10日，该剧又在溁湾镇向上寺公演，演员

“现身说法，意气极为激昂。一时观者数百人，胥为感动，鼓掌之声不绝”。随后，工专学生又在长沙城内排演反映朝鲜亡国史实的话剧《亡国鉴》，“情致逼真，演到沉痛之处，歌泣失声……”

随着学生爱国运动的深入，湖南教育界、工商界以及社会团体纷纷行动起来。湖南省教育会为声援学生罢课，于6月7日发了一个告全国各省教育会的快邮代电：“国是日非，人心愈愤，祸至无日，恐不独危及教育前途。查学生此次举动实激于爱国热忱，倘政府不谅其苦衷，学校将全体动摇。”他们还建议召集全国教育联合会，推出代表赴京请愿，以“推求罢课真因，俯顺舆情，根本解决”，同时还发布了《呈省长文》，告诫张敬尧：“祈通饬军警，对各校外出讲演之学生，随时加以保护，以防意外。”但张敬尧却不听劝告，反而对学生进一步进行迫害。8日，张敬尧以“过激党”捣乱的罪名恫吓学生，声言“社会党人利用时机，到处煽惑，淆乱人心，业经当局查觉，正严令侦察总局一体拿办”，并扣留了学联对外各种通电。10日，张敬尧又通函各校，迫令学生上课。11日，他又发表了一篇杀气腾腾的《告诫学生训令》：“倘有听信浮言，固执己见，荒废学业，游行市街，现值匪氛未尽，本兼省长为维持治安，预防祸患起见，定当遵照命令严加制止，勿谓言之不预也。”

张敬尧的“训令”并未吓阻学生，反而进一步激怒了学生，他们喊出了“不自由，毋宁死”的口号，有的甚至私藏炸弹，准备去炸死倒行逆施的张敬尧。而张敬尧眼看抗议的声浪日益高涨，为了扑灭长沙的学潮，他又下令各校提前考试，提前放假，实行“净校”，试图以此遣散在省城各校的学生。毛泽东在抗争中很讲究策略，他和彭璜等人商议后，决定针锋相对，湖南学联随即宣布拒绝暑期考试，长沙各校学生于 6 月 12 日自动离校，按县成立讲演团，回县宣传，将五四爱国运动从省城传播到三湘四水。

此时，陈独秀这位“五四运动的总司令”，也正与李大钊一起推动五四运动的深入发展。这两位新文化运动的先驱比任何时候都明白，仅仅靠新文化运动改造国人的思想还远远不够，还需要付诸行动；不是一群学生、几个教授的行动，而是学生、商人、劳工、军人整个社会阶层的总动员与直接行动。6 月 11 日，陈独秀、李大钊等到北京城南游艺园和前门外新世界游艺场向群众散发《北京市民宣言》：“中国民族乃酷爱和平之民族。今虽备受内外不可忍受之压迫，仍本斯旨，对于政府提出最后最低之要求，如左：一、对日外交，不抛弃山东省经济上之权利，并取消民国四年、七年两次密约；二、免徐树铮、曹汝霖、陆宗舆、章宗祥、段芝贵、王怀庆六人官职，并驱逐出京；三、取消步军统领及警备司令两机关；四、北京保安队改由市民组织；五、市民须有绝对集会、言论自由权。”这一宣言由陈独秀起草，同李大钊商酌改定，由胡适翻译成英文。陈独秀昂然登上新世界游艺场楼顶，一边像雪片一样撒下纷纷扬扬的传单，一边向人头攒动的人群振臂疾呼，长风浩荡，鼓满了他挥舞的衣袖，那一种“五四运动的总司令”的气度，哪怕隔着一百多年岁月，你也能清晰地感受到。这样一介手无寸铁的书生，向全副武装的北洋政府发出了最后通牒：“我市民仍希望和平方法达此目的。倘政府不愿和平，不完全听从市民之希望，我等学生、商人、劳工、军人等，惟有直接行动，以图根本之改造！”——他提出的是无可退让的“最后最低之要求”，他采用的也是和平请愿之手段。然而，这一切却无异于与虎谋皮。当天，陈独秀就被北京警察厅巡警和步兵统领衙门便衣密探逮捕。对此，陈独秀早有心理准备。此前，陈独秀就被军警盯上了，有人劝陈独秀离开北京，但他说："我脑筋惨痛已极，极盼政府早日捉我下狱处死，不欲生存于此恶浊之社会也。"他是个革命的理想主义者，但他绝不是外界所传说的"理想主义的疯子"，对于革命者的命运，他在6月29日出版的《每周评论》上就冷峻地指出："世界文明发源地有二：一是科学研究室，一是监狱。我们青年要立志出了研究室就入监狱，出了监狱就入研究室，这才是人生最高尚优美的生活。"

陈独秀的被捕，又一次引燃了各界同北洋政府抗争的烈焰，从北京开始，全国各地纷纷掀起了声讨北洋政府和营救陈独秀的浪潮，毛泽东在长沙也加入了声援和营救的行动。他在随后出版的《湘江评论》创刊号上发表了《陈独秀之被捕及营救》一文，文章介绍陈独秀被捕经过和全国各界营救陈独秀的情况，并盛赞陈独秀几年来提倡新思潮、新文化的功绩，其后表示："我们对于陈君，认他为思想界的明星。陈君所说的话，头脑稍为清楚的听得，莫不人人各如其意中所欲出。现在的中国，可谓危险极了。不是兵力不强财用不足的危险，也不是内乱相寻四分五裂的危险。危险在全国人民思想界空虚腐败到十二分。中国的四万万人，差不多有三万九千万是迷信家。迷信神鬼，迷信物象，迷信运命，迷信强权。全然不认有个人，不认有自己，不认有真理。这是科学思想不发达的结果。中国名为共和，实则专制，愈弄愈槽（糟），甲仆乙代，这是群众心里没有民主的影子，不晓得民主究竟是甚么的结果。陈君平日所标揭的，就是这两样。他曾说，我们所以得罪于社会，无非是为着‘赛因斯’（科学）和‘克莫克拉西’（民主）。陈君为这两件东西得罪了社会，社会居然就把逮捕和禁锢报给他。也可算是罪罚相敌了！凡思想是没有畛域的，去年十二月德国的广义派社会党首领鲁森堡被民主派政府杀了，上月中旬，德国仇敌的意大利一个都林地方的人民，举行了一个大示威以纪念他。瑞士的苏里克，也有个同样的示威给他做纪念。仇敌尚且如此，况在非仇敌。异国尚且如此，况在本国。陈君之被逮，决不能损及陈君的毫末，并且是留着大大的一个纪念于新思潮，使他越发光辉远大。政府决没有胆子将陈君处死。就是死了，也不能损及陈君至坚至高精神的毫末。陈君原自说过，出试验室，即入监狱。出监狱，即入试验室。又说，死是不怕的。陈君可以实验其言了。我祝陈君万岁！我祝陈君至坚至高的精神万岁！”

死是不怕的！这也是毛泽东誓死抗争的信念，但一个人的抗争是没有力量的，必须把民众的力量联合起来。为了更广泛地团结各界人民一起抗争，毛泽东与彭璜等决定把湖南学联、国货维持会等合并成立各界联合会，把青年学生的爱国运动扩展为包括各阶层人民的爱国运动。7 月 9 日，彭璜以省学联名义邀请泥木、轮船、印刷出版等三十多个行业和基督教青年会、长沙县农会及各学校的代表六十余人在商专召开茶话会，商讨组织各界联合会的问题。彭璜说：“成立各界联合会的宗旨，在联络各界感情，巩固团体……现在我国前途危险已达极端，我们是处于极危险之地位，欲求从速挽回，诞登彼岸，非与各界联络一气共策进行不可。”他还指出，学联发起组织各界联合会的政治目的“专在除去障碍物，推翻武人政治，排斥官僚派及阴谋家，故拟组织各界联合会，造成真正平民团体”。会议在彭璜的主持下，经过热烈讨论，推举了各界代表二十人，组成各界联合会代表团。随着湖南各界联合会在落星田湖南商专成立，实现了湖南历史上第一次全省各界大联合。各界的爱国运动也开始活跃起来，掀起了抵制日货运动，在长沙举行了焚毁日货游行示威大会。这第一把火又是彭璜点燃的。张敬尧派军警来胁迫他们停止游行，彭璜率领学生在火焰中与军警抗争，军警想要扑灭火焰，彭璜和学生们则要让火焰烧得越来越旺。

面对这熊熊烈火，毛泽东又一次做出了战略调整，组建各界联合会的基层组织——“救国十人团”，把火种传播到民间。徐特立先生积极响应，他领导下的教育会所属各校教职员，共成立了二百五十余团。湖南一师学生组织的救国团也达数十个。据易礼容《有关新民学会的史料几则》所记，湖南各界组成的“救国十人团”，一个月内就发展到四百多个。这一个个“救国十人团”深入市区各商店调查国货，挨家挨户宣传国耻之重、日货之害。一旦查出日货，即行封存。对于偷运盗卖日货的商人，轻者说服教育，重者处以罚款，并没收或焚烧其日货。在抵制日货的斗争中，学生们非常注意同工人并肩战斗。工人或给学生提供情报，或在日货中暗灌煤油和水，使其腐烂变质。他们还组织“锄奸团”，打击奸商、洋奴和日本浪人，使得日货在长沙的行销一时受到致命的打击。学生、工人和广大市民联合起来，显示出了更强大的力量，这对毛泽东提出“民众的大联合”的思想是有直接影响的。说来，在抵制日货运动中，还引发了一个典型案例。一名叫符契的法政专科学生，在湘江码头呼吁乘客“坐中国船，不坐日本船”，遭日本水手毒打。学联把此事控告到长沙县法院，法院判处日本水手三个月徒刑。这一判决，大长中国人志气。这是五四运动中判处外国人罪行的唯一案例，或许是近代中国司法主权独立丧失后对外籍人犯做出公正判决的第一例。

在湖南的五四运动浪潮中，新民学会彰显了强有力的核心力量和凝聚力，又有一批青年加入了新民学会，主要有易礼容、彭璜、向警予、陶毅、蔡畅、李思安、蒋竹如、张国基、李振翩、劳君展、魏璧、刘修秩、钟国陶、张超、任培道、贺延祜、夏曦、郭亮、谢觉哉、陈子博等。这些会员给新民学会注入了新鲜血液，迸发出了强劲的活力。

湖南的五四运动也得到了女界的纷纷响应。从新文化运动到五四运动，处于激变时代下的知识女性首先表现出了强烈的自我定位意识，她们再也不甘于作为男权社会的附属品，而是决心挣脱数千年来绑缚在女性身上的绳索和枷锁，去追求独立自主的新生活。而“民权与女权，如蝉联跗萼而生”，那些率先觉醒的女性，既争女权，又争民权，其参与社会、参与政治的角色定位在五四运动中进一步凸显出来，形成了一股前所未有的社会力量。而长沙各女校的学生，在向警予、蔡畅、陶斯咏等人的引领下，不仅站在妇女争平等、求解放的前列，更积极投身于爱国救亡运动。

在湖南省学联成立大会上，陶斯咏被推选为副会长。随后，她与向警予、蔡畅相继加入新民学会，并以各自的方式投身五四运动中。此前，向警予从周南女校毕业后，回到家乡溆浦从事教育事业，在县城西街文昌阁创办了溆浦县立女校，并担任校长，还谱写了一首校歌："美哉！卢山之下溆水滨，我校巍巍矗立当其前。看呀，现在正是男女平等，天然的淘汰，触目惊心！愿同学做好准备，为我女界啊大放光明！"随着五四运动的风暴席卷全国，向警予在溆浦得知这一消息后，立即响应。她带领学校师生上街游行，开展抵制日货的斗争。7 月，向警予应蔡畅之邀，到长沙参加五四运动，并发起组织"周南女子留法勤工俭学会"。

劳君展也是湖南五四运动中活跃的女界骨干之一。她是一位家世显赫的千金小姐，其祖父劳崇光曾任两广总督和云贵总督，是晚清重臣之一，父亲也是长沙很有才学的名士。劳君展于 1900 年生于长沙，从小聪颖好学，于 1918 年考入周南女子中学，与向警予、蔡畅、陶斯咏等人为同班同学，是这些姊妹中年龄最小的一个。这位秀外慧中的女子，原本安静地沉浸于学业之中，但在五四运动的洗礼下，她走出了闺房和书斋，从一位文文静静的小女子一变而为激情四溢的新女性。她加入了新民学会，被推举为长沙学联宣传部长，并参与创办了《女界钟》，这是湖南传播新思想、新文化的重要刊物之一。她还在毛泽东主编的《湘江评论》上以笔名"冀儒"发表文章，呼吁妇女解放，以脱离作为男权附属品之地位，恢复独立自主之人格。

在湖南五四运动的活跃分子中，还有一位英姿飒爽的新女性李思安。李思安，又名钦文，乳名桂，1892 年生于长沙县北山赵公塘一个耕读世家，六岁随祖父读书识字，后进私塾。然而这位聪慧好学的女子，也摆脱不了作为男权附属品的宿命，她十五岁便由家长包办成婚，次年丈夫去世。求学的不顺加上婚姻的不幸，使得她一度郁闷至极。为了独立谋生，她曾女扮男装当过管店先生，却并未能真正获得与男人平等的地位。她认定只有学业才能改变自己的命运，于 1911 年考入徐特立先生创办的梨江女校。从梨江女校毕业后，她一度接替祖父教蒙馆，成为当地第一位女先生，这在当时也是惊世骇俗的。但李思安并不安于做一名私塾先生，1916 年后，她又考入长沙崇实女校学习，后转入湖南省立蚕业女子专科学校学习。在这些新式女校里，李思安接受了各种知识与文化的熏陶，逐渐从三纲五常、男尊女卑的封建思想中解放出来。她从追求自身的独立人格、寻求自身的解放，走向追求全体女性的觉醒、依靠自身来实现男女平权和女性的幸福，“坚决不做屋檐下安逸的家雀!”这样一位思想活跃又品学兼优的学生，加之具备超强的社会活动能力和组织能力，被推选为蚕校学生会主席。在湖南省学联成立大会上，她被推选为省学联的执行副会长，随后又加入了新民学会。

李思安比毛泽东年长一岁，毛泽东总是亲切地叫她“钦文姊”或“思安姐”，后来还称她为“思安先生”。从五四运动开始，李思安从一位女权解放者进而成为新民学会最积极、最活跃的女性骨干之一，她“每次到会，较男会员为守时间”，而“精神实未弱于男会员”。

新民学会成立之初本是一个以男性为主体的组织，参加新民学会成立大会的会员全部是男性，但随着“周南三杰”陶毅、向警予、蔡畅以及魏璧、劳君展、周敦祥、李思安等女性的加入，新民学会中的女会员占了四分之一。女子在学会中的地位也很高，李思安后来还当选为评议部唯一一个副委员长（评议部委员长为何叔衡），陶毅、周敦祥、魏璧当选为评议员。

三

五四运动，不仅是一场以青年学生为主，广大群众、市民、工商人士等阶层共同参与的爱国运动，也是继新文化运动之后一次深刻的思想解放运动。毛泽东在领导和推动湖南的五四运动时，就有意识地把这一运动深入推向思想舆论领域。在他的倡议下，湖南省学联创办了《湘江评论》杂志，并聘请他担任主编和主要撰稿人。毛泽东以陈独秀、李大钊主编的《每周评论》为样板，“以宣传最新思潮为主旨”，辟有《东方大事述评》《西方大事述评》《湘江杂评》《世界杂评》《放言》《新文艺》等栏目，全用白话文。一个多月内，毛泽东竟为《湘江评论》写了四十篇文章。文章写好了，还要自己编辑，自己排版，自己校对，有时还得亲自上街叫卖。他此时的生活异常艰苦。修业学校给他的薪水除吃饭外就没有剩余，他的行李只有旧蚊帐、旧被套、旧竹席，身上的灰布长衫和白布裤也很破旧。那时正是溽暑时节，长沙的天气潮湿而闷热，毛泽东总是打着赤膊挥汗疾书，浑身都是被蚊虫叮咬的红疙瘩。他每天工作到次日凌晨才能躺下睡一会儿。据易礼容回忆：“学联会设在长沙落星田商专校内，学校头门墙壁上高高挂起木刻湖南学生联合会会牌。毛泽东住宿在商专教员宿舍内。记得一天早上我去他的住室看望他，朝阳正照在他的夏布蚊帐上，他还未睡醒（当然是夜间工作误了睡眠），我揭开他的帐子看，不料惊动了几十只臭虫，它们在他用作枕头的暗黄色线装书上乱窜，每一只都显得肚皮饱满。想来，不止一夜、十夜，臭虫饱尝了主编《湘江评论》的人的血！”

7 月 14 日，《湘江评论》创刊号正式出版了。陈章甫捧着刚刚出刊的杂志走上街头，在涌动的人潮中，他像面对湘江演讲一样，激情澎湃地朗诵毛泽东撰写的《创刊宣言》：“自‘世界革命’的呼声大倡，‘人类解放’的运动猛进，从前吾人所不置疑的问题，所不遽取的方法，多所畏缩的说话，于今都要一改旧观，不疑者疑，不取者取，多畏缩者不畏缩了。这种潮流，任是什么力量，不能阻住。任是什么人物，不能不受他的软化。……”

那天，长沙卷起了一股热风，风几乎是推着陈章甫在奔跑。毛泽东的雄文，加上陈章甫的演讲，席卷了长沙的大街小巷。毛泽东后来称赞陈章甫“是一位杰出的宣传鼓动家”。陈章甫一路疾呼：“至于湘江，乃地球上东半球东方的一条江。他的水很清。他的流很长。住在这江上和他邻近的民族，浑浑噩噩。世界上事情，很少懂得。他们没有有组织的社会，人人自营散处。只知有最狭的一己，和最短的一时，共同生活，久远观念，多半未曾梦见。他们的政治，没有和意和彻底的解决，只知道私争。他们被外界的大潮卷急了，也办了些教育，却无甚效力。一班官僚式教育家，死死盘踞，把学校当监狱，待学生如囚徒。他们的产业没有开发。他们中也有一些有用人材，在各国各地方学好了学问和艺术。但没有给他们用武的余地，闭锁一个洞庭湖，将他们轻轻挡住。他们的部落思想又很利害，实行湖南饭湖南人吃的主义，教育实业界不能多多容纳异材。他们的脑子贫弱而又腐败，有增益改良的必要，没人提倡。他们正在求学的青年，很多，很有为，没人用有效的方法，将种种有益的新知识新艺术启导他们。咳！湘江湘江！你真枉存在于地球上。……”

他浑身大汗淋漓，热情而痛快地欢呼：“时机到了！世界的大潮卷得更急了！洞庭湖的闸门动了，且开了！浩浩荡荡的新思潮业已奔腾澎湃于湘江两岸了！顺他的生。逆他的死。如何承受他？如何传播他？如何研究他？如何施行他？这是我们全体湘人最切最要的大问题，即是‘湘江’出世最切最要的大任务。”

毛泽东在《湘江评论》上发表的最有代表性和影响力的文章，是长篇论文《民众的大联合》，连载于第二、三、四号，此文体现了他在这一阶段的思想标高。他第一次公开赞颂了俄国十月革命：“俄罗斯打倒贵族，驱逐富人，劳农两界合立了委办政府，红旗军东驰西突，扫荡了多少敌人，协约国为之改容，全世界为之震动。”在此前，如毛泽东在致黎锦熙的信中，更多是期待“大哲学家”“大伦理学家”出世，“立德、立功、立言以尽力于斯世者”，以担当起改造人们思想和世界的重任。而现在，他已超越了此前的认知，明确提出实行社会改造的“根本的一个方法，就是民众的大联合”，“因为一国的民众，总比一国的贵族资本家及其他强权者要多”，而且“历史上的运动不论是哪一种，无不是出于一些人的联合。较大的运动，必有较大的联合”。

在此文中，毛泽东对辛亥革命进行了冷峻的反思：“辛亥革命，似乎是一种民众的联合，其实不然。辛亥革命乃留学生的发踪指示。

哥老会的摇旗唤呐，新军和巡防营一些丘八的张弩拔剑所造成的，与我们民众的大多数毫无关系。我们虽赞成他们的主义，却不曾活动。”可见，他把辛亥革命的失败归咎于没有实现真正的民众大联合，这场革命“与我们民众的大多数毫无关系”，那么，民众联合的基础是什么？毛泽东指出，这个基础就是由于有着反抗压迫者的“共同的利益”。为此，他号召占中国人口大多数的农民联合起来，为减轻地租捐税、解决吃饭问题而进行抗争；他号召学生、教员、妇女各界根据自己的切身利益和要求联合起来，最终实现民众的大联合。特别值得注意的是代词的转换，他不再宣称“我”如何，而是以“我们”作为主语，这表明他再也不只看重单纯“我”——个人的力量，而是依靠“我们”——民众的大联合，只有这样，才能找到“中华民族原有伟大的能力”。

在《民众的大联合》一文的最后，毛泽东还写下这样一段他自视为“怪话”的预言：“我们中华民族原有伟大的能力，压迫愈深，反动愈大，蓄之既久，其发必速。我敢说一怪话，他日中华民族的改革，将较任何民族为彻底；中华民族的社会，将较任何民族为光明；中华民族的大联合，将较任何地域任何民族而先告成功!”

看得出，在五四运动大潮的冲击下，青年毛泽东的思想向前跨出了一大步，他已开始走向历史唯物主义，并表示今后要“踏着人生社会的实际说话”，“研究实事和真理”。但又不能不说，在这一阶段，他对马克思主义和十月革命还没有清晰的认知，一些根本性的观点甚至是自相矛盾的，如他一方面称颂十月革命，另一方面又不赞成采取十月革命的方式——以武装起义、阶级斗争的方式建立无产阶级政权、实现社会主义。在毛泽东当时的心目中，他对“社会主义”的可行性也有两种方法可以选择：“联合以后的行动，有一派很激烈的，就用‘即以其人之道，还治其人之身’的办法，同他们拼命的倒担(捣蛋)。这一派的首领，是一个生在德国的，叫做马克斯（马克思)。一派是较为温和的，不想急于见效，先从平民的了解入手。人人要有互助的道德和自愿工作。贵族资本家，只要他回心向善能够工作，能够助人而不害人，也不必杀他。这派人的意思，更广，更深远。他们要联合地球做一国，联合人类做一家，和乐亲善——不是日本的亲善——共臻盛世。这派的首领，为一个生于俄国的，叫做克鲁泡特金。”在毛泽东当时的思想天平上，他所钟情的还是以克鲁泡特金为代表的温和的、非暴力的、不流血的方法，主张不采取“激烈”的方法，而采取“温和”的方法，联合群众“向强权者为持续的‘忠告运动’。实行‘呼声革命’——面包的呼声，自由的呼声，平等的呼声——‘无血革命’”。他不主张起大扰乱，“行那没效果的‘炸弹革命’‘有血革命’”。他觉得强权者也是人，是我们的同类，而“用强权打倒强权，结果仍然得到强权。不但自相矛盾，并且毫无效力”。

毛泽东在这一阶段不仅排除了暴力革命的必要性，还设想了一个“新社会生活”方案，并准备将搁浅多时的岳麓山“新村”计划重新进行试验。克鲁泡特金曾起草过一个题为《我们是否应研究未来制度的理想》的纲领性文件，提出未来的公正社会必须建立在四个方面平等的基础之上，即：经济上的平等，最关键的问题是实行生产资料公有；劳动上的平等，必须确认社会的全体成员都有义务从事体力的手工劳动；教育上的平等，彻底改造旧的教育制度，建立一种新型的学校，使教育和生产直接结合起来，使教育不再成为把社会成员划分为管理者与被管理者、上等人和普通人的工具；政治上的平等，政府成员和政府机构中的人员构成了一个“阶级”，考虑的只是如何利用手中的权力来谋求自己的私利。只要有这种凌驾于人民大众之上的政府存在便没有真正平等可言。因此，必须承认消灭当今存在的任何政府的必要性，并且给予所有的生产者公社和劳动组合无条件地自己管理自己的一切事务，以及在自由契约基础上自发地结成联盟的可能性。

尽管毛泽东这一阶段的思想还有很大的历史局限，但他创办的《湘江评论》还是深受李大钊先生称道：《湘江评论》是“全国最有分量、见解最深的刊物”。该刊也引起了胡适的高度关注，他在《每周评论》第三十六期的《介绍新出版物》中称：“现在新出版的周报和小日报，数目很不少了。北自北京，南至广州，东从上海苏州，西至四川，几乎没有一个城市没有这类新派的报纸。……现在我们特别介绍我们新添的两个小兄弟，一个是长沙的《湘江评论》，一个是成都的《星期日》。”他尤其称道毛泽东所写《民众的大联合》一文：“《湘江评论》的长处是在议论的一方面。《湘江评论》第二、三、四号的《民众的大联合》一篇大文章，眼光很远大，议论也很痛快，确是现今的重要文字。还有湘江大事述评一栏，记载湖南的新运动，使我们发生无限乐观。武人统治之下，能产出我们这样的一个好兄弟，真是我们意外的欢喜。”于此可见，毛泽东和胡适在此时的观点还是趋同的，他在这一阶段选择的仍是温和的改良道路，他觉得“这派人的意思更广、更深些”。

当时，李维汉、张昆弟也参加了长沙的五四运动。他们原本已进入保定育德中学留法高等工艺预备班，1919 年初，邹彝鼎病重，李维汉和张昆弟护送他回湖南，不久，邹彝鼎就病故了。李维汉和张昆弟送邹返湘后未再回保定，正在为筹措赴法费用而奔走，北京爆发了五四学生爱国运动。李维汉在《回忆新民学会》中追述了这一段历史："以新民学会会员和非会员积极分子为骨干的湖南学生联合会在湖南的五四运动中是个最活跃的组织，起着先锋带头作用。毛主席当时主编学生联合会会刊《湘江评论》。这个刊物在湖南以至全国都有很大影响。北京的《每周评论》《晨报》，上海的《时事新报》、《湖南》月刊，四川的《星期日》都曾介绍过它或转载过它的文章。它以不妥协的反帝反封建的战斗姿态投入了五四运动，宣传了科学和民主的思想，歌颂了十月社会主义革命，提倡新思想新文化，激发人们起来向旧思想、旧势力作斗争。它在政治上对湖南地区的五四运动有很大的指导作用。刊物的许多文章都是毛主席和其他新民学会会员如萧子暲、陈书农、蒋竹如等所写，毛主席写的尤多。毛主席写的《民众的大联合》一文，提出以民众大联合的力量实行社会政治改革，对抗强权者、贵族和资本家的主张，提出由分业'小联合'达到各界'大联合'的步骤和方法，并指出'压迫愈深，反抗愈大，蓄之既久，其发必速'的革命与反革命斗争的辩证关系。这是毛主席早期的一篇代表新的革命民主主义思想的重要文章。这个刊物发刊时，我尚在湖南，和张昆弟一道同毛主席见过两次面，了解当时运动的情况，听取他对勤工俭学的意见。我曾按照第一师范第二部毕业同学录上的地址把《湘江评论》分寄给各同学，并介绍一点我所知道的运动的情况，希望他们在当地发动这个运动。"

追溯湖南的五四运动，尽管毛泽东一直主张温和的、非暴力的“呼声革命”和“无血革命”，却也遭到了张敬尧的铁腕镇压。这名“披着军衣的活强盗”，“以民气激昂，恐不能见好日人”为由，极力压制湖南人民反帝反封建的爱国运动，诬蔑学生和市民的和平请愿、游行示威、焚烧日货等正义行动为“过激党”捣乱，到处张贴布告，派军警和密探大肆搜捕爱国学生。

哪一个是过激党？刚刚加入新民学会的陈子博愤怒地撕下了贴在长郡中学门口的一张布告，一把撕得粉碎。他还写了一篇檄文《那一个是过激?》，说那些叫喊“湖南了不得了，过激党来了”的人，并不能回答“什么叫做过激党？过激党的主义若何？过激党的人物怎样?”文章一针见血地指出：“湖南倘然真来了过激党，恐怕就是倡言过激党来了的人的招惹。”他还警告那些跟着军阀政府瞎喊的“盲人们”：“要洗洗眼睛，缩缩脑袋!”

陈子博，1892 年 6 月生于湖南省湘乡一个封建家庭。民国初年，考入长郡中学。他积极参加了毛泽东领导的湖南五四运动和“驱张运动”，后来又追随毛泽东加入了中国共产党和社会主义青年团，成为湖南早期青年运动领导人之一。

然而，手无寸铁的笔杆子终究敌不过为暴政与强权掌握的枪杆子，张敬尧为了镇压社会舆论、扼杀正义的声音，以《湘江评论》未经立案为由不准发行。8 月中旬，《湘江评论》第五号刚印好，张敬尧就派军警闯进湖南商专，查封了《湘江评论》，并悍然解散了湖南学生联合会。

面对军阀的暴行，毛泽东攥紧了拳头，两眼似要喷出血来。

陶斯咏扶起一把把被踢倒的椅子，看着那被砸烂的桌子和撕毁的书刊，摇了摇头说：“润之兄，看来你是对的，但面对这样的强权和暴力，我们斗得过他们吗？”

毛泽东把拳头攥得更紧了，连骨骼都发出了响声：“斗不过也要斗，如果我们一味地忍气吞声，他们的气焰就会更加嚣张！”

据蒋竹如后来回忆：“我们事先得到了风声，把学联的文件、印章和未卖完的各期《湘江评论》，一篮一篓地转移到河西的湖南大学筹备处去了。学联虽被封闭了，但我们并未为军阀张敬尧的淫威所吓倒。从此以后，毛泽东同志和学联其他负责人搬到湖大筹备处，继续进行革命活动，对张敬尧的黑暗统治，进行揭露和抨击。”

可惜了，《湘江评论》原本是毛泽东与军阀抗争的阵地，在出版五期后就被军阀查禁了。这个杂志仅仅存在了一个多月，却在湖南产生了深远的影响，创刊号首印两千份，旋即被抢购一空，赶紧又加印两千份，还是供不应求。当时湖南的不少进步青年，如任弼时、郭亮、萧劲光等，就是在《湘江评论》的直接影响下开始觉悟的。

在张敬尧强迫解散学联、蛮横地封禁《湘江评论》时，毛泽东开始酝酿将湖南的学生爱国运动转入以驱逐张敬尧出湘为中心的斗争阶段——“驱张运动”。毛泽东明确地把“驱张运动”视为五四爱国运动的继续和深入。

若要大张声势，必须有一个舆论阵地。《湘江评论》被张敬尧查封了，可战斗在继续，没有一个舆论阵地是不行的。说来还有一段缘分，毛泽东正为此焦虑，几位湘雅的学生就找上门来了，这几位都是日后历史上有名的人物：龙伯坚、李振翩和张维。

湘雅医学院创办于 1914 年，当时还叫湘雅医学专门学校（湘雅医专）。这是中国第一所中外合办的新型西式医科高等学校，由湖南育群学会代表湖南省政府出面，与美国耶鲁大学毕业生创办的雅礼会合办，并推举中国近代著名医学教育家、公共卫生学家颜福庆为第一任校长。颜福庆，字克卿，祖籍厦门，1882 年生于上海江湾，1906 年赴美国耶鲁大学医学院深造，1909 年获医学博士学位，是第一位在耶鲁大学获得医学博士学位的亚洲人。他以严谨的科学态度和严格治校著称，正因为这种严谨和严格，让湘雅在创办后的短短几年里便迅速崛起于杏林，由此便有了“北协和，南湘雅”之称。颜福庆一心扑在医学报国、救死扶伤的事业上，心无旁骛，这也是他对湘雅师生的严格要求，而湘雅则是一个“平静得有如古井的校园”。然而，在五四运动纵横决荡的洪流冲击下，在国难当头的危机感驱使下，这平静的校园也开始追风逐浪，那些青年学子纷纷冲出校园，涌向街头，汇入了汹涌澎湃的时代潮流……

为了发出自己的声音，湘雅学子还从餐费中省吃俭用，捐资创办了《学生救国报》。据湖南《大公报》1919 年 6 月 10 日报道：“昨湘雅医学专门学校学生，特组织学生救国报一种，以发扬民气，联络学生感情为宗旨。言论不涉政事……所有该报需用各费，即由该校同学减餐担任云。”这是“湖南高校中最早、全国高校中较早的周双刊之一”，首任主编是湘雅第三班的学生龙伯坚，他的同学李振翩、张维则是编委。该报自第四期起更名为《新湖南》。据龙伯坚在 20 世纪 60 年代初撰文回忆：“《新湖南》周报是我起名的，其由来是：辛亥革命以前，湖南有位著名人物杨守仁，他在日本留学期间著有一本鼓吹革命的小册子，名《新湖南》，书中有‘在天心阁撞自由钟’这样的话，意思是要唤醒湖南民众。我们当时深受其影响。《新湖南》的刊名就脱胎于《新湖南》这本小册子。《新湖南》分月刊、周刊两种。月刊是杂志……周刊是报纸，一张一张的……”“每期印一千份，除在省内发行外，还远销北京、浙江一带。”但在《新湖南》发行至第六期时，龙伯坚已“感到独木难支”，这些“手术刀们”毕竟不如那些笔杆子，可到哪里去寻找一支足以支撑的笔杆子呢？据李振翩回忆：“有一天，龙伯坚好像发现救星似的放下笔，叫喊起来：我们去走访毛润之！”

龙伯坚等之所以去找毛泽东，一是毛泽东主编的《湘江评论》办得风生水起，“内容完备”，“魄力非常充足”。而在《湘江评论》被封杀后，毛泽东还时常在湖南《大公报》上发表文章，延续了《湘江评论》的文风，纵横捭阖，气势磅礴，又总能从社会现象出发逼着人往深处思考，这正是他们要寻找的笔杆子啊。为此，龙伯坚、李振翩在一个图书馆里找到了毛泽东，恳请他担任《新湖南》的总编辑（主编）。而毛泽东此前就读过《新湖南》，觉得这是一个难得的舆论阵地，既有优点，也有进一步改组和提升的空间，于是“欣然答应”了。

毛泽东“摆阵潮宗街”，首先就是从接办和主编《新湖南》开始的，这也是他在潮宗街摆下的第一个阵地。他在1919年9月5日致黎锦熙的信中也道出了接办《新湖南》的缘由：“《湘江评论》出至第五号被禁停刊……此间有一种《新湖南》，第七号以后归弟编辑，现正在改组，半月后可以出版……”

此前，从《学生救国报》到《新湖南》，主要内容一是反对旧礼教，“提倡新道德使国人知所取从”；二是改造家族制；三是“提倡男女平权生活独立”；四是提倡劳工神圣，反对分利坐食；五是“提倡平民教育”；六是灌输卫生知识。但该刊的一个弱点是“言论不涉政事”，这大大削弱了它的力量，更难以深入探讨社会现实问题。《新湖南》周刊自第七期起由毛泽东主编后，他便刷新了办刊宣言：“一、批评社会；二、改造思想；三、介绍学术；四、讨论问题。”这一宣言得到了龙伯坚等人的坚定支持。据龙伯坚回忆：“同人尽其之所能，本着这四个宗旨去做，成败利钝，自然非我们所顾。因为我们的信条是：‘什么都可以牺牲，惟宗旨绝对不能牺牲。’”1919 年 12 月 1 日出版的《新青年》第七卷第一号还特辟《长沙社会面面观》，摘登了《〈新湖南〉周刊第七号刷新宣言》，并在前面推介：“《新湖南》周刊的内容，自从第七号已与以前大不相同，请列位看他第七号刷新的宣言就知道的。”该刊继承了《湘江评论》的办刊宗旨和反抗精神，从正面揭露和抨击了张敬尧在湖南的黑暗统治，并基于当时国内外的一些重大问题和事件，或进行分析评论，或予以批判挞伐，或对一些新思潮和各种主义进行追问，如第七期的重要文章有《社会主义是什么？无政府主义是什么?》《工读问题》等，这使读者感到内容与形式较前六期焕然一新，很多人都惊呼：“《湘江评论》复活了!”当时有文章评论：“……湘雅医学校也发行了一种《新湖南》周刊，也很有实在的价值……这真是湖南教育上的曙光了。”还有一篇文章更直接地说：“湘雅医学校发行的《新湖南》……为《湘江评论》的化身，所以魄力非常充足。”可惜，《新湖南》的命运和《湘江评论》一样，在出至第十一期时就被张敬尧军阀政府扼杀了。

毛泽东在主编《新湖南》期间，与龙伯坚、李振翩和张维的交往越来越密切。在他的影响下，这三人有的成了毛泽东的同路人，有的成了革命的同情者。龙伯坚担任了由毛泽东发起组织的湖南学生周报联合会总干事，在新中国成立后出任湖南省卫生处处长、中央卫生研究院中医研究所所长。张维在新中国成立后出任过上海第二军医大学军队卫生学教研室主任，其母八十寿辰时，毛泽东亲题“如日之升，如月之恒”予以祝贺。

三人中，当时和毛泽东走得最近的是李振翩，他被称为“毛泽东的挚友”。

李振翩，字承德，1898年10月出身于湖南省湘乡县乐善乡（今娄底市娄星区）一个没落的乡宦家庭。李振翩从小忧国忧民，他后来回忆说：“当我还是孩子的时候，在湘乡县我那自己的小天地里，我早已感受到乡村同胞所受的痛苦，意识到必须尽力帮助他们。”1915年，李振翩进入湘雅医学专门学校。在湘雅求学的那段时间，他和毛泽东建立了深厚的友谊。

毛泽东对湘乡的感情很深，他说：“振翩，我们是老乡，你家和我家相隔只有三十里。”

经毛泽东介绍，李振翩加入了新民学会，积极参与新民学会的有关活动。

李振翩比毛泽东小五岁，说话的声音像水牛叫一样，毛泽东给他起了个外号叫“水牛”。李振翩说湘潭人素有“狡猾”的名声，也给毛泽东起了个外号“水老倌”。他俩还真是与水有缘，嗜水如命，一有空便去湘江里游个痛快。多少年后，李振翩还真切地记得毛泽东呼朋引伴奔向橘子洲头的情形。据史载，橘子洲生成于晋惠帝永兴二年(305)，为湘江激流回旋冲积而成，由南至北，横贯江心，西望岳麓山，东临长沙城，乃是绵延十多里的一个长岛，被誉为“中国第一洲”。这沙洲上生长着数千种花草藤蔓植物，还活跃着野兔、沙狐、狗獾等野生动物。在这野趣横生的大自然中，毛泽东和他的好友们或放浪于湘江，或漫步于橘子洲，任凭风起浪涌，他们都一派从容。李振翩还记得，有一次大家凑了二十个铜板，买了一些肉和蔬菜，在橘子洲头搭起土灶，烧好后一起会餐。他们频频举杯，互敬互祝，那杯中物不是酒，而是江水。这供千万人畅饮的湘江，就是一条在他们的生命里流淌的河。

四

1919 年 9 月中旬，白露过后，长沙秋雨连绵，阴云密布，连日不开。此时，全国五四运动的风潮渐渐沉寂，但它的深远影响却才刚刚开始。这场划时代的运动揭开了中国新民主主义革命的序幕，把近代以来由资产阶级领导的旧民主主义革命推向了由无产阶级领导的新民主主义革命。此时，毛泽东还在长沙为“驱张运动”而奔波。当时，北洋军阀内部的直、皖两系都在争夺势力范围，毛泽东审时度势，认为这正是“驱张”的大好时机。他召集彭璜等原学联负责人开会商议，决定以新民学会会员为骨干，以湖南省学生联合会为公开活动平台，掀起一个“驱张运动”的高潮，一边加紧搜集张敬尧的罪证，一边多方奔走联络，组织“驱张”代表团到各地去宣传或请愿，争取全国舆论对“驱张”的同情和支持。

眼看就到了10月初，长沙已进入了阴冷的深秋。毛泽东正为筹划“驱张运动”而忙得不可开交，他的一位堂哥走了一夜山路，裹着一身秋雨，拖着两脚泥泞从韶山赶到长沙，一见毛泽东就打着哭腔喊：“润之啊，婶婶快不行了，你和润菊（毛泽覃）赶紧回韶山，晚了恐怕就见不上最后一面了！”

毛泽东一听，浑身一抖，手中的毛笔掉在地上，溅开斑斑墨迹。这个消息太突然了，他把母亲送回去还不到两个月，母亲当时的病情已有了转机，怎么忽然又不行了？他整个人一下就木了，像一根树干一样立在房子里，瞪着眼珠子，一动也不动。

堂哥又冲他哭喊一声：“润之，赶紧收拾好东西回家啊！”

毛泽东猛地惊醒了，赶紧叫上小弟，跟着堂哥赶回韶山。兄弟几个在冷飕飕的山风中几乎是一路狂奔，连鞋底都被石头磨穿了，但他还是没见上母亲最后一面。原来，堂哥从韶山出发不久，母亲就咽下了最后一口气。而他们赶回韶山又在路上走了一天，这一来一去就是两天，当他们赶回韶山时，母亲过世两天，按照韶山的习俗已经入殓盖棺了。

毛泽民守在母亲的灵柩边，泪流不止，一见大哥，更是大放悲声：“哥啊，娘在临终时，一直在呼唤着你的名字，问你为什么还不回来!”

毛泽东扑在母亲的灵柩上，长长地呼唤了一声：“娘啊，儿回来了!”

他紧闭双眼，也挡不住泪水的漫溢。

母亲年仅五十三岁就遽然而逝，她走得实在太早了。毛泽东一生很少流泪，但母亲病逝令他伤心欲绝。母亲的灵柩上，落满了儿子的泪水。在为母亲守灵的那个秋夜，他席地而坐，独对孤灯，写出了一篇情深意切的《祭母文》，又作了泣母灵联两副，一副贴在大门口：“春风南岸留晖远；秋雨韶山洒泪多。”另一副则挂在母亲的灵前：“疾革尚呼儿，无限关怀，万端遗恨皆须补；长生新学佛，不能住世，一掬慈容何处寻?”

第二天是母亲出殡的日子，毛泽东长跪在母亲灵前，声泪俱下地诵读了《祭母文》：

> 呜呼吾母，遽然而死。寿五十三，生有七子。
> 七子余三，即东民覃。其他不育，二女二男。
> 育吾兄弟，艰辛备历。摧折作磨，因此遘疾。
> 中间万万，皆伤心史。不忍卒书，待徐温吐。
> 今则欲言，只有两端：一则盛德，一则恨偏。
> 吾母高风，首推博爱。远近亲疏，一皆覆载。
> …………

毛泽东在一封给好友、新民学会会员邹蕴真的信中说：“世界上共有三种人：损人利己的人，利己而不损人的人，可以损己而利人的人。我的母亲就是这后一种人。”

在母亲生前未能见上最后一面，这是毛泽东一生的遗憾，但他晚年曾在与保健护士长吴旭君的交谈中，透露了他的另一种心情：“我母亲死前我对她说，我不忍心看她痛苦的样子，我想让她给我留下一个美好的印象。我要离开一下。母亲是个通情达理的人，她同意了，所以直到现在，我脑子里的母亲形象都是健康、美好的，像她活着时一样。”

在安葬母亲后，毛泽东又匆匆赶回长沙，投入到“驱张运动”中。

毛泽东主编的《新湖南》在出版了四期（总第十一期）后，又遭到了《湘江评论》同样的厄运——被张敬尧军阀政府查封。张敬尧几乎是丧心病狂地打压和封杀舆论，9 月，《华瀛日报》经理谭笃恭因刊登张敬尧祸湘的文章，被张枪毙于长沙浏阳门外。但这扑灭不了湖湘儿女反抗的烈焰，10 月 22 日，湖南教育界一千多人联署发出公启，揭露张敬尧派其私党操纵改选并控制省教育会的内幕，反对张敬尧摧残教育事业。

尽管《新湖南》在毛泽东主编后只发行了四期，却是继《湘江评论》后又一份震撼了湖湘大地、在全国产生了影响的刊物。这里还有一段后话，1949 年 8 月 15 日，中共湖南省委机关报《新湖南报》创刊出版。尽管此时全国还没有完全解放，筹备建国之事千头万绪，可毛泽东没有忘记家乡的党报，抽空题写了报头。这令时任湖南省卫生处处长的龙伯坚想起了当年事，他给老友毛泽东写信询问此《新湖南报》是否系当年《新湖南》的后身。开国之初，百废待兴，日理万机，毛泽东来不及回复龙伯坚。四个月后，毛泽东才于 1950 年 3 月 14 日回信释疑：“伯坚先生：去年十一月十一日大示收到读悉。吾兄参加革命，从事卫生工作，极为欣慰。新湖南报名是湖南同志们起的，与从前报名偶合，引起你的高兴，我亦与有荣幸。旧词无足取，不必重写。尚望努力工作，为民服务。顺颂大安！”

毛泽东这一句“我亦与有荣幸”，表达了他依然看重当年的《新湖南》。

就在《新湖南》周刊被查封不久，长沙又发生了令人震惊的“赵五贞事件”。

据湖南《大公报》当年的报道，赵五贞，长沙人，其父赵海楼是南阳街一家眼镜店的老板。赵五贞毕业于长沙某校，知书识字，自幼吃素，平日里爱看《韩湘子化斋》《观音试道》等说书，是一个心灵手巧又勤快利索的女子，既能干针线、纺织、刺绣、缝纫等女红，又能烧饭炒菜、料理家务。1919 年，她已二十二岁，依然待字闺中。经媒人撮合，父母亲将她许配给同街一家古董店的老板吴五。吴为四川人，其家业不薄，但吴五已年过三十（一说比赵五贞大二十多岁），长相“颇不雅观”，又为再娶。而吴五之母平日以悍恶著称，声名狼藉。对这桩婚姻，五贞心神惘惘好像不太情愿。又据说，赵五贞前曾许配某人，父母嫌未婚夫家贫悔婚，另配吴家。由于撮合者在赵家百般怂恿，赵五贞的父母亦贪图吴家丰厚的聘金，而赵五贞性情温和，尽管“颇露不悦”，但也未敢违背父母之命。双方商定于 11 月 14 日完婚。眼看就到了出嫁之日，赵五贞提出改期，理由是兄长在外未归。但吉期已定，这个理由被父母拒绝了。当母亲姐嫂替她梳妆打扮时，五贞时时长吁短叹。母亲姐嫂似乎有某种不祥的预感，还趁机在她身上细细搜查，生恐她挟带什么不测之物。那时小脚女子在天寒时都裹着厚厚的绑腿，当母亲姐嫂搜索她左脚的绑腿时，她说天气太冷，因而没有解开。妆梳已毕，她忽然对姐姐说："劳力费心，以后再报答。"将进花轿时，她"挥涕告辞，逢人便拜，眷顾母姊，形色依依"。

吴家迎娶那天，"一切铺张，颇为阔绰"，一时间引来了无数啧啧称叹的看客，或驻足观望，或一路追随。迎亲的队伍由南沙井起程，哪知行至青石桥某南货店门前，"轿夫突然发现轿内滴出鲜血，大骇"。此时离吴家已经不远，"于是快步抬到夫家"。吴家人一看那滴血的花轿，自然不敢迎入门内，先派媒人掀起轿帘查看，"但见新娘仰面而卧，头颈割有刀痕，宽寸许余，血如泉涌，奄奄一息"，而且在轿内发现了一把剃头刀。这剃头刀原来就藏在赵五贞的绑腿内，她母亲姐嫂几经搜查，竟然没有搜出来。而此时五贞气若游丝，但神志清醒，她将两手所戴的、沾着鲜血的订婚金戒指取下来，颤抖着交给了吴母，算是还掉了这一笔血债，又微微闭上了眼睛。很快，她父亲赵海楼赶来了，安慰她："我们接你回去，永不嫁人。"赵五贞张了张嘴，但已说不出话，只能微笑着点头。此时，贺客已奔赴红十字会请来医生急救，但该会因没有女医女病室，又赶紧转送湘雅医院救治，但刚到门前赵五贞已气绝身亡。吴赵两家报由长沙地方检察厅，经勘视确定为赵五贞自杀身死，并判令两家商葬了事。而那貌似公正的检察官，还在棺木上贴上了一张"吴赵氏"的封条，这是最后的判决，即便你“吴赵氏”自杀身亡，这也是一桩合法而名正言顺的婚配，既有父母之命，又有媒妁之言，你不死就是吴家的人，死了也是吴家的鬼。

赵五贞之死的过程基本清楚，哪怕时过境迁也没有什么疑问，但赵五贞到底为何要自寻短见？一时间各种街谈巷议“飞短流长”，湖南《大公报》随后便刊出了题为《赵五贞自刎案之真相》的系列报道。据赵五贞的父亲赵海楼所说，女儿确曾提出要推迟婚期的想法，但他们夫妇“为礼所拘”，没有答应。《大公报》还刊登了一首《赵贞女诗》：“近今侈自由，俗教廉耻亡。虽由父母命，强迫竟罹殃。……一死完清操，千载有余芳。敬告采风者，树此贞女坊。”这更是她反抗“父母之命”和封建礼教的铁证，赵五贞确为一个“不自由，毋宁死”的烈女。

赵五贞之死，令毛泽东义愤填膺又悲从中来。他从小就在母亲身上，在自己身上，感受到了包办婚姻的痛苦和不幸。他父母也是包办婚姻，而父亲是在家中说一不二、享有无限权威的一家之主，母亲只能忍气吞声、逆来顺受。少年毛泽东和发妻罗氏也是包办婚姻的受害者，在毛泽东十四岁那年，父亲未经儿子同意，便将比他大四岁的女子罗氏（罗大秀）迎娶到家中，使之成为毛家的大儿媳。这是一桩“亲上加亲”的包办婚姻，罗氏是毛泽东的表姐。毛泽东对这位表姐很尊重却没有丝毫爱情。但罗氏长得丰满又温顺善良，嫁入毛家后便成了一位操持家务的好手，兢兢业业，恪尽儿媳之责。可这样的包办婚姻对她也是孤寂而悲苦的，她于 1910 年 2 月便不幸病逝，才二十出头，正值芳年，却化作一抔黄土。毛泽东对罗氏的命运充满了深深的悲悯，这也更激化了他对封建包办婚姻的痛恨。一直想对封建包办婚姻进行一次彻底清算，而“赵五贞事件”则是一根导火索，把他满腔的悲愤与义愤一下点燃了。他随即派陶斯咏和李思安等去深入调查。李思安也是包办婚姻的受害者，在经历了一次惨痛的婚姻后，后来终身未嫁。陶斯咏对封建包办婚姻也非常反感。有文献记载，由于毛家和陶家的家境悬殊，陶斯咏与毛泽东的交往遭到了其父兄的强烈反对，这也是他们没有携手走下去的原因之一，但根本原因还是两人选择了不同的道路。不过，他们也有志同道合的时候，如对于封建包办婚姻，他们都是坚决反对的。

陶斯咏和李思安很快就把调查到的事实告诉了毛泽东。而在赵五贞死后仅两天，毛泽东就在11月16日的湖南《大公报》上发表了《对于赵女士自杀的批评》一文：

> 社会上发生一件事，不要把他小看了。一件事的背后，都有重叠相生的原因。即如“人死”一件事，有两种解说：一是生理的及物理的，“年老寿终”属于这一类；一是反生理的及反物理的，“夭殇”“横死”属于这一类。赵女士的死，是自杀，是横死，是属于后一类。
>
> 一个人的自杀，完全是由环境所决定。赵女士的本意，是求死的么？不是，是求生的。赵女士而竟求死了，是环境逼着他求死的。赵女士的环境是：（一）中国社会，（二）长沙南阳街赵宅一家人，（三）他所不愿意的夫家长沙柑子园吴宅一家人。这三件是三面铁网，可设想作三角的装置，赵女士在这三角形铁网当

中，无论如何求生，没有生法。生的对面是死，于是乎赵女士死了。

假使这三件中有一件不是铁网，或铁网而是开放的，赵女士决不至死。（一）假使赵女士的父母不过于强迫，依从赵女士自由意志，赵女士决不会死的。（二）赵家父母以强迫从事，使赵女士能达其意于夫家，说明不从的原故，夫家亦竟从其意，尊崇他的个人自由，赵女士决不会死的。（三）父母及夫家虽都不能容其自由意志，假设社会上有一部很强烈的舆论为他的后援，别有新天地可容其逃亡栖存，认他的逃亡栖存为名誉的举动，而非所谓不名誉，赵女士也决不会死的。如今赵女士真死了，是三面铁网（社会，母家，夫家）坚重围着，求生不能，至于求死的。

去年日本东京发生一件伯爵夫人和汽车夫恋爱发泄后同自杀的事。东京新闻为之发刊号外，接着许多文人学者讨论这件事亘数月不止。昨日的事件，是一个很大的事件。这事件背后，是婚姻制度的腐败，社会制度的黑暗，意想的不能独立，恋爱不能自由。吾们讨论各种学理，应该傍着活事件来讨论。昨日天籁先生和兼公先生已经作了引子，我特为继着发表一点意见。希望有讨论热心的人，对于这一个殉自由殉恋爱的女青年，从各种论点出发，替他呼一声“冤枉”。

到底是谁逼死了赵五贞？当时，即便是一些思想进步人士，也只是停留在就事论事的认知上，或指责赵五贞的父母，或指责吴家。但毛泽东没有指责个别人，而是直指笼罩了整个社会的“三面铁网”——社会、夫家及母家，“这事件背后，是婚姻制度的腐败，社会制度的黑暗，意想的不能独立，恋爱不能自由”。这在当时是极具超越性的社会认知，从而奠定了他日后对中国黑暗社会的一个更深刻的认知，“政权、族权、神权、夫权……是束缚中国人民特别是农民的四条极大的绳索”。

毛泽东连续在《大公报》上发表九篇文章，对封建婚姻制度、妇女解放问题做了一番扎扎实实的分析研究，尖锐抨击封建礼教和社会的罪恶。在毛泽东的主导下，《大公报》“研究”一栏围绕“赵五贞事件”展开了热烈的讨论，新民学会会员都踊跃参与了讨论，指斥旧式婚姻对妇女解放、恋爱自由的妨害，呼吁大众起来铲除这些可恶的制度。而赵五贞之所以自杀，只因她有“自由意志”和独立“人格”，既勇于抗争又无力同这可恶的制度抗争，才酿成了这一悲剧，这不是个人的悲剧，而是社会的悲剧。毛泽东还专门发表了一篇《赵女士的人格问题》，指出：“赵女士要是有人格，必是有自由意志；要是有自由意志，必是他的父母能够尊崇他容许他……但在他二十一年最后的一瞬间，他的人格忽然现在来了。呜呼，呜呼！不自由，无宁死……赵女士的人格也随之涌现出来，顿然光焰万丈！”

经过毛泽东主导的这次大讨论，赵五贞从一个为反抗包办婚姻而自寻短见的弱女子，而成了一个“不自由，无宁死”的反抗者和牺牲者，她也因此作为湖南女性解放的重要人物被载入史册，成了“中国女权史上的一个重要牺牲者”。

毛泽东在彻底否定旧的婚姻制度的同时，还极力倡言建立以爱情为基础的新的婚恋观和婚姻制度。他主张“新式婚姻的成立，便只要男女两下的心知”，为此，他给“恋爱”作出了界定，“所谓恋爱，不仅只有生理的肉欲满足，尚有精神的及社交的高尚欲望满足”。他认为，妇女解放的首要条件是经济独立。长期以来，男女之所以不平等，不是“心理”“生理”上的原因，“中心关系，还在经济”，在男女经济各自独立的时代，男女关系“以恋爱为中心”，“崇尚恋爱神圣”，他们也就处于平等地位。在毛泽东看来，文盲是迷信的土壤，中国妇女的精神世界之所以能够被迷信及封建礼教所束缚，根本之点在于“全中国二万万女子一字不识”，因此，要冲破旧思想的重重藩篱，打碎迷信的精神枷锁，最重要的是在教育中把理论的探讨和实际问题的研究统一起来。他疾呼，妇女应当追求独立的人格和自由的意志，走出家庭，走向社会。

陶斯咏也发表了一篇文章，对女性的命运发出了追问和疾呼：“不想当这个女子解放声浪日高的时候，居然有这种惨剧演在我们的眼前，为什么偌大的世界竟容不得一个女子，生生的逼着他去死？这到底是为着什么？咳！难道不是这种万恶的婚姻制度吗？……煌煌的礼教，赫赫的父命……若是提出抗议，马上就加上一个不贞不孝的罪名，天地间还有斯人的立足地吗？即如赵女士定婚的时候自己明明不愿，他父母偏偏不取得他的同意。后来他表示反对的意思，他父母并不是不知道，并且以死拒绝的意都是知道的，所以上轿的时候还要检查他一次，怕他带有凶器。……女士咧，想要求生是不可能的，于是乎求死。……我想大千世界还有无量数象赵女士这类的人，还有无量数象赵女士父母的父母，以后本人对于本身问题到底只有死之一法？还有其他救济的办法？”

陶斯咏尽管提出了一连串的问题，但都没有找到答案，而这个答案毛泽东找到了，只有冲破“三面铁网”，才是“救济的办法”。

这次围绕“赵五贞事件”的讨论，也为以后毛泽东“傍着活事件讨论理论问题、社会问题”的主张打下了基础。而他以赵五贞之死这样一个悲惨事件，激励人们奋起反抗黑暗的封建社会，从而把反帝反封建的五四思想解放运动在长沙乃至湖南引向纵深发展。而在湖南，首先就是反抗张敬尧的黑暗统治，这是毛泽东率领湖湘儿女要冲决的第一道“铁网”。

1919 年 12 月 2 日，一场寒潮席卷了长沙，又一个寒冷的冬天在阴风怒号中来临。这天，重新恢复的湖南省学联发动长沙各校师生、黑铅炼厂工人和搬运、泥木、印刷等行业工人一万多人，在教育会坪举行第二次焚毁日货示威大会。正当学生代表在会上讲演焚烧日货的意义时，张敬尧命其弟张敬汤率军警千余人包围了会场，而张敬尧这一次还亲自上阵，他骑马带领一连大刀队杀气腾腾地冲进会场内，殴打和驱逐焚烧日货的学生和市民，当场打伤数十人，逮捕五人，并将堆积如山的日货劫掠一空。这更激起了湖南各界的反抗浪潮。

翌日下午，毛泽东、罗宗翰、张国基、蒋竹如等新民学会会员在易培基先生家中开会，商讨如何将同张敬尧的抗争进行到底。易培基是毛泽东在湖南一师的国文教师，早年毕业于张之洞创办的湖北方言学堂（即外国语学院）英文专业，后留学日本，加入同盟会，参加武昌起义，一度担任中华民国副总统黎元洪的秘书，后因与北洋政府政见不合挂冠而去，走上了教育救国之路。毛泽东在湖南一师念预科和本科一、二年级时，易培基在一师担任国文教师，但并未任教毛泽东所在班级。毛泽东当时的国文教师是袁仲谦先生，袁先生告诉易培基，他班上有个学生叫毛泽东，文章和书信常以“二十八画生”署之，每回国文考试必夺文章魁首。打那以后，易培基便开始留意毛泽东那些被老师张贴在“揭示栏”里的诗文。到了 1916 年春天，毛泽东升入本科一部三年级，在此后两年半里，易培基一直担任毛泽东所在班级的国文教师。这个满口乡音的高个子青年，给易培基留下了这样的印象：酷爱读书，但不喜欢读死书，死读书。他的图画常常不及格，英语成绩较差，算术也不太好，但国文成绩的确是出类拔萃的，一部《史记》不知阅读了多少遍，《离骚》能出口成诵。他研读德国康德派哲学家泡尔生的十万字的《伦理学原理》，竟写下了一万二千余字的批注。易培基对这个严重偏科的学生，既有些惋惜，也十分喜爱。而毛泽东走出社会后的抱负与作为，更让他感觉此子乃是“济苍生，匡社稷”之材，尤其是毛泽东发起的“罢学驱张”运动，易培基更是打心眼里支持。为了躲避张敬尧的干扰，毛泽东和新民学会、湖南省学联的骨干时常在易培基家中开会，易培基实际上成了他们的“后台老板”。易培基也支持将“罢学驱张”运动进行到底，但他觉得同张敬尧这样穷凶极恶的军阀硬斗是不行的，还必须讲究策略。这次会上，他们讨论了当时的内外形势，毛泽东决定因势利导，把领导湖南人民抵制日货、反对签署卖国条约的爱国运动，转向以驱逐张敬尧为中心的群众斗争。

12 月 4 日，在毛泽东的推动下，湖南省学联决定全省学校总罢课。随后，毛泽东、何叔衡、罗宗翰、周世钊等在教育界工作的新民学会会员又发动了长沙公立、私立学校教职员总罢教。湘雅学生会再度组织学生罢课，李振翩、张维等率湘雅学生与长沙市其他学校的学生一道发起抵制日货、检举奸商、反对当局镇压学生运动。在这次运动中，李振翩上下串联，左右呼应，十分活跃。12 月 6 日，湖南省学联公开发表驱张宣言："张敬尧一日不去湘，学生一日不回校！时日曷丧，誓与偕亡!"

这场声势浩大的"驱张运动"，是毛泽东发动起来的第一次有广泛社会影响的政治运动，分布在各校的新民学会会员一直冲在最前面。毛泽东作为新民学会的主事人，实际上成了"驱张运动"的主要领导人。面对张敬尧在湖南密布的重重"铁网"，毛泽东决定冲出湖南，随后便组织各界"驱张"请愿代表团，分赴北京、衡阳、常德、郴州、广州、上海等地请愿联络，彭璜去了上海，易礼容去了武汉，毛泽东和易培基则率团奔赴北京，那扑不灭的火焰，从湖南开始向全国延烧……

第四章

峥嵘岁月

一

在那阴沉而压抑的冬日，湘江比夏日消瘦了许多。水落石出，那被江水冲刷过的河床袒露出来，仿佛流露出了一条河流苍凉的心情，而江边的岳麓山更显出几分峥嵘之势。从山上看下去，河流深陷在河谷里，几乎看不见河水在流淌。但无论是谁，都无法阻挡湘江北去的意志，她依然在深沉地流淌着。湘江码头，那些陆续登船的人，一个个也显得异常沉默，那脸上的神情，颇有“风萧萧兮易水寒”之悲怆肃杀。

那是 1919 年 12 月，以湖南一师教师易培基为总代表，毛泽东为公民代表（一说为学界代表），组成了“驱逐湖南军阀张敬尧赴京请愿团”，在拂晓时分悄然离湘北上。请愿团的成员有李思安、陈绍休、蒋竹如、李振翩等四十人，分成三个代表团：“湖南公民代表团”“湖南教职员代表团”和“湖南学生代表团”。此前，新民学会会员罗宗翰已先行“孑身入都，请愿联络”。李思安作为女学生代表，化装成一位农妇，为代表团奔前跑后，张罗生活琐事。自从向警予、蔡畅赴法后，她就成了新民学会最活跃的女骨干。代表团有了这样一位勤快、能干又细致的女子，一路上被安排得井井有条。

从长沙到汉口，一路凄风冷雨。毛泽东穿着那一身洗得发白的蓝布长衫，外边罩一件黑马褂，在船头凭风而立，哪怕船舷在风浪中倾斜，那颀长的身躯依然站得笔直。他一直望着苍穹下的大地，从湘中连绵起伏的山峦到一望无际的洞庭湖平原，走到哪里皆是一派苍茫而凋敝的景象。

到了汉口，赴京请愿团发出了一份驱张通电——《为反对张敬尧侵吞湘省米盐公款给熊秉三等的快邮代电》。这是发给熊希龄等旅京湘籍人士的，于 1920 年 1 月 18 日向全国发出。据张国基后来回忆："驱张运动中，代表团到北京去请愿，在武汉发了个快邮代电，就是后来讲的《驱张宣言》，是罗宗翰起草的，好多人都说写得比骆宾王的《为徐敬业讨武曌檄》还好。"

在"驱张运动"中，罗宗翰也是一位得力干将。1896 年 11 月，罗宗翰出身于湖南省安化县伏口镇（今属涟源市）一个较为殷实的农民家庭，1914 年 8 月以优异成绩考入湖南一师。毛泽东比罗宗翰早一年入学，两人都是一师学友会的活跃人物。1917 年 10 月，毛泽东担任学友会总务，主持全盘工作，罗宗翰任庶务部长。他性情直率，"于校务利弊，遇事指陈，侃侃无所避"，如竹筒倒豆子——直来直去。毛泽东挺喜欢他这种直接痛快的个性，两人几乎无话不谈。除了学友会的事务，毛泽东还时常和他一起谈论人生，探求真理，两人志趣相投，心心相印，"感情极相得"，堪称是"话语投机两倾心"的挚友。毛泽东在一师两次组织学生志愿军截击溃军，罗宗翰一直冲在前面。1919 年夏，罗宗翰于一师毕业后，任船山小学主事，经营数月，成绩斐然。眼见中华大地连年羁旅，满眼烽烟，他慨叹"枵腹难医，呕心徒苦"，挥笔写了一首《春雨》诗："淫雨兼旬昼掩门，桃花溪水涨新痕。浪高若得三千尺，好学乘风徙海鲲。”在五四运动的浪潮中，他加入了新民学会。从湖南的五四运动到“驱张运动”，都可以看见他敢冲敢拼的身影。而他起草的这篇《驱张宣言》，几乎是怒发冲冠，火力全开：“吾湘不幸，叠受兵凶，连亘数年，疮痍满目。去岁张敬尧入湘以后，纵饿狼之兵，奸焚劫杀，聘（骋）猛虎之政，摊刮诈捐。卖公地，卖湖田，卖矿山，卖纱厂，公家之财产已罄；加米捐，加盐税，加纸捐，加田税，人民之膏脂全干。洎乎今日，富者贫，贫者死，困苦流离之况，令人不忍卒闻。彼张贼兄弟累资各数千万，尚不自厌，连此仅存之米盐公款，竟思攫入私囊以甘心……推其用意，无非欲攫尽湖南财产，吃尽湖南人民，以饱其欲壑。”这如剑锋一般犀利的文字，如剥皮一般，血淋淋地一层层地揭露了张敬尧“祸湘殃民”的累累罪恶，从而让世人看清张敬尧贪婪、残暴、狰狞的面目，此恶不除，天理难容！电文最后呼吁全省人民奋起抗争：“凡我湘人，应知自卫，稍纵即逝，祈毋忽焉！”

据张国基回忆：“那时的人可爽直，谁起草，谁就把自己的名字签在前面。你同意，就在后面签上你的名字，不兴什么客套。”罗宗翰一气呵成后，第一个就签上了自己的名字，随后，毛泽东、何叔衡、彭璜等也纷纷签名。而在当时，这岂止是签上自己名字，几乎是押上了自己的性命，那名“披着军衣的活强盗”，随时都可以夺掉这些书生的生命。

通电发出后，毛泽东和易培基一行在汉口暂时话别，易培基继续率团北上，而毛泽东则从汉口乘船赴沪，赶去为蔡和森等赴法勤工俭学的学员送行。这也是毛泽东第二次到上海。从 1919 年到 1920 年间，华法教育会先后组织了二十批约一千六百多名学生赴法勤工俭学，一批批奔涌而来的学生，来自四面八方，却只有唯一的方向，上海，上海！

毛泽东和蔡和森已有大半年时间没见面了，这两位形影不离的挚友，还从未经历这样长久的别离，而这一次他们还将经历更长久的离别。经过五四运动暴风雨般的洗礼，毛泽东和蔡和森的思想都有了更深刻的变化。蔡和森从北京赴沪时，罗章龙作送别诗一首："雪月映西山，冰封渤海湾。围炉忻笑语，别意动燕关。徙倚双轮功，踯躅落日阑。车书观万国，海上有书还。"这首诗，尤其是最后两句，既是他奔赴法兰西的目的，也是国内同仁所寄予的厚望，任重而道远啊。到达上海后，蔡和森的心情变得更复杂了。一方面，他看到了"大上海的繁荣"，另一方面，又引起"对帝国主义侵略的憎恨"。他一直盼着毛泽东来沪，那满肚子的话都想跟毛泽东畅谈一番。远远地，他一眼看见毛泽东，就从海风中奔了过来，毛泽东也远远地向他张开了臂膀，两人一下就在咸涩的海风中紧紧拥抱在一起。不过，他们也没有多少时间畅叙离阔，两人一边在杨树浦码头漫步，一边探讨着救国救民之路，商量着新民学会接下来将如何发展。此时，新民学会会员已从最初的二十余人发展到七十多人，其中有十九名分批赴法勤工俭学，张国基等七八个会员先后到新加坡、印尼等地教书。当时，到国外留学或工作的会员占四成左右，还有一些会员到北京、上海、南京、汉口就读或工作。这也是毛泽东一向主张的，如他在致陶斯咏的信中所说："我们同志，应该散于世界各处去考察，天涯海角都要去人，不应该堆积在一处，最好是一个人或几个人担任去开辟一方面。

各方面的‘阵’，都要打开，各方面都应该去打先锋的人。”

蔡和森问毛泽东有何打算，何时去法国，这也是毛泽东一直在思考的问题，而现在他已经打定主意了，他对蔡和森说：“说实话，我也想到国外去见见世面，但转而一想，我认为我对于本国还未能充分了解，而且我以为在中国可以更有益地花去我的时间。再说，你们都走了，这大后方还得有人坚守啊！”

蔡和森听了，一阵默然，那神情，既有些不舍，又有些遗憾：“润之兄，你比我想得更周到，这大后方还真得有人坚守，有你坐镇指挥，我们也放心了。只是，我有些替你可惜了，你组织了四五百名湖南青年赴法留学，却把自己留在了国内，你做出了太大的牺牲啊！”

毛泽东深深地看了蔡和森一眼，说：“我虽说放弃了这次出洋的机会，但现在也不能说是牺牲，你们到国外去寻求救国救民的方案和良法，也要付出很多啊，而我选择留在国内，和你们的目标是一样的。林彬，我们虽说暂时分别了，但我深信，终有殊途同归的一天，此去遥遥三万里，你也是去西天取经啊！我就一边继续在国内探索，一边等着你取经回来。”

蔡和森也深深地点头说：“知我者，润之兄也！此去法国，个人前途何所计，一如李大钊先生，胸怀忧国忧民之心，寻求救国图存之道，我也是一心想要搞清楚法国大革命和俄国十月革命的真实情况，看能不能为中国找到一条出路。说到底，就是为了寻找我们一直在追寻的大本大源啊。无论如何，我一定要把真经取回来！”

毛泽东紧紧握了握蔡和森的手说：“林彬，那我们都相互等着吧，等着那殊途同归的一天。”

杨树浦码头为上海第一个轮船码头，也是如今上海为数不多还保留原样的老码头。当年，一批批远渡重洋的学子，都是从这个远东第一大海港扬帆远航。从防汛门到登船点，要走过一座铁皮搭起的小桥，桥两边是在海风中摇晃起伏的芦苇荡，在冬日看上去一片苍茫。遥望着那条出洋的海道，比大海更远的还是海，一个浪头连着一个浪头，以浪峰的形式凝固在空中，在你的脑海里掀起的是无数的悬念。你不知道这直插于一片苍茫之中的浪峰是欲掀翻什么，还是即将不顾一切地奔腾而去。当你还未看清时，一切已被惊涛骇浪淹没了。

对蔡和森赴法的时间，史上有不少误载。如《毛泽东传》就将蔡和森赴法时间误认为是“第一批赴法”。而在毛泽东 1920 年起草的《新民学会会务报告》（第一号）中就有如下记载：“自八年（1919）春肖子昇（萧子升）到法后，至八年秋罗荣熙、张芝圃、李和笙、曾星煌到法；九年（1920）春蔡和森、蔡咸熙、向警予、熊作莹、熊作璘到法；九年秋萧子暲、陈赞周、熊焜甫、张百龄、刘望成、欧阳玉生到法；九年冬劳君展、魏韫厂到法……”——这里记录的是他们抵达法国的时间。又根据相关资料佐证，自萧子升随李石曾提前赴法后，从上海依次赴法的新民学会会员具体为：1919 年，罗荣熙 7 月 13 日启程，9 月 2 日抵法；曾星煌 9 月 28 日启程，11 月 12 日抵法；张昆弟、李维汉 10 月 31 日启程，12 月 7 日抵法；熊作璘 12 月 9 日启程，翌年 1 月 14 日抵法；蔡和森、蔡畅、向警予、熊作莹 12 月 25 日启程，翌年 1 月 28 日抵法；1920 年，萧三、陈赞周、熊焜甫、张百龄、刘望成、欧阳玉生 5 月 9 日启程，6 月 15 日抵法；劳君展、魏韫厂 11 月 24 日启程，12 月 27 日抵法。如果按当时全国各省勤工俭学学生赴法总批次算，从 1919 年 3 月 17 日第一批勤工俭学学生乘日轮“因幡丸号”赴法起，至 1920 年 12 月 15 日第二十批勤工俭学学生乘法国邮轮“智利号”赴法止，蔡和森一行属于第十二批，这一批赴法勤工俭学的湖南学生有三十余人。如果按赴法新民学会会员算，蔡和森一行则属于第六批。

这批学生中年岁最大的是葛健豪，这位小脚老太太已经五十四岁了，却还保持着旺盛的生命活力和强烈的求知欲。这也是她一生创造的又一个奇迹。她和儿子蔡和森、女儿蔡畅，还有未来的儿媳向警予一起赴法勤工俭学。这“第一个留学老学生”的风采，对当时的青年产生了很大影响，当时舆论界称誉她是 20 世纪“惊人的妇人”。葛健豪不但想方设法解决了一家三口的旅费，还利用与曾国藩的外孙聂云台是亲戚和同乡的关系，向裕丰纱厂借来了银洋六百元，解决了部分贫寒湖湘子弟赴法的旅费。毛泽东对这位老妈妈极为敬佩，他连连竖起大拇指说：“葛妈妈，你真是好样的！”

葛妈妈笑得像绽放的菊花：“润之，这也得感谢你们这些年轻人啊，是你们让我懂得了，一个人活在世界上，就要活得有意义，我们现在去留学，将来回国就可以干一番救国救民的大事。”

除了她，还有一个“老留学生”，就是毛泽东在一师的老师徐特立，已年过不惑。这位“老留学生”抵达法国后还特意写下了一段自述：“我是湖南长沙人，姓徐，名特立，今年四十三岁。英文只能拼音，法文一字不识。我到马赛上岸时，向季坚先生问我是他们学生一起的不是，我将护照拿与他看……今日只要学生不嫌我老大，肯教我的法文，我就算年老，也是一个进化的老人；五年十年后，我也是一个有学问的新人物，到死的时候，学问还没有老朽，还同有学问的少年讲得来。”

当时，远洋邮轮的出航要看天气和风浪，难有一个准时。那么，蔡和森这一批赴法学员到底是何时出发的？据向警予于 12 月 20 日在给陶斯咏的一封信中说：“我本打算自己回湖南的，实在是时间促了（二十五日放洋），不能分身。”于此可知，蔡和森一行从上海出发的日期为 1919 年 12 月 25 日。而据上海《时报》1919 年 12 月 26 日报道，前一日法国邮轮“央脱来蓬号”启程赴法，并称“内有湖南女生蔡葛健豪、蔡畅、向警予……六人”。这就是他们离沪赴法的确凿时日。

据上海《时事新报》报道，寰球中国学生会开会欢送留法学生，湖南留法学生向警予女士演说：“中国今日之种种事业，其希望均在学生；而学生中分子不能完全，希望学生界此后宜渐趋纯粹。寰球中国学生会实指导学生入正轨之绝好机关。所最钦佩者，会内办事诸君均有真实之诚意，对于吾人之扶助不遗余力，虽琐碎之事莫不详为指导，令人敬慕无已。”

毛泽东和这批湖南赴法学员一一话别后，还要赶赴北京组织“驱张运动”，因而“不能久待，即离上海去北京”。在冷雨夹雪的上海，毛泽东依旧穿着那一身洗得发白的长衫，只身北上。而蔡和森则穿着看上去还不太合身的黑呢大衣，将要远行。他们在冷冽而咸涩的海风中挥手告别，那手就像冻僵了一样，凝固在空中，久久没有放下。这一别何日才能相见啊？两人都已泪眼模糊。而今日分道扬镳，只为来日殊途同归……

二

北京的风雪比上海更大，“燕山雪花大如席，片片吹落轩辕台”。1919 年 12 月 18 日，易培基一行抵达北京。在这雪寒凝骨、冷彻心扉的严冬，一下车，每个人都倒抽了一口凉气，又是搓手又是跺脚，然后便钻进了冰天雪地。随后，毛泽东也披着一身风雪从上海赶来了。

天地间白茫茫的一片，若不是熟门熟路，想要请愿根本找不着北。易培基曾任北洋政府前任大总统黎元洪的秘书，这总统府的门路他早就走熟了，知道关节在哪里。他首先找到了他在湖北方言学堂的同班同学吴瀛。吴瀛，字景洲，世称景洲先生，江苏常州人，出身世代书香之家，其父吴稚英曾被晚清著名洋务派领袖张之洞聘为幕府，其子吴祖光则是后来大名鼎鼎的戏剧家。景洲先生早年深受孙中山革命的影响，具有强烈的爱国民主思想，是一位学贯中西的大学者和文物鉴定专家，二十七岁便参与创建故宫博物院，曾任京都市政都办公署坐办（相当于市府秘书长）。这是一位正义之士，也是通天人物。他与易培基有同窗之谊，说来还有一层关系，毛泽东在湖南一师的法文老师李青崖还是吴瀛的姐夫。李青崖、吴琴清夫妇对张敬尧在湖南的黑暗统治也是义愤填膺，他们也是“驱张运动”幕后的策划人。有了这几层关系，吴先生便一口答应，当义不容辞地帮助湖南赴京请愿团，又将请愿团的食宿安排在福佑寺。

福佑寺建于清顺治年间，初为宝亲王弘历（即乾隆皇帝）少年时的避痘处。雍正元年（1723）御赐宝亲王作为私第，但弘历并未迁入，登基后改为喇嘛庙。该寺位于北长街北口路东，就在故宫脚下，坐北朝南，外垣门西向。这是一座黄琉璃瓦歇山顶的喇嘛庙，全寺共为三进，山门面阔三间。湖南赴京请愿团安顿于此后，这里就成为毛泽东第二次赴京时的主要活动场所。

尽管有景洲先生出面周旋，但若要惩办一个封疆大吏，仅凭他本人的职权还鞭长莫及，他随即便去拜访了舅舅庄蕴宽，请他出面接见湖南驱张请愿团代表。庄先生是当时北洋政府审计院院长，并一度代理平政院院长，有协调平衡政治之职能。他是时任大总统徐世昌的亲信，也是一位骨鲠之士。1915 年 12 月，袁世凯在一帮人的“劝进”下宣布接受帝位，当时全国共六十位约法会议员，五十九位表态支持袁世凯复辟帝制，唯庄蕴宽一人拍案而起，冒死请徐世昌代递公开信：“帝制不可为，民意不可假，时代潮流不可拂！”他还提出取消洪宪年号，撤销袁世凯登基大典筹备处。袁世凯勃然震怒，但庄蕴宽是辛亥革命功臣、民国元老，袁世凯为安抚人心，一时间也未敢拿他开刀。庄蕴宽以其威武不能屈的气节而名满天下，享誉士林。

毛泽东听说过庄蕴宽的故事，对他打心眼里敬重。这也是他第一次见到北洋政府的大人物，而越是在这样的大人物面前他越是不卑不亢。他以一股“挥斥方遒”的书生意气，在庄先生面前痛陈张敬尧在湖南“纵饿狼之兵，奸焚劫杀，骋猛虎之政，摧刮诈捐”“滥发纸币，盗夺矿产，强种鸦片，钳制舆论，勒索军饷，伪造选举”等诸般恶行。易培基几次给他递眼色，让他平复一下情绪，可毛泽东的声调却愈加激愤。

对于这个有些冲动的年轻人，庄蕴宽一边喝茶，一边宽厚地微笑着，倾听着。他有些耳背，还特意把一只耳朵贴近毛泽东。待这小伙子一吐为快之后，他又慢慢啜饮了一口茶，慢声问：“年轻人，你刚才说的这些，尤其是强种鸦片那一条，有真凭实据吗?”

毛泽东顿了一下，这个真凭实据他还真是没有拿到，不过，他已经派易礼容等新民学会会员在调查了，应该不久就会有结果。

庄先生在送别两人时，也给他们透了一个底，对张敬尧在湖南的所作所为，徐大总统也听到了不少反映，而大总统是“文治总统”，向来重民意而慰群情，若要将张敬尧扳倒，既要靠政府的力量，也要靠民心的力量，而民意越强烈，证据越充足，政府也就可以顺民意而为之。

毛泽东听了庄先生这一番话，心里有了底。回到福佑寺，他便与易培基等人商量，组建“旅京湖南各界联合会”及“旅京湘人驱张各界委员会”，只要一日不将张敬尧扳倒，就要接二连三地发起请愿。他们先后带领请愿团进行过七次请愿活动，而请愿书都是毛泽东捉笔，义正词严地向大总统徐世昌、国务总理靳云鹏提出了“驱张”要求。与此同时，毛泽东还发起成立了平民通讯社，自任社长，起草发出大量“驱张”的稿件、呈文、通电、宣言，分送京、津、沪、汉各报发表。毛泽东的名字频频出现在报上，出现在各种“驱张”通电和新闻里，他的社会活动能力和政治才干越来越引人注意。这也是相当危险的，这个名叫毛泽东的小学教师，已经成为张敬尧的眼中钉。

毛泽东虽是为“驱张”而来，但并未把“驱张”看作一个孤立的事件，而是放到改造社会的整个方案中去思考。湖南究竟应该如何改造？中国究竟应该如何改造？新民学会应该向何处发展？这些，都是盘旋在他脑际的大问题。追溯毛泽东的思想轨迹，这里有一个重要细节。据黎锦熙回忆，1920 年 1 月 4 日，他到福佑寺看望易培基、毛泽东等湖南请愿团的代表，“当我去看他（毛泽东）时，他正坐在大殿正中香案后。香案很长，左边摆着平民通讯社的油印机和通信稿件，可见有些稿子可能是他自编自刻自印的。右边是一大堆关于社会主义的新书刊，我在这里第一次见到《共产党宣言》。”

黎锦熙于 1915 年受聘为教育部教科书特约编纂员，从此就一直定居北京。毛泽东两次来京期间，两人依然有着密切交往。他说自己在福佑寺毛泽东处第一次看见《共产党宣言》，应该是可信的。而要追溯毛泽东的思想轨迹，这也的确是一个重要发现。《共产党宣言》是马克思和恩格斯为共产主义者同盟起草的纲领，1848 年 2 月 24 日，《共产党宣言》在伦敦以德文第一次正式出版。这是马克思、恩格斯对 19 世纪无产阶级革命实践的经验总结和理论概括，被公认是国际共产主义运动的第一个纲领性文献，是马克思主义诞生的标志。在被正式介绍到中国之前，《共产党宣言》已经用三十多种语言在世界各国出版了三百多种版本。早在 19 世纪末 20 世纪初，一些来华外国传教士、中国资产阶级知识分子和无政府主义者就开始在中国介绍马克思主义学说，但当时的介绍是零星和片面的，对这一科学理论的理解和认识也存在着误解和歪曲。十月革命后，以李大钊为代表的先进分子开始在中国真正传播马克思主义。五四运动后，在新思潮大量涌现、诸多学说流派争鸣的形势下，马克思主义以其高度的科学性和革命性逐渐吸引着越来越多的进步青年，经典文献在中国的翻译传播也达到了高潮，形成了北京和上海两个宣传马克思主义的中心。

黎锦熙看到的《共产党宣言》并非一本书，而是作为文章刊登在由北京进步学生团体“学生救国会”创办的《国民》杂志上。那是1919年11月发行的第二卷第一号《国民》杂志，译载了《共产党宣言》第一章全文，译名为《马克思和昂格斯共产党宣言》。尽管只有一章，但这是《共产党宣言》介绍到中国来的第一个译本，译者为李泽彰，用文言文翻译。毛泽东在这篇文章上画满了记号，写满了批语，看得出，他被里面的内容和精神深深震撼了。他连声赞叹：“黎先生，这真是一本好书啊，可惜只读了一章就没有下文了。”他还推荐黎锦熙也读一读。

就在黎锦熙看望毛泽东的第二天，1月5日，陈独秀发表了一篇支持“驱张运动”的文章——《欢迎湖南人底精神》：

> 在我欢迎湖南人底精神之前，要说几句抱歉的话，因为我们安徽人（指张敬尧）在湖南地方造的罪孽太多了，我也是安徽人之一，所以对着湖南人非常地惭愧。
>
> 湖南人底精神是什么？“若道中华国果亡，除非湖南人尽死。”无论杨度为人如何，却不能以人废言。湖南人这种奋斗精神，却不是杨度说大话，确实可以拿历史证明的。二百几十年前底王船山先生，是何等艰苦奋斗的学者！几十年前底曾国藩、罗

泽南等一班人，是何等“扎硬寨”“打死战”的书生！黄克强历尽艰难，带一旅湖南兵，在汉阳抵挡清军大队人马；蔡松坡带着病亲领子弹不足的两千云南兵，和十万袁军打死战；他们是何等坚忍不拔的军人！湖南人这种奋斗精神，现在那里去了？

我曾坐在黑暗室中，忽然想到湖南人死气沉沉的景况，不觉说道：湖南人底精神那里去了？仿佛有一种微细而悲壮的声音，从无穷深的地底下答道：我们奋斗不过的精神，已渐渐在一班可爱可敬的青年身上复活了。我听了这类声音，欢喜极了，几乎落下泪来！

后来我出了暗室，虽然听说湖南人精神复活底消息，但是我盼望有许多事实，可以证明他们真实的复活，不仅仅是一个复活底消息，不使我的欢喜是一场空梦。

个人的生命最长不过百年，或长或短，不算什么大问题，因为他不是真生命。大问题是什么？真生命是什么？真生命是个人在社会上留下的永远生命，这种永远不朽的生命，乃是个人一生底大问题。社会上有没有这种长命的个人，也是社会底大问题。

Olive Schreiner 夫人底小说有几句话：“你见过蝗虫，他们怎样渡河么？第一个走下水边，被水冲去了，于是第二个又来，于是第三个，于是第四个；到后来，他们的死骸堆积起来，成了一座桥，其余的便过去了。”那过去底人不是我们的真生命，那座桥才是我们的真生命，永远的生命！因为过去底人连脚迹也不曾留下，只有这桥留下了永远纪念底价值。

不能说王船山、曾国藩、罗泽南、黄克强、蔡松坡，已经是完全死去的人，因为他们桥的生命都还存在。我们欢迎湖南人底精神，是欢迎他们的奋斗精神，欢迎他们奋斗造桥的精神，欢迎他们造的桥，比王船山、曾国藩、罗泽南、黄克强、蔡松坡所造的还要雄大精美得多。

陈独秀的这篇文章不仅对“驱张运动”起到了强有力的推动作用，更是对湖湘文化、湖南人的精神进行了一次精辟的梳理和总结。从王船山、曾国藩、湘军之父罗泽南到辛亥革命先驱和领袖黄克强（黄兴）、护国军将领蔡松坡（蔡锷），一个个何等坚忍不拔！而在张敬尧的铁腕统治下，却是“湖南人死气沉沉的景况”，这让他不禁追问“湖南人底精神那里去了？”而在“驱张运动”中，他终于看到了一个盼望了许多年的事实，湖南人的精神“已渐渐在一班可爱可敬的青年身上复活了”，而这些青年的头领是他在北大就刮目相看的毛泽东。他深信并寄予重望，这一批青年将造就一座通向未来的桥梁，而且比他们的前辈“所造的（桥）还要雄大精美得多”。

这是一位在中国传播马克思主义的先驱发出的预言，将在未来的岁月中被历史验证。

陈独秀作为一介书生，从未低估书生的力量。在某种意义上说，“驱张运动”是一场书生对军阀、笔杆子对枪杆子的抗争，而张敬尧凭借其手中的枪杆子，不说一般的笔杆子难以扳倒他，即便徐世昌这样一个“文治总统”，想要扳倒他也不是一张纸就能解决的，必须调动军队。而在中国，任何时候动用军队都是一件非同小可的大事，并且徐世昌这个总统是在军阀争权、相持不下的背景下被推上台的，他并未掌握实际的兵权，只能在军阀之间左右逢迎，起到一个平衡作用。张敬尧乃是段祺瑞的嫡系，要扳倒他还真不容易。张敬尧也善于利用“民意”，他在湖南唆使一些人组成了“保张团”，在北京还组织“旅京湘事维持会”，甚至要求北洋政府给他增加军费、扩充军队，“以保湖南平安”，而北洋政府更想保持其政权的“平安”。

就在“驱张”和“保张”处于相持不下的状态时，易礼容从武汉赶到了北京福佑寺。此时北京已是风雪交加，易礼容披着一身风雪，裹挟着一股凛冽的寒气，就像一个雪人。这个突然闯进来的家伙，把毛泽东吓了一跳，一开始还没有认出是谁。易礼容解开围脖，摘下大头帽，毛泽东才惊喜地叫了一声：“哈，好家伙，是你呀!”一看易礼容的神色，毛泽东就知道有戏。果不其然，他这次还真是拿到了张敬尧的部属张宗昌购买鸦片烟种子的罪证。毛泽东一边拍打着他身上的积雪，一边夸奖：“好家伙，你真是做了一件了不起的绝妙之事!”

这次可是铁证如山了。毛泽东一边把情况向万国禁烟会与议会的湘籍议员通报，一边率湖南请愿团代表向徐世昌请愿，他撰写了《湖南各界公民向北京府院控张敬尧十大罪呈文》：“窃以张督祸湘，罪大恶极，湘民痛苦，火热水深。张督一日不去湘，湘民一日无所托命……用是缕陈前情，迫恳大总统迅将湘督张敬尧撤任回京，尽法惩办。”

随后，毛泽东率请愿团来到总统府门口。在这次随毛泽东赴京的学界代表中，有来自湖南一师的张文亮和来自湘雅的李振翩，他俩都自告奋勇，递交“驱张”请愿书。毛泽东觉得李振翩要沉稳一些，便把请愿书交给了他。李振翩深深地吸了一口气，然后迈着大步、踏着积雪走向总统府大楼。过了一会儿，李振翩又迈着大步走出来了，回到队伍中，他又深深吸了一口气。

毛泽东笑道：“振翩，你这是一口气完成了任务，然后又给湖南人出了一口气啊!”

李振翩却挺老实地说：“第一次到总统府递状纸，我还真是好紧张呢。”

请愿书虽说递进去了，但那位日理万机的大总统，哪里有时间接见湖南来的请愿团，这状纸递进去就没有下文了，而张敬尧在北京安插了耳目，把这一切看在眼里。后来，张敬尧在通缉十三名主要闹事者时，把李振翩的名字列在名单之首。

接下来，赴京请愿团一连向总统府进行了七次请愿，但“奔走呼号，向政府呼吁，总是不灵”，故各代表“愤慨异常，只得作最后之请愿”。1 月 28 日上午 12 时，毛泽东、罗宗翰、李思安等全体代表及部分旅京湖南学生，高举“湖南公民代表团”“湖南教职员代表团”“湖南学生代表团”三面大旗，一路呼喊着口号：“张毒不除，湖南无望!”他们在北风呼啸中开赴新华门的总理衙门，向北洋政府总理靳云鹏请愿。

靳云鹏曾两度出任北洋政府总理，而在各路军阀的争权夺利中，他是一个特殊而复杂的人物，既是皖系军阀首领段祺瑞手下的“四大金刚”之一，又是奉系军阀张作霖的儿女亲家，而此公属军阀中的清流，在民间也颇有声望。段祺瑞下台后，文人出身的徐世昌继任大总统，为了平衡直系、奉系和皖系各派军阀势力，于 1919 年 9 月任命各系军阀都能接受的靳云鹏组织内阁，并兼任陆军总长。这位总理既是平衡的产物，也只能竭力维持平衡。而对于湖南赴京“驱张”请愿团，他倒不是顾忌张敬尧，而是投鼠忌器，恐惹怒皖系军阀，尤其是那位树大根深的“段大帅”，因而一直避而不见。毛泽东率请愿团先是在新华门同荷枪实弹的岗哨僵持了三小时，他们在冰天雪地里一个个都冻得像冰棍一样，却一直没有见到那位深藏不露的国务总理。总理衙门只是派了一位秘书，并让三个“驱张”代表团各推选两名代表进行谈判，公民代表为毛泽东、张百龄，教职员代表为杨树达、罗教铎，学生代表为李思安、柳敏先。他们痛斥张敬尧祸湘罪行，强烈要求张敬尧下台。但这个秘书根本做不了主，只是一味地虚与委蛇，双方舌战两小时，最终不了了之。

毛泽东又岂能容忍不了了之。下午，他又率团奔赴靳云鹏在棉花胡同的府邸，想趁靳云鹏下班回家时拦车请愿。然而这府邸可能还有什么门道，他们在呼啸的风雪声中听见了喇叭声，却连个影子也没有看见。那位国务总理，仿佛被一阵狂风吹走了。眼看代表团一直围堵在门口，靳云鹏的副官长于化龙被迫出来应付，毛泽东恳请于化龙“向靳总理代达众情，必求得将湖南督军张敬尧撤任一事实现，要求一礼拜内解决”，并定于“下星期四再到靳宅候信”，于化龙点头应允。2月5日，毛泽东、罗宗翰、李思安等代表再赴棉花胡同靳宅，但靳云鹏“不独不肯接见”，且派“兵警阻止各代表通行”。代表们愤怒已极，再次组织了示威游行。

尽管“驱张运动”一再受阻，但毛泽东没有气馁，而是继续抗争。2月中旬，他派罗宗翰等人以湖南公民、教职员、学生代表身份专程“赴保定曹锟处请愿”，“代表三千万湘民请命”。曹锟乃是直系军阀首领，驻军于“北控三关，南达九省”的畿辅重地保定，人称“保定王”。当罗宗翰等代表递上请愿书后，“曹氏以下诸要人极表示愿为助力之意。十七日，曹氏特遣人至该代表住所，约期与秘书长、副官长谈话。十八日下午，各代表往见”。罗宗翰同曹锟手下的秘书长、副官长见面后，痛数张敬尧亲日卖国、摧残教育、借公肥私、勒种鸦片、纵兵殃民、无恶不作等“祸湘种种事实”，而“张毒不除，湖南无望”，为此，他们才“不得不忍辱负痛，奔驰千里，铤而走险”，誓“与张偕亡”！当他控诉“至惨痛之处，署中人均为泣下”，曹锟的秘书长王某当即表示：“曹使于各位之请求深表同情。”而在告辞之际，罗宗翰等“各代表复将《湘灾纪略》、《醴陵兵燹纪略》、《宝庆兵燹纪略》、《湖南》月刊及安徽霍邱、颍上两县公民所出之《张敬尧罪恶史》等书交呈曹氏”，一再恳请曹大帅支持“驱张”。这次保定请愿，虽说得到了曹锟及其手下的同情，但段祺瑞是张敬尧的总后台，而曹锟作为直系军阀首领，也要审时度势权衡利弊，他又怎么会为了一些手无寸铁的青年“请愿”而轻易出手？军阀与军阀之间，只会为利益和地盘而争。

由于阻力重重，毛泽东发起的“驱张运动”在北京一直推进得举步维艰，唯一能派上用场的还是笔杆子。2 月 20 日，毛泽东、何叔衡、罗宗翰、徐特立、周世钊等教育界千余人签名的《教育界公启》在《湖南》月刊上登载，进一步揭露张敬尧指派私党控制湖南教育会的行径，引起了教育界的公愤。与此同时，毛泽东、罗宗翰等还向总统府、国务院送交了《呈控张敬尧十大罪》和《为张敬尧抵押矿产上呈总统府、国务院及外交、财政、农商三部请求严惩》等呈文，这些呈文基本上是泥牛入海，或是博得一点“同情”，而张敬尧依然坐在湖南督军的宝座上作威作福，只是在舆论的声讨下，这位恶贯满盈的督军早已臭名远扬，“即中外报纸，亦久已喧传。几尽人深悉痛恶”。这也让毛泽东越来越看重笔杆子的力量，枪杆子固然重要，而“笔走龙蛇惊风雨”又何尝不是一种无可替代的力量?

毛泽东在第二次赴京期间，不但要为“驱张”奔走疾呼，还要继续为赴法勤工俭学的湖南学子筹集旅费。他这次来北京之前，杨昌济先生旧病复发，再次到北京西山卧佛寺养病。一开始，杨昌济并未感到自此将一病不起，一心想早日把病养好后重返校园。他在日记中自励：“我虽未老，然已届中年，但吾气浩然，仍怀迈往无前之志，以百年为期，尚可作五十年之研究也。要之，学贵日新，与年俱进，一息尚存，此志不容稍懈。吾亦曰：我这少年的精神不能死。”然而入冬以后，他的病势就开始转重，于 1919 年 12 月初转入北京德国医院治疗。毛泽东在抵达北京后的第二天就到医院探望杨先生，先生躺在病床上，脸色苍白，浑身浮肿，已经无法进食，只能靠输液来维持生命。杨开慧日夜服侍于父亲的病榻之侧，除了侍奉汤药，还要为父亲读书读报，每期《新青年》都是必读之物。经历了五四运动之后，《新青年》已从此前注重思想文化的渐进式改造转向重构社会秩序的激烈式革命。杨先生从中观察着时势的变化，杨开慧则从中汲取了许多新思想。当毛泽东走进病房时，杨开慧一眼看见他，便用哽咽的声音叫了一声：“润之兄，你怎么到现在才来啊!”她再也忍不住了，眼泪像水一样流了下来。

杨先生颤抖着扬了扬手，让毛泽东坐在自己的床边，颤声说：

“润之，我怕是不行了，这没什么，人终归有一死，霞姑就托付给你了……”

毛泽东俯身握住先生骨瘦如柴的手，使劲点了点头，眼泪大颗大颗掉在先生的手臂上。在母亲病逝后，他又一次感到悲痛欲绝，那是一种对生命无力拯救的悲绝。他只能安慰先生：“您就安心养病，一定会好起来的……”可哪怕安慰，他也感到自己是那样的无能为力。

杨先生又把手伸到枕头下摸索着，那是他忍着病痛写下的《告学生》：“士不通今，终鲜实用。识时务者在乎俊杰。广游历，多读外人所著之书，多阅新出之报章杂志，务求有世界之智识，与日新之世界同时并进，庶于此大世界内之生存竞争不至以懵于时势，自居劣败。”又云：“博学、深思、力行，三者不可偏废。博学、深思皆所以指导其力行也，而力行尤要。力行为目的，而博学、深思为方法。博学而不行，何贵于学？深思而不行，何贵于思？能力行，则博学、深思皆为力行之用，不能力行，则博学、深思亦徒劳而已矣。且博学与深思亦力行之一事也。非真能力行者，学必不能博，思必不能深，故学者尤不可不置重于实行也。”

毛泽东捧起来一字一句地读了。这是杨先生生前写的最后一篇文章，也是他写给学生的一篇遗嘱，表达了他对青年的热切期望以及对新思潮的态度，充满了辩证的知行观。

杨先生说：“我一生之所学，之所教，就是这一张纸啊！”

毛泽东说：“这是您一生的宝贵经验，值得我们一辈子学习。”

毛泽东这一次探视杨先生，大约在 1919 年 12 月 22 日。杨开慧在这天的日记中倾诉了她对毛泽东生死不渝的爱情：“不料我有这样的幸运！得到了一个爱人。我是十分爱他。自从听到他的许多事，看见了他许多文章和日记，我就爱了他，不过我没有希望过和他结婚。一直到他有许多信给我，表示他的爱意，我还不敢相信我有这样的幸运。自从我了解了他对我的真意，从此我有了一个新意识，我觉得我为母亲而生之外，是为他而生的。我想象着，假如一天他死去了，我的母亲也不在了，我一定要跟着他去死！假如他被人捉去杀了，我一定要同他去共这个命运！”

十年树木，百年树人。杨昌济先生一生以“欲栽大木柱长天”的诗句明志，而毛泽东、蔡和森就是他苦心栽培的栋梁之材。他知道毛泽东正为赴法学生的旅费犯愁，在病重之际，还给友人章士钊写了一封信，恳请他帮助筹措一些款项，资助湘籍青年作留法路费。他在信中写道：“吾郑重语君，二子海内人才，前程远大。君不言救国则已，救国必先重二子。二子当代英才，望善视之！”——这“二子”指的就是他的得意弟子毛泽东与蔡和森。当时，有友人在《北京大学日刊》上撰文说杨先生“在长沙五年，弟子著录以千百计，尤心赏毛泽东、蔡林彬”，而那位与毛泽东、蔡和森并称为“杨门三杰”的萧子升，杨先生临终向章士钊推举救国人才时却没有提及。这是历史中预伏的意味深长的一笔，却又绝非意外。

1920 年 1 月 17 日（一说为 16 日），杨昌济先生在北京德国医院病逝，年仅四十九岁。这位“学通中外，道冠古今”的一代哲人，未及天命就撒手人寰，他还有太多的意愿没有践行，让人唏嘘怅叹。先生的灵柩暂厝北京最古老的名刹之一法源寺，毛泽东与杨开智、杨开慧兄妹一起守灵，并发起募捐，抚恤遗属，操办后事。1 月 22 日，杨开智、杨开慧在《北京大学日刊》刊登讣告，公布杨昌济病逝的消息。蔡元培校长撰写了一副挽联，高度概括了杨昌济的一代师风：“言有物，行有伦，论人格可称君子；学不厌，诲不倦，惜本校失此良师。”

就在毛泽东为杨先生料理后事时，他父亲毛贻昌（字顺生）因患急性伤寒病于 1 月 23 日病逝，年仅五十岁。这位一生克勤克俭、精明能干的农民，生命终结在天命之年。父亲病逝时，毛泽东远在北京，而那时一封信从韶山冲辗转寄到北京至少要半个月，又没有别的联系方式。毛泽东尚未收到家书，就同开慧一家扶柩南下，归葬杨先生于板仓。当他在长沙得知父亲的死讯时，父亲早已下葬于韶山南岸楠竹山——此处是毛泽东父母亲的合葬墓。尽管毛泽东少年时代时常与父亲发生冲突，但这位严厉的父亲却以一己之力支撑着家业，将他们兄弟三人抚养成人并全都送往学校读书。养育之恩重如山，毛泽东还没有来得及尽一份孝心，父亲就遽尔离世，“子欲养而亲不待”，给毛泽东留下了一生的愧疚和遗憾。尽管毛泽东从小深受母亲的影响，但他在骨子里也继承了父亲吃苦耐劳、克勤克俭、倔强而坚忍的禀性。这次回长沙，他多么想回韶山拜祭父亲的在天之灵，但他必须立马赶赴北京，继续为“驱张运动”和湖南青年的勤工俭学而奔忙，他只能朝着韶山的方向长揖而拜，在闪烁的泪光中，仿佛又看见了父亲那黝黑而瘦削的面容……

三

毛泽东回京之后，一面与赴京请愿团商量如何将“驱张运动”进行到底，一面为赴法勤工俭学的湖南青年筹集经费，他拿着杨昌济先生的信拜访了章士钊先生。

章士钊，字行严，1881 年出生于湖南善化县（今长沙），1908 年入英国阿伯丁大学攻读法律、政治。1917 年到北京大学任教授，并兼任北大图书馆主任。是年底，他辞去北大图书馆主任职务，推荐李大钊担任这一职务。1918 年 5 月，章士钊任广州军政府秘书长，1919 年任南北议和南方代表。杨昌济在英国留学期间就和同时留英的章士钊成为至交。杨先生病逝后，章士钊担任治丧主事人之一。毛泽东这次拜访，受到了章先生的热情接待。他把杨先生的信翻来覆去看了几遍，那手微微颤抖，眼圈发红，“这是杨先生的遗嘱啊，我也是湖南人，自是义不容辞。只是这筹措经费，还要假以时日，我当尽力而为！”

毛泽东连连鞠躬致谢，他也深知筹款之难。章先生在送别毛泽东时，又殷殷叮嘱这位小老乡：“润之啊，杨先生如此看重你，‘君不言救国则已，救国必先重二子。二子当代英才，望善视之！’我相信他没有看走眼啊！”

毛泽东拱手道："承蒙先生错爱，也请章先生放心，我一定不辜负先生的厚望。若先生能筹集到经费，日后我们一定是要奉还的。"

章先生笑道："我相信你们是一定会还的，不过也要假以时日啊。"

告别了章先生，毛泽东又去拜访李大钊先生，从他那里求寻"驱张"的斗争策略。

李先生说："要扳倒一个无法无天的省督都如此之难，而即便扳倒了一个张敬尧，还有王敬尧、刘敬尧，只有从根本上推翻这个黑暗的社会，湖南人才有出头之日，中国人才有出头之日！"

李大钊的话，总是拨云见日，让毛泽东的眼界为之一开。李大钊还运用马克思主义唯物史观来考察中国历史的发展进程，探究近代中国国运变动的原因，从而得出两个重大发现：一是发现"中国今日扰乱之本原，全由于欧洲现代工业勃兴，形成帝国主义，而以其经济势力压迫吾产业落后之国家，用种种不平等条约束制吾法权、税权之独立与自主，而吾之国民经济，遂以江河日下之势而趋于破产"；二是发现要改变这种局面，中国除了用革命手段废除中外间的不平等条约以恢复中国在国际上的"自由平等之位置"外，还必须采用社会主义。——他指明了历史发展的新方向，即社会主义方向，并率先揭示出，真正要解决中国的救亡与复兴问题，实现中华民族独立、解放、复兴的伟大事业，中国必须用马克思主义科学真理指导，走俄国十月革命的道路。李大钊认定这是中国要走的一条路，这条路或迟或早，必须走！

李大钊是一个世纪以来中国先进青年的精神导师，一代革命青年的指路人。在李大钊的影响下，毛泽东对马克思主义有了越来越浓厚的兴趣，特别留意报刊上发表的介绍马克思主义的文章和那时能够找到的为数不多的中文版马克思主义书籍。他还想到俄国亲眼去看看，他和李大钊多次讨论了组织新民学会的一些会员到俄国去学习十月革命的成功经验，还在给周世钊的信中说："我觉得俄国是世界第一个文明国。我想两三年后，我们要组织一个游俄队。"

1918 年 7 月 1 日，由李大钊、王光祈等七人发起的少年中国学会在北京正式成立，一时间，中国最具理想的一群青年才俊几乎都聚集在少年中国学会。该学会宗旨初定为"以振作少年精神，研究真实学术，发展社会事业，转移末世风气"。后来，根据李大钊、王光祈等人提议改为"本科学的精神，为社会活动，以创造少年中国"，学会的信条是："一、奋斗，二、实践，三、坚忍，四、俭朴。"用王光祈的话说，这个学会就是要把思想启蒙和文化事业作为重点，"联合同辈，杀出一条道路，把这个古老腐朽、呻吟垂绝的被压迫被剥削的国家，改变为一个青春年少、独立富强的国家"。应该说，这宗旨和信条都是明确的，但这个学会当年的组成人员和思想却颇为复杂，既有倾向于马克思主义、主张俄国式社会主义的青年，如李大钊、毛泽东、邓中夏、赵世炎、恽代英、蔡和森、李达、张闻天、沈泽民等；也有很多"安那其"（即无政府主义）的信徒，以王光祈为代表。而无政府主义对共产主义的发展起到了重要作用，很多进步青年都是从最初信仰无政府主义后来走向了共产主义道路；还有一部分以曾琦、李璜、左舜生、陈启天、余家菊等为代表的人物，后来走向了国家主义，组织或参加了依附国民党政权的中国青年党。而那时，倾向无政府主义的王光祈表现得“非常‘左’倾”，“主张打破现状，创造新路”，而“最右倾”的则是曾琦，他提出以“少年意大利党”为模式，要大家为中国实现旧型的资产阶级民主主义而奋斗。

这三类人物都以各自的方式做着“少年中国”梦，王光祈则是少年中国学会的实际主事人。王光祈，字润玙，笔名若愚，1892 年 8 月生于四川温江，1908 年考入四川高等学堂分设的中学堂，于 1912 年毕业。就在他中学毕业的前一年，四川爆发了轰轰烈烈的“保路运动”，王光祈也是学生中投身于保路运动的一位急先锋。1914 年，王光祈“东出夔门，辗转赴京”，入清史馆任书记员。是年秋，他考入中国大学攻读法律。为解决学费和生活费，他在学业之余先后兼任《四川群报》（后改名《川报》）驻京记者和北京《京华日报》编辑，这也是他半工半读的尝试，小日子过得还挺滋润。1917 年，他结识了李大钊先生，并成为李大钊和陈独秀创办的《每周评论》的主要撰稿人之一。五四运动爆发后，他参加了游行示威和火烧赵家楼的行动，并在当天下午即将游行情况用专电发回成都，也可以说，他把五四运动的火焰率先引向了四川。1919 年 7 月，在王光祈的主持下，少年中国学会在北京召开成立大会，除了在北京设立总会，还在南京、成都和法国巴黎设立分会，会员遍布上海、天津、广州、湖南、湖北、山东、山西、陕西、安徽、辽宁等省市，以及德国、美国、英国、日本和南洋等地。少年中国学会在成立之初最有影响的活动是对“工读互助”的实验，而无政府主义认为人类最根本的精神之一就是互助，并由此延伸出“工读主义”，主张劳心与劳力相结合，教育与职业合一，学问与生计合一，在此目标下组建工读互助团，办成“人人工作，人人读书，各尽其能，各取所需”的新组织。

1919 年底王光祈、李大钊、蔡元培、陈独秀、胡适、周作人等十七人发起成立北京工读互助团，其宗旨是“本互助的精神，实行半工半读”，并规定：团员每日须做工四小时；生活必需之衣食住由团体供给；教育费、医药费、书籍费，由团体供给；工作所得归团体公有。该团成员共分成三个组，以办食堂、洗衣局、石印局等方式创收，工余则“按照指定的科目、时间往北大上课”，目标是帮助那些定居或漂泊在北京的青年，尤其是那些贫寒子弟实行半工半读，“达教育和职业合一的理想”，进而造成局部的新社会，循序渐进改造中国。

经王光祈介绍，毛泽东加入了少年中国学会。据当时人回忆，王光祈“面长而红，其目炯炯有光，年未过三十，而发已经渐稀露顶，一长外套裹其长身，已破旧。谈时，笑容满面，不离会事，语真挚而意专注，不一顾路人”。而在毛泽东和王光祈等人的交往中，有这样一个不可忽视的细节。一次，李大钊先生请客，约了少年中国学会的一帮会友到米市胡同的便宜坊吃烤鸭，并在席间商量少年中国学会及“工读互助团”如何开展活动。大伙儿正在举杯畅谈之际，又有两个刚刚入会的会友赶来了，一个是毛泽东，一个是北师大附中学生会干事长赵世炎。他们此前也得到了李大钊先生的邀请，只是来迟了一步。王光祈只比毛泽东年长半岁，对这两位新会友就像大哥对待小弟那样，脸上一直带着笑容，令人如沐春风，还热情地给他们夹菜。此时，大伙儿依然边吃饭边讨论，大多是一些关于工读生活的具体问题，如那些贫穷的学生如何半工半读，又适合做什么工作。大伙儿七嘴八舌地讨论了好一阵，毛泽东一直静静地听着，沉思着，却一直皱着眉头一言不发。王光祈有点奇怪地看着毛泽东，这位新会友怎么不发表意见呢？当一只烤鸭吃得只剩下骨头了，毛泽东才不紧不慢地开口道："我看啊，不要老是坐而论道，要干就干。你们诸位就把换洗衣服拿出来交与我去洗，一个铜子一件，无论大件小件，一样价钱，三天后交货拿钱！"

大伙儿听了，一齐看着毛泽东，这可真是个实在人！然而，对毛泽东的提议，这些热衷于工读互助的人当时竟没有一个人响应。过后，只有王光祈把衣服交给毛泽东洗过，并按一个铜子一件给毛泽东付费。透过这件事，王光祈也实实在在地领教了毛泽东的个性。他后来在文章中称道毛泽东"颇重实践，自称慕颜习斋之学主实行"。颜习斋是明末清初思想家、教育家，为颜李学派创始人。此公一生以行医、教学为业，主张"习动""实学""习行""致用"几方面并重，亦即德育、智育、体育三者并重，主张培养文武兼备、经世致用的人才，猛烈抨击宋明理学家"穷理居敬""静坐冥想"的主张，这与湖湘文化是高度一致的。而毛泽东从青年时代起就不喜欢坐而论道，而是在实践和行动中去寻求解决问题的方法。

对于此事，还有另一个大同小异的版本，来自中国青年党创始人之一李璜的回忆，有一段时间，他"每周必与毛会晤，会见十余次之后，深深了解到，以毛之性格而论，可能成为一个革命实行家"。

这些后来走上了不同道路的人，还真是看准了毛泽东。在那个思潮纷涌、主义蜂起的年代，青年毛泽东虽说一直难以做出选择，但他认定，一种学理或理想的社会模式是否正确，最终要靠实践来检验。

他尽管加入了少年中国学会，但很快就看到了这个学会的弱点。如他在 1920 年 11 月间写给旅法新民学会会员的信中就指出了其中的一些弱点："各方面——即如某学会——人物，都不免有点虚浮，少深沉远大之计，少恳挚之意。"而就在这年 2 月的一天，毛泽东参观了王光祈试办的北京工读互助团男子组，那时候已经维持不下去了，眼看就要散伙。随后，他又参观了北京女子工读互助团——又称"北京工读互助团第三组"，这是由北京女子高等师范学校的学生发起组织的，于 1920 年 3 月 30 日成立，在主要发起人中就有一位湘妹子——缪伯英。她于 1899 年 10 月生于湖南长沙县清泰乡（今开慧镇）一个清贫的知识分子家庭，1919 年 7 月，以长沙地区第一名的成绩考入北京女子高等师范学校，在 1920 年初就参加了北京大学"马克斯学说研究会"。同年 11 月，又参加了由李大钊组织的北京共产主义小组，成为中国共产党的第一个女党员。而在此前，一向主张"女子生活独立"的缪伯英对工读互助也颇为迷醉。北京女子工读互助团的宗旨是实行女子工学互助，提倡工学兼顾，凡年在十五岁以上、三十五岁以下的女子均可入团，每日工作四小时，主要从事织袜、缝纫、制作小手帕和儿童用具等，所得收入一律归团体公有，部分供团员学费、衣、食、住及其他正当费用。毛泽东参观时，女子工读互助团还刚刚开张，办得红红火火，但毛泽东对其前景还是颇为担忧，他在致陶斯咏的信中说："觉得很有趣味！但将来的成绩怎样？还要看他们的能力和道德力如何，也许终究失败（男子组大概可说已经失败了）。"

事实上，毛泽东对于工读互助团的判断是准确的，从北京到全国其他各地的工读互助团最终都因为入不敷出、管理不善和内部分歧以失败而告终。如陈独秀的两个儿子陈延年、陈乔年，当时参加了无政府主义组织“进化社”，该社以“鼓吹无政府主义、工团主义及联合主义，以指导人群进化”为宗旨，提倡“各尽所能，各取所需”的“互助”生活。陈延年、陈乔年积极投身于这样的“互助”生活中，但他们所在的工读互助小组没过多久就因难以为继而解散了。一个客观原因是“那时的北京工厂并不多，半工无法维持半读”。而在此前，毛泽东在岳麓山的工读互助尝试也失败了。让毛泽东一度“觉得很有趣味”的北京女子工读互助团则是工读互助团中坚持得最久的一个，也是最后一个解散的。事实上，这种立足于城市的工读互助团也确实难以走通，甚至根本走不通。既然此路不通，那就换一种方式试试看吧。于是，李大钊又提出“可以在乡下购点价廉的地皮，先从农作入手”。

王光祈那时也做着自己的“新村梦”，他在《少年中国》杂志上描写了具体设想：在距城市不太远的乡下，租个小菜园，不大不小，够十余人种即可。再在其中建十余间房子，用中式建筑，分上下两层楼，“楼上作我们的书房、阅报室、办公室、会客室、藏书室、游戏室等等，楼下作我们的卧室饭厅等等”。园子西南角上建筑一个厨房，东北角上建筑一个厕所，房子后面建上一个球场。大家生活日程的安排：每天种菜两个钟头，读书、翻译各两个钟头，其他时间娱乐。种菜是为了从事“户外劳动，于身体有益”，且有收入；读书是为了“寻精神上的快慰”；翻译是为了“介绍欧化，以革新一般人的思想”；还可以办印刷局，既传播新知，又获得收入。各国出的新书，可以立即把它们翻译、印刷出来，“我们就是文化交通上的‘火车头’”。

这确实是非常美妙的理想社会模式，但这些新村主义的尝试后来也终归失败。但毛泽东却依然抱有希望或幻想，这也是青年毛泽东一直难以释怀的一个大梦，他还没有从根本上认识到这是一条走不通的幻路，还想继续观察试验其在实践中的效果。对此，毛泽东在1920年3月14日致周世钊的信中说出了他思想上的迷惘：“老实说，现在我于种种主义，种种学说，都还没有得到一个比较明了的概念，想从译本及时贤所作的报章杂志，将中外古今的学说刺取精华，使他们各构成一个明了的概念。”而在这封信中，他再次谈到他对“工读互助团”的梦想，并进行了具体设计：

> 我想我们在长沙要创造一种新的生活，可以邀合同志，租一所房子，办一个自修大学（这个名字是胡适之先生造的）。我们在这个大学里实行共产的生活。关于生活费用取得的方法，约可定为下列几种：
>
> （1）教课。（每人每周六小时乃至十小时）
>
> （2）投稿。（论文稿或新闻稿）
>
> （3）编书。（编一种或数种可以卖稿的书）
>
> （4）劳力的工作。（此项以不消费为主，如自炊自濯等）
>
> 所得收入，完全公共。多得的人，补助少得的人，以够消费为止。我想我们两人如果决行，何叔衡和邹泮芹或者也会加入。这种组织，也可以叫做“工读互助团”。这组织里最要紧的是要成立一个“学术谈话会”，每周至少要为学术的谈话两次或三次。

为了设计自己的新村梦，毛泽东还于 1920 年 4 月 7 日到八道湾 1 号拜访周作人，周作人在当天的日记中也记上了一笔："毛泽东君来访。"

周作人是中国"新村运动"最积极的鼓吹者。1919 年 4 月，他在《新青年》上发表了《日本的新村》一文，这是中国关于日本新村运动的最初介绍，将小路实笃的"新村主义"传入中国，其基本思想是脱离改变现存的不合人道的社会制度，建立起没有压迫、没有剥削、人人平等、个个幸福的互助友爱的理想的新社会。周作人指出，新村的理想是"人的生活"，并作了进一步的解释："新村的理想的人的生活，是一个大同小异的世界。物质的生活是一律的，精神的生活是可以自由的。"简单地说，这种"人的生活"分为物质和精神两个方面。物质方面强调人的必要的劳动。这种劳动"一方面是对于人类应尽的义务，一方面是在自己发展上必要的手段"。在精神生活方面则主张自由发展，个人的思想、主张、信仰是完全自由的。这是一种带有浓厚无政府主义、人道主义色彩的空想社会主义，但经周作人妙笔生花的描述，却又显得实在可行。他在日本留学时就曾探访位于九州东南部宫崎县的"日向新村"，并在这里体验了三四天的"新村"生活，之后写了一篇《访日本新村记》，他这样描述自己的感受："在草地上同吃了麦饭，回到寓所。虽然很困倦，但精神却极愉快，觉得三十余年来未曾经过充实的生活……"回国后，他便"以空前的热情与干劲，到处作报告，写文章"，推介日本的"新村"，他甚至提出："对于打破现在这种经济状态的方法，便只有实行宣传推广新村的一条路。”1920 年 2 月，周作人还在八道湾 11 号的家宅中办起了新村支部，并在《新青年》上发布启事：“凡有关于新村的各种事务，均请直接通信接洽。又如有欲往日向，实地考察村中情形者，本支部极愿介绍，并代办旅行的手续。”这吸引了当时很多怀揣着“新村梦”的年轻人前来八道湾拜访周作人。

尽管毛泽东这次造访八道湾没有留下详细的记载，但他此时对“新村梦”依然十分着迷。在此前后，毛泽东开始殚精竭虑地设计自己的“岳麓新村”建设计划书。他设想：“新村”就是一个财产公有、共同劳动、平均分配、人人平等、互助友爱的“共产主义”细胞；“村民”一天的作息时间：睡眠八小时，游息四小时，自习四小时，教授四小时，工作四小时（包括种园、种田、种林、畜牧、种桑、鸡鱼六项）。在这个新村里，设“工读同志会”，有生产、消费、储蓄诸部，包括公共育儿院、公共蒙养院、公共学校、公共图书馆、公共银行、公共农场、公共工作厂、公共消费社、公共剧院、公共病院、公园、博物馆等等。在这份潜心构想、极具理想色彩的“新村”计划中，毛泽东设计了新学校、新教育、新社会三位一体的总体构架。毛泽东希望，新学校里的学生，能够成为创造新社会的种子：“新学校中学生之各个，为创造新家庭之各员。新学校之学生渐多，新家庭之创造亦渐多。合若干之新家庭，即可创造一种新社会。”

毛泽东这次来北京，还和几个新民学会会员一起拜访了胡适。毛泽东离开北大后，二人一直保持信函往来。五四运动之后，新文化运动的主将们已出现了明显的分化，一部分以陈独秀、李大钊为代表，从激进的民主主义者转为叱咤风云的革命者、早期的马克思主义者；

一部分以胡适为代表的改良主义者，主张以非革命手段解决资本主义的社会矛盾。胡适在接办《每周评论》后，便挑起了“问题与主义”的论争。如一些专家所分析，胡适提出“多研究些问题，少谈些主义”是针对一切“主义”的，而非专对马克思的社会主义，其矛头针对的是当时普遍存在于中国知识分子中的一种思想方法。在胡适看来，高谈“主义”而不研究具体问题是思想上“懒”的表现，因为研究问题是极困难的事，高谈“主义”极容易，这是其一。其二，胡适认为一切“主义”、一切学理，都应该研究，如若不去实地研究这个社会的需要，空谈外来进口的“主义”，是没有任何用处的，好比医生单记得许多汤头歌诀，不去研究病人的症候，怎么能有用处呢？其三，胡适认为偏向纸上的“主义”是很危险的，这种口头禅很容易被无耻政客利用来做种种害人的事。“‘主义’的大危险就是能使人心满意足，自以为寻到了包医百病的‘根本解决’。”

在“问题与主义”的论争中，胡适和李大钊就是论争双方的两个代表人物，二人都是毛泽东当时所敬重的。对这场论争的实质，毛泽东那时还不能完全了解。从根本上说，毛泽东一向看重探求事物的“本原”或“大本大源”，这对于他是一个一直没有解决的问题，他也深知不能只是枝节地去解决问题。此前，毛泽东听过胡适关于实验主义的讲演，曾把实验主义列为近代思想变革的标志之一。当胡适提出“多研究些问题，少谈些主义”后，毛泽东和他产生了共鸣。他一直以来都是注重实际的，也一直在探究种种具体的社会问题。为此，他还计划筹组一个问题研究会，并起草了章程——《问题研究会章程》，这个章程提出了需要研究的一个个问题，如“孔子问题”“东西文明会合问题”“经济自由问题”“国际联盟问题”等，共计 71 大类，合计 144 个要研究的“问题”，涉及政治、经济、历史、国际、技术等许多方面。

追溯青年毛泽东的思想轨迹，五四运动期间是青年毛泽东的一个思想震荡期，1920 年则是他思想的转型之年。从毛泽东第二次到北京的主要活动和思想言论看，一方面，经过五四运动洗礼后的北京，各种宣传马克思科学社会主义的刊物和研究马克思主义的团体如雨后春笋般纷纷出现，形成了一个宣传马克思科学社会主义和十月革命的热潮。这一热潮的形成，为毛泽东提供了进一步学习和研究马克思科学社会主义的条件。查阅毛泽东在北京这段时期活动的文献资料可以看出，他除了将主要的精力投入“驱张运动”和主办平民通讯社外，还读了许多有关俄国革命的书刊和马克思科学社会主义原著的中译本片段，对马克思科学社会主义学说有了进一步的认识和理解。

后来，毛泽东在陕北的窑洞里同斯诺谈了自己这一时期思想上的变化：“我第二次到北京期间，读了许多俄国情况的书。我热心地搜寻那时候能找到的为数不多的用中文写的共产主义书籍。有三本书特别深刻地铭记在我的心中，建立起我对马克思主义的信仰。我一旦接受马克思主义是对历史的正确解释以后，我对马克思主义的信仰就没有动摇过。这三本书是：《共产党宣言》，陈望道译，这是用中文出版的第一本马克思主义的书；《阶级斗争》，考茨基著；《社会主义史》，柯卡普著。到了 1920 年夏，在理论上，而且在某种程度的行动上，我已成为一个马克思主义者了，而且从此我也认为自己是一个马克思主义者了。”后来，毛泽东又说，正是看了《共产党宣言》等著作后，

“我才知道人类自有史以来就有阶级斗争，阶级斗争是社会发展的原动力，初步地得到认识问题的方法论。”

据当代学者严谨的考证，陈望道译的《共产党宣言》1920 年 8 月才出版，《社会主义史》中译本 1921 年 1 月出版。显然，毛泽东在北京期间，即使是第三次到上海之后，都不可能看到这三本书。即便他在第一时间读到这三本书，也当是在 1920 年 8 月至 1921 年初。而在此之前，他看到的可能只是这些书在报刊上译载的一些片段，如《晨报副刊》曾于 1919 年 5 月 5 日译载了日本学者河上肇的《马克思的唯物史观》一文，再就是《国民》杂志上登载的《共产党宣言》第一章全文（译名《马克思和昂格斯共产党宣言》）。又诚如学者所说，尽管毛泽东记忆有误，但“有一点是可以肯定的，他第二次北京之行，对马克思的科学社会主义学说和俄国革命后的情况有了更深刻的了解。这对于促使他矢信于马克思科学社会主义，无疑有着巨大的帮助。”

但从另一方面看，他还是没有寻找到他苦苦追寻的大本大源，仍然没有放弃对无政府主义和空想社会主义的幻想，对马克思科学社会主义继续采取研究和比较的态度。此时，他头脑中还是一个大杂烩。他在 1920 年 2 月致陶斯咏的信中说：“即我，历来狠懵懂，狠不成材，也狠少研究。这一次出游，观察多方面情形，会晤得一些人，思索得一些事，觉得这几种问题，狠有研究的价值。”

毛泽东深知中国的问题应该从“根本解决”下手，却一直不知道那个“根本”在哪里，这让他在形形色色的主义中一直难以做出根本性的选择。对此，后来有学者从两个原因上分析，一个原因与他“颇重实践”有关，他认定了“实事求是”这一真理，对没有在实践中检验的东西从不轻易地作出是非判断，只有在实践中反复证明是行不通的或错误的东西，他才会毅然决然地否定，然后另辟新途。另一个原因是毛泽东当时在社会历史观上的迷失。无论是寻找解决社会种种不合理现象的办法，还是其所设计的理想社会模式，如“新村梦”，其指导思想不是马克思历史唯物主义，而是当时颇为流行的进化论的历史观。他把“劳动”看成是进化的要素，承认人的生产活动在历史发展中的作用，这是合理的。然而，他又认为通过“人人读书”和“人人做工”，就可以达到改良人心风俗从而实现“新社会”的目的，这显然还没认识到阶级社会的发展规律。而马克思科学社会主义是从社会生产方式的矛盾运动中揭示历史发展的动力的，一切社会变迁和政治变革的终极原因，应当在生产方式和交换方式的变革中去寻找。在阶级社会中，生产力和生产关系的矛盾运动集中表现为阶级斗争，并通过阶级斗争的最高表现形式——革命，这个矛盾才能解决。而此时的毛泽东，还没有接受阶级斗争和无产阶级革命这些马克思科学社会主义的根本原理。因此，看到各地工读互助团相继破产，他还只是把这种失败简单地归结为参与者的“能力和道德力”修养不够，这就是明显的在历史观上的迷失。而他在走出这种迷失或茫然之前，自然还不会很快摆脱无政府主义和空想社会主义的影响。

为了探求那个“根本”，毛泽东于 3 月 10 日下午又前往黎锦熙的住处，两人一直长谈到深夜，讨论改造中国究竟应该选择哪一种方式。黎锦熙也主张中国的问题应该从“根本解决”下手，然而他也不知道这个“根本”到底在哪里，这个解决的“根本方式”又在哪里。

而一向务实的毛泽东决定还是先从解决湖南的问题入手。在他与黎锦熙深夜长谈后的第三天（3 月 12 日），他又致函黎锦熙，并随信寄去《湖南建设问题条件商榷》，这是一份具有改良性质的方案，毛泽东也明白这不是“根本解决”的办法，他在信中表示，这些虽然是“枝枝节节的向老虎口里讨碎肉”，是退而求其次的“次货”，但就中国目前状况而言，实在是“上货”，在这样一个四面铁网的中国，如果连这样一些事也不去做，他“觉得太不好意思”，人生简直没有任何意义。

当毛泽东在北京设计他的“新村梦”时，湖南改造促成会于 1920 年 4 月 1 日在上海宣告成立。这是一个探求如何改造和建设湖南的群众性政治团体，由毛泽东、彭璜等新民学会会员发起，由旅沪的一些新闻界、教育界人士组成，彭璜被推选为会长。而此时的毛泽东也即将奔赴上海，一是同彭璜率领的上海“驱张”代表团会合，商讨下一步的行动计划；二是为又一批赴法勤工俭学的湖南学子送行。在赴沪之前，他委托罗宗翰“独任平民通讯社”，在军阀政府加强暗哨追查、经济极端困难的情况下，罗宗翰虽“缊袍粗食，或终日不获一饱”，却“不稍易其志”。

1920 年 4 月 11 日，毛泽东又一次告别北京。对于青年毛泽东，这将是一次长久的告别。当他再次回到北京，已是 1949 年 1 月 31 日北平和平解放之后。而那时的毛泽东，已是一位春秋鼎盛的人民领袖。世事苍茫而岁月峥嵘，“峥嵘岁月欺人事，浩荡乾坤入客愁”，宋人陈杰的这诗句，恰好用来形容毛泽东第二次别京的心绪。此时，豆腐池胡同 15 号的枣花正一阵一阵地散发着清香，却已是人去楼空；北海公园松柏耸翠，杨柳轻扬，在那如雪花般飞舞的杨花柳絮中，已不见那个踏雪寻梅的芳影。毛泽东不知不觉走进了三眼井吉安东夹道7号，那些“隆然高炕，大被同眠”的兄弟们早已天各一方。每一次告别，总是有太多挥之不去的惆怅，而每一个春天又给人间带来了勃勃生机……

第五章

指点江山

一

对毛泽东第三次赴上海，很多人误为第二次，把 1919 年 12 月中旬毛泽东从武汉绕道上海为蔡和森一行送别给忽略了。这是绝对不能忽略的，一旦忽略就会造成历史的错位。

毛泽东在第三次赴沪途中，随行的有湖南一师的学生张文亮，还有赴法勤工俭学的萧三等新民学会会员。这次毛泽东并未直奔目的地，他先后游览了天津、济南、泰安、曲阜、南京等地。尽管毛泽东经历了新文化思潮和五四运动的洗礼，但他对孔子这位中国文化的先哲仍怀有一种中华儿女特有的崇敬之情。据毛泽东后来回忆，他在曲阜拜谒了“大成至圣文宣王先师孔子”的墓地和孔庙，“看了孔子和门徒濯足的溪水，圣人幼时所居的小村”，“还有孔子手植的树”。然后，毛泽东又去了曲阜城北，看了孔门七十二贤之首，儒家五大圣人之一颜回曾经居住过的陋巷街。毛泽东很赞赏颜回艰苦而又乐观的精神，“一箪食，一瓢饮，在陋巷，人不堪其忧，回也不改其乐”。毛泽东还特意去曲阜向南不远的邹县拜访了孟子故里。孟子的很多思想精髓对毛泽东也有深远影响，如“得道多助，失道寡助”“生于忧患，死于安乐”“富贵不能淫，贫贱不能移，威武不能屈，此之谓大丈夫”等，时常被毛泽东作为人生警策。他还登临了“孔子登太山而小天下”的东岳泰山，徒步绕行了江苏徐州的古城墙，这里曾经是三国时期刘备最初的根据地。这一次游览，对于毛泽东而言绝非单纯的游山玩水，而是为了“观察多方面情形”，这也是一次寻找“大本大源”之旅。

毛泽东这一路走了二十五天，于5月5日抵达上海。当阳光和海风扑面而来，毛泽东一下感觉到了这座城市的热烈。他脱掉了马褂，只穿着一身长衫，海风将他的长衫和头发吹得飞扬起来，他的脚步却愈加稳健而有力。

对于上海的“驱张运动”，毛泽东已提前布局。1919年8月，他就派遣彭璜作为湖南学联代表前往上海，参与组织湖南旅沪各界联合会。1920年2月，彭璜在上海霞飞路花园里277号（今上海淮海中路523号）创办了《天问》周刊并担任主编，公开揭露张敬尧督湘期间的种种罪行，为“驱张”大张声势，随后又明确提出“民众自决”的口号。4月1日，彭璜又在上海发起成立了“湖南改造促成会”。这是毛泽东的下一步棋，一旦张敬尧被驱逐出湖南，便着手对湖南进行根本改造，再造一个新湖南。

几个月不见，彭璜显得更加干练和成熟了，他一见毛泽东就说：“润之兄，可把你盼来了，你一来，我们就有了主心骨啊！”

毛泽东笑着拍拍他的肩膀说：“我一直主张我们的会友最好是一个人或几个人去开辟一个新阵地，各方面的‘阵’都要打开。殷柏，你打开了上海这个‘阵’，这可是个大世界啊！”

毛泽东这次来上海，住在哈同路民厚南里29号（今安义路63号）。由于毛泽东第一、第二次来上海的住址已无法考证，这是毛泽东在上海的第一处确凿住址，最初线索是从毛泽东1920年6月7日写给北京黎锦熙的一封信中发现的："京别以来，在天津、济南、泰山、曲阜、南京等处游览一晌，二十五天才到上海，寓哈同路民厚南里29号，同住连我四人。"而今，这里已被确定为毛泽东1920年在上海的故居，并被视为青年毛泽东人生和思想的一个转折地。我也曾来此探访。那超越世间之态的楼宇的丛林，在我的视野里高高崛起，在这些摩天大楼的背后，你必须绕过它们，才能深入其间，深入这一方水土的血脉与骨髓，才能寻找到一百年前的那条路和那幢古色古香的两层小楼。哈同路于1914年由上海公共租界工部局修筑，因其东侧为犹太富商哈同的爱俪园而得名。那幢小楼早已被四周的高楼大厦包围，却依旧保持原来的模样。这是一幢两层砖木结构的房子，整座小楼才八十余平方米。大门为普通的排门，底层前半部是店堂，后半部右侧为灶间，左侧为小天井。现在整个底层已辟为毛泽东旧居的文字图片展览区。店堂与灶间之间是楼梯。靠近楼梯的地方，有一圆形柴炭风炉，炭篓放在楼梯底下。攀着独具老上海特色的陡峭楼梯登上二楼，有两个房间，前楼是宽敞明亮的正房。据介绍，当时毛泽东一行四人，三男一女，三位男士一间房，一个女士单独一间，现在还原了一间房子的原貌，另一间则做成了历史影像放映区。房外还有一个小阳台，后楼为一小亭子间，上有晒台，有尖头木栅栏与邻居相隔。这晒台用来晾被子、晒衣服，也很适合聊天。

据李思安回忆，她在北京为"驱张运动"奔忙了一段时日后，就被"驱张"请愿代表团派往孙中山等革命党人组建的广东军政府，寻求南方革命党人的支持。2月，她又被推选为湖南学界的代表，来上海参加全国第二届学生会议，此后便留在上海参与“驱张运动”。在毛泽东到上海之前，她就出面租下了这个房子，用来作为湖南新民学会会员到上海活动时的住处。毛泽东抵达上海后，便和随同来沪的张文亮，还有一位男士，三人住在前楼正房，房内有两张单人木板床，毛泽东的床铺横放在落地长窗下，床头有一张方形茶几，上面堆放着各种报刊。小阳台上放置一张藤睡椅，毛泽东时常坐在上面看书。不久，李思安也搬了进来，住在灶间。楼下店堂不住人，供吃饭和会客、开会之用。所有家具，都是东租西借凑合起来的。

这次上海之行，毛泽东是带着三个目的而来，一是在上海为“驱张运动”再烧一把火；二是思考在“驱张”之后，湖南向何处去，他要与旅沪新民学会会员、湘籍名绅商量；三是为又一批赴法勤工俭学的新民学会会员送行。

毛泽东抵达上海时，从北京、长沙、天津到上海的新民学会会员已达十二人，其中一半是留在国内的，还有一半——陈赞周、萧三等六位会友即将赴法。劳君展于 1919 年秋考入上海东南大学，这次也将随陈赞周、萧三等人赴法国勤工俭学。

1920 年 5 月 8 日，毛泽东以游园的形式，与旅沪的新民学会会员在黄浦江畔半淞园聚会，欢送即将赴法勤工俭学的六位会友。

半淞园，是当年上海一处有名的私家园林，这里贴近黄浦江，故将江水引入园中，以水为主景，并应唐代大诗人杜甫“焉得并州快剪刀，剪取吴淞半江水”的诗句，取园名“半淞”。园内有听潮楼、留月台、鉴影亭、迎帆阁、江上草堂、群芳圃、又一村、水风亭等，长廊曲折环水……

毛泽东等人入园后先是驾舟游湖，后又登山望远，正当大家游兴盎然之际，海风吹来了一阵蒙蒙细雨。这初夏的烟雨丝丝缕缕地滑过肩头，没有寒意，却有一种沁心的清凉。这烟雨中的半淞园更有一种如水墨画般的韵味。

毛泽东和众人“中午在雨中拍照。近览淞江半水，绿草碧波，望之不尽”。

这时候，李思安提议：“我们还是选取一个地方坐下来谈一谈吧！”

毛泽东便选了一个安置有石凳石桌的亭子，十二个人挤坐在石凳上。

在这里，他们谈了要加强会友联系，谈了要在会友之间建立一种新型关系，谈了吸收新会员的条件……大伙儿越谈兴致越高，话题也越谈越深入，结果，一场送别聚会，渐渐演变成了一次很正式的会议。据毛泽东撰写的《新民学会会务报告》（第一号）记载：“这日的送别会，完全成一个讨论会了。”他们通过一天的讨论，得到以下主要结论：“学会态度：潜在切实，不务虚荣，不出风头。润之主张学会的本身不多做事，但以会友各个向各方面去创造各样的事。学术研究：都觉会友少深切的研究，主张此后凡遇会友三人以上，即组织学术谈话会，交换知识，养成好学的风气……新会友入会：都觉介绍新会员入会，此后务宜谨慎，否则不特于同人无益，即于新会友亦无益。议决介绍新会友宜有四条件：（一）纯洁；（二）诚恳；（三）奋斗；（四）服从真理。入会手续如下：（一）旧会友五人介绍；（二）评议部审查认可；（三）公函通告全体会员，以昭审慎。会友态度：

大概谓会友间宜有真意；宜恳切；宜互相规过；勿漠视会友之过失与苦痛而不顾；宜虚心容纳别人的劝诫；宜努力求学。”

半淞园聚会，是新民学会发展过程中的一个标志性事件，这次会议在原有会章的基础上，进一步确立了“潜在切实，不务虚荣，不出风头”的态度，尤其是强调了会员必须“纯洁，诚恳，奋斗，服从真理”，“不标榜，不张扬，不求急效，不依赖旧势力”，要“头脑清新，富战斗精神、互助及牺牲精神”。直到夜幕降临，大伙儿依然在热烈讨论。毛泽东在《新民学会会务报告》中最后写道：“天晚，继之以灯。但各人还觉得有许多话没有说完。……”

在半淞园聚会的第二天中午，赴法会员乘坐的法国邮船“项马皮西号”起航。对这一日期也有不少误记，如《毛泽东传》称：1920年“五月十一日，在沪会友送别了萧三等六人”。但根据1920年5月9日的《时事新报》以及萧三本人为《时事新报》撰写连载的《法游通信》，萧三一行乘坐的法国邮船“项马皮西号”是5月9日12时起航的。

这一批赴法新民学会会员为第七批，也是最后一批。自上海半淞园聚会之后，学会会员在国内和国外两地开展了不少活动，而国内又以长沙为中心。

毛泽东和新民学会同仁一起先后组织了五百多名湖南青年赴法勤工俭学，湖南算是全国赴法学生最多的省份之一。毛泽东作为组织者，自己却没有迈出国门。罗学瓒在1919年11月14日致毛泽东的信中更是恳切地说：“惟弟甚愿兄求大成就，即此刻宜出洋求学。若少迟延，时光既过，人事日多，恐难有多时日求学矣。……润之兄啊！你是一个有志的人，是我们同伴中所钦佩的人，你何如带一个头，权且努力于研究学问的事呢？弟近来想及诸兄如此刻都出外求学，学他十年八载。异日回国，……各抒所学以问世，发为言论作社会之唤醒提倡者。”

几乎每一批赴法的新民学会会员，都问过毛泽东何时赴法。此前，毛泽东曾对杨开慧、蔡和森都做过解释。首先，毛泽东始终是主张出国留学、吸收西方知识的，他曾称自己“是一个主张大留学政策的人”。往前说，早在新民学会成立之前，他就有赴日求学的计划。往后说，直到中国共产党成立后，他在 1921 年 9 月 29 日致少年中国学会执行部主任杨钟健的一封信中又提到了赴俄留学的设想：“赴外国求学，至少五年，地点在俄。”但他的这些设想最终都没有付诸实现。究其原因，一方面，是一个又一个的政治事件接踵而至，他奋不顾身地投入其中，始终无法脱身；另一方面，在留学成为时尚乃至时髦的风气中，毛泽东坚持首先要深入了解中国实际国情，才能更好地研究和学习外国，并且对西方文明和东方文明都采取分析的态度，这也许是他以后能把马克思主义中国化的一个重要前提。

毛泽东在 1920 年 3 月 14 日致周世钊的信中却有过明确的说法：“我觉得求学实在没有‘必要在什么地方’的理，‘出洋’两字，在好些人只是一种‘迷’。中国出过洋的总不下几万乃至几十万，好的实在很少。多数呢？仍旧是‘糊涂’，仍旧是‘莫名其妙’，这便是一个具体的证据。我曾以此问过胡适之和黎邵西两位，他们都以我的意见为然，胡适之并且作过一篇《非留学篇》。因此我想暂不出国去，暂时在国内研究各种学问的纲要。”

他还说过，留在国内探索有许多好处：第一，“看译本较原本快迅得多”，这不仅不影响吸收西方知识，还有利于在“较短的时间求到较多的知识”；第二，“世界文明分东西两流，东方文明在世界文明内，要占个半壁的地位。然东方文明可以说就是中国文明。吾人似应先研究过吾国古今学说制度的大要，再到西洋留学才有可资比较的东西”；第三，“吾人如果要在现今的世界稍为尽一点力，当然脱不开‘中国’这个地盘。关于这地盘内的情形，似不可不加以实地的调查及研究。这层工夫，如果留在出洋回来的时候做，因人事及生活的关系，恐怕有些困难。不如在现在做了”。

当时，对新民学会如何发展，毛泽东主要考虑的是三个问题：一是人才的分配与培养，这关系到学会组织的巩固与发展；二是学会的基础置于何处；三是如何求学——寻求救国之道。关于培养人才，蔡和森曾在给毛泽东的一封复信中谈到他们两人的一些共同看法：“学会之会员，须加以充足的物色与罗致，不当任其自然发展也……至于求才，其方亦自多端：一、遇；二、访；三、造。遇中得人，一见倾心，此属特别少数。访中得人，其数不定，自身之吸力大同化力大者，所得必多，反是不得不少。……造之一层，尤为必要，尤较可靠。”蔡和森在信中接着说：“‘造’分两号：一是造相遇相处之同辈，二是造幼龄之小学生。前者如兄来京时，便当施行；后者则弟甚望同辈中多出几个小学教员，万勿以个人暂时之不经济，忘却远大之举。来书‘失此不为，后虽为之，我等之地位不同，势不顺而机不畅，效难比于此日矣。’弟深以为然。”

毛泽东致蔡和森的信中，提出出国留学是为“求得世界的学问”，而他当时主张采取大规模自由研究的方法，一方面有计划地派人去世界各重要地方，尽快吸取新的思想学说；另一方面，在国内组织一个类似后来实现了的“自修大学”这样的团体，大家在一起作“大规模自由研究”。他认为学会的根本关键，在“结合成一个高尚纯粹勇猛精进的同志团体”，从而批评那种高谈改造又不作深入研究的现象：“我觉得好多人讲改造，却只是空泛的一个目标，究竟要到哪一步田地（即终极目的），用什么方法达到？自己或同志从哪一个地方下手？这些问题有详细研究的却很少。”他主张经常开谈话会，讨论这些问题；多进行“共同的讨论”，反对以个人为中心的“混战”。

为了向外发展，在五四运动前后，新民学会中许多人都已离开或正准备离开长沙。毛泽东既支持新民学会同仁走出去发展，也一直注重长沙这个基本阵地，尤其在培养人才方面，他觉得这没有其他地方可以代替。他认为学会有限的同志必须做合宜的分配，如果骨干全都走了，学会就可能浮游各处，而没有后方了。

陈章甫想去日本留学，这个念头由来已久，但毛泽东恳切希望他留在长沙，学会的巩固与发展需要他。毛泽东还写信给赴法留学的蔡和森，与之商议陈章甫的去留问题。蔡和森很赞成毛泽东这种深谋远虑，他在复信中引用毛泽东信中的话说：“若其大意，则在‘吾辈总要如何秉了现在之志向，于现在立一可大可久的基础，以为后来活动地步’。吾兄颇以去长沙为遗恨，弟则久思所以补救之方。”在毛泽东和蔡和森的劝说下，陈章甫最终听从了他们的意见，放弃了留洋的念头，继续当地理老师。授课时，他把地理知识与当下时局结合起来，给学生讲解中国是如何被帝国主义列强步步瓜分的。一次在课上讲到上海时，他说："上海是冒险家的乐园，也是劳动人民的地狱。"接着，他把地球仪转到莫斯科方向，说："现在世界上最光明的地方就是莫斯科！"然后便给学生讲述十月革命的情况。在自编的教材中，他还呼吁学生："尚志沙场，誓图恢复，山河依旧，不难一一收回，庶可以昭祖先之圣烈，洗百年之奇耻也！"

毛泽东和蔡和森的往来信函还牵涉几个人的去留。当时，何叔衡也想赴法勤工俭学，毛泽东想把几位学会的骨干留下来，还建议留在长沙的学会同仁应当"毅然决然就省中教席……三四年后，必有可观。为会中立其基础……"他觉得这些同仁如能"出以挥霍旁通之才，广联高小、中学、专门（学校）之学生，而且介绍京湘之常常通信，实无异亲炙也"。在毛泽东的劝说下，何叔衡也留了下来。正因为有了以长沙为基地的组织准备和人才储备，从五四运动、"驱张运动"到湖南的建党建团，新民学会一直发挥着核心的领导作用，而何叔衡、陈章甫等新民学会骨干后来都成了中共早期党员。

罗学瓒也想赴保定留法预备班学习，然后赴法。1918 年 8 月 11 日，毛泽东给罗学瓒写信劝说他留下来，并列举了三条理由："兄所宜乃在教育……往保固是一面，然不如从事教育之有大益，性质长此，一也；可便研究与性相近之学，如文科等，二也；育才作会务之后盾，三也。"在这封信中，毛泽东建议新民学会的诸友人不要都向外面发展，这样会导致"后路空虚，非计之得"。他一再劝学会同仁从事教育工作，并非以"教育救国"为依归，而是依靠教育工作以凝聚同志、发展团体、巩固社会改进事业的根基，这是一种深谋远虑的政治眼光。但罗学瓒还是选择了赴法勤工俭学，曾先后在法国蒙达尼公学学习，在施乃德钢铁厂做工，并和李维汉等组织了“工学励进会”，他最终选择信仰马克思主义，走俄国十月革命的道路。这又是后话了。

如今，半淞园只能找到遗址了，但他们“中午在雨中拍照”的那张照片却在历经沧桑离乱后一直保存至今，现陈列在中共一大会址纪念馆内。那一群忧国忧民、眼神里又满怀憧憬的年轻人，或着长衫，或穿西服，或将留在国内，或将漂洋过海，但无论去留聚散，新民学会就像一根精神纽带，将他们紧密地维系一起。百年过后，当凝视着这张斑驳发黄的老照片，辨认着那一张张青涩而又单纯的面孔，我仿佛又嗅到了那段岁月的独特气息。那殷殷惜别之情，拳拳赤子之心，依然如在眼前。

二

毛泽东这次上海之行，一共逗留了两个多月。对于这次逗留，毛泽东在半淞园送别赴法的新民学会会友时就说出了一个要害问题：“发动‘驱张运动’时，我们就遭到了多次迫害，被迫离乡背井跑到上海、北京来了。”这就意味着，只要张敬尧还留在湖南，这一群游子就无家可归。在军阀的强权和迫害之下，他们只能继续在外奔波，将抗争进行到底。

这两个月里，毛泽东一直住在哈同路民厚南里 29 号。白天，他经常去《天问》周刊社，和彭璜商量如何把“驱张运动”推向高潮。夜深了，他还趴在斗室里，一抹灯光照亮了一个青年在纸上纵横捭阖的背影，他精心“设计”着湖南的未来，充满了“指点江山”的豪情。在广泛征求各界意见后，毛泽东以湖南改造促进会的名义拟定了一系列改造和建设湖南的方案，提出了“废督、裁兵、自治、教育、实业”等设想。毛泽东对军阀统治深恶痛绝，为了从根本上解决这一问题，他提出，第一是从军政上废督裁兵，设“军务督办”驻岳阳，军队以一师为最高额，分驻岳阳、常德、衡阳。省城治安，以隶属省长之警察维持之，绝对不驻兵。各县治安，以隶属县知事之警察维持之，废除警备队及镇守使名目。军费支出总额，至多不得超过省收入总额十二分之一。第二是对财政进行大刀阔斧的改革：银行民办。银行发行纸币基金，由省议会监督存储。基金额与纸币发行额之比例，由省议会决定。举办遗产税、所得税及营业税。减轻盐税。废除两年来新加各苛税。民办“湖南第一纺纱厂”。第三是对于教育经费，方案提出：恢复民国二年教育经费原额，以后应时增加。确定来源。保管权属之由省立各学校组织而成之“教育经费保管处”。第四是实现自治，在人民自治上提出恢复并建设县、镇、乡自治机关。成立并公认县、镇、乡工会。成立并公认县、镇、乡农会。完全保障人民集会、结社、言论、出版之自由。方案还提出，在最快期内，促进修竣粤汉铁路之湖南线。

毛泽东不仅提出了针对湖南弊政的改造方案，他对心中理想的社会和生活模式还想继续进行实验。哈同路一带，当年属上海公共租界，是近代中国出现的第一个租界，由原英租界与美租界合并而成，又称英美租界，居民多为外国人和中上阶层市民。毛泽东租住于此，觉得这正是一个尝试和实践的机会，他和彭璜、张文亮、李思安几个人对“互助工读团”式的生活进行了一次实验。几个人安顿下来后，毛泽东便与彭璜等人一起商量这事。彭璜听了毛泽东的描述，兴奋得眼珠子发亮：“好哇，我早就想尝试一下这样的生活了，若是成功了，就可以在各地推广，然后把各地的这类小组联络起来，实行‘小团体大联合’，创造一个新社会！”

张文亮那时还是一个十五岁的少年，长得白白净净，他细声细气地说：“好是好，可我们这几个书生能做什么呢？”

彭璜一听就火了：“我看你就是典型的四体不勤五谷不分，我就不信靠我们的双手，养活不了自己！”

毛泽东立马瞪了彭璜一眼：“殷柏，你干事有激情，但性子不能太急，文亮的担心也不无道理。两年前，我和林彬等人在岳麓山创办‘工读同志会’，由于没有找准各自的角色，最后就没有坚持下去。这次我在北京参观了王光祈他们创办的‘工读互助团’，但北京工厂并不多，半工无法维持半读，还有一个原因，就是沉不下去，太浮躁了。而我们这次能否搞成功，我也没有把握，若要办，第一必须潜在切实，切切实实地做好力所能及的事情，第二必须找准自己的角色，这就是文亮刚才提出的问题——我们几个书生能做什么？”

彭璜说：“我可以负责刻印，可以对外承接这方面的业务。”

毛泽东说：“好，你在这方面还真是里手。”他又把目光转向张文亮：“文亮，你那一笔蝇头小楷挺漂亮，可以对外承接抄写业务啊。”

张文亮说："只要能揽到活儿，我保证完成任务。"

李思安说："我们还可以经营洗衣服、送报纸等业务。"

毛泽东笑道："好啊，这个交给我吧，我就给王光祈洗过衣服，无论大件小件，一样价钱，三天后交货拿钱！"

李思安笑道："这洗衣服的活儿被你干了，那我干啥呢？"

毛泽东说："你就是内当家，负责接活和家务吧。"

几个人都说好。毛泽东说："那就从明天开始干吧，看我们能坚持多久！"

毛泽东随即写了一张广告，彭璜和张文亮拿到楼下的门口张贴了。第二天一早，就有人上门来谈业务了。几个人都是吃得苦的，彭璜为了多干一点刻印活儿，手指都磨出了茧子；夜深了，张文亮还在灯下沙沙沙地抄写；毛泽东洗衣服，送衣服，卖报纸，风里来，雨里去，鞋底都快磨穿了。尽管他们没日没夜地干，但他们经营的活计只有菲薄的收入。而在大上海，哪怕这样的零碎活儿也有不少人竞争，把价格压得很低。据过来人回忆，那段时间，毛泽东处境艰难，"他为大班和富有的买办洗烫衣服并要来回取送。他在一家洗衣店当伙计，每月的薪水是十二块十五块钱，其中约要八块钱用作车费。因为他要往来于洗衣店、私宅及旅店之间"。

按毛泽东的理想主义设计，他们白天工作，晚上则各自学习、阅读书刊，或就某一问题进行集体讨论。然而，白天那么劳累，晚上还要加班，哪里还有学习和讨论问题的精力。有时候好不容易搞一次集体讨论，结果变成了集体打瞌睡。又加之收入寥寥无几，李思安这个内当家已是"巧妇难为无米之炊"。她后来回忆说："在那里，我们住了两个多月，生活很艰苦，每人每月只有三块多的生活费，大家轮流做饭。蚕豆上市，我们就买蚕豆，掺和一些米煮着吃。”

这一个多月的“互助工读团”生活，是毛泽东继岳麓山“工读同志会”后又一次生活实验和社会实践，但毛泽东很快就发现，这种生活如在岳麓山的试验一样，依然难以为继。他们每个人都已“各尽所能”，几乎是一刻也没有闲着，却难以实现“各取所需”。彭璜是商专学生，兼任会计，连每一个铜板都要精打细算，但他的账簿上都是入不敷出的赤字。他把账本拿给毛泽东看时，露出一脸的苦笑，说：“润之兄，若按商业法则，我们是无法坚持下去了！”

毛泽东看了看账本，又慢慢合上，有些失望又心有不甘地说：“那就停止吧。”

他在 6 月 7 日致黎锦熙的信中说：“工读团殊无把握，决将发起者停止。另立自修学社，从事半工半读。”这表明，他依然没有彻底抛弃工读主义的梦想。

当毛泽东在上海艰难度日时，章士钊没有忘记自己对毛泽东的承诺，他一直在利用自己当时的社会地位和人脉资源，发动社会各界名流捐款助学，不久便募集了两万大洋，随后便交给了毛泽东。这在当时是一笔巨款了，毛泽东有生以来第一次拥有这样一大笔资金的支配权。他将大部分用来资助了赴法勤工俭学的湖南青年，余下的则带回湖南，用于开展革命活动。对此，他后来在自传里追述：“到了上海后，我才知道已募有一大笔款子资助学生留法，并且可以资助我回湖南。”

毛泽东一直没有忘记自己对章士钊做出的承诺——这笔钱日后一

定奉还。然而，在投身革命后的烽火岁月，他一直没有条件偿还这笔欠债。在新中国成立后，作为国家领袖，他的工资在各种基本开销后，也拿不出钱来还债，而他又从未想过要用国家的钱来还这笔陈年旧账。直到 20 世纪 60 年代，毛泽东才从自己的稿费中拿出钱来，开始偿还这笔欠了四十多年的债。据章士钊的女儿、时任毛泽东英语老师的章含之回忆："1963 年初，主席读完英文之后，要我陪他在寒风中散步。主席身体极健，不戴围巾、帽子，我却'全副武装'还觉得冷。散步时，主席突然问我：'行老有没有告诉过你，我欠了他一笔债没有还呢?'我以为主席在开玩笑，我说父亲没有讲过，要是主席欠债，父亲是必定不会催债的。……主席说：'你回去告诉行老，我从现在开始要还他这笔欠了近五十年的债，一年还两千，十年还完两万。'"

几天之后，正月初二，毛泽东就派秘书徐业夫去史家胡同 51 号宅院看望章士钊，并送去了两千元，这是毛泽东偿还的第一笔钱。此时的章先生已八十高龄，他似乎早已把那笔欠款给忘了，还以为是主席在春节特意给他的"厚赠"。他要女儿转告主席，一再婉言谢绝如此厚赠。当他明白这是主席在偿还几十年前的那笔欠款时，更加不肯接受，一再解释，说那两万大洋并非他个人的私款，是从商界募捐来的，且这笔钱也并非毛泽东个人所用，而是用于勤工俭学和革命事业，怎么能让毛主席用自己的稿费来还呢？表示实在是受之有愧。当章含之把父亲的话带给主席时，主席却说："你也不懂我这是用我的稿费给行老一点生活补助啊？他给我们共产党的帮助哪里是我能用人民币偿还的呢？你们那位老人家我知道一生无钱，又爱管闲事，散钱去帮助那许多人。他写给我的信多半是替别人解决问题。有的事政府解决不了，他自己掏腰包帮助了。我要是明说给他补助，他这位老先生的脾气我知道，是不会收的。所以我说还债。你就告诉他，我毛泽东说的，欠的债是无论如何要还的。”

从此，每年正月初二，毛泽东都要派秘书奉送两千元到章家，而这天也成了行老过不了的一道“年关”，他实在不想接受，但怎么推也推不掉，这让他感觉自己欠了一身债。就这样，年复一年，毛泽东用整整十年时间，终于还清了两万元欠债，行老也长长地舒了一口气，终于如释重负。1973 年春节过后不久，毛泽东见到章含之时又突然问道：“今年的钱送去没有?”听章含之说没有送并强调当年借的两万已还清时，主席却笑着说：“怪我没说清，这个钱是给你们那位老人家的补助，哪里能真的十年就停！我告诉他们马上补送……你回去告诉行老，从今年开始还利息。五十年的利息我也算不清应该多少。就这样还下去，行老只要健在，这个利息是要还下去的。”

直到 1973 年 7 月 1 日，章士钊在北京病逝，这半个多世纪前的一笔欠债才算真正还完了。而今，在韶山毛泽东同志纪念馆的展厅里，还陈列着一张毛泽东生活费收支报表，其中就有毛泽东给章士钊“还债”的记录。毛泽东在给章士钊的一封信中，曾引用《诗经》中的一句：“投我以木桃，报之以琼瑶。”

三

寻找上海记忆，追寻毛泽东在上海的历史踪迹，有一条路是绕不开的，那就是环龙路。乍一看，这是一个很中国化的名字，其实是以一位法国人的名字命名。

走进如今的上海闹市中心，有一条长约一公里的南昌路，东起重庆路，西至襄阳路，北面距繁花似锦的淮海路不远，南面是雍容高雅的复兴路。这一带是旧上海法租界的核心区域。上世纪初叶，这里还是一条叫马义浜的小河，俗称蚂蚁浜。1912 年，法租界当局在马义浜填河修路。在此前一年，有一位名叫环龙的法国飞行员带了两架小型飞机到上海表演，因机械故障在跑马厅一带不幸坠机身亡。法租界当局为了纪念他，便将这条刚刚修好的马路当中嵌着的一条小路（现名雁荡路）朝西段命名为环龙路，小路向南的一小段叫陶尔菲斯路。当时谁也没想到，这条路将成为中国两大政党的发轫之路，从孙中山、陈独秀到毛泽东，他们都在这条马路上一一走过。

环龙路 44 号（今南昌路 180 号），“二次革命”后，曾是中华革命党本部，随后成为中国国民党上海执行部，在国民党建党之初，实为其总部机关，后辟为中国国民党党史馆。毛泽东第三次到上海时，孙中山正在上海。毛泽东从少年时代就对中山先生充满了敬仰，这次，他特意到环龙路 44 号去拜访孙中山，这也是他第一次见到中山先生。

上海是孙中山从事革命活动最重要的城市之一，他多次造访或旅居上海，却一直居无定所，这对于一个革命家很不安全。为了让中山先生在上海有一个安身立命之地，几位加拿大爱国华侨便捐资买下了莫利爱路 29 号（今香山路 7 号）的一座小洋房送给孙氏夫妇。1918 年 5 月初，由于西南军阀和政客阴谋改组护法军政府，孙中山愤然辞去海陆军大元帅职务。他于 6 月 26 日偕夫人宋庆龄乘船回到上海，入住莫利爱路 29 号，这是一幢优雅宁静、风光通透的欧洲乡村式小洋房，也是孙中山和宋庆龄唯一共同的住所。如今，这里已辟为上海孙中山故居纪念馆，几经修复后依然保持着原貌，房子三面栽植着冬青、香樟和玉兰，绿影婆娑，掩映着青灰色的鹅卵石外墙，阳光映照着铺盖洋红色鸡心瓦的屋顶，屋檐和窗框、窗棂则由赭红色勾勒，南面还有一个小花园和一方别致的鸽亭。此后数年，中山先生在此深居简出，他在天命之年，一边反思辛亥革命后的经验教训，潜心思考中国革命的前景，一边撰写了阐述他思想体系的《孙文学说》及指导中国经济建设的《实业计划》等重要著作，勾画着他“欲能自立于地球上，莫如富强”的强国梦。他在沉潜思考和伏案著述的同时，也一直关注着国内外的时事变化。1919 年五四运动爆发后，孙中山先生在第一时间指示中华革命党在上海主办的《民国日报》上声援和支持青年学生的爱国运动，并与军政府各总裁联名致电北洋政府徐世昌，呼吁从速释放被捕学生：“洞明因果，识别善恶，宜为平情之处置，庶服天下之人心！”当月，孙中山再次致电徐世昌：“责以不能为卖国者庇护，且不能妨碍学生与各界之爱国运动。”

五四运动的不断深入，也使正在总结革命经验、探索革命道路的孙中山看到了民众中蕴藏的伟大力量，这对他的思想转变和革命方针的调整有不可低估的影响。1919 年 5 月 28 日，孙中山在莫利爱路寓所发表《护法宣言》：“须知国内纷争，皆由大法不立”，“今日言和平救国之法，惟有恢复国会完全自由行使职权一途”。当陈独秀因起草、散发《告北京市民宣言》被捕，李大钊等主办的进步刊物《每周评论》被北洋政府关闭，胡适被捕的消息也传至上海，孙中山一再痛斥北洋政府的倒行逆施，并明确指示革命党人：“对诸君爱国热忱，极表同情，当尽能力之所及以为诸君后盾……尚望诸君乘此时机，坚持不懈，再接再厉，唤醒国魂。”

时至 9 月上旬，北洋政府代表许世英到上海进行南北和议时，陈独秀仍然被北洋政府囚禁。为此，孙中山向许世英严厉提出了陈独秀被捕之事：“独秀我没见过，适之身体薄弱点，你们做得好事，很足以使国民相信我反对你们是不错的证据。但是你们也不敢把来杀死；身体不好的，或许弄出点病来，只是他们这些人，死了一个，就会增加五十、一百个。你们尽做着吧！”

许世英听了这番话，连声说：“不该，不该，我就打电报去。”

陈独秀最终被北洋政府下令释放，除了民众的力量，孙中山也助了一臂之力。

1920 年这一年，孙中山大部分时间都在上海，忙于改组国民党和部署对桂系军阀的征战。毛泽东这次拜访中山先生，也是为了寻求“根本解决”中国的问题，并请先生支持、指导湖南人民的革命斗争。

对于辛亥革命以后的中国，毛泽东一直在追问：怎样的革命道路在中国才能走得通？这也是中山先生一直在反思的问题。当毛泽东越来越倾向于走俄国十月革命的道路之际，中山先生也正在汲取和借鉴俄国十月革命的经验，“中国革命六年之后，俄国才有革命。俄国革命党不仅把世界最大威权之帝国主义推翻，且进而解决世界经济政治诸问题，这种革命，真是彻底的成功，皆因其方法良好之故”。也正因为有这样的认知，一位伟大的革命先行者，才能冷静地总结辛亥革命以后历次斗争失败之教训，在共产国际和中国共产党的帮助下，决定学习俄国革命的经验和方法，改组国民党，实现“联俄，联共，扶助农工”三大政策，以振兴国民党，进而振兴国家。这位来自湖南的高个子青年，也给中山先生留下了难忘的第一印象。1924 年 1 月，国民党一大在广州召开，这次会议是在改组国民党和推动国共合作的背景下召开的，李大钊、谭平山、毛泽东、林祖涵、张国焘、李立三、瞿秋白等二十多位中共党员参加了会议。在选举中央执行委员和候补委员的时候，孙中山亲自起草了一个候选人名单，并将毛泽东列为执委会候补委员。

毛泽东这次上海之行，去得最多的还是环龙路老渔阳里 2 号（今南昌路 100 弄 2 号）。在老渔阳里这条弄堂里，当年排列着二三十幢一客堂一天井的两层楼石库门公寓。老渔阳里 2 号原本是安徽都督柏文蔚的公寓，柏文蔚是国民党元老级人物，陈独秀在辛亥革命后一度担任安徽都督府秘书长，同柏文蔚是交谊颇深的安徽老乡。1920 年 4 月，陈独秀从北京潜回上海后居无定所，柏文蔚便将这一寓所让给陈独秀居住。只是没想到，这里将成为中国共产党登上历史舞台的一个起点。这是一座独门独户的石库门住宅，上下两层，楼下为一客厅一厢房。这是一个闹中取静的好住处，与幽静的法国公园（今复兴公园）仅一步之遥，离繁华的霞飞路（今淮海路）也不过几分钟的路程。陈独秀住在这里并不孤独，他将《新青年》杂志编辑部（新青年社）也搬到了这里，他的身边很快就围聚了一批当时倾向共产主义的知识分子——李达、李汉俊、陈望道、罗亦农、俞秀松、施存统等。陈独秀到上海后一直和北京的李大钊保持紧密联系，两人都在为建党而筹备，就在这时候，毛泽东也来到了上海。在上海的两个月里，毛泽东多次拜访陈独秀，在这所石库门公寓里，两人时常促膝长谈。

追溯陈独秀的思想裂变，在五四运动前夕的 1919 年 4 月，他就发表了《二十世纪俄罗斯的革命》一文，宣称“十八世纪法兰西的政治革命、二十世纪俄罗斯的社会革命……都要把他们当作人类社会变动和进化的大关键”。此文比他此前的立场更加鲜明，那就是要“以俄为师”，走十月革命的道路。这是陈独秀由激进的民主主义者转型为中国共产主义先驱的一个标志。五四运动之后，陈独秀又从历史的内在逻辑上进一步指出：“中国人也受了两个教训：一是无论南北，凡军阀都不应当存在；一是人民有直接行动的希望。五四运动遂应运而生。”

自五四运动以来，陈独秀已成为北洋军阀的眼中钉，先是被捕入狱，获释后又时常遭到军警和暗探的盯梢和威胁，尽管他早已将坐牢乃至生死置之度外，但在军警的严密监控下，他在北京已无法从事革命活动。为此，他决定赴南方开辟一片天地。1920 年 2 月间，陈独秀应南方革命政府之邀，在上海参加筹办西南大学事宜，随即又应邀赴武汉演讲。陈独秀乘“大通轮”溯江而上，这是他第一次武汉之行，于2月4日抵达汉口。此时的江城武汉已是风雪交加，江风更是刺骨的寒冷，但陈独秀却像一团炽烈的火焰，走到哪里都会把青年学子的热情点燃。短短几天时间，他在各高校做了多次演讲，从“中国存亡与社会改革的关系”到“社会改造的方法与信仰”，指出改造社会的方法有三：“一、打破阶级的制度，实行平民社会主义，人人不要有虚荣心；二、打破继承的制度，实行共同劳动工作，不使无产的苦，有产的安享；三、打破遗产的制度，不使田地归私人传留享有，应归为社会的共产，不种田地的人，不应该享有田地权利。”他还提出了改造社会所必须具有的信仰有二：“一、平等的信仰；二、劳动的信仰。”他认为，只有贯彻这种革命的方法和信仰，才可避免重蹈辛亥革命失败的覆辙。

陈独秀充满了激情和理性思辨的“卓识谠论”，搅动了一座江城，让无数青年学子激情奔涌、热血沸腾，也让湖北当局“大为惊骇”，命令他立即停止讲演。陈独秀“愤恨湖北当局者压迫言论之自由”，于2月7日晚由汉口大智门火车站乘车回北京。陈独秀在武汉的讲演被国内各地报纸广为登载，更让北洋政府震怒，限期要警察署捕人，并派密探在箭杆胡同9号的陈独秀住处蹲守。李大钊等人闻讯，从北京火车站把陈独秀接走，然后轮流隐藏在几位北大教授家中。但这不是长久之计，以陈独秀刚烈而磊落的个性，更不愿意这样东躲西藏。李大钊和陈独秀商量后，决定连夜护送陈独秀秘密转移到天津，然后坐船奔赴上海。那时已是旧历年关，正是北京最寒冷的季节，凄厉的北风裹挟着纷纷扬扬的大雪，天地间白茫茫的一片，几乎看不见前行的道路。他们坐在一辆带篷的骡车上，从朝阳门缓缓驶出北京，雪地上留下了两道深深的辙迹，转眼又被风雪淹没了。陈独秀在车篷里靠里边坐着，头戴一顶遮住了半个脸的毡帽，穿着一袭长袍，如同一个去乡下讨账的财主。李大钊则像个账房先生，还夹着一本账簿。这一路上，时不时就会遭遇军警盘查，李大钊总是先从车篷里探出脑袋，操着一口地道的河北乡音从容应对，陈独秀则一直显得安闲自在，闭目养神，沉默不语，担心自己的南方口音会引起军警的怀疑。他们躲过了一次次盘查，为了绕开军警的盯梢，他们并未直奔天津，特意绕道李大钊的家乡河北省乐亭县大黑坨村暂避了几天，然后才转到天津。李大钊一直把陈独秀送到开往上海的轮船上，两人才挥手依依惜别。那时除了他俩，谁能想到，就在这辆一路辗转颠簸的骡车上，还有在大黑坨村暂避的几天，两人深入探讨了建党的问题——“南陈北李，相约建党”，一个开天辟地的大事件，就在漫天风雪中拉开了序幕。

对于陈独秀的这次秘密南行，史上有各种说法，却也大同小异。“南陈北李”一说，据目前所见文献史料，最早是赵世炎提出的“北李南陈”。那是 1920 年 8 月，赵世炎在法国勤工俭学期间，在一张李大钊与陈独秀合影照片后面的硬板上写了一篇杂感，其中提到在五四运动期间流传的一句话：“北李南陈，两大星辰；茫茫黑夜，吾辈仰辰。”且在当时，还流传着这样一首嵌名诗：“北大红楼两巨人，纷传北李与南陈。孤松独秀如椽笔，日月双悬照古今。”孤松，是李大钊的笔名。无论“北李南陈”还是“南陈北李”，两人都是并驾齐驱的中国共产主义运动先驱。

李大钊不是一个书斋里的马克思主义者，而是一个知行合一的行动者和实践者，他公开昭示自己“自束发受书，即矢志努力于民族解放之事业，实践其所信，厉行其所知”的人生理想和革命历程。一方面，他从马克思主义理论和俄国十月革命的实践中，认识到无产阶级革命政党的性质、指导思想和基本纲领。他是中国共产党党建思想的早期探索者，在一系列的文章和谈话中对党早期思想建设、组织建设和作风建设进行了探索，明确提出党的政治属性是“平民的劳动家的政党，即是社会主义团体”。另一方面，他总是“布衣素服”，深入厂矿和田野，与工农大众在流淌的黑汗中打成一片，从他们苦难的生存状态和最基本的诉求中去探寻真理。1917 年 2 月，李大钊经过调查后，发表了一篇反映北京人力车夫苦难生活的文章，这些人力车夫在烈日的曝晒和风霜雨雪中为生存而奔波，一个个踏实肯干，却难以养家糊口。1919 年 3 月，李大钊在唐山煤矿实地调查后，又写成了《唐山煤厂的工人生活（工人不如骡马）》一文，刊登在《每周评论》第十二号，揭露了在资本家和包工头的残酷压榨和剥削下，矿工们连骡马也不如的悲惨生活状态。他在调查中发现，工人阶级若要改变自己悲惨的命运，第一步就要组织成立工人自己的团体，以共同的抗争为自身更为工人阶级争取切身的利益。五四运动爆发后，中国工人阶级第一次作为独立的政治力量登上历史舞台，这让李大钊进一步认识到，工人阶级是中国的先进阶级，是革命的领导力量，只有将马克思主义与工人运动相结合，才能产生无产阶级政党。与此同时，他也关心水深火热中“倒卧着几千百万倒悬待解的农民”，号召革命者“要去导引他们转入光明的道路”，而“社会主义的实现，离开人民本身，是万万作不到的”。当胡适挑起“问题和主义”之争后，李大钊愈加清醒地认识到，党的政治属性必须旗帜鲜明地拥抱马克思主义，“盖主义不明，对内既不足以齐一全体之心志，对外尤不足与人为联合之行动也”。他还回答了党进行革命是为了谁的问题，号召为“中华国家之再造，中华民族之复活”而奋斗。在党的组织建设上，他强调既要有“强固精密的组织”，又要扩大党的群众基础，鼓励同志们“加入劳工团体”。

陈独秀对李大钊的建党观点是高度认同的，他到上海不久，就开始到工人群众中宣传马克思主义。20 世纪 20 年代初的上海，正是全国工业与工人运动的中心。陈独秀先到码头工人中了解罢工情况，又到中华工业协会等劳动团体做调查。他还约请北京大学进步学生和革命青年深入工人中间，了解工人的状况。4 月中旬，陈独秀联合七个工界团体筹备召开世界劳动节纪念大会，并在筹备会上发表《劳工要旨》演讲。他受到工界团体的尊敬和拥戴，被推选为筹备会顾问。这年 5 月 1 日，在上海出版的《新青年》刊出了“劳动者纪念号”，在他的指导下，上海各业五千多名工人于 5 月 1 日举行集会，提出“劳工万岁”等口号，通过《上海工人宣言》。此后，陈独秀主持创办《劳动界》《上海伙友》等刊物，向工人宣传马克思主义，以启发工人的觉悟，组织真正的工会。

走笔至此，又要说到毛泽东在一师的那位老同学、他第一次赴沪在浦口火车站遇见的那个“救命菩萨”李中。这时候李中已成为陈独秀手下的一位工人骨干。李中此前已离开古董店，进入了江南造船厂，当了一名钳工，从一名知识分子直接转型为一位产业工人。他在产业工人中如鱼得水，参与组织筹建了上海机器工会，多次组织工人罢工。他一面推动工人运动，一面学习马克思主义，并将理论与实践相结合。1920 年 9 月，李中在上海《劳动界》杂志上发表了《一个工人的宣言》，署名“海军钳工”，此文不仅深入浅出阐述了马克思主义关于“全世界无产者联合起来”的观点，更激情预言“将来的社会，要使它变个工人的社会，将来的中国，要使它变个工人的中国，将来的世界，要使它变个工人的世界!”他在文章中呐喊：“到了这个时候，甚么昏雾黑霾都要开了，甚么地狱监牢都要破了，甚么阶级束缚都要除了!”他呼吁“我们要产生工人的中国，首先就要工人联络”，“我们不贯彻联络，就会没有力量”。这是第一次由产业工人发出的觉醒心声，那些观点犹如电光石火，为工人们追求自由和解放拨开迷雾、指引航向。

李中有这样的觉悟并不奇怪，他的背后，有那个时代站在中华民族和世界进步潮流最前列的人物——陈独秀。在中国共产党建党史上，李中是一个鲜为人知的名字，但他创造了诸多第一，他是中国第一个产业工人工会发起人，是中国共产党的第一个产业工人党员和工运领袖。此后，他在中国共产党的领导下，更积极地投身于大革命时期的工人运动中。陈独秀作为党的总书记，在第一次大革命时期也进一步认识到工人阶级的伟大力量，主张依靠工人阶级进行反帝、反封建军阀的无产阶级革命，中国共产党先后领导了五卅运动及上海三次工人武装起义，掀起了上海乃至全国的工人运动的高潮，李中一直为此而冲锋陷阵，在工人阶级的队伍中是当之无愧的先锋。1927 年蒋介石发动四一二政变后，李中转移至浙江后不幸被捕，好在他当时的身份还没有完全暴露，后经各方营救而获释，但他从此与党组织失去了联系。此后，他返回家乡湘乡（今属双峰）转向教育救国的事业，创办了“求实”学校，开设数学、物理、化学和英语等新课程，让当地青少年走进了一个全新的知识殿堂，“所培养的弟子数以千计，人人皆知印霞先生”。无论身份如何转换，李中忧国忧民的情怀始终不渝。毛泽东也从未忘记这位被他称为“救命菩萨”的老同学。新中国成立后，毛泽东在日理万机之中，曾三次写信邀李中去北京。1951年7月9日，李中在应邀赴京途中不幸病逝。这两位暌违数十年的老同学，在沪上一别竟成永诀。

交代了一段后话，还是回到当时。1920年5月，陈独秀在上海发起成立马克思主义研究会。该会与当年3月由李大钊主持成立的北京大学马克思学说研究会一起，从上海和北京分别向各地辐射，先后同湖北、湖南、浙江、山东、广东、天津和海外一批受过五四运动影响的先进分子建立联系，促进了马克思主义的广泛传播。同年6月，陈独秀同李汉俊等人开会商议，决定成立党组织，并起草了党的纲领草案十条，其中包括运用劳工专政、生产合作等手段达到社会革命的目的。8月，上海共产党早期组织在法租界老渔阳里2号《新青年》编辑部正式成立，取名“中国共产党”，这是中国的第一个共产党早期组织，其成员主要是马克思主义研究会的骨干，陈独秀为书记。

1920年6月，毛泽东依然没有找到自己认定的大本大源，他带着满脑子的疑问向陈独秀请教，而他这满脑子的疑问中就有他依然没有放弃的无政府主义幻想。当时，无政府主义思潮正在中国广泛流传，一些无政府主义者把马克思主义歪曲成所谓“集体主义”加以攻击。在北京共产党小组成立以后，混入小组内的无政府主义者黄凌霜、袁明熊、张伯根等人极力反对马克思主义无产阶级专政的理论与建立全国统一的组织，几个无政府主义者在《奋斗》杂志上连续发表题为《我们反对布尔扎维克》和《为什么反对布尔扎维克》的文章，向马克思主义公开挑战。这个时期，正是上海、北京等地的共产主义者着手筹建中国共产党的时候，鉴于无政府主义的猖狂进攻，对组党工作危害极大，陈独秀随即发表了一系列文章开展了对无政府主义的批判。他在《新青年》第八卷第一号发表了《谈政治》一文，针锋相对地指出：不能抽象地反对一切强权，反对一切国家；二是劳动团体的权力不集中，就会被资产阶级所利用，分化瓦解，各个击破，使劳工运动遭到破坏；用革命的手段建设劳动阶级（即生产阶级）的国家，创造禁止对内对外一切掠夺的政治法律，是现代社会的第一需要。这次论战持续了一年之久，使许多先进的知识分子划清了马克思主义和无政府主义的界限，并迫使黄凌霜、袁明熊、张伯根等无政府主义者退出了北京共产党小组。这也是中国共产党成立前后马克思主义和反马克思主义的一次重要论争，为马克思主义中国化扫清了思想障碍。

陈独秀和毛泽东交流时，一方面对无政府主义进行批驳，一方面从哲学、政治经济学、科学社会主义等多个方面给毛泽东讲解了马克思主义的基本原理。而此时，以陈独秀为代表的中国早期共产主义知识分子在传播马克思主义之初就意识到解决中国社会矛盾是马克思主义在中国传播的主要任务，他们“从接受马克思主义开始起，就是将其视为理论与方法统一的世界观，致力于马克思主义与中国实际的结合，将其作为观察和改造国家的工具”，而且“注意同实际结合，群众结合，这是中国马克思主义思想运动一开始就具有的一个特点和优点”。这对青年毛泽东的思想是一次正本清源，他感觉自己寻找的大本大源越来越清晰了。

毛泽东聆听着陈独秀那充满辩证思维的讲述，看着陈独秀那坚定有力的手势，他猛然觉得，这才真是在指点江山啊！一向潜在切实的毛泽东，此时最切实的问题还在湖南。他谈了“驱张运动”的进展，对陈独秀的支持充满了感激，“仲甫先生，您那篇《欢迎湖南人底精神》，给了我们莫大的鼓励啊！”

陈独秀语重心长地说：“润之啊，我就希望湖南人的精神，在你们这些可敬可爱的青年身上复活啊！”

毛泽东还拿出他起草的改造和建设湖南的方案，征求陈独秀的意见。陈独秀戴着眼镜仔细看了，又摘下眼镜擦拭了一下，说：“润之，革命不是一蹴而就的，我赞成你的看法，当一省一省的问题解决了，将来合起来便可以得到全国问题的总解决。我相信世界上的军国主义和金力主义（资本主义），已经造了无穷罪恶，现在是应该抛弃的了。”

就在毛泽东和陈独秀这次谈话后不久，以吴佩孚、曹锟为首的直系军阀和以张作霖为首的奉系军阀结成“反段联盟”，击败了以段祺瑞为首的皖系军阀。每一次军阀争战都是一次重新洗牌。随着皖系军阀失势，张敬尧失去了最大的靠山。经毛泽东拜访过的庄蕴宽反复斡旋，又加之张敬尧祸湘铁证如山，徐世昌不得不出面谴责张敬尧，命令褫夺其军职。国务总理靳云鹏则公开道歉，“政府愧对湖南”，并对张敬尧谎报政况请求增兵予以驳斥。不过，笔杆子同枪杆子的抗争，最终还得靠枪杆子来解决。在徐世昌、靳云鹏表态后，庄蕴宽立即派人通知与直系军阀吴佩孚联结甚紧的赵恒惕出兵“驱张”。赵恒惕率领湘军攻入长沙。6 月 11 日晚，张敬尧一把火烧了军火库，仓皇逃出长沙城，并遭全国通缉。

随着湖南政局发生重大变化，如何在湖南建设民治这个新问题，立刻提到湖南人的面前。当时，易礼容从武昌给毛泽东写来一封信，直率地谈了他对新民学会活动的一些看法，他建议学会同仁要“回到湖南去，采取一种最和平、最永久的法子，造成一个好环境，锻炼一班好同志”，这样才能实行自己的主张。毛泽东很重视易礼容的这封信，后来还将它收入《新民学会会员通信集》，并亲笔写了八百多字的按语。他认为，易礼容所说的结合同志“自然十分要紧，惟我们的结合，是一种互助的结合。人格要公开，目的要共同，我们总不要使我们意识中有一个不得其所的真同志就好”。对自己倾全力投入的“驱张运动”，他也作了反思：“驱张运动只是简单的反抗张敬尧这个太令人过意不下去的强权者”，但驱张“也是达到根本改造的一种手段”。毛泽东也深深感到，张敬尧走了，还会有新的张敬尧回来。他随即决定于 7 月返湘，去推行湖南改造和建设计划。与此同时，他将原先写好的《湖南改造促成会发起宣言》发表于上海《申报》。这个月内，毛泽东还接连在上海《时事新报》上发表《湖南人再进一步》《湘人为人格而战》《湖南改造促成会复曾毅书》等文章，从各方面阐明他的主张。

在回湖南前，毛泽东又带着彭璜去老渔阳里 2 号同陈独秀道别，陈独秀也为湖南“驱张运动”的胜利而欣慰。他握着毛泽东的手说：“润之，你们的计划如能实现，也是建党的最好准备！”

毛泽东、彭璜激动地说：“我们也想在这些工作的基础上，在您的指导下，再着手在湖南建立党组织，今后还有许多事要请您指导。”

陈独秀点点头，说：“好，多联系，湖南已列入了我们的组党计划。”

据《新民学会资料》，毛泽东和彭璜还去拜访了一位“很提倡国际主义的”吴先生——吴廷康，这是俄共（布）向中国派出的第一位使者，全名格列高里·纳乌莫维奇·维经斯基。他和毛泽东是同龄人，1893 年 4 月出身于俄国维切布斯克州涅韦尔市一个木材场管理员的家庭。1907 年，十四岁的维经斯基从市立四年制学校毕业，在维切布斯克印刷厂当了三年排字工人，以后又在白斯托鲁克当了三年的会计。排字和会计工作需要一丝不苟，这让他从少年时代就养成行事特别严谨的习惯。二十岁那年，维经斯基移居美国，在美国的五年生活让他练就一口流利的英语。1918 年春，他回到了刚刚经历十月革命的祖国，随后便在海参崴加入了布尔什维克，被派遣到克拉斯诺亚尔斯克从事工作。当时，尽管苏维埃政权在俄国正式建立了，但这个新生的政权几乎从诞生伊始就面临着夭亡的威胁，除了西方敌对势力的干预，国内的叛乱此起彼伏。在原沙皇俄国舰队司令亚历山大·高尔察克发动叛乱期间，维经斯基参加了反抗高尔察克的鄂木斯克暴动。1919 年 5 月，他被叛匪逮捕并判处无期徒刑，后流放到库页岛服劳役。在服劳役期间，他联合岛上的政治犯进行暴动，终于获得自由。

1920 年 1 月，维经斯基回到海参崴，开始从事共产国际的工作，负责远东事务。“他不会汉语，被选拔为赴华使者，大概是因为在北美的生活使他掌握了英语，培养了他的政治感觉。”这年 4 月，俄共（布）远东局海参崴分局外国处向中国派出了一个代表团（工作组），维经斯基是这个代表团的负责人，他也由此“有幸成为 1920 年在北京和上海与中国共产主义者直接联系的第一个苏联党员”，但此时他还不是共产国际（第三国际）派到中国来的正式代表。他当时公开的身份是一名记者，还有一位翻译——杨明斋与之随行。杨明斋，原名好德，字明斋，1882 年出生，山东平度马戈庄人，1901 年辗转到海参崴做工谋生，后加入布尔什维克党，是第一个加入共产党的中国人。1920 年，他被派到当时被日本人占领的海参崴，以华侨负责人的公开身份从事党的秘密工作。这次，杨明斋作为共产国际向中国派遣的工作组成员，担任翻译和协调工作，也因此成为中国共产党和中国社会主义青年团的筹建者之一。

维经斯基抵达北京后，在北大红楼同以李大钊为代表的一批信仰共产主义的知识分子举行了多次座谈，罗章龙是其中之一，他也是直接接触布尔什维克党人的第一位新民学会会员。据罗章龙回忆：“我们同维经斯基见面的谈话会，是在图书馆举行的。会上，他首先介绍了十月革命。他还带来了一些书刊，如《国际》《震撼世界十日记》等。后者是美国记者介绍十月革命的英文书。他为了便利不懂俄文的人也能看，所带的书，除俄文版外，还有英文、德文版本。”维经斯基还向他们介绍了俄国十月革命后的实际情况和苏俄的对外政策，使他们对苏俄的情况有了进一步的详细了解，从而更加坚定了走俄国十月革命道路的决心。

随后，李大钊又给陈独秀写了一封信，介绍维经斯基去上海同陈独秀会晤。在送别时，李大钊意味深长地说："我们这些人只是几颗革命的种子，以后要好好耕作，把种子栽培起来，将来是一定会有收获的。"这些年来，李大钊一直致力于在青年中播撒马克思主义的火种，而毛泽东就是他培育的种子之一，他也在毛泽东等年青一代的身上看到"新青年的创造能力"，展望着 20 世纪人类"共同觉悟的新精神的胜利"。

1920 年 5 月，正是上海阳光明媚、花香四溢的季节，人道是"十里洋场烟花地，风云际会上海滩"，在此时，有几个俄国人悄然搬进了上海霞飞路 716 号，维经斯基一行以俄文版《生活报》记者的身份登记住下了。随后，维经斯基便拿着李大钊的介绍信见到陈独秀，并就组建革命团体进行了商讨。由于当时的条件还不太成熟，维经斯基一开始并不是要建立一个纯而又纯的共产党组织，而是要"把各革命团体联合起来组成一个中心组织"。在这次会晤后不久，维经斯基便向共产国际和俄国共产党写信，称陈独秀是"当地的一位享有很高声望和有很大影响的教授"和"一位享有声望的中国革命者"。他在上海逗留期间，和陈独秀、李汉俊、李达等人通力合作，先是在上海成立了一个中心组织——革命局，下设出版部、宣传报道部和组织部。李汉俊负责出版部，刊印了陈望道翻译的《共产党宣言》和米宁的《共产党员是些什么人?》等小册子。组织部则"忙于在学生中间做宣传工作，并派遣他们去同工人和士兵建立联系"，随后又成立了工人委员会。维经斯基还建议"把各种革命学生团体组织起来，建立一个总的社会主义青年团”。

1920 年 8 月，由陈独秀领导的上海的共产党早期组织正式成立。随后，上海革命局又于 8 月 22 日建立了社会主义青年团，作为中国共产主义组织的外围组织，并在青年团所在地——渔阳里 6 号设立了外国语学社，该社的主要工作就是“训练去苏俄学习的年轻的马克思主义信仰者”，意在“物色一些中国的进步青年到莫斯科东方大学学习，并选择一些进步分子到俄国游历”。青年团在外国语学社的学员中发展了团员二十余人，刘少奇、任弼时、萧劲光等人就是中国第一批社会主义青年团团员，他们于 1921 年赴莫斯科东方大学学习。

后来，维经斯基因回国汇报工作而未能参加中共一大，但他为中共上海发起组的各项工作付出了努力，为中共一大的召开和中国共产党的正式成立打下了坚实的基础，他也被称为协助中国共产党成立的“最初且最有贡献的一个人”。杨明斋也是中国共产党上海发起组织社会主义青年团的筹建者之一，他后来与李大钊、陈独秀、张国焘、周恩来等一起工作过，周恩来赞誉他为我党历史上受人尊敬的“忠厚长者”。1938 年 2 月，他在苏联因被捏造的罪名遭逮捕，并于同年 5 月牺牲。1989 年 8 月，杨明斋被中国民政部门公布为革命烈士。

毛泽东这次同维经斯基见面，也是他第一次面对面地接触苏联布尔什维克党人。维经斯基跟毛泽东谈了俄国十月革命的情况，还给他讲述马克思主义的基本理论，杨明斋一句一句地翻译着，一直用温和的眼神注视着这位高个子青年的表情，好像在看他是否听懂了。毛泽东一边倾听，一边不时提出一些疑问，维经斯基都做了严谨的解答。这位作风细致、善于与中国人打交道的布尔什维克党人，给毛泽东留下了难忘的印象，也给了他很多的启迪。

此前，毛泽东一直主张非暴力的“呼声革命”和“无血革命”，而俄国十月革命则是采取劳农专政——无产阶级专政的方式，这是他心存疑虑的，亦是一直担心的，“用强权打倒强权，结果仍然得到强权”，这也是他和维经斯基探讨的一个根本问题。彭璜 1920 年 8 月在湖南《大公报》上发表的《对于发起俄罗斯研究会的感言》一文中，有这样一段可以作为佐证的回忆：“我记得前次上海会见一位吴先生，他是很提倡国际主义的。他是很希望用十分和平十分圆满的手段来达到国际主义的目的，所以他说俄国的革命，不幸在这过渡时代，近于多数专制——就是劳农专制。但人民的知识与道德，不能站在一水平线上的时候，社会的改造，只有比较的圆满与和平的方法，‘无为之治’恐怕是不可能的。所以和平的世界，是俄人革命的目的，劳农的政府，是俄人革命不能避免的手段，也恐怕是全世界革命必经过的阶段。”从中可以看出，维经斯基特别解释了劳农专政的理由。而在当时的中国，又何止是毛泽东对劳农专政心存疑虑，很多人对此充满了疑惑或疑惧。

那么，在这次交谈后，青年毛泽东的思想是否发生了根本的变化呢？尽管迄今还没有发现直接的史料能呈现毛泽东与维经斯基的第一次接触交往和思想传递的心路历程，但不久后，毛泽东就在 1920 年 9 月 5 日的湖南《大公报》上发表了一篇文章，这也是他第一次分析十月革命的成功经验：“列宁之以百万党员，建平民革命的空前大业，扫荡反革命党，洗刷上中阶级，有主义（布尔失委克期姆），有时机（俄国战败），有预备，有真正可靠的党众，一呼而起，下令于流水之原，不崇朝而占全国人数十分之八九的劳农阶级，如响斯应，俄国革命的成功，全在这些处所。”有专家认为，这“可算作会见维经斯基成果之一”。

就在毛泽东第三次旅沪之际，这年5月末，陈望道带着翻译好的《共产党宣言》文稿来到上海。陈望道于1915年赴日留学四年，毕业于日本中央大学法科，精通日文和英文。1919年回国后，任浙江省立第一师范学校国文教员。1920年2月初，《星期评论》周刊主编戴季陶约请陈望道为该刊翻译《共产党宣言》。戴季陶称赞马克思是“近代社会运动的先觉”“近代经济学的大家”，他主编的《星期评论》因介绍与研究国内外劳工运动，宣传社会主义和其他新思潮，一度与陈独秀、李大钊创办的《每周评论》齐名，被誉为“舆论界中最亮的两颗明星”。陈望道在日本留学时就已接触马克思主义，并经历了一个从接触到接受的过程，这让他成了马克思主义在中国的第一批传播者之一。他随即便答应了戴季陶的约请，戴季陶则向他提供了日文版《共产党宣言》，拟定作为翻译中文版《共产党宣言》的底本。陈望道为了更准确地翻译，又通过陈独秀从北京大学图书馆借到了英文版《共产党宣言》作为参考。为了避开干扰，陈望道于当年2月中旬回到了自己的故乡——浙江义乌分水塘村。他家家境还不错，但家中人来人往，为了选择一个更安静的地方，他在距家不远的一间柴屋里，用两条长板凳架起一块厚实铺板，作为自己的工作室。伏案工作时，他就把笔墨纸砚和参考资料摊在铺板上，累了，他就在铺板上躺一躺，缓过神来后又开始翻译。在那阴冷潮湿的早春季节，四壁透风的柴屋里阴风袭人，寒气钻心，那握笔的手不一会儿就冻僵了，他就起身跺跺脚，搓搓手，完了又一头扎进纸堆里。那些天，他的一日三餐和茶水都是由母亲张氏端入柴房。为了不打扰儿子的工作，她进出都是蹑手蹑脚，每次放下碗便出去了。此时的陈望道仿佛已进入了另一个世界，他留在世间的只是一个影子，对母亲的来去浑然不觉。就在这样的状态下，出现了一个后来广为流传的经典故事。一天，母亲给他端来了粽子和红糖，又悄没声息地出去了。陈望道一边埋头翻译，一边下意识地蘸着红糖吃粽子。母亲在屋外心疼地望着儿子，看见他吃得很甜，才问了一句："红糖够不够啊，要不要我再给你添些？"陈望道头也不抬地答道："够甜，够甜的了！"母亲眼看着他有滋有味地吃完了，又轻手轻脚进来收拾碗筷，却发现那红糖一点儿也没动，儿子的嘴巴上却沾满了墨汁。她张大嘴巴惊叫了一声："啊呀，你看你蘸的是什么啊！"

后来有人说，墨汁为什么那样甜，因为，真理也是有味道的，甚至比红糖更甜。

陈望道就是在信仰的支撑下，用了两个多月时间，终于译完了《共产党宣言》。这是《共产党宣言》第一个中文全译本，对于陈望道，这是"时代的使命，历史的重托"，他"费了平时译书的五倍功夫"，经历了艰辛而忘我的投入，也深深体味到了"精神之甘，信仰之甜"。

按照原定计划，该书是准备在戴季陶主编的《星期评论》上连载的，这是由中华革命党主办的一份周刊，但在 1920 年 6 月就宣布"中止刊行"。为了将《共产党宣言》中文全译本尽快推出，陈独秀决定以"社会主义研究社"（即新青年社）的名义出版单行本，维经斯基则从带来的活动经费中拿出两千元作为出版经费。查阅该书最早的版本，为竖版直排，比现今的小 32 开本略小，用五号铅字印刷，全书共 56 页，无扉页及序言，不设目录，风格简洁。封面是水红色，印有马克思半身坐像的照片，上面写着：共产党宣言，马格思、安格尔斯合著，陈望道译。上面还印着一行小字“社会主义研究小丛书第一辑”。这一版本又称“红头本”。

这本定价为“大洋一角”的小册子于 1920 年 8 月正式出版，第一版一千本几乎是一抢而空，9 月份又重印一千本，旋即再次售罄。它的问世，迅速在先进知识分子群体中掀起阅读热潮，极大地推进了马克思主义在中国的传播，为创建中国共产党奠定了思想基础。在那漫长的黑夜里，它如灯塔一般，指引着那些为中华民族寻找出路的仁人志士走出各种主义的纷扰和迷茫，从此走上共产主义道路。

不过，毛泽东还无缘在第一时间读到《共产党宣言》首译本，当《共产党宣言》首译本问世时，他已经离开上海了。诚如毛泽东所说，他的第二次北京之行和第三次上海之行，在他“一生中可能是关键性的这个时期”，他和“南陈北李”这两位当时中国思想界的巨人多次深入交流，还有他同维经斯基的第一次接触，给他带来了思想上的巨大震撼。如果说毛泽东的第二次北京之行，对他寻求的“大本大源”还有些茫然，他的第三次上海之行，就使他对马克思的科学社会主义学说的理解又有了进一步的提高和加深。他在延安与斯诺的谈话中回忆说：“我第二次（实为第三次）到上海去的时候，曾经和陈独秀讨论过我读过的马克思主义书籍。陈独秀谈他自己信仰的那些话，在我一生中可能是关键性的这个时期，对我产生了深刻的影响……他影响我也许比任何人要大。”他还特意强调：“到 1920 年夏，在理论上，而且在某种程度的行动上，我已成为一个马克思主义者，而且从此我也认为自己是一个马克思主义者了。”这是毛泽东自己界定的服膺马克思主义的年份。1945 年，毛泽东在《“七大”的工作方针》一文中又说，是陈独秀最早告诉他“世界上有马克思主义”。

再见，上海！在那个如火如荼的夏天，毛泽东登上了溯江而上的轮船，在一声长鸣的汽笛声中，他又要回到阔别数月的湖南了。看着这滚滚东流的长江，他挺起的胸膛一阵一阵起伏，想起了王闿运的那句豪言，“大江东去，无非湘水余波”。此刻他已归心似箭，血液如江流一样奔涌，他多么想跃入湘江、畅游一番……

第六章

问苍茫大地

一

毛泽东从上海回到长沙，已是 1920 年 7 月，天气已如火炉一般炽热，连风吹在身上也一阵一阵发烫。他刚刚放下行囊，就拉上一同回湘的彭璜奔向橘子洲头，一头扎进湘江。此时的湘江正值汛期，浪头扑打着浪头，漩涡席卷着漩涡。在湘江的咆哮声中，彭璜使足了劲儿，一边劈波斩浪，一边兴奋地喊叫着，没人知道他在喊叫什么，人在这个时候的语言，只剩下了语气词："嗷——嗷——"

毛泽东却舒展着身体仰面躺在起伏的波浪上，无论浪头迎面扑来，还是从后边打来，他都是一派胜似闲庭信步的从容。他一直仰望着天空，一只划过天穹的苍鹰牢牢地吸引住了他的视线。兴许，那一句"鹰击长空"在此时便已萌生。此时，一个浪头凶猛地扑来，彭璜遭浪头一打，一下失去了平衡，摇摇晃晃地撞到了一个漩涡边上。他一下变得慌张了，还猛地呛了一口水。毛泽东迅疾地游到他身边，说："沉住气，莫心急，别慌张，这游泳可要利用水性因势利导啊。"当那凶险的漩涡席卷而来，毛泽东利用漩涡的水势伸手将彭璜轻轻一推，就将他推出了漩涡，而毛泽东自己却被卷进了漩涡里。彭璜一下急眼了，在汹涌的浪花中大喊，毛泽东也没有听清他喊什么，但他一点也不着急，就跟着那湍急的漩涡一起旋转，哗哗地转了一阵，他如神助一般，就顺着激流的边缘从那巨大的漩涡中游了出来。

张敬尧被驱逐出湖南后，湖南的政局已为之一变，这让毛泽东的精神也为之一振。他一回到湖南便给胡适写信："适之先生：在沪上一信，达到了么？我前天返湘。湘自张去，气象一新，教育界颇有蓬勃之象。将来湖南有多点须借重先生，俟时机到，当详细奉商。暂不多赘。"看得出，此时的毛泽东对改良主义道路依然抱有某种幻想。

随着"湘人士相率归任事"，曾两次担任湖南督军兼省长的谭延闿再次被推了出来，开始了他的第三次督湘。易培基既是谭延闿的"铁杆"，又因"驱张"有功，被谭延闿任命为省长公署秘书长，并兼任省教育厅长和湖南一师校长。他随即对湖南一师的人事进行重新调整，破格聘任没有高等学历的毛泽东担任一师附小主事（校长）兼一师二十二班国文教员。教书育人，这其实也是青年毛泽东的初心，是他 1913 年考入师范学校时就立下了的志向。毛泽东后来曾向斯诺说起："我也在认真地考虑自己的前途，而且差不多已经决定自己最适于教书。"他对以教育为职业是作了长久打算的。在填写《少年中国学会会员终身志业调查表》时，他在"终身欲研究之学术"栏目下填写了"教育学"，在"终身欲从事之事业"栏目下填写了"教育事业"，只是这乱糟糟的世道逼得他做出了另外的选择。这次担任一师附小主事，对他从事教育事业则是一次全方位实践。

在那个还崇尚"师道尊严"的时代，毛泽东首先就以谦和平实的姿态打破了师生之间的鸿沟。无论在附小做演讲时，还是在一师教课时，当学生们叫他毛先生时，他都笑着连连摆手："同学们，你们就叫我老同学吧!”一句话，就将师生关系置于了平等的状态，学生们都觉得这位先生像兄长一般可亲。

20 世纪初，很多学校尚未建立规范化的制度。毛泽东担任主事后，便根据现代学校的规则和发展的需要，进行了一系列改革。当时，一师附小设有七个班，规模在三百人左右，学制是七年制，初小四年，高小三年。这是湖湘子弟梦寐以求的一所小学，但招生范围仅限于以长沙为中心的湘中各县。毛泽东觉得这不公平，他认为湖南一师包括附小应该属于整个湖南人民。为此，他在校务会上据理力争，取消了地域限制，将招生范围覆盖到了全省各县。接下来，他又对招生方式进行了改革。一师附小过去录取新生，往往由主事依据旁人的介绍和推荐，而录取与否，基本上是由主事一个人拍板。毛泽东作为一校之主，第一个改革举措就是限制主事的权力，从主事做主、人管人改变为用制度管人。在招生方面，则建立了一套有章可循的制度，凡新生录取，均以学生考试分数为根据，并召开校务会，集体讨论决定。

毛泽东既注重招生的正规化，也注意保持招生的灵活性，让制度更加人性化。在那个信息和交通都很闭塞的时代，那些边远山区的学生难以在第一时间获得招生信息，往往在招生录取发榜之后，还有不少学生来请求报考。对这类学生，以前是一律拒之门外，多少远道而来的学子因此而失去了求学的机会，在附小门口倚门抱柱失声痛哭。毛泽东对这些学子充满了同情，他为此而召开了校务会，决定给这些学生考试的机会。那时候，读小学的并不一定是学童，很多都是青少年，毛泽东自己进东山小学时就十七岁了。他考虑到这一情况，为了给那些发蒙较晚的工农子弟更多的入学机会，又一再提倡放宽入学年龄。

对于那些经济困难的学生，毛泽东也给予了很多制度性的照顾。一次，有一个肉摊小老板找来了，他儿子考上了一师附小，按规定要一次性缴清所有的学杂费，而他家一下子拿不出这么多钱来，但若是分期缴纳，则是可以负担的。毛泽东调查后，发现这样的家庭还不在少数，有的学生好不容易考上了一师附小，却因无法一次性缴清所有学杂费而被迫辍学。决不能把这些穷人的孩子挡在校门之外！毛泽东随即召开校务会，决定允许学生分次交齐各种费用，对有特殊困难的学生还免收各种学杂费。这个决定，使一批贫寒子弟走进了一师附小的大门。

为了解决一些失学青少年的求学问题，毛泽东还在附小创办了“成年失学补习班”，设有国文、英文和算术等课程。这补习班有一位叫许志行的少年，是毛泽东搭救的一个小流浪汉。许志行是江苏吴县人，原姓潘，因家境破落而被许家收养，改名许志行。他一心向学，想要通过读书改变自己的命运，但高小还未毕业就被养父母送到长沙一家五金玻璃店当学徒。学徒再苦他也能忍受，但他实在受不了老板的欺压和打骂，只干了三天便逃走了，又没有回家的路费，从此流落街头。这位十七岁的少年，从长沙朝着家乡的方向一路沿途乞讨，辗转到了汉口。他在街上看见了一个穿长衫的高个子青年，一看就很面善，便伸手向他乞讨。说来也是命运的巧合，这位长衫青年正是毛泽东。那是 1919 年 12 月中旬，毛泽东为“驱张”北上而途经汉口，从此转道赴沪为蔡和森送行。毛泽东见这位衣衫单薄、面黄肌瘦的少年，虽是乞儿却有几分书生气，便停下来问他的情况。许志行便将自己的经历和渴望读书的想法告诉了毛泽东。毛泽东握着他长满了冻疮的手说：“你想读书是好事，但小小年纪，在外流浪总是不好的，现在天气越来越冷了，这样吧，我先给你路费，你回家乡等待机会，把通信地址留给我，等我回湖南后，一定帮你出来继续求学，你看如何?”

许志行回家后翘首等待了大半年，他深信那位萍水相逢的大哥一定会给他回信的。毛泽东一直惦记着那位手上长满了冻疮的小兄弟，只因自己一直在外奔波，暂时无法帮助他。直到担任湖南一师附小主事后，他才给许志行写了一封信，告诉他可以来长沙上学了。许志行作为外省学生，不能直接进入附小读书，便进了毛泽东创办的“成年失学补习班”。毛泽东就像对待亲弟弟一样辅导他读书，还给他承担一切生活和学习费用。当时，毛泽东的大弟毛泽民在附小管理庶务，小弟毛泽覃也来到附小读书。毛泽东在繁忙的教务和社会活动中还要挤出时间，每周给他们三人上一次公民课，讲述救国救民的道理。许志行爱好写作，毛泽东便鼓励他多读多写，每天坚持写日记，每周写一篇作文和读书心得。他还特别指导许志行写作时既要结合自身的命运，更要多注意观察现实生活，这样才能写出从生命体验出发、有着扎扎实实内容的文章。在毛泽东的启发下，许志行写了一篇《靠菩萨的结果》，用事实说明求神拜佛是没有用的。这篇文章虽说没有太多的深意，却说出了一个普遍的道理，对于唤醒民众是有意义的。毛泽东将此文推荐给《湖南通俗报》发表了，而后许志行写作的劲头更大了。

许志行跟着毛泽东在长沙读了一年多书，原本准备报考湖南一师，但湖南一师当时只招收本省学生。毛泽东几经打听，得知浙江省立第一师范可以招收江苏籍学生，便资助他赴浙江报考。许志行考入浙江一师后，他的日常开销和购买书刊的费用大部分仍由毛泽东资助。他在课余开始写小说，并受到国文教师俞平伯的赏识，将他的作品推荐在茅盾主编的《小说月报》上发表，后结集为《孤坟》出版，其中《师弟》一文，由茅盾选入了《中国新文学大系》。1925 年五卅惨案爆发，许志行在浙江一师组织罢课、游行，还利用暑假到上海参加工人运动，并加入了中国共产党。是年冬，许志行被校方以“鼓动学潮”的罪名开除。翌年春，在广州担任国民党中央宣传部代理部长的毛泽东写信邀请许志行任宣传部交通局助理，从事广州、上海间地下交通联络工作。1927 年蒋介石发动四一二反革命政变后，许志行先后在中共上海闸北区委和浙江省委从事地下活动，后与组织失去联系，转而长期从事教育工作，先后在上海格致中学、上海外国语学院、上海师范学院任教。1949 年初夏，在新中国成立前夕，许志行试探着给毛泽东写了一封信。四个月后，他在苦苦的等待中终于收到了毛泽东的回信：“志行兄：六月十日来信收读，甚为喜慰。迟复为歉！……你在上海教书甚好，教书就是为人民服务。”从此，他们又恢复了联系，但毛泽东政务繁忙，两人一直没有见面的机会。直到 1956 年夏天，许志行才收到毛泽东要他到北戴河避暑的邀请信。两人在阔别二十多年后第一次相见，毛泽东竟然一眼就认出了他。许志行紧握着毛泽东的手，眼眶里满含热泪，一时间哽咽着说不出话来。毛泽东拍着他的手背连连说道：“志行啊，我们见面太晚了，太晚了！”

毛泽东对许志行的这份情同手足的“兄弟情”，既为教育界留下了一段佳话，更从一个侧面反映了毛泽东教书育人的良苦用心。无论作为主事还是老师，他都是把学生当手足同胞、知心朋友来看待的。在不算太长的教育实践中，除了给学生传播文化科学知识，毛泽东尤为注重给他们指点人生的道路，并与中国的现实和世界的经验紧密结合，从而培养学生的人生观和世界观。在因材施教中，他尊重教育领域一个普遍理念：人有出身，但心却没有，心灵通过学习而有属于其自身的成长史。许志行从一个流浪儿成长为一个教书育人的知识分子和一个革命者，正是毛泽东教育理念和实践的必然结果。

在毛泽东看来，学校是一座“冶铁洪炉”，学生哪怕是一坨顽铁，在反复的淬炼下，也是可以炼好的。1920 年，一师附小第十四班招收了一名叫钟化鹏的插班生。这是一位颇有反抗精神的学生，原来在湖南沅江县立第一高小读书，由于带头反抗学校的陈规陋习，顶撞了校长和训育员，被县知事下令开除学籍。他来到附小求学时，有人不同意招收这种被开除了学籍的“捣蛋学生”。毛泽东在了解钟化鹏被开除的前因后果后，认为这样的学生从小就充满了正义感，敢于同不合理的制度进行抗争，决不能将这种有棱角、有锋芒的学生拒之门外。在毛泽东的主导下，一师附小经过考试和校务会研究，决定接收钟化鹏为插班生。这位“捣蛋学生”换了一所学校后，就像换了一个人，变成了一位品学兼优的学生。毛泽东通过这一个案，更觉得因材施教，关键在学校，在制度，否则很多像钟化鹏这样的学生就会沦为被埋没的人才。为此，他又在附小建立了一项制度：如果要开除学生，必须取得全校师生员工的同意。钟化鹏第二年毕业时，按规定插班生要向原来所在学校调索学年成绩，但原校拒不提供。毛泽东随即以附小的名义发去公函，从沅江高小调来了钟化鹏的成绩。随后，钟化鹏便以优秀的成绩考入了湖南一师师范部，在毛泽东任教的第二十二班就读。他后来追随毛泽东投身革命，参加了南昌起义。

毛泽东所处的那个时代，既是一个“城头变幻大王旗”“你方唱罢我登场”的时代，也是一个各种思潮纷涌、思想空前活跃的时代。为了把新文化、新思潮、新观念引入课堂教学中，毛泽东借助语文课对学生进行引导和启迪，他改革了僵化而保守的国文教材，把一些当时很有影响又特别鲜活的文章引入教材，如李大钊富有哲理的散文《今》，鲁迅的《故乡》和《我们怎样做父亲》等，这让语文教学能够及时得到社会的滋养，让学生在第一时间感受到时代的脉动，让语文课充满了生机。

毛泽东一直喜欢阅读报刊，在那个信息闭塞的时代，第一时间了解社会变化的第一手材料就是报纸。1920 年 9 月，何叔衡被湖南通俗教育委员会派为湖南通俗教育馆馆长，该馆主办了一份《通俗教育报》。何叔衡为了办好报纸，特约谢觉哉任主笔，熊瑾玎为经理，周世钊、罗宗翰、邹蕴真等新民学会会员为编辑，特邀毛泽东参加编辑会议。据周世钊回忆，毛泽东参加了第一次编辑会议，他分析了湖南政治、社会各方面的情况，提出将《通俗教育报》改名为《湖南通俗报》，并提出办这份报纸的基本方针：“报纸主张什么，反对什么，态度要明朗，不可含糊。通俗报是向一般群众教育的武器，文字必须浅显生动，短小精悍，尤其要根据事实说话，不可专谈空洞的大道理。”他这些主张，被参加会议的人全部接受下来，成为这一时期通俗报的工作纲领。“隔不上几天，他总要到馆里来一次，随时对编辑工作提出建议性的意见，使编辑质量得以不断提高。”9 月 11 日，《湖南通俗报》以崭新的面目出版了，这份报纸实际上成为新民学会所掌控的、宣传进步思想和革命主张的又一重要舆论阵地。其内容涵盖讲演、世界新闻、国内新闻、本省新闻、新智识、小批评、社会调查、琐碎话、谚语、儿歌、新字课等，文字浅显而生动有趣，信息量和知识量都很大。该报发表了许多重要文章，对湖南当时的政治、思想和文化运动起了积极的推动作用，有力地揭露了湖南新军阀谭延闿、赵恒惕的虚伪面目及其政权的反动本质；传播了新思想、新文化、新知识；宣传了真正的民权思想，启发了民智；大胆揭露了帝国主义的侵华阴谋，报道了俄国革命的成就；含蓄地宣传了国内各地的工人运动；刊登了许多记述本省各地劳动、教育、实业状况的调查资料和留法勤工俭学学生的通信……

毛泽东要求学生订阅《湖南通俗报》，人手一份。每天上课前，由老师指导学生读报纸上的新闻和评述文章，对一些重要文章，毛泽东还会引导学生们分析。他在指导学生“读”和“说”的同时，还鼓励大家勤练笔，通过“写”来表达自己的见解，从而增强“说”的条理，检验“读”的效果。尤为重要的是，毛泽东给语文教学注入了鲜明的时代性和现代政治启蒙色彩。在国运的起伏中，毛泽东指导学生在语文课上分析实际问题，练就了洞察世事的敏锐眼光，形成对当下形势的见解。当湖南军阀赵恒惕迫害进步青年时，毛泽东就鼓励学生以此为题材写文章，表达自己的见解。据许志行后来回忆：“毛主席很重视语文这门课。他说，语文是非常重要的一门课，是学习其他各课的入门要径。这门课学好了，脑子就灵了，思想就通了……”

《湖南通俗报》在社会上的影响越来越大，发行量由几百份迅速增加到六七千份。这使赵恒惕们如坐针毡，惊呼“湖南风气之坏，坏就坏在《通俗报》上”，“政府自己办的报纸专门骂政府，本是教育民众的《湖南通俗报》，变成了宣传‘过激主义’的刊物，真是岂有此理！”1921 年 6 月 11 日，赵恒惕政府即以“宣传过激主义”罪名，撤了何叔衡馆长之职，《湖南通俗报》被迫停刊。

毛泽东还从通盘的社会改进的角度，强调学生尤其要通过接触实际的生产生活以了解社会。在毛泽东的大教育观中，学校、家庭与社会是一个整体：“学生出学校入社会，若社会之分子无知识……则学生在学校所得之知识与之枘凿，其结果亦只有两途：或为所融化，或与之分张。从来之柔懦奸邪，皆前一种之结果。从来之隐士，皆后一种之结果。”他进而提出：“但言改良学校教育，而不同时改良家庭与社会，所谓举中而遗其上下，得其一而失其二也。”毛泽东从这一理念出发，在一师附小设置了园艺、畜牧、印刷等实习课，学生在课堂学习之外种菜，养殖，印制信纸、信封、作业本，既增进了对社会生产的了解，又提高了生活能力。

毛泽东在管理和教学中，打通了学校和社会之间有形或无形的围墙，这让他拥有了更辽阔的胸怀和更宽广的视野，从而逐渐确立了自己的世界观。毛泽东还写了一副明白如话的对联：“世界是我们的，做事要大家来。”他让学生刻写在竹板上，悬挂在附小礼堂中。这副对联并不拘泥于对仗的格律和音韵，却表达了毛泽东当时的世界观、人生观和教育观，连小学生也一眼就能看懂。“世界是我们的”，只有将世界作为个人成长的舞台，才会走出书斋，关心这个世界，这是超出学校的围墙而属于天下人的世界，如此，才能真正理解“天下兴亡，匹夫有责”的真谛。毛泽东倡导“做事要大家来”，这就意味着，从一所附小到整个世界，每个人都是主人公，只有团结所有的人，实现民众大联合，同心协力，才能达到共同的目标。

这一时期，毛泽东已立下了“改造中国与世界”的大志，但他又特别潜在切实，一直强调从此时、此地的身边事做起，从基层一点一点地做起。

毛泽东还利用他在一师读书时办夜学的经验，多方筹集资金，在附小创办了“民众夜学”，并召集何叔衡、陈章甫、周世钊等新民学会会员为夜学义务上课，他本人则是义务上课最多的。毛泽东除了教他们学文化、学知识，还大力宣传“劳工是社会的台柱子”，并针对他们的命运，分析他们受累受穷、受压迫、受剥削的根本原因，鼓励他们为自己争取正当合理的权利。在那汗味扑鼻的教室里，一双双粗糙的“黑手”拿起了纸笔。后来，从这夜学里走出的工人和农民，很多都追随毛泽东走上了同强权抗争的革命道路。毛泽东在延安同斯诺的谈话中还特别谈到他由此得到的结论：“只有经过群众行动取得群众政治权利，才能保证有力的改革的实现。”

毛泽东担任湖南一师附小主事的时间不到一年，但这是青年毛泽东一段潜在切实的教育实践。他把与国家和民族命运有关的大思考直接转化为教育实践，在投身社会的同时，也把社会带进了课堂，以自身的实践在社会和课堂、学校之间做纽带和桥梁。毛泽东的教育理念在当时是超前的，哪怕放在今天也远远没有过时，甚至永远不会过时，具有永恒的经典价值。

二

若按毛泽东自己的界定，1920 年是他服膺马克思主义的年份，“1920 年夏，我在理论上和某种程度的行动上，变成了马克思主义者，并且自此以后，我自认为是一个马克思主义者”。然而，世界观的转变与信仰的确立往往是一波三折的，毛泽东也并非一蹴而就。事实上，他从上海回湖南后的一段时间“还在找出路”。

毛泽东在担任一师附小主事期间，除了繁忙的教务，还要投入大量精力和时间主持新民学会的会务工作，推动湖南的“自治运动”，企图通过请愿、制宪和选举的方法，对军阀掌握的地方政府实行民主改革，从而建立一个“理想”的政府，继而推广到全国，达到“改造整个中国的目标”。这也表明，他当时在革命方法问题上还没有得到最后的明确的解决，还没找到使中国通向科学社会主义的根本途径。

毛泽东热衷的湖南“自治运动”，一开始似乎从谭延闿那里找到了回应。

谭延闿，字组庵，湖南茶陵人，其父谭钟麟官至两广总督。谭延闿与晚清维新派名臣、湖南巡抚陈宝箴长子陈三立和谭嗣同并称“湖湘三公子”，又与陈三立等并称“维新四公子”。在张敬尧督湘期间，谭延闿这位“流亡督军”正在上海做寓公，早有将外来势力驱逐出湖南的想法。毛泽东、易培基等人推动“驱张运动”时，在湖南德高望重的老同盟会会员仇鳌出面了，他是“在谭延闿面前说得话起的人”，几乎是采取激将法逼谭延闿再度出山，回湘主政。那时候张敬尧还没有被彻底扳倒，谭延闿从上海秘密回湘后，便在潇水湘水交汇的永州建立了湖南督军府。这也是湖南历史上的一个奇异现象，一省出了两个督军府，“在张敬尧的天上另出了一个太阳”。随着张敬尧被逐出湖南，谭延闿才在其心腹大将赵恒惕的保驾下，率领湘军开赴省城，又在长沙市民的夹道欢迎下进入督军府，举行了盛大的升旗仪式。谭延闿在文武百官的拥戴下，名正言顺地当上了湖南督军、省长兼湘军总司令。

谭延闿绰号“谭婆婆”，看上去也是慈眉善目，笑容可掬，“和气春风生眼中”，很多人对他的第一印象都特别好。他又被称为“药中甘草”，甘草乃是“百药之王”，什么病都治不了，但哪服药里都少不了，此乃不可或缺的调和之药。这也正是谭延闿为官理政和为人处世的风格，讲究“中和之道”，让他在风云变幻、错综复杂的官场混迹数十年，一直左右逢源。尽管他也经历了几起几落，却又总能东山再起，也是民初官场上的一大奇葩了。世人对谭延闿褒贬不一，有人说他处事圆滑，尤惯于见风使舵，有人却将其誉为“民国第一完人”。毛泽东一开始对谭延闿颇有好感，后来也对他做出了客观中肯的评价：“谭延闿是一个聪明的官僚，他在湖南几起几覆，从来不做寡头省长，要做督军兼省长。”这话，还真是从骨子里看透了谭延闿。毛泽东后来还说过，谭延闿懂得“有军则有权”的道理，所以死死抓住枪杆子不放。就说谭延闿回湘主政，一开始就抓住军权不放，他也因此和赵恒惕出现了裂隙，而且越撕越裂。

赵恒惕是谭延闿一手栽培的心腹大将，谭延闿也是赵恒惕的救命恩人。1913 年夏天，谭延闿时任湖南督军，在反对袁世凯的“二次革命”中宣告湖南独立，加入反袁阵营。随着“二次革命”失败，谭延闿被迫去职，他的心腹赵恒惕则被继任湖南督军汤芗铭五花大绑押送到北京治罪。谭延闿在自身难保之际，还拜托黎元洪、熊希龄等人向袁世凯说情，赵恒惕才免于一死，从轻改判三等有期徒刑。谭延闿不但保住了赵恒惕的性命，还对其家属在生活上给予了无微不至的照顾，赵恒惕一家人对谭延闿感恩戴德。赵恒惕的父亲临终时，拉着赵恒惕的手，流着眼泪再三叮嘱：“谭都督对我们家恩重如山啊，这恩德千万不可忘记!”

在这次“驱张运动”中，赵恒惕率领湘军在湘南战场上立下了汗马功劳，谭延闿对手下许诺：“将来打完仗，军事交赵（恒惕）负责，民事交林（支宇）负责，本人决不贪图权位。”在进入长沙城的庆功宴上，他还信誓旦旦：“那是赵总指挥躬冒矢石之功，是诸将士奋勇杀敌之功。”那些出生入死的将领被督军大人这一番话感动得一塌糊涂，以为谭延闿会兑现自己的承诺。从湖南当时的政局看，湘军合力驱张后，内部分为谭延闿、赵恒惕、程潜三派，而谭延闿一旦掌权便大权独揽，身兼督军、省长和湘军总司令三职，无论军事、民事都紧紧抓在自己手里，其子弟部属占据湖南各要津。赵恒惕对民事可以不管，对军事却不能不管，这让他从心怀不满到心存不轨，为湖南再生变局埋下了伏笔。

对于这些高层勾心斗角的内幕，当时的毛泽东一无所知，他更关注的是那位督军大人是否能真正推行“湖南自治”。1920 年 7 月 22 日，就在毛泽东从上海回湘的当月，谭延闿以湘军总司令兼湖南督军名义发表了关于湘省自治的“祃电”：“民国之实际，纯在民治之实行，民治之实行，尤在各省人民组织地方政府，施行地方自治，而后权分事举，和平进步，治安乃有可期。……闿因全体人民久罹锋镝，难困备尝，欲为桑梓久安之谋，须有根本建设之计……”这个“根本建设之计”就是“当以各省人民确立地方政府，方为民治切实办法”，具体办法就是“本湘人救湘、湘人治湘之精神，拟即采行民选省长制，以维湘局”。最后，他还呼吁“望我护法各省，一致争先，实行此举，则一切纠纷可息，永久和平可期”。这个“祃电”被称为各省自治运动之嚆矢，也是后来湖南制定省宪法的“经典文件”。

从全国的局势看，中国已陷入了军阀割据、南北争战的局面，而南北两方又都没有一种可以统一全国的力量，无论是当时的进步知识分子，还是像谭延闿这种有一些开明意识的督军，似乎都形成了某种共识：既然中央权威日益衰微，那就不如通过地方自治或“联省自治”谋求民主宪政和最终统一。“联省自治”有两方面的意义，一是容许各省自治，由各省自己制定一种省宪，依照省宪自组省政府，统治本省。在省宪范围以内，非但可以免去中央的干涉，便是省与省之间，也可免去互并的纠纷；二是由各省选派代表，组织联省会议，制定一种联省宪法，以完成国家的统一。若“联省自治”得以成功，中国将成为一个联邦制国家。

这和毛泽东当时的想法是高度默契的，既然实行全国总建设一时还完全无望，最好的办法是“索性分裂去谋各省的分建设”，先和正处于混乱中的“大中国”脱钩，待十年二十年各省“分建设”好了，再搞“彻底的总革命”，“这实是进于总解决的一个紧要手段”。为此，年轻的毛泽东在当时也提出了一个惊世骇俗的大胆构想，建立一个“湖南共和国”。毛泽东利用自己作为湖南《大公报》特约记者的身份，对“湖南自治”进行了一系列理论层面和操作层面的探索。9 月 3 日，他在《大公报》上发表《湖南建设问题的根本问题——湖南共和国》一文，提出先分省自治，后解决全国总建设的观点。他设想在这个“国家”里要得到一种“全自治”，而不以仅仅得到“半自治”为满足，废除军阀统治，建立以民为主的真政府。自办银行，自置实业，自搞教育，健全县、乡自治机关，成立工会、农会，保障人民集会、结社、言论、出版自由权利，等等。诚然，毛泽东的这种构想其实也是充满了梦幻色彩的空想，在一定程度上反映了他在思想上还存在的内在矛盾：这个用来率先示范的“湖南共和国”其实近似于一种放大了的“新村”。

谭延闿则不可能有这样的幻想，他推行这个“湘人治湘”，从一开始就不是理想性的，而是功利性的。对内，他试图以此笼络人心，借湖南人的家乡观念，在湖南维护他还没有巩固的统治；对外，则是为抵制北洋政府的再度干预。其实，“湘人治湘”这一口号的提出，可以追溯到 1917 年护法运动发端时，谭延闿乘南北军争之机，挥师赶走了统治湖南的湖北籍督军汤芗铭，重新回到自己在辛亥光复时获得的湘督位置上。但这个处于南北要冲的位置很不好坐，那时执掌北洋政府的段祺瑞，随时都可以命北洋势力再度侵入湖南，将他赶下督军的宝座。为排斥外省军阀控制湖南，谭延闿与北京的湘籍要人熊希龄、范源濂等南北呼应，共唱“湘事还之湘人”的论调。这次谭延闿第三次担任督军故伎重演，有意把“湘人治湘”和“湘人自治”相混淆，其实是“挂羊头卖狗肉”。

对于谭延闿推行的“湘人治湘”，毛泽东一眼就看穿了其本质，明确提出湖南人民要求的不是“湘人治湘”，而是“湘人自治”。他在9月30日的《大公报》上发表了《“湘人治湘”与“湘人自治”》一文，指出“湘人治湘”是对“非湘人治湘”而言，如汤芗铭之鄂人治湘、张敬尧之皖人治湘等，仍是一种官治而不是民治。如果驱汤驱张，目的只在排去非湘人，仍旧是换汤不换药。如果这样，那么，奉天的张作霖，直隶的二曹，河南的赵倜，都是本省人，奉人治奉，直人治直，豫人治豫，比那“非湘人治湘”的汤芗铭、张敬尧，“非鄂人治鄂”的王占元，“非闽人治闽”的李厚基，“非粤人治粤”的莫新荣，到底有什么区别？毛泽东以严密的逻辑将“湘人治湘”一步一步推到荒谬的境地，“故‘湘人治湘’一语，我们根本要反对。因为这一句话，含了不少的恶意，把少数特殊人做治者，把一般平民做被治者，把治者做主人，把被治者做奴隶。这样的治者，就是禹汤文武，我们都给他在反对之列。而况是已往的一个傅良佐，或是未来的无数傅良佐，我们还不应该反对吗？”这位傅良佐，也是湖南人，是段祺瑞手下“四大金刚”之一。1917年7月，段祺瑞第二次任国务总理，为选择湖南作进攻西南的前哨阵地，任命傅良佐为湖南督军。这也是“湘人治湘”，但傅良佐却是北洋政府荼毒湖南的帮凶，与汤芗铭、张敬尧等军阀又有什么差别呢？毛泽东并未雄辩，而事实胜于雄辩，他揭示了“湘人治湘”与“湘人自治”的根本区别，从而明确而坚决地提出："故我们所主张所欢迎的，只在'湘人自治'一语。不仅不愿被外省人来治，并且不愿被本省的少数特殊人来治。我们主张组织完全的乡自治，完全的县自治，和完全的省自治。乡长民选，县长民选，省长民选，自己选出同辈中靠得住的人去执行公役，这才叫做'湘人自治'。颇有人将湘人治湘与湘人自治混为一谈，我看这样小小一个区别，总要分清才好。"

在随后的一个多月时间里，毛泽东以个人名义或联名在湖南《大公报》和上海《申报》等报刊连续发表十四篇文章，系统而具体地提出实现湖南自治的主张。那么，湖南为什么非实行自治不可？毛泽东在上海《申报》发表了一篇长文，对此作出了回答：第一，"中国四千年来之政治，皆空架子、大规模、大办法。结果外强中干、上实下虚，上冠冕堂皇，下无聊腐败"；第二，"民国成立以来，名士伟人，大闹其宪法、国会、总统制、内阁制，结果只有愈闹愈糟。何者？建层楼于沙渚，不待建成而楼已倒矣"。为了排除"湖南自治"的外部干扰，他提出"非湖南人，在湖南地域无正当职业之人，不得与闻湖南事"，如"湖南自决自治"，能"自处如一百年前北美诸州中之一州，自办教育、自兴产业、自筑铁路、汽车路，充分发挥湖南人民之精神"，必可"造一种湖南文明于湖南领域以内"。

毛泽东试图把"湖南自治"搞成发自下层、推动上层的政治运动，而他心目中的榜样就是俄国，"俄国的政治全是俄国的工人农人在那里办理"。为了唤醒湖南民众，毛泽东主导的湖南改造促进会号召湘民"奋起自主"，并提出"以湖南地域之文明，湖南应自负其创造之责任"的自治宣言，要求谭延闿和赵恒惕等"诸湘军领袖"做到：第一，能遵守自决主义，不引虎入室；第二，能遵守民治主义，往后举措，一以三千万平民之公意为从违；最重要者，废督裁兵，钱不浪用，教育力图普及，三千万人都有言论、出版、集会、结社之自由，此国人之所最希望也。由此可见，以毛泽东为代表、新民学会会员为骨干的湖湘进步青年和湖南知识界经过五四运动和“驱张运动”的洗礼，已有相当清醒的觉悟，并未将希望寄托于谭延闿等人身上，而是寄望于民众的力量和社会的自救。

在推动湖南“自治运动”的同时，毛泽东还与新民学会骨干何叔衡、彭璜、易礼容等人一起创办了长沙文化书社。这个想法他在上海就有了。从上海回湘途经武汉时，毛泽东特意找到在明德大学求学的易礼容，拉着他的手说：“润生，莫读书了，回去干我们的事业去。要改造社会，先从宣传新文化、传播马克思主义做起！”

为创办文化书社，毛泽东首先征求了易培基的意见。他对易先生说，“湖南人现在脑子饥荒实在过于肚子饥荒，青年人尤其嗷嗷待哺”，如不补上新文化运动这一课，就无法研究当代世界的发展趋势，各种进步的新思想新文化便无法在这块土地上生根结果。这也是他创办文化书社的初心。易先生对毛泽东几乎是有求必应，他不但答应作为书社发起人之一，还出面邀请了长沙各界有声望的人士参加书社的发起和创立，仇鳌、姜济寰、左学谦等湖湘名流都被拉了进来，成为文化书社的发起人和股东。仇鳌此时任省府交涉署外交司司长，一向热心于文教公益事业。姜济寰曾任湖南一师校长并讲授国文和历史课程，是毛泽东的老师。他也是谭延闿的“铁杆”之一，谭三次督湘，姜也三知“京兆”——任长沙县知事。此时，他已升任湖南省财政厅厅长。毛泽东和杨开慧后来在清水塘的居所，就是长沙知事衙门府几套院房里其中的一个院子，当时这个衙门府院子的主人就是姜济寰。南昌起义之前，姜济寰代理江西省政府主席，周恩来特派徐特立、林伯渠两人去做争取他的工作，姜济寰毅然听从了他们的意见，表示“坚决跟共产党走”。起义成功后，姜济寰参加了新政权的组建工作，被革命委员会任命为代理江西省政府主席。左学谦早年加入同盟会，曾任湖南省参议院和民政司次长，先后参加“二次革命”和湖南护国军，是“驱张运动”的支持者和参与者，长期担任湖南商会会长，既有资本又有人脉。除了这几位大佬，毛泽东、何叔衡、彭璜、易礼容等新民学会骨干还分头在长沙四处奔走，邀集教育界、新闻界进步人士赵云文、朱剑凡、龙兼公、张平子等人，一起作为发起人。

1920 年 8 月 2 日，毛泽东、何叔衡、彭璜、易礼容、陈子博等十七人在何叔衡任教的楚怡小学召开文化书社发起人会议，会上推选毛泽东、彭璜、易礼容为筹备员，并通过了书社《组织大纲》。从创办开始，文化书社就不仅仅是一个经营性的企业，实际上是新民学会旗下一个进步文化社团。当月 24 日，湖南《大公报》全文刊载了毛泽东撰写的《文化书社缘起》，他们创办文化书社的愿景是“以最迅速、最简便的方法，介绍中外各种最新书报杂志，以充青年及全体湖南人新研究的材料。也许因此而有新思想、新文化的产生”。而要在全中国培植真正的新文化，就要“从我们住居的附近没有新文化的湖南做起”。

随后，毛泽东等人在长沙潮宗街 56 号租了湘雅医学专门学校的三间房子，作为文化书社的社址和门店。潮宗街，原名朝宗街，因临长沙南城门——朝宗门而得名。旧时，城区没有自来水，这濒临湘江的街口聚居着许多挑水的脚夫，从早到晚走街串户吆喝叫卖，那从水桶里泼洒出来的江水在街上流淌，又加之临江之地原本就潮湿很重，哪怕在大太阳底下也是潮气弥漫，这朝宗街在百姓口中便渐渐演变成了潮宗街。这条老街东起北正街，西至如今的湘江大道，是长沙市而今仅存的三条麻石老街之一。麻石即花岗石，石匠们将铺路的花岗石凿成长条形，将朝上的一面凿得平平整整，为防滑又凿出一条条线槽，那朝下的一面则保存原貌，埋入地下。明清时的潮宗街是长沙县署和临湘驿站所在地，又是出朝宗门达湘江码头的必经之道，街道两边商铺林立，人流如潮，这里是老长沙米业、堆栈业和客栈的集中之地，尤以米市闻名湖湘。潮宗街最有名的一座宅院为晚清军机大臣瞿鸿禨的府第，人称“瞿相府”。这位满怀报国之志、曾参与策划清廷预备立宪的军机大臣，因被弹劾开除回籍，带着未遂之志走到这里，一直走到生命尽头，他认定的那条路也没有走通。1914 年岁末，湘雅医学专门学校在瞿相府里开办。1919 年秋天，毛泽东在为湘雅主编《新湖南》周刊时就和湘雅结缘了。从那时起，他就“摆阵潮宗街”，以激扬的文字同张敬尧叫板。所以，在创办文化书社之际，毛泽东一下就想到了这条街，这里车水马龙，人气旺盛，正是开办书社的好地方。而他“摆阵潮宗街”的故事，也将在这里继续演绎。

那年 9 月 9 日，文化书社举行了开业庆典，那位长袍马褂、大腹便便的督军大人，在易培基、仇鳌、姜济寰、左学谦等一群长袍先生的前呼后拥下，坐着绿呢八抬大轿来到这里，那场面，那气派，一如清朝的封疆大吏。这是毛泽东第一次近距离地见到谭延闿，也是谭延闿第一次见到毛泽东，尽管此时两人的地位如云壤之别，但在那四目相对的一刹那，谭延闿一脸和蔼地笑了，毛泽东也报之以莫名的一笑，但谁也不知道谁将笑到最后。

论官职，谭延闿是湖南督军，一省之长，湘军总司令；论功名，他是前清的进士和翰林。他能为文化书社题匾、剪彩，还真是多亏了易培基的面子。对毛泽东这一介布衣书生，谭延闿虽说素不相识，但也听说这位年轻人为驱张立下了首功，这让他对毛泽东颇有好感，甚至还有些刮目相看，这兴许也是他为文化书社题匾和剪彩的原因之一。但他又对毛泽东心存芥蒂。就在前不久，这个年轻人在《大公报》上写文章把他的“湘人治湘”痛批了一通，那犀利的文字，一笔一画几乎是直刺他的心窝子。不过，谭婆婆毕竟是谭婆婆，他不仅大笔一挥把字给题了，还大驾光临，特地来为一个小小书社的开业剪彩贺喜。就凭这一点，这位督军大人还是颇有“大肚能容”的风度的。

开业典礼由易培基主持，他用洪亮的声音喊道：“恭请谭督军为书社剪彩！”

在鞭炮声、鼓乐声和热烈的掌声中，督军大人腆着个大肚子，剪下一块红绸，哗——！一块牌匾亮晃晃地露了出来。众人仰头望去，那“文化书社”四字“貌丰骨劲，藏锋力透，味厚神藏”。谭延闿被公认为“民国四大书法家之首”，其字亦如其人。有论者云：“先生临池，大笔高悬，凡‘撇’必须挫而后出锋，凡‘直’必直末稍停，而后下注，故书雍容而又挺拔。”文化书社开张，有了这样的一个大人物题匾和剪彩，一下就吸引了无数顾客，把本就车水马龙的潮宗街都给堵住了。这里且不论那位督军大人是否故作姿态，他的题字和剪彩的确为文化书社罩上了合法的光环。

文化书社还拉来众多投资者，从 8 月 2 日成立会起，截至 10 月 22 日第一次议事会止，投资者有姜济寰、毛泽东等二十七人，“共收银伍佰壹拾玖圆”，这在当时也是一笔不小的资金。个人出资最多的是姜济寰，三次共投有近三百元，左学谦则仅次于姜济寰。在新民学会会员中，陶斯咏拿出十块银元，而杨开慧连父亲的抚恤金都拿了出来，李思安此时已去南洋，也汇来了十元的股金。易礼容是个穷学生，仅注资一元，但他在商专学过管理，是当时难得的经营人才，被大家推选为经理。文化书社自开张后，最初只有两个专职人员，易礼容作为经理，主要负责店内经营，还有一个是陈子博，做一些具体的勤杂事务，他还常将进步书刊送到工厂、街道、学校门口去叫卖。

毛泽东此时还在湖南一师附小担任主事，但他是文化书社的实际负责人，并担任特别交涉员，负责外联工作。为了多进一些书刊，经议事会同意，在毛泽东的“特别交涉”下，文化书社聘请陈独秀、李大钊、恽代英等人为“信用介绍”，与全国各地出版社和报刊社建立了广泛联系。有了“信用介绍”，便可免去押金，甚至在未付款的情况下发货。在同文化书社正式签约进行出版物交易的十一家出版社中，陈独秀作“信用介绍”的出版社有新青年社、亚东图书馆、群益书社、上海商务印书馆等好几家。北京方面，罗宗翰此时已考入北京大学，他频繁与李大钊、邓中夏等北京大学马克思学说研究会会员接触，受到马克思主义思想熏陶，世界观和人生观都起了根本变化。毛泽东委托他担任文化书社驻京总代表，为文化书社做了许多发行联络工作。在李大钊帮助下，北京新知书社、新潮社也给文化书社“最惠待遇”。在武汉，恽代英创办的武昌利群书社出版的书籍，一律优价供应给长沙文化书社。当时，文化书社与广东、上海、湖北、北京等地发生书报营业往来的单位达六七十家，是长沙货源最充足的进步书店之一。

为了拓展书社业务，毛泽东还上下奔走，广泛结交社会名流和进步青年。他还借助舆论工具，对文化书社进行广泛宣传。毛泽东做的书刊广告别出心裁又通俗易懂，如，在该社出售的《新青年》第八卷第一期中夹着这样一张广告——《文化书社敬告买这本书的先生》：“先生买了这一本书去，于先生的思想进步上一定有好多的影响，这是我们要向先生道贺的。倘若先生看完了这本书之后，因着自己勃不可遏的求知心，再想买几本书看……我们预备着欢迎先生哩！”

每有新书刊上架，书社门口就会排起长队，既有穿着长衫的文化人，也有穿着粗布短褂的劳工，最多的还是各校的学生。这也是潮宗街的一道风景——在大大小小的米店中间，许多精神上饥肠辘辘的人在抢购着另一种食粮。那些刚刚上架的书刊很快就被抢购一空，如《劳动界》《新青年》《新生活》等进步杂志，销售均超过两千份。还有一些没钱买书的青少年，时常到书社来看书。毛泽东特意叮嘱易礼容和陈子博，对这些青少年一定要热情接待，有时候还要给他们管饭。当时有个大眼睛的小丫头，每逢周末便来到这里，从早上开门一直看到晚上打烊，才依依不舍地离去。这小丫头就是丁玲。丁玲，原名蒋伟，字冰之，又名蒋炜、蒋玮，生于 1904 年，比杨开慧小三岁，那时在长沙读小学。她母亲余曼贞和向警予、陶斯咏是湖南第一女子师范的同学。余曼贞从女师毕业后，到桃源女子小学教书。1919

年，丁玲考入周南女中，陶斯咏是周南女中的管理员，余曼贞就把女儿托付给陶斯咏照管。丁玲在周南女中读了一年多后，又冲破了男女不能同校的禁律，考入了从来不招女生的岳云中学。杨开慧也是这一禁律的率先突破者，在岳云中学就读时，住在丁玲隔壁的房间。1936年9月，丁玲从南京奔赴陕北，受到毛泽东、周恩来等领导同志的欢迎。毛泽东见到她的第一句话就问："听说你认识杨开慧，你们是同学?"丁玲告诉他，她和杨开慧是同年级的同学，但不同班，不过两人经常在一起交流。当她提到陶斯咏时，毛泽东微笑着说："哦，陶斯咏你也认识，就是陶毅嘛!"丁玲又提到陈启明，那时候，他在周南女中担任国文教员。毛泽东说："就是陈书农嘛，我们不仅是同学，而且是同志，新民学会成立的时候，我们两个都被推选为干事!"

回顾来路，毛泽东对那一段岁月和故人往事充满了忆念，丁玲的成长，也离不开文化书社。从一开始，毛泽东作为文化书社的领导者，最看重的就不是书社的盈利，而是为了传播新文化、新思潮和马克思主义，"庶使各种有价值之新出版物，广布全省，人人有阅读之机会"。马克思主义在湖南传播的形式有多种，其中影响最大、传播最迅速、持续时间最长的就是文化书社。为了更广泛地传播进步书刊，文化书社在长沙市的大中学设立了贩卖部，还在平江、衡阳、浏阳等多个县市设立分社。1920年秋天，毛泽东委派陈章甫回到家乡浏阳，开办了浏西文化书社。陈章甫在推销各种进步书刊时，发现许多劳苦大众对知识如饥似渴，却又买不起书刊。于是，他点灯熬夜，将进步书刊上的好文章一篇一篇刻印出来，将这些"活页文选"免费发送给那些买不起书刊的穷人阅读。他还依托书社成立了浏西文化促进会，组织当地的进步知识分子和这些劳苦大众一起交流读书心得。毛泽东对此十分赞赏，特地送给浏西文化书社一副梨木刻字板。陈章甫是在浏阳传播马克思主义的第一人，他后来在浏阳成立了第一个党支部，也是第一任党支部书记。浏阳能够成为工农革命的策源地，在秋收起义中组建了中国最早最强大的工农武装力量，都归因于有深厚的革命土壤和良好的群众基础。

毛泽东不仅是文化书社的实际领导者，也是第一读者。根据时间推测，毛泽东读到陈望道翻译的《共产党宣言》，大约也在这段时间。这本书伴随了他一生。毛泽东曾经说过："《共产党宣言》，我看了不下一百遍，遇到问题，我就翻阅马克思的《共产党宣言》，有时只阅读一两段，有时全篇都读，每阅读一次，我都有新的启发。我写《新民主主义论》时，《共产党宣言》就翻阅过多次。读马克思主义理论在于应用，要应用就要经常读，重点读，读些马列主义经典著作，还可以从中了解马克思主义发展过程，在各种理论观点的争论和批判中，加深对马克思主义普遍真理的认识。"他不仅反复研读《共产党宣言》的各种中文版，而且一直想通读英文版。他也一直坚持自学英文，哪怕在战火硝烟中，一有机会他就抓紧时间学习英文。1929 年 10 月下旬，毛泽东随闽西特委机关撤出上杭县城，转往苏家坡养病。就在外界传说他已死于肺结核、共产国际给他发"讣告"时，他却在孜孜不倦地读着《模范英语读本》。当时曾志与毛泽东窗对窗住着，他后来回忆说："主席不知从哪里弄来两本初中英文（第二和第三册），有时就坐在窗前大声地念英文。他读音不准，又夹带很重的湖南腔，念起来十分可笑（我在教会学校学过一点英文，所以知道英语该怎么个读法）。他在那边愈是认真地读，我在这边愈是笑得厉害，可主席并不介意，依然旁若无人地在那里念他湖南腔的英语。”在延安时期，毛泽东也依然在戎马倥偬之际自学英文。据毛岸英回忆：“我 1946 年回到延安时，就听说爸爸在学英语，还听说在转战陕北时，尽管环境那么艰险和紧张，爸爸也没有间断过学英语。”

新中国成立后，毛泽东在繁忙的政务中一直坚持学习英文。据他的国际问题秘书兼英文“老师”林克回忆，从 1954 年秋天起，年逾花甲的毛泽东重新开始学英语。“毛主席想学一些马列主义经典著作的英文本，第一本选的就是《共产党宣言》，这本书的文字比较艰深，而且生字比较多，学起来当然有不少困难，但是他的毅力非常坚强。我发现他在《共产党宣言》的第一页到最后一页，全部都密密麻麻地用蝇头小字注得很整齐，很仔细，他的这种精神，很感人。”这部英文版的《共产党宣言》一直陪伴毛泽东到晚年。毛泽东逝世后，工作人员在清理他床头上的书籍时，发现六本《共产党宣言》，其中有两本是英文版。毛泽东拥有这么多版本的《共产党宣言》，很明显，他是想在对各种版本的比较中寻找马克思主义的真谛。

三

正当文化书社开得红红火火之际，“湘人自治”的呼声也日益高涨。老谋深算的谭延闿担心这样下去自己会控制不住局势，遂于9月13日召集官绅三十多人召开自治会议，决定由省政府委派委员十人，省议会派议员十一人组成“湖南省自治法起草委员会”，共同起草《湖南自治法》。这种通过官绅包办“湘人自治”实际上玩的还是“湘人治湘”的花招，激起了湖湘广大群众的愤怒。这也是湖南“自治运动”从出现分歧到走向分裂的一个焦点。到底由谁来主持“自治”？谭延闿企图把主导和主持权牢牢地控制在自己的掌心，而以毛泽东为代表的觉醒者则要把“湘人自治”变成真正的民主自治。

为了对抗谭延闿官绅包办的“湘人自治”，毛泽东、彭璜和湖南《大公报》主编龙兼公随后起草了一个民办自治的文件，题为《由“湖南革命政府”召集“湖南人民宪法会议”制定“湖南宪法”以建设“新湖南”之建议》。这个文件很讲究有礼有节的斗争策略，毛泽东等人利用谭延闿原来所作的开明姿态，首先承认以谭延闿为首的湖南省政府“实在是一个革命政府”，认为在这“千载一时的机会”，由这个政府召开人民宪法会议是比较现实的。但他们同时针锋相对地提出：由人民宪法会议制定宪法，根据宪法产生正式的湖南议会、湖南政府以及县、区、乡自治机关。而人民宪法会议代表，必须实行直接的平等的选举，每五万人中产生一个。如此，“新的湖南乃建设告成”。

毛泽东等人起草的这个文件于10月5日至6日在湖南《大公报》上公开发表，毛泽东为实施这个文件多方筹划奔走，并发起签名，签名者达377人，几天后增加到436人。7日，毛泽东参加湖南学联召开的省城各团体、各报馆代表联席会议。会议决定于“双十节”举行自治运动游行请愿，并推举龙兼公、毛泽东起草《请愿书》。8 日，省教育会召集“第二次筹备自治运动之各界联席会议”，到会代表 436 人，由毛泽东担任主席，会议详细讨论了宪法会议选举和组织法要点，并推举湖南一师教师方维夏等将讨论结果提交湖南省政府。

10 月 10 日，一场暴风雨席卷长沙，却阻挡不了游行请愿的湖湘儿女。毛泽东、何叔衡、彭璜等组织两万多长沙工人、学生和市民，顶风冒雨走上大街，浩浩荡荡地奔涌到督军府门前，广场上人山人海，呼声震天。在长沙，这是继五四运动后规模最大的一次群众运动，把湖南自治运动推向了高潮。彭璜等代表向督军府递交了毛泽东起草的《请愿书》，要求迅速召开人民制宪会议，并奉劝统治者“打断从前一切葛藤”，铲除旧习，采取民治主义及社会主义，“以解决政治上及经济上之特别难点，而免日后再有流血革命之惨”。毛泽东寄希望于统治者采取“社会主义”以避免“流血革命”，这显然不是马克思主义者的观点，也不是科学社会主义，依然是改良主义的方式。谭延闿命人接下了《请愿书》，手下人问他怎么应对，他却是抱着闷葫芦不开瓢，坐在太师椅上闭目养神，对《请愿书》中所提各项要求一概置之不理。这个老谋深算的政客，对民众的抗争一直没有采取军阀张敬尧那种镇压的强硬手段，其如意算盘是想把这事拖下去，妄图把请愿者的意志一点一点拖垮。这让那些暴风雨中的请愿者忍无可忍，一些激愤的青年搭着人梯爬上栏杆，愤怒地扯下了省议会的旗帜。但毛泽东立马冲上去制止了：“我们要有礼有节地斗争，不能给官府制造把柄!”

不能不说，谭延闿在对付民众抗争上还真是比张敬尧技高一筹，但他低估了民众的意志。毛泽东和抗争民众的意志不但没有被拖垮，反而一浪高过一浪。谭延闿所把持的政局在此起彼伏的抗议中开始动摇，这给了一直野心勃勃的赵恒惕一个扳倒谭延闿的契机。很多将领原本就认为打天下者就应该坐天下，在赵恒惕的暗中怂恿下，他们打着“清君侧、除宵小”的旗号向谭延闿施压。随着湘军内部的哗变，谭延闿在众叛亲离中愈加心灰意冷，这位“混之为用大矣哉”的混世魔王，当着这样一位左右不逢源、里外不讨好的督军也觉得没有什么意思，心想倒不如回到上海的豪宅去做一位养尊处优的寓公。不过，在告退之前他也没有便宜赵恒惕，而是宣布废除督军，“还政于民”，又主持会议公推林支宇为临时省长，仅仅将湘军总司令一职让与赵恒惕。——这其实是谭延闿当初就对赵恒惕做出的承诺，如今在枪杆子的逼迫下他才不得不兑现。早知今日，何必当初。不过，对于谭延闿来说，这一次告退也是放长线钓大鱼，一旦有机可乘，他还有飞黄腾达之日。

赵恒惕主宰湖南军政实权后，继续在“湘人治湘”上做文章。不论是文人出身的谭延闿，还是武人出身的赵恒惕，都绝对不会把权力拱手让给民众，他们搞的“湘人治湘”决不是毛泽东所追求的湘民的“奋起自主”。他们知道毛泽东是这场运动的关键人物，便故意制造谣言诬称毛泽东带头扯下了省议会的旗帜，甚至造谣毛泽东想要“运动某军队，捣毁省议会”，这已是煽动军队、制造叛乱的大罪了。湖南警察厅随即传唤毛泽东“诘问”，毛泽东为了戳穿这一阴谋，在湖南《大公报》上登出《毛泽东之辩诬函》：“唐厅长钧鉴：昨日承片招到贵厅，与贵厅何科长绍元会见。……泽东今为负责起见，有可郑重申明者，二语如下：一、泽东前为制宪问题，不满意于省议会，是‘有’的。二、扯旗及谋捣毁省议会是‘没有’的。前为制宪问题，泽东不满意于省议会，有所以不满意的理由，即对议会诸君，亦可当面直说。扯旗及谋捣毁省议会，实无其事则不得云有……”他还特别声明：“泽东为新湖南之自由民，除依法律，无论何人，不得于我之身体及名誉有丝毫侵犯。此辈既敢二次设诬，难保不再三次、四次，或变更方面，求遂所欲。务恳钧厅严申警律，除暴安民，不独泽东一人幸也……”

这封不卑不亢的“辩诬函”，不只是写给那位唐厅长看的，更是写给世人看的。由于警方没有抓到毛泽东的确凿“罪证”，又恐再次激起民愤，对毛泽东也未敢再采取什么行动。那一场以和平请愿方式进行的“自治运动”，原本是毛泽东寄予了希望的一扇门，却依然是一道铁网，如毛泽东此前所说，就像“在老虎嘴里讨碎肉”，却连一点碎肉也没有讨到。随着湖南“自治运动”的失败，这惨痛而深刻的教训使毛泽东终于摆脱对社会改良道路的最后一点幻想，无论是张敬尧，还是谭延闿、赵恒惕，他们在本质上并没有什么差别，都是吃人的老虎。他还从湖南“自治运动”的失败中悟出：“历史上凡是专制主义者，或帝国主义者，或军国主义者，非等到人家来推倒，决没有自己肯收场的。”

又看毛泽东此前一直探寻的“新村主义”，这一无政府主义的梦想在国内也仅仅是“流行一时”。从 1920 年 12 月后，“新村主义”逐渐沉寂，最终也如泡影一般破灭了，它给那一代青年留下的仅仅是一种乌托邦的美丽梦幻而已。这也是青年毛泽东思想转变的一大契机。毛泽东善于从失败中吸取教训，在探索中不断扬弃那些不符合实际的想法。既然原来设想的道路都走不通了，就必须另外开辟一条新路。

毛泽东后来曾说过，他参加共产党是被赵恒惕“逼上梁山”。四十年后，他对英国元帅蒙哥马利说：“革命不是哪里想干不想干的问题，我最初就没有想过干革命的问题。我那时当小学教员，当时也没有共产党，是因为形势所逼，不能不干!”

自从成立新民学会后，在短短的两年多时间里就经历了勤工俭学运动、五四运动、“驱张运动”和湖南“自治运动”，毛泽东为此殚精竭虑、奔走疾呼，实在是太累了。在那个风雨凄迷的冬天，他决定离开省城找个僻静的地方去休息几天，也冷静地整理一下自己的思路。他习惯于将思考付诸行动，又从行动中回到思考。这也是他一生的习惯。

去哪里呢？毛泽东出行之前和何叔衡商量过。据张文亮 11 月 21 日的日记，毛泽东在湖南通俗教育馆告诉他，“不日将赴醴陵（株洲、萍乡）考察教育”。当时，何叔衡担任通俗教育馆馆长兼《湖南通俗报》主编，该馆是新民学会的重要联络点，毛泽东的有些社会活动也在这里进行。毛泽东找何叔衡商量时，出来刚好遇上张文亮，张文亮便在日记中记上了这一笔。

毛泽东去了湘东赣西交界处的一座边城——萍乡，这比他原来预定的目的地更远。那是 1920 年 11 月 22 日，毛泽东在一路喷着滚滚浓烟的蒸汽机火车上颠簸了一天，抵达萍乡时又遭遇了一场风雨。在那个冷得钻心刺骨的日子，一位高个子青年，打着一把被风雨摧折的油纸伞，拎着简单的行李，穿过一条被雨水冲刷得湿润光亮的石板街，在夜幕下一步一步走着。他感觉到的也许不仅仅是逼人的严寒，还有一阵一阵地撕扯着他内心的风雨。当暗夜中闪现出一星灯火，他下意识地走了进去。那是一家偏僻而寒碜的小旅馆，他住下了。而今，那座风雨飘摇的边城已崛起为赣西的一座中心城市，那条弯弯曲曲的石板街，那家寒碜的小旅馆，早已在高楼大厦间消失了。然而，在青年毛泽东人生旅途上，这却是一个让后世反复追寻的重要驿站。

这是毛泽东第一次来萍乡。萍乡是江西的西大门，素有“湘赣通衢”“吴楚咽喉”之称。毛泽东来到这里不是偶然的，这里有当时中国最大的煤矿之一——安源煤矿。这座煤矿于 1906 年建成投产，有一万三千多工人，湖南籍的占了百分之七十。在中国共产党成立后，这里属中共湘区委员会领导，中共早期领导人毛泽东、李立三、刘少奇都把这里作为开展工人运动的重要活动基地。毛泽东和这座小城似乎特别有缘。据统计，从 1920 年至 1930 年的十年间，毛泽东曾十次到萍乡和安源。毛泽东的第一次萍乡之行，似乎有些特别，他更多的不是考察，而是思考，一个人躲在世界的一个偏僻角落里静静地思考。在那个风雨凄厉的冬天，夜晚格外漫长，“空气至为黯淡”，不见一点星月。毛泽东靠在床头，兀自望着窗外晦暗的夜色，两只眼睛一直静静地发着光。他苦苦地寻思着：湖南的出路在哪里？中国和世界的出路又在哪里？当暗夜渐渐透出一些光亮，他的思路也渐渐清晰起来，于是披衣起床，将带来的新民学会会员从各地的来信拿出来。这些信件有的压了很久，一直没有时间回复。他一封一封重新阅读，然后伏在窗前的小桌上一一回复，两天一共写了八封信。

他在 25 日致向警予的信中说，“自治问题发生，空气至为黯淡”，“几个月来，已看透了，政治界暮气已深，腐败已甚，政治改良一途，可谓绝无希望”。而他的选择在绝望中诞生，“吾人惟有不理一切，另辟道路，另造环境一法”。

在给向警予写信的同一天，毛泽东在致罗章龙的信中谈到改造中国，“要造成一种有势力的新空气”，新民学会“固然要有一班刻苦励志的‘人’，尤其要有一种为大家共同信守的‘主义’，没有主义是造不成空气的。我想我们学会，不可徒然做人的聚集，感情的结合，要变为主义的结合才好。主义譬如一面旗子，旗子立起了，大家才有所指望，才知所趋赴。”

他在给李思安的信中说：“湖南须有一些志士从事实际的改造，你莫以为是几篇文章所能弄得好的。大伟人虽没有十分巩固，小伟人（政客）却很巩固了。我想对付他们的法子，最好是不理他们，由我们另想办法，另造环境，长期的预备，精密的计划。实力养成了，效果自然会见，倒不必和他们争一日的长短。你以为然么?”

毛泽东在萍乡除了冷静地思考和给新民学会会员写信，还曾到乡下考察，他听到了一个新鲜的名词——“吃磨饭”。原来，1920 年冬，萍乡许多农户无粮过年，一些胆大的庄稼人便开始酝酿去财主家“吃磨饭”。先是长兴馆姚满嫂秘密串通三百余户数千人，突然聚集到财主罗老四家，不吵不闹，不打不骂，就是等饭吃，吃饱了便一哄而散。接着坪埠里彭、杨、陈家，南门张、李、姚家及城内大店铺均被吃过“磨饭”。在赤山桥、长睦岭、神童岭、担米岭、蝇头堎等地，何冬古、何增茂、罗秋苘、何奶巴仔等人带头，发动男女老少三四千人，分头到当地财主家“吃磨饭”。一时间，萍乡“吃磨饭”成风，吃得贫苦农民喜形于色，“磨”得财主豪绅叫苦不迭。

萍乡农民特殊的反抗斗争，引起了毛泽东的注意和重视。在离开萍乡后的 12 月 23 日，他写下了《告中国的农民》一文，发表在 1921 年 4 月出版的《共产党》月刊第三号。他热情赞扬了萍乡农民的斗争，并告诉全国农民：“你们若都照着萍乡的乡民这样行动，共产主义就能使你们脱出一切的痛苦。”他还说：“萍乡今年这件事，也是中国农民觉悟的一点曙光……有了这线曙光，青天白日就要随着来的。”

几天后，毛泽东带着在萍乡的思考回到了长沙，在经历了追问、自省、反思之后，他做出了最艰难也最坚定的选择。他在 1920 年 12 月 1 日给蔡和森、萧子升的信中说到了这一艰难的选择：“我看俄国式的革命，是无可如何的山穷水尽诸路皆走不通了的一个变计，并不是有更好的方法弃而不采，单要采这个恐怖的方法。……历史上凡是专制主义者，或帝国主义者，或军国主义者，非等到人家来推倒，决没有自己肯收场的。……我对于绝对的自由主义，无政府的主义，以及德谟克拉西主义，依我现在的看法，都只认为于理论上说得好听，事实上是做不到的。”这表明，他已经摒弃了非暴力的“呼声革命”和“无血革命”，赞成十月革命“是没有办法的办法”，是不得不为的“一个变计”。既然别无选择，他就将义无反顾地走向他已经认定的一条路，这就是他一直在苦苦寻找的大本大源——马克思主义道路。至此，毛泽东已和原来所信奉过的无政府主义、改良主义、自由主义等彻底决裂，在思想上成长为一名马克思主义者。这是青年毛泽东在追寻大本大源的进程中不断探寻、不断试错、不断反思后做出的必然选择，也是自鸦片战争以来一代代中国志士向西方探索救国救民真理之历史发展的必然结果。

这也是杨开慧最终认定了的一条路。当毛泽东投身革命事业时，这位娇小的女子也变得越来越勇敢了。她参加了通俗教育馆、文化书社的一些活动，还担任湖南学生联合会的宣传工作，为妇女运动而奔走疾呼。1920 年 10 月 19 日，杨开慧在周南女校听到一片悲凄的哭声，一问，才知道是从小做童养媳的女学生袁舜英因不堪丈夫的虐待，投塘自尽，留下一封极为悲痛的绝命书。这是继“赵五贞事件”后又一起封建包办婚姻引发的悲剧。杨开慧马上带着大家去找毛泽东。在毛泽东的指导下，她带领大家到大街上宣传，还在校刊上发表了《向不平等的根源进攻》等文章，在揭露真相的同时，把矛头直指吃人的封建制度。此前，为反对赵恒惕包办制宪、愚弄百姓，杨开慧鼓动同学上街游行。当学校锁上大门，理化教员施庄克还打了学生时，杨开慧带领同学冲上前去，高喊：“不许打人！滚出去！”施庄克吓得抱头避走了，杨开慧与同学一起冲出校门，像潮水一样涌上街头。在杨开慧等进步学生的冲击下，这所学校不再是一潭死水了。礼堂里，杨开慧与同学们对新思想的热烈讨论，压倒了歌颂上帝和基督的赞美诗。

杨开慧在福湘同学中赢得了信任，大家都很尊重她，称她为“开慧姐”。然而她遭到了学校的开除。为了打破男女不同校的戒律，她和周南女校的许文煊（易礼容女友）、蒋玮（丁玲）等女同学一起报考了岳云中学。这所学校比较开明，而她们的成绩又特别优异，学校便破例招收了这几位“开放女禁”的急先锋，在当时的长沙城引起了很大的轰动。

这年岁末，毛泽东和杨开慧在一师附小结婚，证婚人为楚怡校长陈润霖，主持人为一师校长易培基。当时，他们不做嫁妆，不举行婚礼，没有花轿迎娶新娘，按他们的话就是“不作俗人之举”，只办了一桌简朴的酒席。他们的洞房就是毛泽东在一师附小的宿舍，是由陈章甫夫妇布置的，“新房里没有一件是新家具，就连床上的用品都是以前用过的”。据顾保孜《牺牲：毛泽东和失去的亲人们》一书所记：结婚这一天来到了，老天爷也很帮忙，是个大晴天，冬日里透出了暖意。杨开慧穿着母亲给她做的棉旗袍，洗漱打扮后显得更加美丽，浑身上下透出青春的气息。她跟随着母亲，与哥哥杨开智夫妇及堂弟堂妹们一起，分别乘坐几辆人力车由板仓来到了第一师范。毛泽东和他的弟妹们早早在门口迎接，这一天毛泽东特意理了发，穿着一件藏青色的长衫，满脸带着笑，这笑容一看就知道是由内心而发的，喜悦而灿烂。杨开慧的母亲将女儿交给了毛泽东。这时的母亲难免有些难过，千辛万苦养大的女儿以后不再属于她了……可是，牵着手的新人却沉浸在幸福快乐之中。

这一对新人以质朴而又赤诚的方式走进了彼此的生命。

第七章

谁主沉浮

一

对于每一个赴法勤工俭学的学生，从上海到马赛，都是一条迢迢无期的海路，远望前程，沧海茫茫，蓦然回首，祖国犹在风雨飘摇中。

那时候，大多数学生是坐的四等舱。法国邮轮上其实没有四等舱，最低是三等舱。一张三等舱船票要三百多大洋，很少有人掏得起。为了减少船费，李石曾便和法国船运公司商洽，将一部分货舱改为四等舱，又称大统舱。这些货舱位于吃水线以下，光线不足，空气不流通，潮湿，酷热，憋闷，拥挤，很多人刚上船就呕得一塌糊涂。有的货舱还和牛羊舱挨在一块，臭烘烘的。过去船上没有冰箱，牛羊都是活养现宰的，那臭虫、虱子也会钻进四等舱里来。而这些最底层的乘客，被限制在这一层的甲板上和船舱里，到了用餐时，一拨一拨的人站在或蹲在甲板上吃饭。据时人所记，“船中位次甚劣，饮食尤恶”，但每个人只需一百多大洋。手头稍微宽裕一点的学生就会买一把既可以坐又可以躺的折椅，在天气好的时候可以到甲板上来透透气。

李维汉在《回忆新民学会》一文中追述了他们这一批人赴法的经历：“我和张昆弟等于一九一九年九月到上海，和许多湖南学生一起住在静安寺路民厚里，候船赴法。位于霞飞路的上海华法教育会人来人往，大都是到这里来办理手续、请购船票、打听消息的准备赴法的学生。报纸的‘要闻’栏里刊载许多有关勤工俭学的报导，称赞赴法青年为‘探险远征队’。我们于一九一九年十月三十一日乘法国邮船‘宝勒加号’自沪启航。同批赴法的有一百六十二人，内有湖南青年四十二人，张昆弟、李富春、李林（李林，湖南宝庆人。一九一九年赴法勤工俭学。在法参加中国共产党。回国后长期在北方从事党和工会的工作。土地革命战争时期牺牲于中央苏区）、贺果、余增生、任理、张增益等在内。我们坐的号称四等舱，实际是底层无等统舱。在海上航行了近四十天，许多人因船身颠簸、震动，头晕呕吐，食量锐减。尤其臭虫多得吓人，扰得我们夜夜不得安宁。一些人只好把袜子套在手上，把裤角（脚）扎紧，用毛巾把脸和脖子包住，只露出鼻子和眼睛，以求睡个安稳觉。随我们一起出国的领队人是勤工俭学发起人之一，上海华法教育会会长以后成为国民党右派的张继。他乘的是官舱。十二月七日，我们到达马赛。华法教育会派人接我们到巴黎，把一些准备勤工的学生安置在巴黎西郊哥伦布的华侨协社里住下。华法教育会、留法俭学会、留法勤工俭学会、和平促进会等几个华侨团体都设在里面。我们住的是一座活动的军用帐篷，据说是大战后美国人留下的。长四丈宽半丈的一块地方，住有三四十人，都自愿地结成伙食单位，自己弄饭吃。我和李富春、张昆弟、李林、贺果、任理、张增益等人结成一个单位，凑钱买了一个煤油炉子，吃的主要是空心粉、马铃薯、面包，有时炒点卷心白菜或买点熟的肉食吃。”

蔡和森一行从上海出发的日期为 1919 年 12 月 25 日，比李维汉那一批晚了近两个月。他们乘坐的“央脱莱蓬号”在惊涛骇浪中颠簸了五十多天才到法国马赛，下船时一个个已是半身浮肿，走在陆地上还像在海上一样摇摇晃晃。向警予一下船就摔了一跤，腿麻木得都没有感觉了。蔡和森背着她要上当地的华工医院，向警予在他背上挣扎着说：“我不上医院，你放我下来，走走就好了！”

赴法学生在马赛上岸后，乘火车奔赴设在巴黎郊外的华法教育会（华侨协社），这是他们抵达法国的第一站。由于赴法学生与日俱增，华法教育会应接不暇，李石曾和萧子升提前赶到这里，就是为了安顿这一批批赴法学生的学习和生活。那是一座三层小楼，二楼是会议室，一楼、三楼和地下室一度都住满了勤工俭学的学生。有一批学生来了几百人，还在院子里搭了很多帐篷。他们到法国后，有的选择先工后学，有的选择先学后工，有的选择边工边读。华法教育会根据他们的志愿，皆不遗余力地给予安排。蔡和森一家和向警予，还有陈毅与兄长陈孟熙，都被安排到了蒙达尔纪（Montargis，旧译蒙达尼）男子公学专为勤工俭学学生开办的法文补习班学习。

由法国首都巴黎南行一百余公里，一座波光潋滟的城池渐渐从千年岁月中浮现出来。这是一座典型的法国小城，仿佛一眼就可看穿，却被誉为“法兰西第一城”。远在英法百年战争时期的 1427 年，蒙达尔纪军民誓死不屈，击溃英军，因而受到了法国国王查理七世的特别嘉奖，免除了市民的赋税。蒙达尔纪成为法国历史上第一个免税城，更是一座令人钦羡的英雄城。走进这座小城，小桥，流水，人家，一如水墨江南的中国意境，又别有一番欧陆水城风情，她也被誉为“法兰西的威尼斯”。这一条条河流，连同流连其间的倒影，让我们有了追溯历史的可能。近百年前，这条布里亚运河中映现出一个个黑头发、黑眼睛、黄皮肤的年轻身影，眼里闪烁着梦幻般的光泽。他们的出现，那么突然又那么自然。透过他们的身影，很多法国人才知道，他们来自遥远东方那个古老而神秘的中国。那时谁又能预料到，他们将给法兰西、给蒙达尔纪带来一段又留下一段非凡的历史记忆？

李石曾早年赴法留学时，最初就在蒙达尔纪。他组织的第一批勤工俭学的中国学生也是首选蒙达尔纪，这就让这座小城成为中国“留法勤工俭学运动”的开篇之地。随着一批批中国学生来法，这里也成了勤工俭学学生最集中的地方。留法的大多数人都来过这里，最后长期在此学习和工作的多达三百多人。

蔡和森和陈毅兄弟俩在蒙达尔纪男子公学同教室听课，蔡和森与陈孟熙还是同桌。陈孟熙比蔡和森小四岁，后来成了川军将领。陈毅生于 1901 年 8 月，比蔡和森小六岁多，当年还刚满十八岁，长得虎头虎脑，充满了朝气。从这时开始，他便与蔡和森成为交往密切的朋友，并在蔡和森的影响下逐渐走上了革命道路。

蒙达尔纪男子公学的宿舍是一座三层楼，第一层是食堂，第二层住的是法国学生，第三层住的是中国勤工俭学的学生。这第三层便成了中国人的世界。

蔡和森在出国前的一年半时间里就开始学习法文，在蒙达尔纪公学，他没有上课，“日惟手字典一册，报纸两页”。他的身体不太好，有严重的哮喘病，但他非常刻苦，一边学习法文，一边研读马克思主义著作，研究俄国十月革命的经验。马克思主义书籍和报刊在法国十分流行，很容易得到，但都是法文版。蔡和森一手拿着法文字典，一手拿着马克思主义的法文书刊，“猛看猛译”，只用了三个月时间就“有了门径”，不到半年就“门路大开”。在钻研和翻译的过程中，他把一些马克思主义观点渐渐搞明白了，并通过书信向国内的新民学会会员传播。

陈毅后来回忆他同蔡和森一起学习马克思主义的心路历程：“在我们这个地区鼓吹马克思主义最有力者是蔡和森。”陈毅在出国之前就深切地感到了“国内旧社会”和“资本制度的罪恶相加”的痛苦，而蔡和森鼓吹的苏俄十月革命的道路则在他面前明亮起来。他说：“蔡和森对我起了很重要的影响。”在蔡和森的影响下，他开始读《共产党宣言》，认为这本书里有很多深刻的分析、新鲜的提法，比如说“一切的历史都是阶级斗争的历史，现代资产阶级的国家，不过是资本家的事务所，等等。这些论断我们感到确是真理。这引起了我思想上的第二次大震动”，他体会到了“马克思主义思想在头脑中高扬”，于是他“逐渐参加政治活动，向革命方向靠拢了”，“我们逐渐接受了马克思主义，认识到搞无产阶级革命的光明前途”。

从一座小桥走向另一座小桥，就是向警予、蔡畅等人当年就读的杉松女子公学。

这所学校的建筑非常古老，由两栋楼构成，第一栋楼是教工宿舍，第二栋楼是上课用的教室，还有寄宿生的宿舍。葛健豪这位“老留学生”既如母亲一样照顾她们的生活，也跟她们一起学习。在这里，她像小学生一样，刻苦攻读法文。虽然年纪大，记忆力差，又没有任何的外语基础，但她凭着顽强的毅力，从一个个单词学起，在同去的人中，每天数她起得最早，睡得最晚。经过不懈的努力，她终于能用法文对话和阅读法文报刊了。

当时，向警予、蔡畅和其母亲葛健豪都在女校住。勤工俭学的生活是艰苦的。由于发放的生活费非常有限，她们经常以马铃薯、空心粉、黑面包、大白菜果腹。法国人的饮食非常简单，面包加红酒，面包是主食，一杯红酒是补血的。法式面包表面上那层皮是黑乎乎的，硬邦邦的，难以下咽。她们最想吃的还是辣椒咽大米饭。

葛健豪不但是蔡和森和蔡畅的母亲，也是这些中国学生共同的母亲，蒙达尔纪的中国留学生，就像一个大家庭。葛健豪是一个湘绣能手，她与蔡畅、向警予一起白天学习，回宿舍后就立即开始刺绣，直到深夜。这些绣品是在什么商店都找不着的，充满了中国民族风情，深得法国妇女的喜爱，一件可卖几十法郎甚至上百法郎。换来的钱，她就去买米买菜，每次做了大米饭和湖南菜，很多人都来她们在杉松女校的住处打牙祭。

葛健豪支持蔡和森与向警予、蔡畅与李富春自由恋爱，自由结婚，这是“向封建婚姻制度宣战”。

蒙达尔纪是一座花园之城，杜吉公园就是其中之一。这是个非常美丽且有特色的花园，里面种植着多种法国典型植物。每当课余工余，那些勤工俭学的学生们便相聚在公园，怀着忧国忧民的思想，分析国内外时势，争论救国救民之策。蔡畅开始不大发言，常静静地在一旁倾听，细细体味人们阐述的道理。后来，在泼辣大胆的向警予的影响下，她也变得慷慨陈词、直抒胸臆了。

1920 年 5 月，蔡和森和向警予在杜吉公园举行了自由恋爱的新式婚礼，正式宣布结合了。对于当时的中国来说，这是一个壮举，即便是法国人，也会为做出如此壮举的中国人感到震惊。有趣的是，在此之前，向蔡两人都曾立下终身不婚的誓言，岂料他们刚来法国半年多，便率先食言了。而他们的爱情，兴许在那条远洋邮轮上就萌生了。这场简单的婚礼轰动了一座小城。他们的结婚照片上，一对马克思主义的虔诚信徒并肩坐在草坪上，共同捧着一本打开的《资本论》。这种寓情寓意的完美结合的结婚照片，恐怕是世界上独一无二的。

婚礼热烈而简朴，几十名中国留学生为这一对志同道合的新人送上了温馨的祝福。向蔡分别朗诵了两人在恋爱过程中互赠的诗歌，婚礼达到了高潮。不久，他们将这些诗作结集出版，题目为《向上同盟》，分别赠送给亲朋好友。

婚后，向警予给父母寄了一张印有一对十分可爱的小孩的明信片。她针对明信片上的小孩，借题发挥，写道："和森是九儿（向警予在家排行第九，小名九儿）的真正所爱的人，志趣没有一点不同的。这画片上的两小也合他与我的意。我同他是一千九百廿年产生的新人，又可叫做廿世纪的小孩子。"

此后，人们把二人称为"向蔡同盟"。在国内的毛泽东闻听此讯致信说："我听得'向蔡同盟'的事，为之一喜，我们正好奉向蔡做首领，组成一个'拒婚同盟'。"——这里讲的"拒婚"，不是反对结婚，而是反对旧式的婚姻，追求自由的爱情结合。

雷蒙特列街 15 号，是留法勤工俭学的学生在蒙达尔纪的一个精神堡垒。这条街从 16 世纪开始就已经存在了，是一条从护城河边上通往城门的路。

1920 年 8 月，以部分新民学会会员为骨干和核心，成立了留法勤工俭学学生中最早的社会主义性质青年团体——工学世界社，其前身为由李维汉、罗学瓒、张昆弟等新民学会会员于1920年2月在华侨协社发起组织的“勤工俭学励进会”（简称“工学励进会”）。当时，他们一边在华侨协社候工，一边学法文，看书报。华侨协社有个图书馆，里面有很多用中文翻译过来的无政府主义和空想社会主义的书刊。华法教育会的李石曾、吴稚晖都标榜笃信无政府主义。这对他们有很大影响。可以说，“工学励进会”最初就是一个信仰无政府主义的社团。

李维汉在《回忆新民学会》中追述了他们这一段心路历程：“我们都是只受过中等教育的青年，有提高科学文化水平的愿望，但因家境贫寒，无力升学，一旦知道可以到法国经过勤工达到升学的目的，便想尽办法奔向这条路上来。我们又是怀有爱国主义思想的比较先进的青年，亲受帝国主义侵略、军阀战争和豪绅买办阶级压迫、剥削之苦，痛恨旧的社会制度。我们又多少参加过五四运动或者受过它的影响，向往科学与民主。但是，由于我们在出国前没有或很少接触到俄国十月革命和马克思主义的书刊，不象北京大学和接近北大的先进青年那样。他们在李大钊同志的影响下，在‘五四’前夜就已经开始接触马克思主义。因此，救国之道如何？真理在何处？我们仍在曚（蒙）昧之中，头脑里基本上还是一张白纸。我们读了那些无政府主义和空想社会主义的书刊，对于书中描绘的社会主义和共产主义的美妙远景，对于那种没有人剥削人，人压迫人，人人劳动，人人读书，平等自由的境界，觉得非常新鲜、美好，觉得这就应该是我们奋斗的目标。有了这个目标，大家就高兴地以为找到了真理。但是，用什么方法，走什么道路达到这个目标呢？我们没有能进一步探讨，以为走勤工俭学的道路就能达到这个目的。工学励进会就是在这样的思想状况下创立的。成立工学励进会的时候，我们订了几条约章，曾寄回国内在《时事新报》上刊登过。宗旨的大概内容是：‘在积极方面，想联络一班人共同做事，如储金，定书报，互相勉励，疾病救助，工学交互，为将来别种建画之预备。在消极方面，可以免除孤独生涯之烦苦，环境诱惑之堕落及懒惰之预防等事。’所谓‘在积极方面’的几句话，反映了我们当时的小资产阶级工学主义的幻想。可是，我们究竟是有进取精神的青年，在以后生活环境和条件的变化中，没有停止自己的脚步。”

1920 年初春，李维汉、李富春、贺果、李林到施乃德钢铁厂做工。李维汉曾在长沙湘军工厂艺徒学校学过一年半铸工，在这家工厂里仍然做铸工。当时铸工除吊车外都是手工，劳动强度很大。做了不到半年，他的身体就支持不住了。他们的生活条件也极为艰苦，仍然住在一个军用帐篷中。早晚工余之暇，大家自学法语，有时勉强看点法共《人道报》和共产主义小册子，有时也共同讨论研究勤工俭学的问题。经过短时间的工人生活，他们都感到经过勤工很难达到俭学，但对资本家剥削和管制工人的方法有了初步认识。五一节，他们眼睁睁地看到武装警察对罢工、示威工人的镇压，感到就是在以民主共和著称的国家，工人也并无真正的民主自由。“我自己自幼过着贫农家庭的生活，对于无钱无权无势的劳动人民受欺压的痛苦境况，有些感性认识。”李维汉后来在《勤工俭学研究发端》一文中曾写下这样的认识：“现在社会的一切不平等都带着十分或九分的经济压迫的原因”，“布尔塞维克的俄国，凡是封建的遗物，如那些军阀、地主、资本家一概扑灭之，以组织世界经济，这样的改革就是马克思主义学说的实现”。他还呼吁“中华民族的男女学生打破知识阶级，牺牲着部分时光，做那些农人工人的解放事业”。李维汉也谈到了他认识的局限性：“我们在此短短的实践和自学中前进了一步。这一步有重要意义，但仍然只是一些感性认识，没有深入和展开，没有上升到理性认识，没有悟出工人农民只有‘以其人之道还治其人之身’，即以暴力战胜暴力，才能获得解放的道理，因而还没有跳出‘工学主义’的幻想。”

1920年8月，“工学励进会”改名为“工学世界社”，社员发展到三十多人，主要成员有李维汉、李富春、李立三、罗学瓒、张昆弟、欧阳钦、萧三、颜昌颐、唐铎等。这个社团主要成员都是新民学会会员，因而也被视为新民学会旗下的一个组织。从性质看，这个组织已澄清了工学主义和无政府主义思潮的影响，实现了向科学社会主义的转变，实际上就是以后的旅欧社会主义青年团的前身和外围组织，以“信仰马克思主义和实行俄国式的社会革命”为宗旨。但工学世界社一开始还只是群众组织，当时公开活动的内容，主要就是争取勤工俭学学生的出路。

李富春，字任之，1900年出身于湖南长沙一个贫寒的教师家庭。他没有加入新民学会，却是“工学世界社”的主要创始人。青少年时代，他目睹国家内忧外患、民不聊生的状况，就立下为民族独立、人民解放而战斗的志向。他和李维汉是同一批抵达法国的。当时，正赶上北洋军阀政府勾结法国当局刁难迫害中国留法勤工俭学学生，因而李富春一直没有得到进学校的机会，在法国做过几年钳工和火车司机，只是利用工余时间自学。在赴法勤工俭学的青年中，至少有两个文学爱好者，一个是陈毅，一个是李富春。李富春深入研究法国社会问题，向参加过第一次世界大战的法国士兵做调查，写下了小说《一个法国兵的忏悔》，深刻揭露帝国主义之间相互厮杀的战争本质。他还发表了《法国哈佛尔施乃德工厂的华工实况》的调查报告。起初，他也是信仰无政府主义的。但在深入考察法国社会和工人运动的过程中，他开始如饥似渴地研读马克思主义著作，寻求解决社会问题的良方，逐步从信仰工学主义转向信仰马克思主义。

张昆弟此时的世界观也发生了根本性的改变，他深入工人中调查了解，撰写了《法国北海岸之华工》一文，用马克思主义观点分析了在资本主义制度下，“工人想要得到健康的衣食住，在现在这种资本主义制度下，不想别的法子，无论工资增加到什么地步，都是不行的，非全世界工人全体有彻底的觉悟，把这万恶的资本主义制度推翻不可”。因此，他极力主张中国革命走俄国十月革命的道路。

陈毅也加入了“工学世界社”，并成为骨干之一。

蔡和森没有加入“工学世界社”，但他在思想上对这个社团产生了很大影响。该社负责人李维汉、李富春等经常把社团中一些带有普遍性的重要问题提出来，向蔡和森请教，并请他出席工学世界社的重要会议。据李维汉回忆：“约在九十月间，工学世界社开了三天会，住蒙达尔纪的新民学会会员也大都参加。经过热烈的辩论，大多数社员赞成以信仰马克思主义和实行俄国式的社会革命为工学世界社的宗旨。”

此时，前后分批抵达法国以及在法入会的新民学会会员已有十六人，有的在克勒佐、勒哈佛尔、圣伯尼等地工厂做工；有的在蒙达尔纪、枫丹白露等地学校补习法文。刚刚到法国的萧三、陈绍休（后在法国勤工俭学期间病逝）等从国内带来了毛泽东在上海主持召开半淞园会议的情况介绍。根据半淞园会议关于“巴黎等会员较多之处可组织学术谈话会，定期召集”的意见，蔡和森等会员商定在蒙达尔纪举行一次聚会。1920 年 7 月，三十多个国家的共产党组织在莫斯科召开了“万国共产党会议”，蔡和森从法文报纸上获悉这个消息后，这让他十分兴奋并且预见，共产国际不会忽视中国，一定会派人到中国组织成立共产党，这也让他更坚定了共产主义的信念。而就在这一历史背景下，7 月 5 日至 10 日，旅法新民学会会员在蒙达尔纪公学的教室里开了五天会，蔡和森、萧子升、向警予、陈绍休、萧三、张昆弟、罗学瓒、蔡畅、李维汉、熊光楚、熊季光、熊叔彬、欧阳泽等十三位会员出席了会议，唐铎等未加入新民学会的工学世界社社员也参加了会议，共二十二人。这是一次后来载入了“中国共产党诞生大事记”的会议——蒙达尔纪会议。

会议由蔡和森和向警予主持。当时参会的一些人更关心自身的前途和命运，每个人有自己个性化的人生追求，有的想成为生态学家，有的想成为建筑学家，还有的想通过勤工俭学积累一定的资本后，正式考入法国高等学府攻读学位。蔡和森对会员个性化的人生追求是乐观其成的，但他召集这次会议的目的不是讨论各自的人生追求，而是探讨中国与世界的未来，“中国向何处去，走哪条路?”“如何改造中国与世界?”

经过热烈的讨论，旅法新民学会会员一致通过了以“改造中国与世界”为新民学会的新宗旨。这标志着，新民学会由成立初期的一个进步青年团体或学术团队，转型为一个革命团体。但随着讨论的深入，在如何“改造中国与世界”这个问题上，也就是道路的选择上，旅法会员出现了根本分歧。

一派以蔡和森、向警予为代表。蔡和森在新民学会会员中是第一个提出应“加倍放大列宁”的人，而他一直没有偏离这一方向。在法国勤工俭学期间，他一直在钻研马克思列宁主义，并对当时在西方流行的各种主义进行了“综合审谛”，这让他更坚定地做出了自己的选择：“我近对各种主义综合审谛，觉社会主义真为改造现世界对症之方，中国也不能外此。社会主义必要之方法：阶级战争——无产阶级专政。”对此，他有一种时不我待的急迫感，提出“应该效法俄国的榜样，而且应马上进行！”而要走俄国十月革命的道路，就必须由无产阶级政党来领导。他从阐明共产党性质的角度入手，“旗帜鲜明地提出成立共产党”，并强调这是中国革命的迫切需要，是近代中国社会政治经济发展的必然结果。

另一派则以萧子升为代表。这个“萧菩萨”，依然有一种菩萨式的温和，他并未激烈地与蔡和森针锋相对，却一直执拗地“主张温和的革命——以教育为工具的革命”，他颇不认俄式——马克思式——革命为正当，而倾向于无政府——无强权——蒲鲁东式之新式革命，这是一种“比较和而缓，虽缓然和”的革命。蒲鲁东被称为“无政府主义之父”，他否认一切国家和权威，反对政党，反对工人阶级从事政治斗争，认为其主要的任务是进行社会改革。他将无政府主义与改良主义合成一体，提出一个所谓“互助主义”的救世良方，其目的是形成生产者之间“永恒的公平”。这是不切实际的幻想，但萧子升却对此坚信不疑，他还慢条斯理地说：“世界进化是无穷期的，革命也是无穷期的，我们不认可以一部分的牺牲，换多数人的福利。主张温和的革命，以教育为工具的革命，为人民谋全体福利的革命——以工会合社为实行改革之方法。”

据李维汉回忆：“蒙达尔纪会议开得很活跃，在辩论了改造中国与世界的目标和道路之后，还谈论了个人感想、会务进行和求学方法。从人生观到宇宙观，从个人理想到人类的未来，差不多都说遍了。最后一天更进行个性的批评与介绍。大家都知无不言，言无不尽，各自并互相谈了个人的优缺点，思想和个性的极强处和极弱处，以互励互勉，取长补短，对于留在国内的会员，也由相知者向新会员作介绍。”

尽管蔡和森的主张得到了很多会员的支持，但萧子升也获得了不少人的赞同，双方都没有获得压倒性的优势。而每个人的思想或世界观都有曲折的经历，即便后来走上马克思主义道路的李维汉，一开始也对“俄国式的革命”表示怀疑，站在了萧子升这边。他说：“社会改造，我不敢赞成笼统的改造，用分工协助的方法，从社会内面改造出来，我觉得很好。一个社会的病，自有他的特别的背景，一剂单方可医天下人的病，我很怀疑。俄国式的革命，我根本上有未敢赞同之处。”对此，李维汉在《回忆新民学会》一文中也有过反省：“我当时虽已经初步认识到改造的最终目标是要消灭人剥削人、人压迫人的制度，实现无产阶级的共产主义社会，但是，对于改造的道路，还没有跳出小资产阶级工学主义的幻想。集中到一点，就是对于要以革命暴力战胜反革命暴力，以无产阶级专政代替资产阶级专政，还缺乏认识。我在会后写给毛主席的信中说：‘俄国式的革命，我根本上有未敢赞同之处。’现在回忆起来，就是反映了当时对这一根本点缺乏认识。”

而今，在法国蒙达尔纪杜吉公园，一块记录中国留法勤工俭学运动的白色纪念牌静静地竖立在公园内一片绿树环绕的草坪上。纪念牌右上方是一张当年与会学生们的合影，上面用中法双语清晰记录着：“蔡和森、向警予在留法学生会全体会议上提出建立一个新民主主义政党的主张……”

由于两种观点相持不下，会议决定把这几种意见写信告诉毛泽东，听取国内会员的意见。

1920 年 8 月 13 日，蔡和森给毛泽东寄出第一封信，在这封三千多字的信中，蔡和森首先告诉毛泽东“来法会友上月在蒙集议一次，详见子昇（升）报告”，然后讲述他赴法以来，“现搜集各种小册子约百种”，正在研究这四方面的问题：“（一）世界革命运动之大势；（二）无产阶级革命运动之四种利器；（三）世界革命之联络与方法；（四）俄罗斯革命后之详情。”他说：“这四种东西，现已搜集许多材料，猛看猛译，迟到年底，或能成就。我近对各种主义综合审谛，觉社会主义真为改造现世界对症之方，中国也不能外此。”他认定，“社会主义必要之方法：阶级战争——无产阶级专政”，这是“现世革命唯一制胜的方法”。

接下来，蔡和森还进一步分析，“我现认清社会主义为资本主义的反映。其重要使命在打破资本经济制度。其方法在无产阶级专政，以政权来改建社会经济制度”。

为什么“无产阶级革命后不得不专政”？蔡和森列举了两条理由：

其一，“无政权不能集产，不能使产业社会有。换之，即是不能改造经济制度”。

其二，“无政权不能保护革命，不能防止反革命，打倒的阶级倒而复起，革命将等于零”。

正是出于这两条理由，蔡和森明确表示反对无政府主义，“因此我以为现世界不能行无政府主义，因为现世界显然有两个对抗的阶级存在，打倒有产阶级的迪克推多，非以无产阶级的迪克推多压不住反动，俄国就是个证明。所以我对于中国的将来的改造，以为完全适用社会主义的原理和方法”。

他对世界革命运动之大势，无产阶级革命的“四种利器”（党、工团、合作社和苏维埃），世界革命联络与方法，俄罗斯革命后详情等，都作了系统的研究，“拟编译一种传播运动的丛书”。他还明确提出，“我以为先要组织党——共产党。因为他是革命运动的发动者、宣传者、先锋队、作战部。以中国现在的情形看来，须先组织他，然后工团、合作社，才能发生有力的组织。革命运动、劳动运动，才有神经中枢。但是宜急宜缓呢？我以为现在就要准备”。

蔡和森在信中还详析了中国政局的发展趋势和组织革命党的方法，他在国外拟“旗鼓鲜明成立一个共产党”，并在致毛泽东的信中强调：“有人以为中国无阶级，我不承认。只因小工小农不识不知，以穷乏惨苦归之命，一旦阶级觉悟发生，其气焰必不减于西欧东欧。”

蔡和森还提出："现在内地组织此事须秘密。乌合之众不行，离开工业界不行。中产阶级文化运动者不行（除非他变）。"

他还提醒毛泽东："因此你在国内不可不早有所准备。"

萧子升于8月初也致信毛泽东，他的信比蔡和森的信还长一倍，信中谈了许多琐事，强调读书，学俄文，分一小部分精力从事社会运动，以舆论为限。他对国内形势做出了自己的估计："十年之内，东方恐无大事可办。"然后，他才谈了他所主张的温和革命，并力求得到毛泽东和国内会员的理解与支持。

那时候从法国寄信到中国，一般要辗转一月乃至数月，还不一定能够收到。9月16日，久未等到好友回信的蔡和森又迫不及待地给毛泽东写了一封六千多字的长信，详论成立共产党及其国际组织之必要，不实行无产阶级专政，"则不能改造社会、保护革命"。他还在信中提出了具体的建党步骤。就是在这封信中，他明确提出"明目张胆正式成立一个中国共产党"，成为提出"中国共产党"名称的第一人，并第一次系统提出建党理论和建党原则。如今有党史专家认为，"蔡和森是掌握列宁建党学说最早、第一个完整提出'中国共产党'全称的创始人，不愧为中国共产党第一个系统提出建党理论的理论家"。而蔡和森作为新民学会的杰出代表，也代表新民学会发出了建党先声。

对于蔡和森的第一封信，还有萧子升的信，毛泽东迟迟才收到。他于1920年12月1日写了一封四千多字的复信，首先赞成"改造中国与世界"为学会方针"正与我平日的主张相合，并且我料到是与多数会友的主张相合的"。对于蔡和森的观点，他复信说"你这一封信见地极当，我没有一个字不赞成”。对于萧子升和李维汉的观点，他认为教育手段的革命，与最近罗素在长沙的演说相同，“理论上说得通，事实上做不到”。为此，他在复信中做了一长段论述：

我对子昇（升）、和笙两人的意见，（用平和的手段，谋全体的幸福）在真理上是赞成的，但在事实上认为做不到。罗素在长沙演说，意与子昇、和笙同，主张共产主义，但反对劳农专政，谓宜用教育的方法使有产阶级觉悟，可不至要妨碍自由，兴起战争，革命流血。但我于罗素讲演后，曾和殷柏、礼容等有极详之辩论，我对于罗素的主张，有两句评语：就是“理论上说得通，事实上做不到”。

罗素和子昇、和笙主张的要点，是“用教育的方法”，但教育一要有钱，二要有人，三要有机关。现在世界，钱尽在资本家的手；主持教育的人尽是一些资本家，或资本家的奴隶；现在世界的学校及报馆两种最重要的教育机关，又尽在资本家的掌握中，总言之，现在世界的教育，是一种资本主义的教育。以资本主义教儿童，这些儿童大了又转而用资本主义教第二代的儿童。教育所以落在资本家手里，则因为资本家有“议会”以制定保护资本家并防制无产阶级的法律。有“政府”执行这些法律，以积极的实行其所保护与所禁止。有“军队”与“警察”，以消极的保障资本家的安乐与禁止无产者的要求。有“银行”以为其财货流通的府库。有工厂以为其生产品垄断的机关。如此，共产党人非取政权，且不能安息于其宇下，更安能握得其教育权？如此，资本家久握教育权，大鼓吹其资本主义，使共产党人的共产主义宣传，信者日见其微。所以我觉得教育的方法是不行的。我看俄国式的革命，是无可如何的山穷水尽诸路皆走不通了的一个变计。并不是有更好的方法弃而不采，单要采这个恐怖的方法。以上是第一层理由。

第二层，依心理上习惯性的原理，及人类历史上的观察，觉得要资本家信共产主义，是不可能的事。人生有一种习惯性，是心理上的一种力，正与物在斜方必倾向下之为物理上的一种力一样。要物不倾向下，依力学原理，要有与他相等的一力去抵抗他才行。要人心改变，也要有一种与这心力强度相等的力去反抗他才行。用教育之力去改变他，既不能拿到学校与报馆两种教育机关的全部或一大部到手，虽有口舌、印刷物或一二学校报馆为宣传之具，正如朱子所谓“教学如扶醉人，扶得东来西又倒”，直不足以动资本主义者心理的毫末，那有回心向善之望？以上从心理上说。再从历史上说，人类生活全是一种现实欲望的扩张。这种现实欲望，只向扩张的方面走，决不向减缩的方面走，小资本家必想做大资本家，大资本家必想做最大的资本家，是一定的心理。历史上凡是专制主义者，或帝国主义者，或军国主义者，非等到人家来推倒，决没有自己肯收场的。有拿破仑第一称帝失败了，又有拿破仑第三称帝。有袁世凯失败了，偏又有段祺瑞。章太炎在长沙演说，劝大家读历史，谓袁段等失败均系不读历史之故。我谓读历史是智慧的事，求遂所欲是冲动的事，智慧指导冲动，只能于相当范围有效力，一出范围，冲动便将智慧压倒，勇猛前进，必要到遇了比冲动前进之力更大的力，然后才可以将他打回。有几句俗话："人不到黄河心不死""这山望见那山高""人心不知足，得陇又望蜀"均可以证明这个道理。以上从心理上及历史上看，可见资本主义是不能以些小教育之力推翻的，是第二层理由。

再说第三层理由。理想固要紧，现实尤其要紧，用和平方法去达共产目的，要何日才能成功？假如要一百年，这一百年中宛转呻吟的无产阶级，我们对之，如何处置（就是我们）。无产阶级比有产阶级实在要多得若干倍。假定无产者占三分二，则十五万万人类中有十万万无产者（恐怕还不止此数），这一百年中，任其为三分一之资本家鱼肉，其何能忍？且无产者既已觉悟到自己应该有产，而现在受无产的痛苦是不应该，因无产的不安，而发生共产的要求，已经成了一种事实。事实是当前的，是不能消灭的，是知了就要行的。因此我觉得俄国的革命，和各国急进派共产党人数日见其多，组织日见其密，只是自然的结果。以上是第三层理由。

再有一层，是我对于无政府主义的怀疑。我的理由却不仅在无强权无组织的社会状态之不可能，我只忧一到这种社会状态实现了之难以终其局。因为这种社会状态是定要造成人类死率减少而生率加多的，其结局必至于人满为患。如果不能做到（一）不吃饭，（二）不穿衣，（三）不住屋，（四）地球上各处气候寒暖和土地肥瘠均一，或是（五）更发明无量可以住人的新地，是终于免不掉人满为患一个难关的。因上各层理由，所以我对于绝对的自由主义，无政府的主义，以及德谟克拉西主义，依我现在的看法，都只认为于理论上说得好听，事实上是做不到的。

在这封信中，毛泽东坚定而明确地表态说："我于子昇、和笙二兄的主张，不表同意。而于和森的主张，表示深切的赞同。"这两位远隔重洋的挚友，至此已经是站在了同一个战壕里的战友。在某种意义上说，这也是毛泽东信仰马克思主义的一次宣誓。

蔡和森的第二封信，是由萧子升于年底带回国的。据《毛泽东传》：萧子升"于 1920 年 12 月底回国，带来蔡和森于 9 月 16 日写给毛泽东的长信"。事实上，萧子升的回国时间应早于 12 月底，毛泽东在《新民学会会务报告》（第一号）中，称"子昇于九年（1920）十月内回国"；其二，毛泽东 1920 年 12 月 1 日写往法国一信，称"闻子昇已回国到北京，不久可以面谈"。而蔡和森这封信开头称："上月寄一长信……今子昇归国，再陈其略。"从语气可以推断，萧子升此时已行程在即，与 10 月份抵达上海之说吻合。

蔡和森的第二封信中有序文，并谈了六个问题：（一）学会方针问题；（二）方法问题；（三）态度问题；（四）求学问题；（五）会务进行问题；（六）同志联络问题。其中重点谈了"改造中国与世界"的方法问题。"我们到底用甚么方法去达到'改造中国与世界'的目的呢?"他再次强调了第一封信的观点，"我现认清社会主义为资本主义的反映。其重要使命在打破资本经济制度，其方法在无产阶级专政"。

毛泽东收阅该信后，于 1921 年 1 月 21 日回信蔡和森，称"来信于年底始由子昇转到”。他在信中说：“唯物史观是吾党哲学的根据，这是事实。”他还告诉蔡和森，陈独秀等已在组党，上海出的《共产党》不愧“旗帜鲜明（宣言即陈的手笔）”。

于此可见，远在法国的蔡和森和立足国内的毛泽东，对于走十月革命的道路和组建中国共产党的主张是心神相通的，若要在中国从事根本改造之计划和组织，须建立一个改造的基础，这就是要建立一个如蔡和森所主张的主义明确、方法得当，和俄一致的共产党。他们寻求的大本大源，此时都已归结于马克思主义这一人类思想史上的伟大革命和信仰。

二

1921 年元旦，新民学会在湘会员在长沙潮宗街文化书社举行新年聚会。

这已是新民学会成立的第四个年头。几年来经历了太多的事情，会员们也变得日益成熟，形成了各自的世界观，有些问题必须开会探讨和厘清。在“驱张运动”之前，新民学会曾在周南女校开过一次会，对学会负责人进行了改选，毛泽东和陶斯咏、陈书农都被推选为评议员，而学会依然由毛泽东主事。此后，国内的会员或为“驱张运动”东奔西走，或为各自的生计事业奔波，“新民学会长沙会友因湖南政局影响，好久没有开会。就一直没有聚会了。九年（1920）年尽，长沙政局略定，会友在此者亦达二十余人，遂谋聚会一次”。

这次新年聚会是由“何叔衡、周惇元（周世钊）、毛润之、熊瑾玎、陶斯咏等，先期商定开会手续”，然后才发出通告召开的。据1920年冬新民学会刊发的《新民学会会务报告》称：“六月，张敬尧给湘军赶去。会友之奔走京、沪及衡（衡阳）、永（永州）者，陆续回湘，一直到是年冬尽，长沙各会友的情形，略如下列：陈启民在周南任课，陶斯咏在周南任事，钟楚生在周南任课，何叔衡在通俗书报编辑所任事，周惇元（周世钊）在通俗报馆任编辑，熊瑾玎在通俗书报编辑所任事，毛润之在第一师范附小任事，张泉山在第一师范附小任课，刘继庄在第一师范附小任课，蒋集虚在第一师范修学，易阅灰同上，夏蔓伯同上，姜竹林同上，谢维新同上，李承德在湘雅医学专门修学，唐文甫在明德中学修学，邹泮芹在修业任课，彭殷柏（彭璜）在文化书社自修，易礼容在文化书社任事，任培道在文化书社任事。此时长沙会友所做的事，其具体可见的：蒋集虚、易阅灰、夏蔓伯等，尽力于第一师范之革新；何叔衡、周惇元、熊瑾玎等，尽力于通俗教育，办一种内容完好的通俗报；陈启民、陶斯咏、钟楚生等，尽力于周南女校之革新。此时在长沙之会友尚有一种努力：一为创办文化书社，一为发起自治运动，均很得各方面同志的同情。此时蔡咸熙（畅）、熊作莹（季光）、熊作璘（叔彬）、任振予（培道）、吴德庄（家瑛）五人入会。”

据邹蕴真回忆，元旦那天，他从家中走到潮宗街，推开一座坐北朝南的旧公馆的黑漆大门，穿过方砖铺成的空坪，来到空坪北面，又推开挂有一块“文化书社”牌子的木房子的小门。他进入了一个厅堂，厅堂里放着一张长方桌和十多张小方凳。当时，留在长沙的新民学会会员都来参加了这次会议。又据《新民学会会务报告》（第二号）记载：“十年（1921）一月一日，在文化书社开会，到会者十余人，是日大雪满城，寒光绚烂，景象簇新。”这天的会议于上午十时开始。何叔衡担任会议主席，首先请毛泽东“报告开会理由及学会经过”。

在窗外的雪光和室内的炭火映照下，毛泽东打量着一张张熟悉的面孔，这十多人中既有第一批入会的老会员，也有后来陆续加入的新会员。大伙儿欢聚一堂，却颇有沧桑之感，一个个都感叹世事艰辛而逝者如斯，都有一种何去何从的茫然，而这次会议就是要探讨他们接下来的人生走向。毛泽东说：“我们学会久应开会，去年以前，因种种变故，致未开成，现在算是不能再缓了，趁在新年，各处都放了假，特为较长期的集会，讨论同人认为最急切的各种问题。至于本学会经过情形，可大略报告。”随后，他将两年多来会友在国内国外各方面做事求学的情形大略报告了一遍。

而“凡是过往，皆为序章，行而不辍，未来可期”，这不是一次回顾过往的聚会，而是一次谋划未来的会议。毛泽东的回顾刚告一段落，何叔衡便提出了将要讨论的三个主要问题：

“新民学会应以甚么作共同目的？”

“达到目的须用甚么方法？”

“方法进行即刻如何着手？”

这三个问题是毛泽东和何叔衡等人提前商议后提出来的，具有内在的连带关系，因而必须连带讨论。对于第一个问题，毛泽东先介绍了旅法会员提出的学会新宗旨，即以“改造中国与世界”为共同目的；对于第二个问题，毛泽东也如实交代了旅法会员的思想分歧，一部分旅法会友主张用急进方法，一部分则主张用缓进方法；对于第三个问题，一部分旅法会友主张组织共产党，一部分会友主张实行工学主义及教育改造。

在讨论之前，会员们还传阅了蔡和森、萧子升等人的法国来信。

据邹蕴真回忆：“大家听了，未免觉得突然，但会场顿时活跃起来，有赞成的，也有反对的，有理解的，也有怀疑的……”

对于第一个问题，彭璜率先提出质疑：“改造世界太宽泛，我们说改造，无论怎样的力量大，总只能及于一部分，中国又嫌范围小了，故我主张改造东亚。物质方面造成机器世界，精神方面尽能力所及使大多数得到幸福。”

陈书农（启民）也赞成用“改造东亚”取代“改造世界”，他说：“欧洲有欧洲的改造法，我们不能为他们代庖。惟澳洲宜包括在东亚里，非洲我们也应负责。至于改造、改良，我主张前者。因资本主义，积重难返，非根本推翻，不能建设，所以我主张劳农专政，太自由不能讲改造，为的是讲自由结果反不得自由。谈到方法则此目的非二十年内所能实现。现在要用力的，不在即时建一个非驴非马的劳农政府，而在宣传。东亚一方面，尤重在促成工业革命。”

接下来，大伙儿各抒己见，争论不休，一个个口干舌燥。陶斯咏拎着一把鹤嘴茶壶不停地给大伙儿添茶续水，那笑吟吟的神情，倒也缓解了一下紧张的气氛。她知道毛泽东爱喝浓茶，爱嚼茶叶，又给毛泽东的杯中加了一撮茶叶，说：“润之兄，你也说说吧，我们都想听听你的高见呢。”

毛泽东从容地拂了一下长衫，然后做了第一次发言：“现在国中对于社会问题的解决，显然有两派主张：一派主张改造，一派则主张改良。前者如陈独秀诸人，后者如梁启超、张东荪诸人。改良是补缀办法，应主张大规模改造。至用‘改造东亚’，不如用‘改造中国与世界’。提出‘世界’，所以明吾侪的主张是国际的；提出‘中国’，所以明吾侪的下手处；‘东亚’无所取义。中国问题本来是世界的问题，然从事中国改造不着眼及于世界改造，则所改造必为狭义，必妨碍世界。至于方法，启民主用俄式，我极赞成。因俄式系诸路皆走不通了新发明的一条路，只此方法较之别的改造方法所含可能的性质为多。”

但毛泽东的发言并未一锤定音，大伙儿一直讨论到临近中午了，第一个问题依然没有达成一致意见，何叔衡遂宣布本日对此三问题（目的、方法、进行）暂停讨论，明天接着会商。

据《新民学会会务报告》（第二号）：“一月二号为聚会的第二日，大雪越深，到会者十余人（昨日到会者今日均到），……继续讨论昨天未完的第一个问题。”

这次会议采用循环发言法，从主席起，列席诸人自左至右依次发言。而作为会议主席的何叔衡也没有谦让，他提出学会共同目的应为“改造世界”，而中国是世界的一部分，改造世界即包含了“改造中国”。对此，陈子博、钟楚生、贺延祜、熊瑾玎、刘继庄等人附议。

但毛泽东仍坚持以“改造中国与世界”为共同目的，这凸显了“改造中国”为第一要务。而任培道、陶斯咏、易阅灰、易礼容均赞成毛泽东的主张，连彭璜也自愿抛弃昨日“改造东亚”之主张，赞成用“改造中国与世界”。陈章甫、张泉山也大致赞成毛泽东的主张，但他俩也表达了小小的异议。

陈章甫说：“言改造世界，范围较大，可以世界为家，心意愉快得多：故我赞成用改造中国及世界。”

张泉山说：“我另有一个主张今可不提，单就方才所说讨论，不宜以中国与世界并举，宜用改造中国并推及世界。”

第一个问题讨论至此，基本上形成了两派主张，一方以毛泽东为代表，一方以何叔衡为代表，而最终以起立的方式进行了表决。

何叔衡说：“赞成以‘改造世界’为共同目的请起立！”他数了数，包括自己，共五人。而赞成以“改造中国与世界”为共同目的的共十人。少数服从多数，第一个问题解决了。

接下来开始讨论第二个问题，即选择何种方法来改造中国与世界，和蒙达尔纪会议一样，这也成为会员们争辩的焦点。

对这一根本问题，何叔衡早已深思熟虑，他率先表态：“我主张过激主义。一次的扰乱，抵得二十年的教育，我深信这些话。”

易礼容也赞成“过激主义”，即革命的方式，他说：“社会要改造，故非革命不可。革命之后，非有首领专政不可。但专政非普通所谓专政，要为有目的的专政。但在今日要有准备，要多研究，多商量，不可盲然命令别个。”

易礼容的发言沉着而坚定，彭璜一开口就激越洪亮，他一边说话一边用力掰着手指，像在跟自己较劲，但他对各种主义的探究还真是做足了功课。他认为，中国的国情与俄国相近，俄国的“过激主义”

可以运用于中国，“相信多数派的好，采革命的手段。吾人有讲主义之必要。讲主义不是说空话，中国现尚无民主主义，但这主义已过时不能适用。不根本反对无政府主义，但无政府主义是主观的，天下不尽是克鲁泡特金、托尔斯太（托尔斯泰）也。物质文明不高，不足阻社会主义之进行。试以中国的国情与德英美法各国逐一比较，知法之工团主义，英之行会主义，美之IWW（世界产业工人联盟），德之社会民主主义，均不能行之于中国，中国国情，如社会组织、工业状况、人民性质，皆与俄国相近，故俄之过激主义可以行于中国。亦不必抄袭过激主义，惟须有同类的精神，即使用革命的社会主义也。学会中宜有一贯精神，共同研究，较为经济”。

陈子博则显得比彭璜更激烈，“现社会为万恶的，改良两字和缓不能收效，宜取急进态度，所以我主张改造”。他还明确提出“第一步激烈革命，第二步劳农专政”，主张“到劳动界去多发小册子，语言无妨激烈一点”。他自己打算到工人、士兵中去，“对兵与工，宣传我们的主义”。

陈章甫此前对各种主义也做过比较，而现在他也认准了：“从前单从平民方面看，以为社会政策亦可，但后来从各方面看，知道社会政策不行，所以我现在也主张波尔塞维克主义（布尔什维克主义）。”

陈书农从湖南一师毕业后一直从事教育事业，但他认为社会上流行的“教育救国”“实业救国”不能从根本上解决中国的问题。他说：“言教育，言实业，须有主义，须用劳农主义。诊病须从根本入手，一点一滴，功迟而小。”因而，他赞成俄国办法，“因为现在世界上有许多人提出改造方法，只有俄国所采用的办法可受试验的缘故，其余如无政府主义、工团主义、行会主义等，均不能普遍的见诸施行”。

张泉山主张分两步走，“第一步采过激主义，因俄国人的自由因平等而牺牲，所以第二步要采用罗素的基尔特社会主义”。

钟楚生也主张“过激主义”，他认为，“中国社会麻木，人性堕落，故须采过激方法。中国社会无组织，无训练，须用专制。但往后宜随时变更”。

贺延祜主张推翻一切资本家及官僚。

刘继庄则表示：“于主义无研究，不谈。赞成熊君破坏说，惟建设亦须预筹”。

周世钊主张“促使社会进化”，他说：“无政府主义不能行，因人性不能皆善，中国目下情形非破坏不行。惟于过激主义不无怀疑，束缚自由，非人性所堪。宜从教育入手，逐渐进步，步步革新。吾人宜先事破坏。破坏后建设事业宜从下级及根本上着手。”

李振翩认同周世钊的主张，他对于采用俄国劳农政府的办法非常怀疑，主张用罗素的温和办法，“先从教育下手，作个性之改造。俟大多数人都了解，乃实行全体改造”。

邹蕴真则作了一个极长的发言：“我对于改造两字极为怀疑，一般人都以为我们要根本改造，要根本推翻从前一切来重新建设，其实是做不到的。世界无论甚么事，不可一跃而几，是渐渐进化的。新民学会不宜取改造的态度，宜取研究的态度，将各种主义方法彻底研究，看那一种主义方法适宜。东西民族不同，人类病痛极杂，决非一剂单方可以诊好……”他对无政府主义也表示怀疑：“理论上无政府主义最好，但事实上做不到。比较可行，还是德谟克拉西。主张要对症下药，时间上积渐改进，空间上积渐改进，物质方面的救济，开发实业，精神方面的救济，普及并提高教育……”

易克一直冷眼旁观，轮到他发言时，他声明对此无研究，没有表态。

熊瑾玎主张“现在只要破坏，不要建设，不必言主义，只做破坏功夫”。

这第二个问题，大伙儿又七嘴八舌讨论了半天，但无论谁的意见都没有讲透彻。而一直在倾听和沉思的毛泽东，又做了第二次关键性的发言。他先列举了“世界解决社会问题的方法大概有下列几种”：第一是“社会政策”，主张阶级协调，由国家或其他社会力量制定劳动法规，实行社会保险，成立工人组织，兴办福利、救济事业等等，来维护资本主义经济。毛泽东认为这“是补苴罅漏的政策，不成办法”。第二是社会民主主义，反对无产阶级实行暴力革命和无产阶级专政，主张无产阶级走议会道路，宣扬资产阶级民主和阶级调和。五四运动前后，中国也曾有极少数人宣传过这种主义。毛泽东认为“社会民主主义借议会为改造工具，但事实上议会的立法总是保护有产阶级的。无政府主义否认权力，这种主义恐怕永世都做不到”。第三是“激烈方法的共产主义（列宁的主义）”。第四是“温和方法的共产主义（罗素的主义）”。罗素是英国哲学家、社会活动家，早年加入英国费边社和工党，后又信仰过基尔特社会主义。十月革命后，罗素曾到俄国考察，1920 年至 1921 年来中国讲学，先后在北京、长沙等地演说。在这些演说中，他表示相信“共产主义是一种好学说”，主张用“循序渐进的方法来实行”，不赞成“阶级斗争”和“平民专制”，认为中国首要的事情是兴办教育和发展实业。罗素的主张在当时中国学术思想界有相当影响。毛泽东认为“如罗素所主张极端的自由，放任资本家，亦是永世做不到的”。第五是无政府主义，否认任何国家和政权，否认任何权力和权威，鼓吹绝对自由、极端民主，主张建立一个“无命令、无权力、无服从、无制裁”的无政府状态的社会。五四运动前后，这种思潮在中国一部分知识分子和工人中曾经有过较大影响。

毛泽东把这种种主义都讲得十分透彻，充满了辩证思维，而这种种主义又被他采取排除法一一排除了，而真正能“达到目的的方法”，只有一条，那就是他在给蔡和森的复信中所说：“我看俄国式的革命，是无可如何的山穷水尽诸路皆走不通了的一个变计。”

毛泽东发言后，任培道说：“我也赞成何毛二位的主张。但根本着手处，仍在教育，如人民都受了教育，自然易于改造。”

她这话一听就自相矛盾，陶斯咏对任培道的话也表示怀疑：“从教育上下手，我从前也做过这种梦想，但中国在现在这种经济状况之下，断不能将教育办好。我的意见，宜与兵士接近，宣传我们的主义，使之自起变化，实行急进改革。”

这天的会议从上午九时一直讨论到下午二时（各带餐费二角），而最后又以起立的方式进行了表决。其中，赞成布尔什维克主义者十二人：何叔衡、毛润之、陶斯咏、易克、易礼容、陈章甫、张泉山、陈子博、钟楚生、贺延祜、彭殷柏、陈启民。赞成德谟克拉西者两人：任培道、邹泮芹。赞成温和方法的共产主义者一人：李振翩。未决定者三人：周世钊、刘继庄、熊瑾玎。

第三日的会议从上午九时半至十一时半，讨论了第三个问题，“方法进行即刻如何着手?”

何叔衡作为会议主席又是第一个发言，他提出“将武人、政客、财阀之腐败专利情形，尽情宣布；鼓吹劳工神圣，促进冲突暴动。次则多与俄人联络”。

毛泽东、彭璜等人则提出“有组党的必要”，而彭璜此时提出的是组织“劳动党”，他认为组织“劳动党有必要，因少数人做大事，终难望成；分子越多，做事越易”。但在当时的条件下，各地共产主义小组活动都是在秘密的状态下进行的，这一问题没有深入地讨论下去，大伙儿更多是商讨如何办学校、报刊、讲演团、印刷局、编译社等具体方式。当大伙儿讨论时，熊瑾玎一直很少发言，何叔衡说：“楚雄兄，你是个实在人，我们都想听听你的大实话呢!”

熊瑾玎，1886 年出身于湖南长沙一个医生之家。他二十岁时考入徐特立等人开办的师范速成班，结业后当过印刷厂校对工人、学校教员和地方自治公所的乡佐，后在湖南通俗教育馆当会计。何叔衡创办的《湖南通俗报》，他亦负责经营销售。他喜欢读陈独秀主办的《新青年》杂志，在毛泽东、何叔衡等人的影响下加入了新民学会。在学会中，他的年龄仅次于何叔衡。他老成稳健，笃行务实，与年轻激进者意见常有分歧，因而也就不急于表态。此时，何叔衡既然点将了，他才缓缓开口道：“我方才听大家争来争去，都有些不切实际。我是个管账先生，要做事，就要有钱，咱们学会要开展活动，钱从哪里来?”可他还没把自己的想法说完，就被性急的彭璜给打断了：“这是题外话，今天咱们不谈这个!”

毛泽东盯了彭璜一眼："你这刺猬头，臭脾气怎么还没改啊？你应该先让楚雄兄把话说完嘛。"

熊瑾玎大度地一笑说："我说的确实是题外话，那就以后再说吧。"

这次新年会议开了三天，这三天"天气阴沉寒冷，时飞小雪"。据邹蕴真回忆，散会后，"大家到湘江沙滩空旷处去合影，既至，风雪更大，照出的相片模糊不明，不能留作纪念……"

这一次没有留下影像的会议，却是新民学会迈进第二个发展阶段的关键性会议，经过连续三天的讨论，新民学会最终决定以"改造中国与世界"为学会的新宗旨，以"激烈方法的共产主义"为达到共同目的的方法，这也是此前蔡和森在"蒙达尔纪会议"上提出的根本主张。经过法国和国内长沙的两次大讨论，新民学会已发生了质的飞跃，从一个以"革新学术，砥砺品行，改良人心风俗"为宗旨的学生进步团体转型为一个有较严密组织和以马克思主义为主要信仰的革命团体。而毛泽东和蔡和森在此前就达成了高度一致的意见，他们作为新民学会的两位主导者，把大多数会员引上了选择马克思主义理想的道路，为中国共产党的建立，特别是在湖南建党方面，做了思想和组织两方面的充分准备。

李维汉作为历史的见证人，在《回忆新民学会》一文中对新民学会成立以来的发展变化做出了历史性评述："从新民学会（成立大会）通过的会章，可以看出学会开始只是一个小资产阶级知识分子要求'向上''互助'的团体。会员们绝大多数是青年人，都抱着要革新、求进步的热烈愿望。但是对于怎样革新，如何进步，尚在摸索中，并不明确，学会的宗旨由开始的‘革新学术，砥砺品行’，到后来修改为‘改造中国与世界’，其间有一个发展过程。‘改造中国与世界’的宗旨是毛泽东同志平日所主张，而为 1920 年 7 月留法会员在蒙达尼（蒙达尔纪）集会和 1921 年 1 月国内会员在长沙集会所一致通过。这个宗旨的变化是新民学会历史发展的一个转折，是新民学会大多数会员在五四运动以后，接触到马克思主义和劳动运动，因而在思想上发生重大变化的一个标志。”

三

毛泽东、蔡和森等在成立新民学会时就追寻的大本大源终于找到了，这就是马克思主义。中国共产党成立之前，在湖南兴起的革命运动中，新民学会实际上起着领导核心的作用，这为中国共产党建党作了思想和组织的准备。毛泽东也正是在新民学会的基础上创建了湖南的共产党组织和青年团组织。

追溯湖南早期共产党人的建党活动，要从 1920 年夏天开始。

1920 年 8 月，正当毛泽东推动湖南“自治运动”、发起创办文化书社之际，上海共产党早期组织在法租界老渔阳里 2 号《新青年》编辑部成立，主要成员有陈独秀、李达、李汉俊、俞秀松、陈公培、沈玄庐和施存统等人。关于党的名称叫什么，是社会党，还是叫共产党？陈独秀一开始初步定名为社会党，但他没有独自决定，特意写信征求李大钊的意见，李大钊主张定名为共产党，陈独秀表示同意。上海小组是中国的第一个共产党早期组织，其成员主要是马克思主义研究会的骨干，陈独秀为书记。但此时的“共产党”还并非全称，“中国共产党”这一名称是由蔡和森于同年 7 月在法国提出来的。这年 11 月，陈独秀同共产党早期组织成员拟定《中国共产党宣言》，指出“共产主义者的目的是要按照共产主义者的理想，创造一个新的社会”。为达此目的，就要“组织一个革命的无产阶级的政党——共产党。共产党将要引导革命的无产阶级去向资本家争斗，并要从资本家手里获得政权——这政权是维持资本家的国家的；并要将这政权放在工人和农人的手里，正如一九一七年俄国共产党所做的一样”。

李大钊继上海共产主义小组成立之后，在当年 9 月发起成立了北京共产主义小组，10 月正式成立于李大钊在北大红楼的办公室，主要成员有李大钊、张申府、张国焘、罗章龙、刘仁静、邓中夏、高君宇、何孟雄、缪伯英等。这年 11 月底，李大钊又召集小组会议，决定将北京共产主义小组命名为中国共产党北京支部，李大钊被推选为书记，张国焘负责组织工作，罗章龙负责宣传工作。在北京小组成立初期，一些无政府主义者也加入其中，一度出现了共产主义者与无政府主义者的严重分歧。经争论，无政府主义者退出。到中共一大召开前，北京共产主义小组成员共十一人。

上海共产党早期组织实际上是中国共产党发起组，通过写信联系和派人指导等方式，积极推动各地共产党早期组织的建立。早在 1920 年夏，长沙就被列入陈独秀为首的上海发起组建党计划，由陈独秀、李达联系，请毛泽东负责在长沙建党。毛泽东接到上海和北京的通告后，随即同何叔衡商量，酝酿在长沙成立同样的组织。这年 8 月，上海党组织率先成立了社会主义青年团（1925 年以后，改称共产主义青年团），随后北京、广州、武昌相继成立青年团。

毛泽东接到李大钊、邓中夏等从北京寄来的社会主义青年团章程后，也开始在长沙组织社会主义青年团。

当年 9 月 5 日，毛泽东在湖南《大公报》上对十月革命的经验做了一番总结："列宁之以百万党员，建平民革命的空前大业，扫荡反革命党，洗刷上中阶级，有主义（布尔失委克期姆），有时机（俄国战败），有预备，有真正可靠的党众，一呼而起，下令于流水之原，不崇朝而占全国人数十分之八九的劳农阶级，如响斯应。俄国革命的成功，全在这些处所……"

这也是毛泽东在湖南为组建党团组织而发出的先声。

为了研究苏俄十月革命，毛泽东、何叔衡、彭璜等十二人还发起成立湖南俄罗斯研究会。该会于当年 9 月在文化书社正式成立，成员大多是新民学会会员、省学联骨干和进步教职员。毛泽东任书记干事，彭璜任会计干事，"驻会接洽一切"。该会先后介绍刘少奇、任弼时、萧劲光、任作民等到上海共产主义小组创办的外国语学社学习，后赴苏联学习。

这个"俄罗斯研究会"实际上是湖南最早的马克思主义研究小组。当时，马克思主义被称为"过激主义"，苏俄被诬蔑为"饿死人的地方"，社会上一般人对新生的苏维埃政权很不了解。在此种情况下，彭璜在湖南《大公报》上发表《对于发起俄罗斯研究会的感言》

一文，热情洋溢地介绍苏俄的国内情况和对外政策，驳斥对苏俄的种种污蔑，认定中国应该走十月革命的道路。彭璜在文中指出：“和平的世界，是俄人革命的目的。劳农政府，是俄人革命不能避免的手段，也恐怕是全世界革命必经过的阶段。”“所以无论俄国的革命有好有歹，总是适应二十世纪的潮流才发生的，是不可根本避免的。”从流传至今的文献来看，在中国共产党尚未创建的时候，就能如此明确地认定过渡时期必须建立无产阶级专政的“劳农政府”，这在当时的中国来说，是难能可贵的真知灼见。

说来，“俄罗斯研究会”的牌子当时就挂在湘雅医学专门学校院长室旁边的一幢房子里，但院长颜福庆却毫不知情。1956 年 1 月，毛泽东在北京接见并宴请全国知识分子代表。宴请时，颜福庆就坐在毛泽东左边的主宾席。毛泽东端起酒杯给颜福庆敬酒时，忽然笑言：“三十年前，在湘雅医学专门学校时我就认识你了。”

颜福庆大吃一惊，有点拘谨地回答说：“我……怎么一点印象也没有。”

毛泽东说：“在你院长室旁边的一幢房子里，门口挂了一块牌子，写着‘俄罗斯研究会’。当时我经常朝这房子里走，在里面搞活动……”

这让颜福庆更加吃惊了，湖南的马克思主义研究竟然是在他的眼皮底下发生的，他竟然一点也不知情。

历史往往如静水深流，在旁人浑然不觉的状态下发生。1920 年 10 月，毛泽东已秘密发展何叔衡、陈子博、郭亮、萧述凡、夏曦、彭平之、刘少奇、柳直荀、张文亮等一批先进青年为社会主义青年团团员，并邀请陈独秀来长沙参加湖南社会主义青年团成立大会。11月下旬，陈独秀给毛泽东回信，答应来长沙。毛泽东把这个消息告诉张文亮，叮嘱他把社会主义青年团团章和《共产党》月刊准备好，以备开成立会时用。毛泽东还把《共产党》月刊刊载的《俄国共产党的历史》《列宁的历史》《劳农制度研究》等文章推荐给湖南《大公报》转载，在湖南青年读者中产生了广泛影响。《共产党》这份党刊是他们在湖南学习党的知识、开展建党活动的启蒙读物和工作指南。

张文亮在日记中记下毛泽东为建团所进行的活动：

11 月 17 日，接泽东一信，送来青年团章程十份，宗旨在研究并实行社会改造。约我星期日上午去会他，并托我代觅同志。

12 月 2 日，泽东来此。他说：青年团等仲甫（陈独秀别号）来再开成立会，注意研究和实行，并嘱我多找真同志。

12 月 26 日，泽东来此。青年团将于下周开成立会。

12 月 27 日，泽东送来《共产党》九本……

1921 年 1 月 13 日，长沙社会主义青年团召开成立大会，毛泽东当选为青年团书记。遗憾的是，陈独秀由于建党工作繁忙而未能来长沙出席成立大会。湖南的社会主义青年团成立时共有十六名团员，到 7 月时便发展到近四十人，是全国青年团员人数较多的省份之一。

对于湖南党组织成立的时间，史上已有定论——1920 年 11 月。这月，毛泽东接受中共上海发起组陈独秀、李达的委托，经过慎重物色，毛泽东、何叔衡、彭璜等六人在建党文件上签名，并创建了中国共产党湖南早期组织。另据建党初期负责组织工作的张国焘回忆："陈先生（陈独秀）与在湖南长沙主办《湘江评论》的毛泽东等早有通信联络，他很赏识毛泽东的才干，准备去信说明原委，请他发动湖南的中共小组。”他还十分肯定地说：“湖南长沙的共产主义小组是由毛泽东发动，于 1920 年 11 月间成立。”

毛泽东回顾湖南建党历史时曾说：“我在湖南先建立青年团组织，接着建立党组织，1921 年到上海参加第一次党的全国代表大会。”

1921 年 6 月，毛泽东接到中国共产党上海早期组织代理书记李达的来信，要求湖南早期组织“推举两名代表，即日赴沪”，出席中共一大。经过毛泽东、何叔衡、夏曦、彭璜、易礼容、郭亮等人推举，毛泽东和何叔衡当选为代表。6 月 29 日傍晚，毛泽东和何叔衡启程赴沪。他们这一次赴沪极为机密，当时稍知内情的谢觉哉在日记上记上了这样一笔：“午后六时，叔衡往上海，偕行者润之，赴全国〇〇〇〇〇之招。”这五个圈，代表“共产主义者”五个字，以为保密。解放后，谢觉哉对这一幕又有一段更生动的追忆：“一个夜晚，黑云蔽天作（做）欲雨状，忽闻毛泽东同志和何叔衡同志即要动身赴上海，我颇感到他俩的行动‘突然’，他俩又拒绝我们送上轮船。后来知道，这就是他俩去参加中国共产党第一次代表大会……”

当时，何叔衡正遭受赵恒惕政府的通缉。为了躲避军警，他刮去了一直蓄着的胡子，头戴一顶盖了半个脸部的遮阳帽，依然穿着一身老学究式的长衫，在弥漫的夜雾和流逝的涛声中走向长沙小西门码头。他警觉地在四周张望了一阵，然后一闪身影，登上开往汉口的小火轮。毛泽东则夹着一把油纸雨伞，肩背一只布袋，从另一个方向走来。尽管肩负着非凡而伟大的使命，他却一如平日那样从容，就像一次平常的出行。

在这历史的进程中，也有一些不可忽视的细节，如，他们去上海的旅费是熊瑾玎设法筹措的。熊瑾玎是新民学会元旦年会上的三个“未决定者”之一，他因认识上的分歧也没有加入湖南共产党的早期组织，但他却一直实实在在地为党做事，也是毛泽东和何叔衡信得过的人。

至少在此时，萧子升也是毛泽东信得过的人。萧子升从法国回来后，先从上海到北京待了一段时间，替李石曾办事，约在春节前回到湖南。春节过后，他请人在老家桃坞塘的祖山上栽了很多杉树，然后才到长沙。1921 年 3 月，毛泽东在船山学社同萧子升会面，这两位好友一别三个年头，但依然充满了真挚的友情，一见面就紧紧拥抱在一起。见面后，他们多次讨论如何“改造中国与世界”这一问题，但两人在“改造”和“改良”上已发生根本分歧。毛泽东想要说服萧子升，萧子升也想要说服毛泽东，但最终谁也无法说服谁。据萧子升回忆，两人有时候争得面红耳赤，有时候又因不能取得一致意见而相对流泪。尽管如此，毛泽东对这位挚友一直充满信任。这次赴沪，萧子升和他们一路同行至汉口。在开往汉口的小火轮上，毛泽东睡下铺，萧子升睡上铺。一路上，他们又在船上继续争论。但此时，这两位志同道合、情同手足的挚友，都不能不直面一个事实，他们彼此的思想和境遇都发生了根本性的变化。此时的毛泽东已然坚信，要改造中国，就必须进行政治改造，打倒剥削和压迫人民的帝国主义和封建主义，让劳动人民真正当家做主，这仅靠办教育、办书店是行不通的。而萧子升依然认定无政府主义，在法期间他又深受伯恩斯坦、考茨基修正主义思想的影响，主张中国走改良主义道路。他认为革命必然会带来牺牲，而他希望没有牺牲，通过文化和教育的逐步改良，来获得后代的幸福。

毛泽东摇头说："你这种理想，一千年也不可能实现！"

萧子升则回答，他愿意等一千年。

萧子升后来说："毛泽东能够征服他的听众，并使他们着迷。他具有一种说服别人的可怕的力量，很少有人能不被他的话语所打动。"然而，这一次，毛泽东最后也没有说服萧子升，这是因为信仰和理念不同，而他们又是那样执着地坚守着自己的信仰和理念。但两人在争论中又出奇地默契，谁也没有将自己的想法强加给对方。对于这两位年轻人，只能把这一切交给时间，用时间来证明谁对谁错。

多年后，萧子升回忆起那个从洞庭湖出航沿江而下的夜晚："那是最后一个夜晚，我们同床而睡，一直谈到黎明，毛泽东一直劝说我加入共产党，他说，如果我们全力以赴，不要一千年，只要三十年至四十年的时间，共产党就能够改变中国。"这是毛泽东对这位已经出现了思想分歧的挚友发出的一个惊人的预言，但萧子升当时却并未感到震惊，他认为毛泽东这简直是空口说白话。然而，历史终将证明毛泽东在二十八岁时发出的一个伟大的预言。

第二天一早，萧子升醒来时，发现下铺空着，当他走出舱室，看到毛泽东独自站在晨雾弥漫的甲板上，手里拿着一本书，那是一本《资本主义制度大纲》。

当船徐徐驶入汉口码头，萧子升下船，替李石曾办事去了，而毛泽东和何叔衡则继续航行去了上海。这两位曾经志同道合的挚友，一个站在岸上，一个站在船上，在大江东去的浪涛声中，在那充满了怅惘和惜别的挥手之间，他们已从曾经的热烈拥抱走向了再也无法弥合的分裂。此番分手，地老天荒，一别就是一生。在他们漫长的一生中，此后虽说还保持了几年的通信联系，但再也没有见过面。

对于毛泽东此去上海，萧子升一开始也不知道实情。他后来说，多年之后他方才知道，那次毛泽东去上海，是为了参加一次重要的会议。而这次会议，就是中国共产党的第一次全国代表大会。

毛泽东和何叔衡抵达上海时已是 7 月中下旬，这是毛泽东第四次赴沪。此时，上海暑气蒸腾，两位汗流浃背的湖南人，在蒸腾的热气中寻找着一个纸上的地址，那是法租界白尔路 389 号（后改名蒲柏路，今太仓路 127 号）的博文女校。这是一座两层砖木结构、内外两进的石库门建筑，从 6 月末到 7 月中旬，这里陆续住进了一批教师和学生模样的人，他们对外声称是北京大学师生暑期考察团成员，其实都是中共一大代表。在博文女校一共住了九名代表，毛泽东和何叔衡住在西厢房前半间，来自武汉的代表董必武和陈潭秋则住东厢房前半间。武汉，是毛泽东在赴京或赴沪途中的中转之地，他这是同董必武第一次见面。董必武比毛泽东年长七岁，两人一见如故，都有相见恨晚之感。他们既有共同的信仰又都酷爱诗词，从此结下了白首不渝的友谊。而此时谁又能预料，在二十八年后，他们作为中国共产党的创始人和中华人民共和国的缔造者，一起登上了天安门城楼，成为出席新中国开国大典的两位一大代表。

这次风云际会，毛泽东还结识了一位久闻其名的湖南老乡，李达。李达，名庭芳，字永锡，号鹤鸣，1890 年 10 月出身于湖南零陵岚角山镇（今属永州市冷水滩区）一个佃农家庭。1913 年，李达以第二名的成绩考取湖南留日官费生，在赴日留学的第二年因贫病交加而回国养病，直到 1917 年才再次赴日，考入日本第一高等学校（后改称东京帝国大学）学习理科。在俄国十月革命后，他开始偷偷阅读介绍马列主义的书籍。1920 年夏，李达从日本东京回国，他抱着“寻找同志干社会革命”的目的，在上海拜访了陈独秀，此时陈独秀与李汉俊正在筹建中国共产党，李达接受了陈独秀的邀请，参与筹建工作，他和李汉俊当时合称“二李”。而毛泽东和李达这次相识后，在党内既是同志，在私交上也结为了“君子之谊”，他们的友谊长达四十五年之久。李达比毛泽东年长三岁，无论见面还是书信往来，毛泽东总是称李达为“鹤鸣兄”，李达则称毛泽东“润之”。

在这些代表中，毛泽东和张国焘则算是旧相识了。尽管两人在北大期间没有深交，但这次在上海见面，这位心高气傲的北大高材生倒是一改往日那高傲的姿态，当他看见毛泽东风尘仆仆地走来，便热情地迎上前去握手并问候：“润之同志，一路辛苦！”

在代表们陆续抵沪之前的 6 月 3 日，就有两名外国人抵达了上海，一位是共产国际派往中国的正式代表马林，一位是赤色职工国际代表、俄国人尼克尔斯基。

马林，原名亨德立克斯・斯内夫利特，化名为安德莱森。这位高大魁梧、年近四十的荷兰人，长着一脸连鬓胡子，戴着一副金丝边框眼镜，看上去就像一位学者，而他的公开身份则是一位记者。他是印尼共产党的创始人，1920 年，他作为印尼共产党代表前往莫斯科出席共产国际第二次大会，当选为共产国际执行委员和民族殖民地问题委员会书记。在会上，列宁对马林留下了深刻印象，决定派遣他前往中国，帮助中国的共产主义者建立自己的政党。据马林当时所掌握的情报，从 1920 年秋到 1921 年上半年，上海的陈独秀、北京的李大钊、武汉的董必武、济南的王尽美、长沙的毛泽东、广州的谭平山、留日的施存统、留法的张申府已先后组建共产主义小组或支部。这些共产主义小组和党员就是李大钊所说的革命火种，李大钊曾经对共产国际派往中国的第一位代表维经斯基说过："我们这些人只是几颗革命种子，以后要好好耕作，把种子栽培起来，将来是一定会有收获的。"而马林充满自信地认为，只要依靠共产国际的力量，一定能将中国这些分散的小组发展成一个有影响力的政党，让革命火种在中国大地上生根、开花、结果，让赤色的火焰燃遍中国。这次，他肩负着共产国际的使命，就是要帮助中国的进步知识分子成立共产党的正式组织，并成为共产国际的一个支部。为此，他搭乘"阿奎利亚号"客轮，经过近半个月的航行，绕道新加坡来到了上海。上海共产主义小组的李达和李汉俊此前就已接到李大钊的来信，信中热情赞扬了这位有着丰富革命经历，兼通英、德、法等国语言的马林。马林抵沪之后，建议上海共产主义小组函告各地共产主义小组，让每省派两名代表来上海开会。考虑到路途遥远，马林还从自己的活动经费中慷慨地给每位代表寄出一百元路费。

当代表们到齐后，他们便在博文女校的住处召开了预备会。而正式会议，历史选择了两个现场。离博文女校不远，就是中共一大召开的第一现场——上海法租界贝勒路树德里 3 号（后称望志路 106 号，现改兴业路 76 号）。这是一幢坐北朝南、一底一楼的石库门建筑，建于 1920 年秋，建成后不久，李汉俊及其兄李书城租用了望志路 106

号、108 号为寓所，并将两幢房屋的内墙打通，成为一家，人称“李公馆”。而这兄弟俩，李书城是同盟会发起人之一，李汉俊则是上海共产主义小组的发起人之一，也是中国共产党和中国社会主义青年团的主要创始人之一。从民主主义革命到共产主义道路，历史仿佛就在这一幢房子里打通了。它看上去并不深邃莫测，却有一种穿越时空的深度。

每一次到上海，我都会不由自主地走向这里。在这座伟大的东方城堡中，你必须先找到一个参照物，方可在这茫茫时空中辨识来路与归途。在经历了一次历史性的聚会之后，这座建筑在三十多年的风雨沧桑中并未引起外界的关注，甚至处于被遗忘的状态，直到 1952 年 9 月，才经重新修复并对外开放，那超越世间之态的楼宇的丛林里，一个时空中的坐标才得以确立。在修复之后，这座石库门基本上保持了当年的原貌，青红砖交错的外墙上镶嵌着白色粉线，乌漆实心的厚木大门上配有一对铜环，那铜环在岁月中越磨越亮。而门框则围以金丝米黄的条石，门楣上镶有拱形的矾红色堆塑花饰，看上去特别庄严肃穆。在这座繁华、奔忙、充满了喧哗声的现代化大都市里，这是一个宁静的世界，仿佛处于城市的背后，仍保留着上世纪初叶的古典风格和气韵。往这里一走，感觉一下又走进了一百年前的那个开端。而最接近那段历史的方式，就是静下心来，凝神静听，你会听见那些从漫漫长夜中传来的声音，依然是那样真切而清晰。这里离上海外滩不远，在夜深人静时还可以隐隐听见黄浦江奔涌入海的涛声。

在这座石库门建筑的二楼，有一间十八平方米的客厅。1921 年 7 月 23 日夜间八时许，中国共产党第一次全国代表大会在这间客厅里正式召开。当时，室内没有特别布置，只有一张铺有白布的长条桌和十几把圆形椅凳。在那个燥热的夏夜，代表们就围坐在桌子四周开会，有的脸上还沁着汗珠，有的连眼镜也沾满了汗渍，但一个个神情凝然，气氛庄重。这次会议共有十三位代表出席，跟新民学会成立时的出席人数差不多，他们是上海小组的李达、李汉俊，北京小组的张国焘、刘仁静，武汉小组的董必武、陈潭秋，长沙小组的毛泽东、何叔衡，济南小组的王尽美、邓恩铭，广州小组的陈公博，旅日小组的周佛海。他们代表着全国五十多名党员，参与创建中国共产党。这些代表平均年龄二十八岁，正是毛泽东当时的年龄。其中，最年长的何叔衡已经四十五岁了，年龄最小的刘仁静才十九岁。参加会议的还有一位特殊代表——新闻记者包惠僧，他是在广州与陈独秀商谈工作期间，受陈独秀委派，与陈公博代表广州区参加会议的。

翻检 1921 年的大事记，那是中国灾难深重的一年，全国各地仅史书记载的地震就达十次，淮河发生全流域大洪水，湖南和山东遭受历史上罕见的大旱灾，而东北鼠疫流行，夺走了无数人的生命。除了天灾，还有比天灾更惨烈的人祸，国内军阀混战，兵乱与匪盗蜂起，外蒙古趁机宣布脱离中国，中国主权又一次被撕裂。为了拯救中国，孙中山在广州宣誓就任中华民国非常大总统，并在广东非常国会上通过了中华民国政府组织大纲。然而面对内忧外患，这位中国民主革命的先行者依然一筹莫展。而这一年，最大的一件事就是中共一大的召开并宣告中国共产党成立。在当时，这只是一次表面看来毫不起眼的会议，从一开始就在秘密状态下进行，在会议期间，除了法租界巡捕房突然闯入的密探，几乎没有引起外界任何人的注意。谁又能想到，这十几个人在一家民宅里召开的一次会议，将被未来的历史赋予开天辟地的意义。

不过，说来又有些遗憾，陈独秀和李大钊，这“南陈北李，相约建党”的中国共产主义先驱和领袖，他们因各在北京和广州工作而脱不开身，因而与这次划时代的会议失之交臂。由于“南陈北李”的缺席，代表们推举北京小组的张国焘为会议主持人（一说为会议主席），毛泽东与周佛海担任会议记录员。

马林和赤色职工国际代表、俄国人尼克尔斯基出席了会议，而马林实际上是中共一大的主持人。他先分析了世界形势，从国际共产主义运动的大趋势讲到第三国际的活动概况，然后谈到“中国共产党的成立具有重大的世界意义，第三国际增加了一个东方支部，苏俄布尔什维克又多了一个亲密战友”。他纵横捭阖、叱咤风云的讲话，真有一股“叱咤则风云兴起，鼓动则嵩华倒拔”的气势，又有一股坚持自己信仰的倔强劲，那坚定的神情，那眼里射出的光芒，仿佛要与反对者进行一场决斗。他的口才、气度与特质，还有那充满激情和雄辩的讲话，让与会代表无不为之震撼，又被他深深感染。他还给毛泽东留下了难忘的印象，多年后，毛泽东还记得他的许多讲话，称道他“精力充沛，富有口才”。包惠僧则在回忆中说：“马林对马克思列宁的学说有精深的素养，声若洪钟，口若悬河，有纵横捭阖的辩才。”

那晚，马林一直讲到深夜，在某种意义上说，他的讲话也算是中共一大的开幕词。而大伙儿依然精神抖擞，接下来又商讨了会议的任务和议题，一致确定先由各地代表报告本地工作，再讨论并通过党的纲领和今后工作计划，最后选举中央领导机构。

据李达回忆，毛泽东在会上“很少发言，但他十分注意听取别人的发言”。在 24 日的第二次会议上，他才代表长沙小组做了发言，汇报了长沙共产主义小组的工作情况，包括小组的建立、马克思主义的宣传、工人运动的开展以及经验教训等。这位来自湖湘的、满口浓厚乡音的年轻人，在中共一大上也给与会代表留下了难忘的又各不相同的印象。包惠僧在《共产党第一次全国代表会议前后的回忆》中说：“毛泽东老成持重，沉默寡言，如果要说话，即是沉着而有力量。”一位早期共产党员这样写道：毛泽东“给了我一个奇异的印象。我从他身上发现了乡村青年的质朴——他穿着一双破的布鞋子，一件粗布大褂，在上海滩上，这样的人很难见到的。但我也在他身上发现了名士派的气味”。

在毛泽东代表长沙小组发言前后，各地代表也分别报告了本地区党团组织的状况和工作进程，并交流了经验体会。在连续紧张地开了两天会后，于 25、26 日休会，用于酝酿和起草党的纲领和今后的工作计划。27、28 和 29 日三天，又举行三次会议，集中议论此前起草的纲领和决议，代表们在某些方面达成了共识，但在一些问题上起了争论，因而未作出决定。到了 7 月 30 日晚上，中共一大举行第六次会议，原定议题是通过党的纲领和决议，选举中央机构。但会议刚开始几分钟，法租界巡捕房的密探突然闯了进来，这次会议被迫中断。法租界巡捕房对于“过激主义”一直盯得很紧，早在当年 2 月 11 日，他们就以新青年社出售《阶级斗争》等“言词激烈”的书刊为由，将新青年社强行封禁。而巡捕的这次闯入，不知是偶然还是察觉到了什么。好在，李汉俊显得十分从容，他与一名巡捕周旋后，那巡捕没有继续盘问便离去了。但具有丰富秘密工作经验的马林，还是警惕地建议立即停会，大伙儿随即清理现场文件，然后分头离开了。果然，十几分钟后，就有两辆警车开来了，一伙全副武装的巡捕把这座石库门建筑团团包围了，一位法籍警官带着几位巡捕进入室内询问搜查，但没有找到什么证据，他们在威胁警告一番后撤走了。

这次冲击虽说是有惊无险，但大伙儿都觉得不能再在这里开会了，随后便转移了。当晚，一大代表又在李达的寓所商讨，有人提议到杭州开会，又有人提出杭州过于繁华，容易暴露目标。当时在场的李达夫人王会悟提出：“不如到我的家乡嘉兴南湖开会，离上海很近，又易于隐蔽。”对此，大家都一致赞成。

第二天清晨，代表们分两批乘火车前往距上海约一百公里的浙江嘉兴，当时坐快车需两小时。由于两位国际代表目标太大，马林也担心自己的这张外国人的面孔会暴露目标，因而未去嘉兴。李汉俊和陈公博也因经历一场虚惊，都未去嘉兴。这样，就只有十一位代表转移到中共一大的第二现场。这天上午十点左右，代表们先后到达嘉兴车站，先在鸳湖旅馆稍事休息，随后便来到嘉兴南湖，登上事先租好的一艘南湖画舫。而在他们登船之前，就下起了蒙蒙细雨，随着游人渐渐离去，偌大的南湖烟雨迷蒙，如梦似幻。就在这梦幻般的意境里，中共一大于当日上午十一时许在缓缓划行的画舫上继续召开，商讨在上海 30 日未能进行的议题。代表们先讨论并通过《中国共产党第一个纲领》，这份十五条约七百字的简短纲领，正式确定党的名称为“中国共产党”，规定党的纲领是：革命军队必须与无产阶级一起推翻资本家阶级的政权；承认无产阶级专政，直到阶级斗争结束，即直到消灭社会的阶级区分；消灭资本家私有制，没收机器、土地、厂房和半成品等生产资料，归社会公有；联合共产国际。这一纲领明确提出要把工人、农民和士兵组织起来，并确定党的根本政治目的是实行社会革命。关于党员条件，则规定凡承认本党党纲和政策，并愿成为忠实的党员者，经党员一人介绍，均可接受为党员，但在入党前必须与企图反对本纲领的党派和集团断绝一切联系。新党员入党后为候补党员，接受党组织的考察，考察期满经党员讨论和党组织批准，才能转为正式党员。党纲还规定，在全党建立统一的组织和严格的纪律；地方组织必须接受中央的监督和指导；在党处于秘密状态时，党的重要主张和党员身份应当保守秘密。这一纲领虽然还不是正式的党章，但已包含了党章的内容，规定了党的名称、性质、任务、纲领、组织和纪律，具有党章的初步体例，在中共成立之初实际上起到了党章的作用，也为后来党章的制定和完善奠定了基础。

接着，代表们又讨论并通过《中国共产党第一个决议》，对今后党的工作作出安排部署。鉴于党的力量当时还很弱小，决定以主要精力建立工会组织，指导工人运动和做好宣传工作，并要求与其他政党关系上保持独立性，强调与第三国际建立紧密关系。

会议一直开到下午五点，此时天空渐渐转晴，视野逐渐变得清晰，有人发现湖面上一艘汽艇正向画舫急驰而来。这让大伙儿一下提高了警惕，立即藏起文件，并在桌上摆出麻将牌，装扮成休闲消遣的普通游客。这还真是虚惊一场，他们随后便打听到，这是当地士绅的私人游艇，几位悠游富贵之人，正在船上饮酒作乐。浮生若梦，而这些醉生梦死的人，又怎能知道，在他们身边，还有一批怀揣着人类历史上最美好梦想的人，正在描绘着中华民族的未来图景。当游艇驶远后，大伙儿才松了一口气，又继续开会。接下来，代表们又一致通过了《关于当前实际工作的决议》，规定党在当前的中心任务，是组织工人阶级，加强对工人的领导，注意在工人和其他劳动人民中发展党员，在反对军阀官僚的斗争中，维护无产阶级的利益。

最后，中共一大选举中央领导机构，代表们认为党员人数少，地方组织尚不健全，暂不成立中央委员会，先建立由三人组成的中央局，选举陈独秀任书记，张国焘为中央局委员兼组织主任，李达为中央局委员兼宣传主任。中国共产党的第一个中央机关由此产生。随后，代表们低声齐呼："第三国际万岁！""中国共产党万岁！"在这低沉而深远的口号声中，中国共产党第一次全国代表大会胜利闭幕。

此时，夜幕正徐徐降临，而漫漫长夜过去后，必将迎来黎明的曙光。

为了纪念中共一大在南湖游船上胜利闭幕这一历史事件，嘉兴市在 1959 年仿制了一条当年中共一大开会的游船——南湖红船，停泊在南湖烟雨楼前的水面上。这艘船先后得到九千万人的瞻仰，世上再没有第二条船，能像它一样享有如此尊誉。1964 年清明节，中共一大代表董必武视察南湖，仔细察看纪念船，觉得跟当年的一模一样，他即兴赋诗一首："革命声传画舫中，诞生共党庆工农。重来正值清明节，烟雨迷蒙访旧踪。"诚如一位老革命家所说："这船不大，但前途远大，有了这艘船，才诞生了社会主义中华人民共和国。"

中国共产党第一次全国代表大会的召开，标志着中国共产党的正式成立。中国共产党的第一个纲领和第一个决议，则充分表明，中国共产党自诞生之日起，就是一个新型的以共产主义为目的、以马克思主义为行动指南、统一的无产阶级革命的政党，这必然使中国革命的面貌焕然一新。这是近代中国社会进步和革命发展的客观要求，也是开天辟地的大事。

中国共产党从无到有，从幼稚走向成熟，从弱小逐渐壮大，这也是必然的历史进程。1945 年 4 月 23 日，中国共产党第七次代表大会在延安杨家岭中央大礼堂举行，此时全党已拥有 121 万党员。毛泽东在预备会议上回忆起中共一大的情况，抚今追昔，语重心长："我们中国《庄子》上有句话说：'其作始也简，其将毕也必巨。'现在我们还没有'毕'，已经很大。苏联共产党是由马克思主义的小组发展成为领导苏维埃联邦的党。我们也是由小组到建立党，经过根据地发展到全国，现在还是在根据地，还没有到全国。我们开始的时候，也是很小的小组。这次大会发给我一张表，其中一项要填何人介绍入党。我说我没有介绍人。我们那时候就是自己搞的，知道的事也并不多，可谓年幼无知，不知世事。但是这以后二十四年就不得了，翻天覆地！整个世界也是翻天覆地的。"

毛泽东作为中国共产党的主要缔造者之一，由此从新民学会跨入了他人生和革命事业的一个崭新阶段。1921 年 8 月，毛泽东与何叔衡从上海回到长沙后，随即按照中共一大的要求开始正式组建中共湖南地方组织，并发展了一批新党员，易礼容就是其中之一。据易礼容追忆，毛泽东找到他后，"两人靠在前坪的竹篱笆上"，毛泽东给他谈了在上海一大开会的情况，还拍着他的肩膀兴奋地说："我们（湖南）要成立共产党了，你也要来！"当月，易礼容便宣誓加入了中国共产党。

陈章甫作为新民学会的第一批骨干，一直是毛泽东早期革命活动的得力助手。1921 年春天，陈章甫担任浏阳金江高小训育主任，致力推进教育改革。为了给学生培育“劳工神圣”的理念，他在师生上课必经之处立了一块上书“劳工神圣”的木牌。他号召学生同老百姓打成一片，要求学生不穿长袍马褂，改穿布料短衫，除了上课，还要参加劳动生产。他建议把数十亩校田辟为师生从事劳动生产的农场。他还带领师生，把学校周围杂草丛生的荒地修成了一条环校马路。修路时，他自编一首修路歌，教大家边劳动边唱：“修我们的马路，贯彻我们的精神。怕什么寒和暑，雨和风。拿起我们的锄头、铲子，快来做工。怕什么高和低，土和石。凡阻碍我们的，就要把它铲平！大家起来，大家起来，做一个真正的劳工。”金江高小培育出了许多革命英才，开国上将宋任穷就是陈章甫在金江高小任教时的学生。他曾回忆说，金江高小，言论自由，学风开放，他的一篇作文写的是要打倒省长赵恒惕，老师不但没有批评他，竟然还将此文当作范文张贴出来。宋任穷还曾撰文纪念陈章甫，称他为“我国教育改革的先导者”。而中国共产党就是要将这样的先锋人物吸收进来。经毛泽东介绍，陈章甫加入了中国共产党，并成为湖南早期工运和党务负责人之一。

在毛泽东、何叔衡从上海回长沙后的短短两个月时间里，就先后发展易礼容、陈章甫、夏明翰、夏曦、郭亮、陈子博、蒋先云、彭平之、杨开慧、毛泽民、黄静源等革命青年加入中国共产党。这些人中，有的原本就是社会主义青年团员。到 10 月份，长沙的党员数超过十人，按规定可以正式成立党组织了。1921 年秋天，在长沙城外协操坪的一片丛林密布的坟坪里，长沙的共产党员在这里举行了一次历史性聚会。协操坪旧址，位于清水塘后面，今天长沙市体育馆路旁的湖南人民体育运动场前面，这里铭记着两段革命历史。第一是武昌起义打响辛亥革命的第一枪后，湖南新军就是在此宣布起义，率先响应武昌“首义”，而湖南是继湖北后第二个宣布独立于清廷的省份；第二便是毛泽东、何叔衡主持的这次历史性聚会。毛泽东先向与会者介绍了中国共产党第一次代表大会情况及其通过的党纲、决议，随后宣布成立中国共产党湖南支部，这是中国共产党成立后的第一个正式的省级组织——中共湘区委员会及后来中共湖南省委的前身。毛泽东当选为支部书记，何叔衡、易礼容为支部委员，这个党支部又被称为“三人小组”。会议还决定把发展党的组织、组织工人队伍、领导工人运动和培训干部作为支部当前主要任务。

萧三此时还远在法国，他虽无缘参加这次会议，但在《毛泽东同志的青少年时代和初期革命活动》一书中有这样一段形象的描述：“一个秋凉的日子，在长沙城外协操坪旁边的一个小丛林里，有几个人在散步。他们一时沉默地站在树丛和石碑的中间，一时在丛林的小路上走动。彼此热烈地谈论。”在脚步缓重的毛泽东的旁边，走着矮矮身材的何叔衡，此外还有彭平之、陈子博、易礼容等。这几个人这一天在这里讨论建立共产党湖南党支部的问题。这一天是民国十年的十月十日，因此湖南党组织正式成立日，曾被戏称为“三十节”。

中共湖南支部的成立，从此使湖南人民的革命斗争有了坚强的领导。据毛泽东后来回忆：“那年10月，共产党的第一个省支部在湖南组织起来了。我是委员之一。接着其他省、市也建立了党组织。”当时中共中央的领导人之一李达，对湖南党组织工作也连声叫好：“我看湖南支部做得好！我初见润之就觉得他言出有理。他现在在湖南有言有为，好!”

为培养革命干部和工农运动骨干，毛泽东在船山学社创办“湖南自修大学”。这也是毛泽东多年来的夙愿。据胡适后来回忆，毛泽东依据他在1920年的“一个自修大学”的讲演，拟成《湖南第一自修大学章程》，并来他家要他审定，而“湖南自修大学”是由胡适命名的。1921年8月16日，毛泽东在湖南《大公报》上发表了《湖南自修大学组织大纲》，同时他又起草了《湖南自修大学创立宣言》。随后，他和何叔衡找到船山学社董事长仇鳌先生，恳请借用船山学社创办自修大学。毛泽东非常诚恳地说：“要想做好这件大事，无屋、无钱，光凭一身力气，办不成。有屋、有钱，还需好汉帮才能成气候哟。”仇鳌当即慷慨表示：“可腾出船山学社里的房屋供你们使用。我将尽力从省政府争取些款项，给你们做办学经费。”他为“湖南自修大学”题写了校牌，还为自修大学争得省政府每月四百多块大洋的办学经费，并应邀出任校长。但船山学社要办湖南自修大学遭到了晚清遗老遗少出面抵制，联名上告官府，仇鳌大义凛然地回击：“现在有识之士提出愿到船山学社内办学，来思贤讲舍做学问，办教育，让闲置少用的讲堂房屋，物有其用，让船山学社恢复昔日琅琅书声，这样实实在在的好事，何乐而不为呢？怎可拒之？我深信孔子、孟子、王船山、郭嵩焘等各位圣贤对此举措，是不会提出异议的吧!”

1921年9月，湖南自修大学正式开学，毛泽东任教务长，李维汉、夏明翰等人在此学习和执教。1922年11月，李达应毛泽东的邀请，回到长沙担任校长，主持校政和教学工作，他还编写教材并亲自为学生上课。而自修大学学友大部分是共产党员、社会主义青年团员，前后有三十余名，为党培养了毛泽民、郭亮、夏明翰、陈佑魁、姜梦周、陈章甫、罗学瓒等大批骨干。李达当时是中共中央局委员兼宣传主任，又是一位杰出的马克思主义理论家、宣传家和教育家，这让湖南自修大学事实上成为中国共产党成立后第一所传播马列主义和培养革命干部的学校，被誉为“中共第一所党校”。

毛泽东在创办湖南自修大学的同时，还派共产党员深入各学校、报社、工厂的先进分子中交朋友、做工作，按照中共一大的要求严格而慎重地吸收学生、教职员、新闻记者、工人群众中的先进分子入党，先后在长沙市内的船山学社、湖南第一师范、省第一中学、省甲种工业学校、省商业专门学校和粤汉铁路新河车站、湖南造币厂、黑铅炼厂、电灯公司、第一纱厂中发展党员。随后，又在衡阳、安源发展党员。1922 年 2 月，成立了中共安源支部，由李立三任书记，是湖南党组织领导的最早的产业工人党支部。到 1922 年 5 月，中共湖南支部（当时包括江西萍乡、安源）已有中共党员三十人。毛泽东和何叔衡在中共湖南支部的基础上建立了中共湘区委员会，毛泽东任书记，委员有何叔衡、易礼容、李立三等，后来增加郭亮。

杨开慧也是湖南社会主义青年团最早的一批团员和中共在湖南最早的党员之一，她成了毛泽东得力的助手，也是党内的亲密同志。用她的话说，“我看见了他的心，他也完全看到了我的心……我们觉得更亲密了！”

清水塘，是中共湘区委员会区委机关的秘密驻址，也是毛泽东和杨开慧婚后相聚在一起共同生活并从事革命活动时间最长的地方。这一带原为长沙旧城区的东北郊，有一座具有典型南方风格的二进三开间砖木结构的平房。对此笔者已在前文提及，这里原为长沙知事衙门府的一个小院子，因门前有两口池塘，岸边绿荫环绕，池水清澈明亮，故名清水塘。当年，这小院周围是菜圃、瓜棚、小径，隐秘而又幽静。1921 年 7 月，毛泽东在上海参加完中共“一大”后返回长沙，由易礼容出面，用七块大洋租下了这座房子。毛泽东和杨开慧夫妇，易礼容和许文煊夫妇都住在这里，李达从上海回湘后也一度居住在这里。毛泽东夫妇住东边的前房，既是卧室又是办公的地方。西边的后房同吃饭的后厅相连，湘区委的会议大都在这里召开。还有一间靠西的前房，是接待经常来此秘密开会不便回去的党员的用房，堪称是中共党史上最早的招待所。

那时候，除了党内的同志，谁也不知道，就是在这里，毛泽东和中共湘区委员会策划并指挥了湖南一系列工人罢工运动，如著名的安源煤矿工人大罢工、粤汉铁路工人大罢工、水口山工人大罢工。毛泽东一再强调：“工人革命性最强，建党要与工人结合起来，在工人中发展党员、团员，建立党团组织。”杨开慧既是这个家的贤内助，也是党组织的贤内助。她把母亲从老家板仓接来这里一起生活，度过了一段比较安定的岁月。她从母亲那里学了一手厨艺，或是烧一碗红烧肉，或是炒一碟豆豉辣椒，或是买几块臭豆腐——这些都是毛泽东喜爱吃的。她还动员母亲拿出父亲逝世时亲友送的奠仪、募捐款给毛泽东做党的活动经费。她每天负责接待前来联系工作的同志，帮助毛泽东抄写文稿，选阅剪辑每天的报纸刊物。到了晚间，她还要为前来清水塘秘密开会的同志站岗放哨，为通宵工作的毛泽东准备夜餐和取暖的烘笼。她随身携带的一只首饰箱，成了她保藏重要文件的“保险柜”，睡觉时便塞在枕头底下。她还经常坐在堂屋门边，警觉地观察着大门外的动静。有时候，她还担负外出的联络任务，经常往来于文化书社、船山学社、青年图书馆、望麓园织布厂等秘密联络点。正是由于她的保密工作做得周密、细致，才使湘区委机关设在清水塘这一期间，一直安然无事。

随着湖南社会主义青年团和党组织的相继成立，文化书社事实上也成了湖南党组织的秘密联络机关。这个书社一直开到了 1927 年，“马日事变”后，才被国民党当局捣毁。那时候，文化书社的实际“店主”毛泽东和剪彩者谭延闿的身份都已发生了根本性变化。毛泽东成了中共重要领袖人物之一，谭延闿则成了南京国民政府的行政院长，还做过一个时期的国民政府的主席。这位民国政坛的不倒翁，在风云变幻的政局中通过善变来保持他在官场上的平衡术，从广州时拥护孙中山“联共”，到武汉时追随汪精卫“容共”，再到南京时支持蒋介石“反共”，其人如其书，功底深厚，灵活变化，却少自家面目。而毛泽东这位一度被谭延闿“刮目相看”的书生，最终走上了农村包围城市、武装夺取政权的革命道路。1927 年 10 月，毛泽东率领秋收起义的工农革命军，在湘赣边界打土豪、分田地，把谭延闿的老家——茶陵县高陇谭家大屋给一锅端了。这让谭延闿恨得咬牙切齿，他遥望家乡顿足痛呼，却又鞭长莫及。

对毛泽东这个年轻人，谭延闿还真是看走眼了，而他更看不清历史大势。

历史，往往要拉开距离，才能看清当时的山高水深。回首过往岁月，一如毛泽东在致黎锦熙先生的信中所说：“十年未得真理，即十年无志；终身未得，即终身无志。”而从毛泽东等人发起成立新民学会开始，在短短的三年里，就经历了新文化运动、勤工俭学运动、五四运动、“驱张运动”，直至中国共产党成立，一如毛泽东所说：“‘世界革命’的呼声大倡，‘人类解放’的运动猛进”，在这历史大势中，以毛泽东、蔡和森为代表的一批新民学会会员，最终找到了他们一直在寻找的大本大源——马克思主义，而新民学会则是中国共产党成立前湖南革命运动的核心。随着社会主义青年团和中国共产党的正式成立，新民学会已完成了它的历史使命，从此化作历史的一部分，却也是一段经世不灭的历史。

1925 年秋天，三十二岁的毛泽东既担任了国民党中央宣传部代理部长，又担任了中共中央执行委员会委员和宣传部部长，他从上海回到湖南发动农民运动，在畅游湘江后，他独立于橘子洲头，满怀惆怅又充满激情地追忆了那一段“恰同学少年”的岁月，抒写了一曲《沁园春·长沙》，这是他蕴藉多年后的一次喷发。那一个个充满“书生意气”的年轻人，时而登上岳麓山，“指点江山，激扬文字”，时而又奔向橘子洲头，“到中流击水，浪遏飞舟”。他们还一次次相偕走向旷野，在满目疮痍又如此多娇的三湘四水追寻救国救民的“大本大源”，又在苍茫时空中发出了这样的追问：“怅寥廓，问苍茫大地，谁主沉浮？”

谁主沉浮？历史如同这向洞庭湖和长江奔涌的湘江，“世界的大潮卷得更急了！洞庭湖的闸门动了”，无论风起云涌、波谲云诡，这条“地球上东半球东方的一条江”都将以势不可挡的方式，沿着一条必然的路向前奔涌，而一切的一切，历史终将做出必然的选择。

尾　声

一

追踪新民学会创建发展的历史印迹，自 1918 年 4 月成立，到 1921 年 7 月后逐渐停止活动，在时空中仅仅延续了三年多时间。在历史的长河中，这是一段短暂而又一波三折、高潮迭起的历史，大致经历了两个发展阶段：第一阶段以“革新学术，砥砺品行，改良人心风俗”为宗旨；第二阶段确定以“改造中国与世界”为宗旨。随着萧子升、蔡和森等一批会员赴法勤工俭学，新民学会又分别在国内和法国两地开展活动，主要是通过集会和相互之间的通信，把会员们凝聚在一起。他们除经常讨论个人出处、立身行事、会务开展外，多是谈论国家大事和世界局势，探讨社会思潮和思想方法，在第二阶段则以研究马克思主义和俄国十月革命的经验为主，如毛泽东在陕北同斯诺谈话时所说，新民学会后来成为对中国的国事和命运产生广泛影响的一个学会。

为了对新民学会成立以来思想探索的道路做一个总结性的回顾，毛泽东在 1920 年末至 1921 年初把新民学会会员之间 1918 年至 1921 年初比较重要的信件按内容和时间汇编成三集《新民学会会员通信集》，由长沙文化书社印发，但未对外发行，仅发给会员和一部分有关的“会外同志”。第一集共十三封信，其中有毛泽东的三封。第二集共三十封，其中有毛泽东的七封。这两集所涉及的内容主要包括勤工俭学问题，求学方法、人生观、宇宙观和国际国内大事的探讨，还有会务如何开展诸事的讨论。看得出，这一时期的毛泽东在寻求大本大源上还有些茫然，但也表现出了他凡事爱动脑筋，对什么问题都要寻根究底的执着。尤为重要的是第三集，共有七封信，主要是毛泽东与蔡和森来往于中法两国间的信件，记录了他们有关共产主义理论和建党问题的讨论，积极筹备建党工作的探索过程。这是毛泽东与蔡和森等新民学会会员确立马克思主义世界观的重要文献，也是历史的确凿证据，它也证明了，新民学会在第二个发展阶段已经具有了中国共产党的前身性质。

这三集《通信集》堪称用书信写成的心灵史，也是那一段岁月的永恒证词。触摸着这些从心底里流淌出来的文字，那岁月深处的一切又被重新唤醒，你会情不自禁地往那些年轻的灵魂深处探究。从个体生命而言，这是他们那段人生经历和所处时代环境的鲜明投射，从字里行间可以感知他们情感的波动、思维的演绎、精神的轨迹；从团体的意义而言，他们看重新民学会这个团体的作用，尤重视和信任群众的力量，这也是他们凝聚人心、汇聚民力之力量的源泉。若是按照时序梳理，这些通信又循序渐进地反映了毛泽东和他的战友在五四运动前后的思想演变轨迹——新民学会从成立之日起就是湖湘进步青年迅速成长的一个摇篮，在五四运动、“驱张运动”和湖南自治运动中成为反帝反封建运动的领导核心，随后又成为湖南传播马克思主义思想的主要平台。而放之于更辽阔的背景，追溯其精神源头，这个团体还拥有一种从古到今、贯通中西的精神跨度。从新民学会的发展轨迹中可以清晰地看出，以毛泽东、蔡和森为代表的一代青年，在“老虎抓天，无从下手”的社会和时代处境中，他们以“位卑未敢忘忧国”的精神姿态，毅然肩负起“改造中国与世界”之重任，决心在那“夜气如磐、狐鼠横行”的世界中开辟出一条中华民族的复兴之路。

在既定的历史中，没有太多意外的情节，但有许多确凿的细节，如毛泽东在《通信集》前所撰写的发刊缘起或序言，在一些重要信件上所写的提要或按语，就有很多不可忽视的细节。他在《通信集》中一封讨论“驱张运动”和“自治运动”的信件上写了这样一段按语：“这两种运动都只是应付目前环境的一种权宜之计，决不是我们的根本主张，我们的主张远在这些运动之外。”这段话还原了历史的部分真相，也反映了毛泽东对这两次运动痛定思痛后的深刻认知，正是在这一认知的基础上，毛泽东才从“权宜之计”中摆脱出来，最终确立了他为之奋斗了一生的“根本主张”。

追溯新民学会的历史，除了《新民学会会员通信集》，还有毛泽东亲笔撰写、编辑出版的《新民学会会务报告》，这也是重要的第一手资料。《会务报告》分为两号，于 1920 年冬刊发，记载了学会的发起、成立、活动及发展的全部历史。第一号记载了学会从 1917 年冬发起至 1920 年冬的主要活动。毛泽东在本号中还总结了学会从成立以来的优缺点：“我们学会无形中有几种信条：像‘不标榜’‘不张扬’‘不求急效’和‘不依赖旧势力’皆是。”这一切做法，都是为的“打基础”，“要将来结果好和结果大，就应该将基础打得好，打得大”。由于“不依赖旧势力”，会友都具有一种创造精神。多数会员头脑清新，没有陈腐气，能容纳新的思想；富奋斗精神，于改革生活，进修学问，向外进取，都能看出这点；还具有互助及牺牲精神。缺点在有些会友遇事较轻率，难免幼稚；做事也多于求学，思想难免有幼稚处。第二号则翔实记载了 1921 年新年大会及一月常会上各会员的发言，从中可以看出，他们在追寻真理的过程中，既满怀革命的浪漫主义，又充满了实事求是的现实精神。

从宏观的历史背景看，新民学会是新文化运动催生的一个进步社团，在经历了五四运动的洗礼后，则成为当时影响最大的革命社团之一。“五四”时期，全国各地涌现出了很多进步社团，从宗旨的革命性、组织的严密性和在革命运动中所起的作用而言，新民学会则是其中最为突出的，也是当时最能体现中国精神的社团之一。中国精神是由民族精神和时代精神组成的，为了实现中华民族的伟大复兴，在那个黑云压顶的时代，新民学会一直保持着奋发向上、与时俱进的精神姿态，一直在“乾乾不息的前进运动”，呈现出了担当民族命运的鲜明时代特征。李维汉在《回忆新民学会》一文中，对新民学会历史地位做出了精确概括：“新民学会从不自我标榜，但由于它的乾乾不息的前进运动，在实际上，成为我国在俄国十月革命以后成立的影响最大的革命社团之一。”他还进一步强调：“新民学会的成立和活动，处于中国从资产阶级领导的旧民主主义革命向无产阶级领导的新民主主义革命的转变时期，因而在它身上也就必然反映出这一时期中国革命的历史特点。”“新民学会虽然还不是马克思主义的团体，但在它存在的三年中，在中国革命动荡转变的年代里，逐渐由民主主义接近了马克思主义，在思想上和组织上为建立中国共产党作出了它应有的贡献。”

二

新民学会从创立之初就是一个组织严密的社团，确立了会员必须遵守的基本规则，对吸收会员提出了相当高的标准，要求会员生活严肃，思想进步，有为国家民族做事业的远大志向。而学会从最初的十几名创会会员，逐渐发展到了七十四人（一说为七十八人），其中湖南一师的历届学生超过了一半，共三十九人，女会员共有十八人。

毛泽东 1936 年在延安同斯诺谈话时，谈到了新民学会曾起过共产党前身的作用。诚然，从新民学会的宗旨、性质、指导思想和成员组成等方面而言，新民学会还不同于共产主义小组，不能将两者等同起来，但新民学会对于中国共产党的建立和中国革命运动的推动，特别是对于湖南革命运动的发展和建党，起到了极其重要的作用，并为中国共产党造就了一批杰出的人才。在中国共产党成立之前，以毛泽东、蔡和森为代表的一部分会员投身革命事业，选择了马克思主义道路，其中，毛泽东、何叔衡、蔡和森、向警予、李维汉、蔡畅、罗章龙、易礼容、张昆弟、罗学瓒、陈章甫、彭璜、罗宗翰、陈子博、郭亮、夏曦、萧三、蒋竹如、李思安、熊瑾玎、刘清扬等三十一人（一说三十七人）都相继加入了中国共产党，从此走上了“筚路蓝缕，以启山林”的革命征程。

毛泽东作为新民学会的主要发起人和组织者，最终成为中国共产党、中国人民解放军和中华人民共和国的主要缔造者和最高领导人。他“剑履俱奋，万里崎岖”，率领中国人民推翻了三座大山，建立起屹立于世界东方的中华人民共和国。1976 年 9 月 9 日，毛泽东在北京逝世，享年八十三岁。在他逝世五年后的 1981 年，中国共产党十一届六中全会通过了《关于建国以来党的若干历史问题的决议》，对他伟大而崎岖的一生作出了客观的评价：“毛泽东同志是伟大的马克思主义者，是伟大的无产阶级革命家、战略家和理论家。他虽然在‘文化大革命’中犯了严重错误，但是就他的一生来看，他对中国革命的功绩远远大于他的过失。他的功绩是第一位的，错误是第二位的。他为我们党和中国人民解放军的创立和发展，为中国各族人民解放事业的胜利，为中华人民共和国的缔造和我国社会主义事业的发展，建立了永远不可磨灭的功勋。他为世界被压迫民族的解放和人类进步事业作出了重大的贡献。”

蔡和森在旅法期间，因领导勤工俭学学生为“求生存权、求学权”而抗争，于 1921 年 10 月被法国政府强行遣送回国。年底，蔡和森回到上海，经陈独秀等介绍加入中国共产党，并在中共中央从事理论宣传工作，是中共早期杰出的理论家和宣传家。而在此前，“南陈北李，相约建党”，但他们并未形成系统的建党思想，蔡和森被公认是“系统提出建党思想的第一人”。1922 年 6 月，蔡和森出席了党的二大，参与起草了二大宣言，并同妻子向警予一起当选为中央委员。随后，中共中央决定将原秘密出版的《共产党》月刊停刊，创办公开发行的《向导》为党的机关报，蔡和森又成为“主编党中央机关报《向导》第一人”，他既是《向导》主编也是主要撰稿人，在他担任主编的两年多时间，《向导》发行量由数千份增至十余万份，成为大革命时期国内最有影响的刊物之一。李立三曾经说过：“《向导》的功绩正是和森同志在中国革命中表现的极大的功绩。”1924 年，蔡和森在上海出版了《社会进化史》，该书是中国人以马克思主义唯物史观写成的第一部社会发展史，也是此类著作的奠基之作，这是蔡和森创造的又一个第一。1925 年，蔡和森参与并领导了五卅运动。同年 10 月，他受中共中央委派，赴莫斯科参加共产国际第五届执行委员会第六次扩大会议，会后任中共驻共产国际代表。1925 年底，他在莫斯科中山大学作了《中国共产党史的发展》长篇讲演，详细回顾了从建党到 1925 年中央第二次扩大执委会议的历史，对中国革命的性质、党的历史任务和各阶级在革命中的作用作了深刻的分析，指出资产阶级的两面性，无产阶级是“革命的领导阶级”，农民是“工人阶级的同盟军”。这是中国共产党的第一部党史著作，蔡和森是“撰写中共党史专著第一人”。在中共三大、四大上，蔡和森当选为中央局委员，在中共五届一中全会上当选为中央政治局常委，后又兼任秘书长。1931 年，蔡和森在广州组织地下工人运动时遭叛徒出卖被捕，8 月 4 日，在广州军政监狱英勇就义。那是岭南最炙热的日子，一个燃烧的生命定格于三十六岁，他在中国共产党的发展史上创造了四个第一，他所做的一切将如他的理想和信仰一样与山河同在，与日月同辉。对此，历史已作出了定论：“他在中国共产党的思想理论发展史上留下了浓墨重彩的篇章。他忧国忧民的博大情怀，与山河同在，永远矗立在人民心中；他思想的火花，与日月同辉，至今闪烁着真理的光芒。”

毛泽东说：“一个共产党员应该做的，和森同志都做到了。”

向警予被毛泽东称为“我党惟一的女创始人”，在她短暂的人生中也创造了许多的第一。1920 年至 1921 年，向警予与周恩来、李立三在法国成立中国共产党早期组织，几乎与国内的中国共产党同时建立。1921 年底，向警予启程回国，于 1922 年初在上海加入中国共产党，在党的二大上当选为第一个女中央委员，并担任中央第一任妇女部长，开始领导中国最早的无产阶级妇女运动，誓言“要一个肩膀担负力争女权的重担，一个肩膀担负力争民权的重担”，她也以卓越的领导才能被誉为“大革命时代的模范妇女领袖”。1925 年 10 月，向警予和蔡和森等受党中央派遣赴莫斯科东方劳动者共产主义大学学习。1927 年 3 月向警予回国，在中共汉口市委宣传部和市总工会宣传部工作。几个月后，汪精卫发动“七一五”反革命政变，大肆搜捕共产党人。在极其险恶的局势下，党的大部分领导同志先后转移，而向警予置生死于度外，继续留在武汉湖北省委机关从事地下工作。1928 年 3 月 20 日，由于叛徒出卖，向警予在汉口被捕。在那个晴川历历、芳草萋萋的春天，春风吹拂着一位年轻女子乌黑发亮的短发，那双大眼睛一直圆睁着。在走向刑场的路上，她满怀着对生命、对亲人、对这大好河山的热爱和眷恋，从容而坦然地走向了生命的终点。一路上，她还在向广大群众进行演讲，这让国民党反动派极为恐惧，押解她的宪兵们不停地殴打她，逼迫她不再说话，而她的呐喊声愈加激越。临刑前，为了扼杀她的声音，刽子手向她嘴里塞进石沙，又用皮带缚住她的双颊，血沫从她的嘴角流出，但她依然在鲜血中嘶声呐喊，最终在穿越时空的呐喊声中喋血刑场，年仅三十三岁。她用自己奔涌的热血，浇灌出了那个春天最绚烂的生命之花。

何叔衡是中国共产党的创始人之一。第一次国共合作时期，他按照党的要求，在湖南推动国民革命的发展，曾任国民党湖南省党部执行委员、监察委员等职。1927 年“马日事变”后，何叔衡前往上海坚持秘密斗争，为党创办地下印刷厂。1928 年 6 月，何叔衡赴莫斯科出席中共六大，随后进入莫斯科中山大学，与徐特立、吴玉章、董必武、林伯渠等编在特别班学习。1930 年 7 月，他从苏联学习回国后，在上海负责全国互济会工作，组织营救被捕同志，将暴露身份的同志转往苏区。1931 年 11 月，何叔衡进入中央革命根据地，当选为中华苏维埃共和国中央执行委员会委员，并担任临时中央政府工农检察人民委员、内务人民委员部代部长、临时最高法庭主席等职，堪称人民政权的“首席大法官”。在当时特殊的历史背景下，何叔衡始终坚持以事实为根据，以法律为准绳的司法原则，纠正了大批的冤假错案。他是中国共产党历史上司法战线的先驱和卓越领导人，中共党史上反腐第一人，为中央苏区的法制建设做了大量的探索性工作，并做出了卓越的贡献。1934 年 10 月，中央红军主力长征后，何叔衡奉命留在中央革命根据地坚持游击战争。1935 年 2 月下旬，中央局书记项英派便衣队护送年近花甲的何叔衡和病弱的瞿秋白等向闽西转移。他们一行昼伏夜行，于 2 月 14 日凌晨到达福建上杭县水口镇附近，敌军的杀声突然从四面逼近，何叔衡气喘吁吁奔跑困难，又不愿拖累同志，面色苍白地向带队的邓子恢喊：“开枪打死我吧！”邓子恢让特务员（警卫员）架着他跑，到了一个悬崖边，何叔衡突然挣脱警卫，纵身跳了下去。敌军在山崖下搜索时发现一个头破血流的老人躺在荒草中。他们在搜身时，何叔衡突然苏醒，抱住敌军的腿拼死搏斗，结果被连击两枪，英勇牺牲，时年五十九岁。这位新民学会和中共一大代表中的老大哥，最终实践了“我要为苏维埃流尽最后一滴血”的生命誓言。

李维汉在旅法期间就同周恩来、赵世炎等商量酝酿组织旅欧中国少年共产党。1922 年 6 月，旅欧中国少年共产党成立，李维汉负责组织工作。同年，受旅欧中国少年共产党的委托，李维汉回国，加入中国社会主义青年团，1922 年底，由毛泽东、蔡和森介绍加入中国共产党。1923 年 4 月至 1927 年 4 月，他接替调往中央工作的毛泽东，担任中共湘区委员会（后改称中共湖南省委员会）书记。在其任职的四年中，他领导湖南人民开展反帝反封建反军阀的革命斗争，使湖南成为大革命运动中最活跃的省份之一。1925 年 1 月，李维汉出席中共四大，当选为中央执行委员会委员。八七会议后，李维汉一度当选中共中央政治局常委，成为党的主要领导人之一。新中国成立后，李维汉任中共中央统战部部长、全国政协副主席，是党和国家在统一战线和民族工作方面的著名理论家和卓越领导人。1984 年 8 月 11 日，李维汉同志在北京逝世，享年八十八岁。

蔡畅于 1922 年在法国加入中国社会主义青年团旅欧支部，1923 年转为中共党员。1925 年初，李富春和蔡畅这一对革命伴侣奉党的指示赴莫斯科东方劳动者共产主义大学学习。1925 年 8 月，蔡畅回国后，担任中共两广区委妇委书记，领导和推动了两广地区以及全国妇女解放运动的发展。大革命失败后，蔡畅于 1931 年进入江西中央苏区，任江西省委妇女部长兼组织部长，并任中华苏维埃政府中央执行委员。在艰苦卓绝的长征中，蔡畅是年龄最大的女红军，在党内人们亲切地称她“蔡大姐”。新中国成立后，蔡畅先后担任全国妇联第一至三届主席、第四届名誉主席，第四、五届全国人大常委会副委员长，中共七至十一届中央委员，是中国妇女运动的领袖和国际进步妇女运动的著名活动家。1990 年 9 月 11 日，蔡畅同志在北京病逝，享年九十岁。

罗章龙于 1920 年在北京参加李大钊领导的马克思主义学说研究会，并和李大钊一起发起组织北京共产主义小组，是中共创建时的党员之一。在担任中共北方区委和中国劳动组合书记部负责人期间，他先后组织领导了陇海铁路、长辛店铁路工人大罢工，开滦五矿工人大罢工及京汉铁路工人总罢工，是中共早期著名的工人运动领袖。在中共三大、四大、五大、六大上，罗章龙连续当选中共中央委员或中央候补委员，是中共第三届中央政治局委员。1928 年后，罗章龙历任中共中央工委书记、中华全国总工会委员长、党团书记。1931 年初，在六届四中全会后，罗章龙坚决反对王明的“左”倾路线和李立三的“左”倾冒险主义，这在政治上是正确的，但他却为此而组织成立了“中央非常委员会”，这是严重违反党的组织原则和党的纪律的行为，是党绝对不能容许的。罗章龙因此被开除党籍，从此转入教育事业。1934 年起，历任河南大学、西北大学经济学系教授。中华人民共和国成立后，先后在湖南大学、中南财经学院、湖北大学任教。十一届三中全会后，在党中央的关怀下，罗章龙奉调北京，被增补为全国政协委员并担任中国革命博物馆顾问。1995 年因病逝世，享年九十九岁。

易礼容于1921年加入中国共产党，次年出席中国第一次全国劳动大会和中国社会主义青年团第一次全国代表大会，曾任中共中央农民运动委员会委员、湖南省农民协会委员长、中共第五届中央委员、湖南省委代书记、上海市总工会工人勇进队参谋长、上海青年力社总干事、中国劳动协会书记长。1948年当选为全国总工会执委。1949年，易礼容出席中国人民政治协商会议第一届全体会议，在新中国成立后先后担任全国总工会第七届常委兼劳动保护部部长、第一至三届全国人大代表、第一至四届全国政协委员、第五至七届全国政协常委。1988年5月新民学会成立七十周年，这位白发苍苍的老人回忆起那段峥嵘岁月，那年轻时的热血与历尽沧桑的诗情如湘江一样奔涌而出："岳麓今何样？湘江日夜流。此山与此水，曾伴两英豪。革命传火种，学会是良媒。要改造世界，要改造中国。"1997年3月，易礼容在北京病逝，享年九十九岁。

张昆弟于1921年底从法国回到上海，1922年春加入中国共产党，被分配到北方劳动组合书记部，在李大钊的领导下开展北方工人运动，他与张国焘一起成为李大钊领导北方工人运动的左膀右臂。1923年，张昆弟发动正太铁路和石家庄的广大工人参加了震惊中外的"二七"大罢工。1925年2月，张昆弟当选为全国铁路总工会总干事和党团书记。1928年6月，张昆弟赴莫斯科出席中共第六次代表大会，当选为中央审查委员会候补委员。回国后，他先后任中华全国铁路总工会党团书记、顺直省工委书记和河北省工委书记等职。1931年5月，张昆弟受党中央委派，以中共中央"工运特派员"的身份到湘鄂西苏区指导工人运动，曾任红五军团政治部主任、湘鄂西省总工会党团书记。1932 年秋天，张昆弟遭到王明“左”倾路线的残酷迫害，这位英勇的无产阶级革命战士和杰出的工运领袖，最终被秘密杀害于洪湖瞿家湾，时年三十八岁。

罗学瓒因在法国参加革命活动，于 1921 年 10 月被法国政府强行遣送回国，同年底回到上海后即加入中国共产党。1922 年初，他回长沙从事工人运动，并在毛泽东创办的自修大学附设的补习学校以及湘江中学任教。中共湘区委员会改为湖南区委后，罗学瓒任区委宣传部长，并以省特派员的身份考察农民运动。1927 年春，他陪同毛泽东对全县各地农民运动进行实地考察，为毛泽东撰写《湖南农民运动考察报告》一文提供了许多十分有价值的素材。大革命失败后，他受中央委派，与夏明翰共同负责湖南省委组织部的工作。1927 年 9 月，罗学瓒任中共湖南省委委员兼湘潭工委书记。1929 年，他被派往杭州，先后担任中共浙江省委宣传部长、省委书记，不久因叛徒出卖被捕，1930 年 8 月在杭州英勇就义，他用热血和生命践行了自己的信仰，年仅三十七岁。

陈章甫（陈昌）是毛泽东的挚友和早期革命活动的助手，1921 年加入中国共产党。1926 年，北伐前夕，陈章甫奉命前往湘西，争取贺龙率部参加北伐。那时，军阀孙传芳、吴佩孚也派特使进入湘西，试图争取贺龙加入他们的阵营。临行前，陈章甫对此行并没有把握，他对家人说：“弄得好就是一杯酒，弄得差就是一把刀。”当他抵达湘西后，贺龙设宴邀请三方代表陈述各自的理由。陈章甫当着两名军阀的特使，痛斥封建军阀对内残害人民，连年混战；对外投靠帝国主义，卖国求荣。那两名巧舌如簧的特使被他痛斥得语无伦次，结结巴巴，而贺龙则被他的慷慨陈词深深打动了，随后便宣布拥护孙中山先生“联俄、联共、扶助农工”的三大政策，高举打倒列强、打倒军阀的旗帜，率部参加北伐战争，成为北伐军中著名的左派将领。陈章甫留在贺龙部，担任澧州政治讲习所政治教官，为贺龙部培训骨干，其后还在贺龙的第二十军担任团长。1927 年四一二政变后，贺龙坚定地站在中国共产党和工农大众一边，率部参加并参与领导了南昌起义，担任起义军总指挥，陈章甫作为特派员参加了南昌起义。南昌起义失败后，贺龙根据党中央的指示，于 1928 年初由上海回到湘鄂西，创建了红二军团和湘鄂西革命根据地。1929 年冬，党中央派陈章甫以中央特派员的身份赴湘鄂西革命根据地。陈章甫一路辗转，于 1930 年初到达澧县，遇到县长唐佑越。唐系陈章甫的学生，读书时曾得到他的接济。这位“学生”借口为老师“洗尘”，诱捕了陈章甫，得赏金两千元。湖南省政府主席何键如获至宝，将陈章甫押至长沙，囚于福星街陆军监狱署，妄想获得中共中央和湖南省委的机密情报，以高官和五百银元诱惑未果，继而派兵捕来其妻毛秉琴，企图用夫妻之情动摇陈章甫。毛秉琴来到监狱，见丈夫伤痕累累，悲恸万分，含泪给他换下了已成碎片的血衣。陈章甫却安慰妻子说：“别难过，献身党的事业，是我的生平志愿。今日我为党的事业而死，正是死得其所，死而无憾！”对于敌人的每次讯问，他都唇枪舌剑，痛斥国民党反动派罪状。何键气急败坏，遂下令处死陈章甫。1930 年 2 月 23 日，陈章甫在长沙浏阳门外被杀。临刑前，他还在大声高呼：“革命一定成功！劳苦大众一定要解放！”陈章甫牺牲时，年仅三十六岁。新中国成立后，毛泽东曾两次接见了陈章甫女儿陈文新，称陈章甫

“是个好同志”。

彭璜是新民学会中后期的中坚人物。1920 年 11 月，毛泽东、何叔衡、彭璜等六人参加成立湖南共产党组织的签字活动，成为长沙共产主义小组最早的成员之一。中共中央党史研究室主编、中共党史出版社出版的《中国共产党历史》第一卷在“党的早期组织的建立”一节中一共列举了五十九位成员名单，中共成立时，长沙三人：毛泽东、何叔衡、彭璜。1921 年 7 月，中国共产党诞生后，彭璜正式加入共产党，是湖南最早的共产党员之一。1921 年 1 月 16 日，彭璜在新民学会的一月常会上讲述了自己思想转变的过程：“从前本想终身站在实业界，所以进了商业学校。后知商业学校不适个性，便把他丢掉了。从前我有一种野心：学好数国文字；对于形而上学，也想懂得一点大概；又想于实业上有所贡献，于海外贸易有所进行。但是现在变更了：觉得要使社会改造，非于经济政治上有所改造不可。前想留美，因无钱打止；后又想到法国去；去年以来，又想赴俄；现仍想留法赴俄。在长沙，至多不过两年了。在长沙，除解决自己生活之外，还想帮助劳动组织。求学方面，还是初心，但文字只想学英俄两国了。”彭璜是一位很有个性、优点和缺点都很明显的青年。1921 年 1 月 28 日，毛泽东致信彭璜，抒发了同志间亲密无间、直言不讳的感情。毛泽东在信中一方面称赞彭璜“志高有勇，体力坚强，朋辈中所少”，同时又严肃地指出他存在十条缺点：“一、言语欠爽快，态度欠明决，谦恭过多而真面过少。二、感情及意气用事而理智无权。三、时起猜疑，又不愿明释。四、观察批判，一以主观的而少客观的。五、略有不服善之处。六、略有虚荣心。七、略有骄气。八、少自省，明于责人而暗于责己。九、少条理而多大言。十、自视过高，看事过易。”并说：“我觉得吾人惟有主义之争，而无私人之争。主义之争出于不得不争，所争者主义，非私人也。私人之争，世亦多有，则大概是可以相让的。”毛泽东还对彭璜说：“弟常觉得一个人总有缺点，君子只是能改过，断无生而无过。”令人惋惜的是，随后不久，风华正茂的彭璜因操劳过度而患精神失常症，不久后失踪，从此下落不明。新中国成立后，彭璜被追认为革命烈士。

罗宗翰于 1920 年 8 月考入北京大学，于 1922 年秋回到长沙。毛泽东辞去湖南一师附小主事职务后，便着意推荐罗宗翰接任。罗宗翰在一师附小主事期间，还兼任湖南自修大学附设补习学校和附设初中班教员。毛泽东认为罗宗翰是“政教长才”，经常对人说，罗宗翰“最有办学经验”。1923 年 11 月，赵恒惕以“自修大学所倡学说不正，有关治安”为由，命令“自修大学，着即取消”。中共湘区委员会决定以一般私立学校名义创办“湘江学校”，根据罗宗翰当时隐蔽的特殊身份——“为社会不着色彩之人，而又长于交际”，且“最有办学经验”，“故拥其为第一任校长”。湘江学校“脱胎于自修大学及附设中学”，是党的学校，也是党的秘密工作机关，故罗宗翰、夏明翰等遵中共湘区委指示，亦“未作任何剧烈运动，仅从事于秘密工作”。为了激励学生贯彻办学宗旨，奋发向上，他们还编了一首大气磅礴、催人奋进的校歌，让学生们时时歌唱。其歌词是：“衡山高，洞庭广，沅芷澧兰，发奇芳无限。宋渔父，谭浏阳，赫赫先贤安德。济济一堂，湖湘子弟新气象，此时鼓棹湘江，有日乘风破万里浪！”1926 年 7 月，北伐军占领湖南，成立了新的省政府，唐生智任省政府主席。中共湖南区委根据罗宗翰的特殊身份，派他参加新政府工作，担任建设厅秘书，“以便接近工农群众，煽起轰烈革命运动”。罗宗翰既“以建设厅秘书的地位指导工人、农民和党的工运、农运互相呼应，以掀起湖南全省农民、工人大革命的高潮”，又兼任《湖南民报》编辑，“抨击土豪劣绅，无不痛所欲言”，因而“也就遭到了反革命派切骨的嫉忌”，故他在后来“遭反革命派的谋害，是有其深远原因的”。罗宗翰“身兼数职”，“勤不告劳，恒至废寝食”，“一夕编报于民报馆，卒患咯血”，掷笔于桌，人事不知。同事们立即将他送进“秋明诊所”。国民党反革命派及土豪劣绅对罗宗翰早就恨入骨髓，欲置诸死地而后快，获知罗宗翰因劳疾住院，遂买贿医生田秋明，暗下毒药。10 月 8 日，罗宗翰服药不久，即心腹绞痛，辗转翻滚于床，以“病危”立即转入湘雅医院。中共湖南区委负责人李维汉、柳直荀、夏曦等闻讯后十分关心，迅即赶往医院看望，并请医师采取一切措施抢救。然而毫无好转，随后去世，时年三十岁。毛泽东闻此噩耗十分悲痛，特地托人从广州送来了一副挽联：“羡哲嗣政教长才竟成千古，叹吾党革命先锋又弱一个。”毛泽东称罗宗翰为“吾党革命先锋”，这是对他短暂一生的高度评价。

陈子博是早期中国社会主义青年团的负责人之一，1922 年 5 月，他和易礼容作为湖南团组织代表出席了中国社会主义青年团第一次全国代表大会。中国共产党成立后，他又是湖南支部的得力骨干。湖南第一次工运高潮时，陈子博深入缝纫、织造、笔业工人中，创办工人夜校，组织工会，先后担任这些工会的秘书。后因激于义愤，他手执两枚炸弹，在长沙八角亭袭击赵恒惕，由于投弹未中而遭搜捕，他避入民家粪池内才得以脱险。不幸的是，因大粪中毒，遍身发烂，又不能留在长沙治疗，只得回乡调养。1924 年 1 月 24 日，陈子博去世，年仅三十二岁。毛泽东亲临致哀，以杜甫诗句为挽联悼念他："出师未捷身先死，长使英雄泪满襟。"

郭亮，1901 年 12 月出生于长沙县临湘都文家坝。十五岁时，他在长沙街头看见了被杀害的革命党人头颅，作了一首诗："湘水荡荡不尽流，多少血泪多少仇？雪耻需倾洞庭水，爱国岂能怕挂头！"1920 年，郭亮考入湖南一师，毛泽东当时在一师附小担任主事并在一师任教，郭亮经常去向毛泽东请教。经毛泽东介绍，郭亮加入新民学会，不久，又加入中国社会主义青年团。1921 年冬，郭亮由毛泽东介绍加入中国共产党。1922 年 5 月，中共湘区执行委员会成立，郭亮任委员，分管工人运动。同年 9 月，为抗议铁路当局虐待工人，爆发了震撼全国的粤汉铁路大罢工，郭亮带头组织铁路工人卧轨阻拦运行的火车，以大无畏的勇气同军阀政府作殊死抗争。11 月，湖南省工团联合会成立，毛泽东和郭亮分别当选为总干事和副总干事。1923 年夏，毛泽东调中央工作，郭亮继任总干事。1927 年 5 月郭亮在中共第五次全国代表大会上当选为中央候补委员，不久，任中共湖南省委代理书记。1927 年，郭亮参加南昌起义。1928 年 1 月，郭亮任中共湘鄂赣边特委书记，随即到岳阳组织武装起义，被反动政府抓捕，于 3 月 29 日在长沙英勇就义。他的头颅挂在长沙司门口示众三天三晚，又移至他的老家铜官东山寺戏台示众。他以年仅二十七岁的生命和高贵的头颅，践行了自己少年时的壮志："雪耻需倾洞庭水，爱国岂能怕挂头！"毛泽东一直铭记着这位年轻的战友，称赞他是

“有名的工人运动的组织者”。

夏曦，字蔓伯（也作曼伯），1901 年 8 月出身于湖南省益阳县桃花江镇（现属桃江县）附近农村一个私塾教师家庭。1919 年秋，夏曦先参加湖南一师学生组织的“救国十人团”，随后又参加新民学会和“驱张”请愿代表团。1920 年 10 月，夏曦是毛泽东等在长沙筹建的社会主义青年团的早期团员和领导人之一。1921 年 10 月，夏曦加入中国共产党。1927 年 4 月，夏曦参加了中国共产党在武汉召开的第五次代表大会，当选为中央委员，并接替李维汉继任湖南省委书记，参加过南昌起义。1934 年 11 月，夏曦被任命为红六军团政治部主任，他执行王明“左”倾机会主义路线，在“肃反”中实行刑讯逼供，层层株连，致使张昆弟、段德昌等杰出的红军指挥员先后惨遭杀害。段德昌痛惜革命队伍中的自相残杀，在生命的最后，他以惊天地的一呼，喊出了让人心碎的话：“共产党人砍脑壳也要讲真话，我相信中国革命一定会胜利。红军要打回洪湖去，不要忘记了洪湖人民；红军要赶快恢复党的组织，没有党的领导，红军寸步难行；‘肃反’肃到德昌止，再也不要自相残杀了！”由于王明“左”倾机会主义路线的危害，为摆脱国民党军队的包围追击，红军被迫实行战略性转移。1936 年 2 月，夏曦为动员“贵州抗日救国军”第一支队席大明部随同红军长征时，于七星关涉水过河时不幸溺水牺牲，他是红军长征途中所任职务最高的罹难者，时年三十五岁。夏曦牺牲后，毛泽东亲笔给夏曦父亲写信说：“东与曼伯，少同砚席，长共驰驱，曼伯未竟之志，亦东之责也。”

萧三和萧子升是亲兄弟，但两人却走上了截然不同的两条道路。

萧三在赴法勤工俭学时便加入了“工学世界社”并研讨马列主义，于1922年秋加入中国共产党，年底赴俄，在东方劳动者共产主义大学学习。1924年回国，曾任团中央组织部长和代理书记，参加过上海工人的三次起义。1928年，萧三因摔伤造成脑震荡，在瞿秋白和共产国际的帮助下赴莫斯科疗养，随后进莫斯科中山大学学习。此后，他先后任教于远东大学和莫斯科东方学院。萧三精通俄语、法语、德语、英语等多种语言，是语言大师和著名的文学翻译家。他抱着“文艺上的革命功利主义”精神踏入文坛，他“决定用文艺、诗歌当武器，为中国革命的胜利，为共产主义理想而战斗到底!”早在20世纪20年代，他的外文笔名“爱弥·萧”就在国际上闻名。在当时中国革命被重重封锁下的年代里，他最早用文艺形式向全世界宣传中国革命的真相。他也是最早在苏联向全世界宣传鲁迅先生和介绍中国左翼文字的。1930年秋，萧三曾作为中国左翼作家联盟的代表，被选为国际革命作家联盟书记处书记，主编《世界革命文学》的中文版。1939年回国后，萧三在延安鲁艺、文协、文化俱乐部工作，发起并组织延安诗社，开展街头诗、诗朗诵运动。他是第一个为毛泽东写传的人，发表了《毛泽东同志的青少年时代》等文章。抗战胜利后，他先后担任晋察冀边区文协常委，出版了民歌集《中国出了个毛泽东》。新中国成立后，萧三曾任文化部对外文化联络局局长、中国作协书记处书记、对外文委主任、世界和平理事会理事及书记处书记，作为文化界的代表与和平使者奔走世界各地，为中央文化交流与世界和平作出了不可磨灭的贡献。

李思安在半淞园聚会后，于1920年8月赴新加坡南洋女子中学任教，不久即汇款八十元回长沙，作为创办文化书社的基金。1922年，她转到印尼爪哇北加浪岸的中华中学任教。1924年6月李思安回国，在上海经向警予帮助进入上海大学读书，并由向警予介绍加入中国共产党。在党组织领导下，她深入到工厂、学校、商店进行宣传动员，声援北伐军进军活动。五卅运动时，为反对帝国主义的暴行，她爬到电线杆上，一面散发传单，一面高呼口号，被武装巡捕开枪打伤右颊。1926年冬，她受党组织派遣回到湖南，任省总工会妇女部长。在总工会主席郭亮的领导下，积极开展妇女运动。郭亮外出期间，她曾代行主席职权，主持过几次斗争土豪劣绅的群众大会。马日事变后，她改扮男装下乡暂避，后去上海寻找组织。在党的支持下再次赴南洋，不久与党组织失去联系。她先在雅加达中学任教，后改任北加浪岸中华学校校长，兢兢业业工作，倾注心血培养了一代又一代华侨青年，至1950年才回到解放了的祖国。在华北大学政治研究院第三期学习班学习时，毛泽东接见了她和蒋竹如等。1952年2月，她被分配到湖南省文史研究馆工作，后被选为长沙市第二届侨联委员，湖南省第二、三届政协委员。1969年2月，李思安病逝于长沙，终年七十七岁。

蒋竹如是毛泽东在湖南第一师范的校友，毛泽东在第八班，蒋竹如是第十三班，因都是湘潭人，故来往较多。在毛泽东影响下，蒋竹如参加过新民学会，后加入中国共产党，是早期的党员。他在大革命失败后脱党，转而从事教育工作。新中国成立后，他被聘任为湖南省文史研究馆首批馆员。

熊瑾玎在大革命失败之前一直没有入党，却一直在为毛泽东的革命活动兢兢业业做事。1922 年起，他先后任湖南自修大学教务主任和湘江学校董事，协助毛泽东培养革命人才。大革命失败后，在白色恐怖下，有的人宣布脱党甚至叛党，熊瑾玎却毅然加入中国共产党。1928 年 4 月起，他成为中共中央在上海时期的财务管家，以开办“福兴”商号为掩护，建立秘密联络点，作为中共中央政治局开会和办公的地址。为便于掩护，周恩来又调来一个十九岁的湖南女党员朱端绶当“老板娘”。因熊、朱二人在湖南便认识并互相有很好印象，经周恩来促成，两人很快变成终身比翼齐飞的革命夫妻。熊瑾玎从事地下工作谨慎细心，严密周到，使这个党中央的秘密机关持续三年之久未被敌人发觉。他还主持开办三个酒店和一个钱庄，作为党的秘密联络点，并协助毛泽民经营印刷厂，秘密印刷党的报刊。1931 年春，因顾顺章叛变，熊瑾玎被迫转移到洪湖苏区，任省苏维埃宣传教育部长和秘书长。1932 年秋，洪湖苏区全部失陷，他们夫妻二人被俘，自称是被红军扣留的商人，且找到证明，于是被敌军释放回上海。1933 年春，熊瑾玎在法租界再次被捕，虽经叛徒指认，却因宋庆龄出面营救，租界当局将他判刑八年而未引渡给国民党，才免遭杀害。1937 年抗战爆发后，熊瑾玎出狱。1938 年初，在国共第二次合作期间，熊瑾玎受周恩来委派任中央机关报《新华日报》总经理。由于他经营有方，报纸越办越好，发行量甚至超过了国民党的《中央日报》。多年的特殊岗位历练，使他成为一名不折不扣的为党理财的“红管家”。九年间，他发挥了经营事业上的才能，不仅使报纸能突破国民党的经济扼杀得以维持，还为中共南方局筹措了大笔经费。一些和他一起共事的老同志评价说：“在当年的报馆里，可以缺少任何一个人，惟独不能没有熊瑾玎同志。”新中国成立后，熊瑾玎担任全国红十字总会副会长。1966 年初，他八十岁诞辰时，周恩来特地带着邓小平送给自己的两瓶绍兴花雕陈酒为他祝寿。在十年动乱期间，熊瑾玎受到冲击，周恩来又亲笔为他们夫妻写了一份“最可信赖”的证明：“在内战时期，熊瑾玎、朱端绶同志担任中央最机密的机关工作，出生入死，贡献甚大，最可信赖。”1973 年初，熊瑾玎病危且已不能说话，周恩来不顾自己重病在身仍亲去医院看望。朱端绶交来丈夫的两句遗诗：“叹我已辞欢乐地，祝君常保斗争身。”这是熊瑾玎对党内老战友的最后祝愿。1 月 24 日，熊瑾玎在北京病逝，终年八十七岁。

新民学会还有唯一一位外省籍会员，是新民学会在法国发展入会的会员——刘清扬，1894 年出生，回族，原籍天津，1919 年毕业于直隶女子师范学校，随即投入到天津五四爱国运动的革命大潮之中，成为名闻京津的巾帼英豪。五四运动后，她与周恩来、邓颖超等创办觉悟社，并于 1919 年 11 月担任全国各界联合会成立大会主席。1921 年 2 月，刘清扬在法国勤工俭学期间，经张申府介绍加入中国共产党早期组织。她是中共最早的女党员之一，还是周恩来同志的入党介绍人之一。回国后，刘清扬与邓颖超等人在中国共产党的领导下投身妇女解放运动，被誉为“中国妇女界的一面女权旗帜”。新中国成立后，刘清扬曾担任全国政协常委、全国妇联副主席、中国红十字会副会长等职。1977 年 7 月 19 日，刘清扬病逝，享年八十三岁。全国政协副主席、全国妇联主席康克清致悼词：“刘清扬同志的一生，是革命的一生。”

数风流人物，这些党的先驱和革命先烈都是从新民学会走出来的，而新民学会也堪称中共早期组织的重要源头之一。如今，在刘家台子新民学会旧址前的石牌坊上，镌刻着蔡畅的题词：“新民学会建党先声，毛蔡寄庐流芳千古。”

三

在某种意义上说，新民学会也是时代的一面镜子，既映照出了那一代热血青年穿过黑暗的时空隧道、迎着阳光一路前行的形象，也在明暗交错的光影中折射出了另一部分人的历史侧影。尤其在历经五四运动的洗礼之后，随着全国革命运动的迅猛发展和马克思主义在中国的传播，新民学会内部逐渐产生了思想上的分歧。以萧子升为代表的一部分会员，他们是既对现状不满又不愿意以激烈方式改造中国的改良派，依然信仰无政府主义，“主张温和的革命——以教育为工具的革命”。另外，还有一部分人是先入党后脱党或因各种原因与党组织失去联系，其后也转向了教育事业。这一部分会员，如周世钊、陶斯咏、张国基、邹蕴真、李振翩、陈书农、周名弟、劳君展、魏璧等，他们终其一生持节自守，热心实施“教育救国”的主张，后来都成为著名教育家和爱国民主人士。

周世钊一直留在芙蓉国里得“天下英才而育之”，也为人才的培养和国家的振兴贡献着自己的才华与力量。1921 年以后，周世钊谢绝参加毛泽东在湖南组建的社会主义青年团，随后赴南京考入国立东南大学教育学院，毕业回湘后，先后在长沙市明德中学、稻田中学、长郡中学、周南女中、湖南一师任教。他还自编国文教材，选用培养爱国主义思想和民族气节方面的内容，取得了良好的教学效果。作为毛泽东的挚友，他也无时不关心着毛泽东的动向，毛泽东在延安时就曾给他寄过书信，两人一直保持联系。1949 年 7 月，他任湖南第一师范代理校长，积极支持学生护校，开展迎接长沙解放的进步活动。长沙和平解放后，周世钊以湖南第一师范代理校长的身份，领衔长沙一些老新民学会会员和教师联名向毛泽东致贺电，毛泽东回电称："希望先生团结全校师生，加紧学习，参加人民革命事业。"1950 年 9 月，毛泽东邀请周世钊前往北京参加国庆观礼。当有人问及周世钊的情况时，毛泽东风趣地说，这是他在湖南一师的老同学，"这位同学相当老实憨厚，就是胆子小"。周世钊一听也笑了。此后，他历任湖南第一师范校长、湖南省教育厅副厅长、湖南省人民政府副省长、湖南省政协副主席，系第四届全国人民代表大会常务委员、中国民主同盟中央委员、湖南省民盟主任委员。他还先后撰写出版了《湘江的怒吼——"五四"前后毛主席在湖南》《毛主席青少年时期锻炼身体的故事》等文，还在省内外学校与工厂报告毛泽东青少年时代的革命活动，教育青少年继承先辈的传统，激励青少年健康成长。1976 年 4 月，周世钊病逝于长沙，享年七十九岁。

陶斯咏（陶毅）是一位思想十分开放的新女性，也曾是新民学会中一员出色的女将，在五四运动期间当选湖南省学生联合会与湖南各界联合会副会长，为长沙学界的风云人物。在 1921 年新民学会的新年聚会上，陶斯咏赞成新民学会“改造中国与世界”的宗旨，在道路选择上，也和毛泽东站在了一起，但她最终还是不愿走激烈革命的道路。这反映了她思想上的摇摆不定，其中或许有来自她本人、家庭和社会的深层次原因。在新民学会解散后，她一直主张教育救国，并致力于女性教育，先后在上海、南京、长沙创立女学，培养了丁玲等一批追求女性解放、最终走上革命道路的女弟子。陶斯咏 1931 年初在长沙病逝，年仅三十五岁。

张国基于 1920 年受新民学会派遣，前往新加坡道南学校任教，并兼任华侨中学及南洋女中的教学工作，从此开始了他的华侨教育生涯。1922 年，他离开新加坡到印度尼西亚的爪哇，任北加浪岸中华学校校长五年。1927 年 1 月，张国基回国，受毛泽东之邀，到武昌中央农民运动讲习所讲课，并由毛泽东介绍加入中国共产党，随后参加南昌起义，任中央独立第一师师长。起义失败后，他于 1929 年再度赴南洋任教，先后在印度尼西亚雅加达的广仁学校和八华学校任校长。1939 年 7 月，他与五位同事创办雅加达中华中学，带领全校师生披荆斩棘建校，以优异的师资和纯朴的校风驰名。1958 年 10 月，张国基回国后，仍致力于华侨教育事业，1959 年至 1974 年任北京华侨补习学校校长，1985 年以后任北京燕京华侨大学董事长。在半个多世纪的华侨教学生涯中，他的学生遍布世界几十个国家和地区，真可谓“桃李满天下”。他也因此被誉为“华侨教育家的典范”和“弘扬中华文化的杰出人物”。他也是著名的侨联领导人，曾任第三届全国侨联主席、第四届全国侨联名誉主席，为推动中外文化交流、激发海外侨胞的爱国热情作出了重要贡献。1992 年 8 月 30 日，张国基在北京病逝，终年九十八岁。

邹蕴真是新民学会的第一批会员。1921 年，毛泽东发起成立湖南自修大学，他是参与创校和任教的主要骨干之一。第二年，他考入南京国立东南大学学习教育学，1924 年毕业后，先后任教于长沙楚怡中学、湖南省立第一女子师范和省立长沙高级中学。1925 年 8 月，毛泽东在韶山组织农民开展“平粜阻禁”的谷米斗争，湖南省省长赵恒惕获悉后十分震怒，电令湘潭警察局立即逮捕毛泽东。毛泽东离开韶山后先是到长沙城西邹蕴真的寓所避难，随后邹蕴真又将他转移到自己老家的邹家大屋。他将毛泽东锁在一间厢房内，不许外来人靠近，亲自照管毛泽东的生活。在一次送饭时他说：“润之兄，诸葛亮曾经把朋友分成义友、酒友和贼友三类。我与你称得上义友吧？说实在话，派其他人送饭我都放心不下。为了你的安全，这事连我儿子也不晓得。”毛泽东躲避一周后要赴广州农民运动讲习所，邹蕴真趁一个黑夜，让毛泽东扮成木匠模样，挑上工具篮子，悄悄走出邹家坪。邹蕴真将他送至十里远的南湖码头，搭乘开往长沙的客船，再转坐火车南下广东。临别时，邹蕴真坦诚地对毛泽东说：“润之兄，你革命我赞成，但我胆子小，怕死，不能跟你一起干了。”毛泽东望着沉沉夜色与滚滚东逝的流水，对他说道：“你往后就以办学为掩护，多多向学生传授进步思想……泮芹呀，珍重！”自那时起，邹蕴真便全身心扑在教书育人上，践行自己“教育救国”的志愿。有一次毛泽东在经费短缺时，写信向邹蕴真求援，他慷慨捐寄五百块银元，缓解了毛泽东从事革命活动的燃眉之急。全国解放后，毛泽东没有遗忘这位自己曾经以命相托的昔日学友，在 1950 年春天邀请邹蕴真前往北京，入华北大学政治研究院学习班学习。是年 5 月，毛泽东在中南海会晤并款待了邹蕴真等老同学。席间，邹蕴真由衷地赞赏毛主席领导革命胜利的雄才伟略，毛泽东谦逊地说："没有什么，还是第一师范学习的那一点点。当年我们想把国家搞好，苦于没有办法么，东找西找，才找到马克思主义。"那次会谈中，毛泽东还诚挚地忠告老同学跟上时代形势，争做开明人士，"如今解放了么，你也要告诉老家的人，把多余的田土、财产交出来，分给贫苦农民，让他们也过点好日子"。事后，邹蕴真记叙道："润之兄用小包车将我接入私人客厅，畅谈达三个小时之久，感情依旧，毫无半点官僚习气……"他遵照毛泽东的嘱咐，还专程回到汉寿老家，除交出家里的田地和粮食外，还动员家里人交出了埋藏的二十两黄金、四百块银元。邹蕴真在"华大"学习结业后，被分配到人民出版社任编辑，两年后被聘任为中央文史研究馆馆员，直到 1985 年 7 月在京病逝，享年九十二岁。

劳君展于 1920 年的半淞园聚会后赴法，与先期到法国留学的北大学生许德珩相识相爱，后结为伉俪。1924 年夏，她获得里昂大学硕士学位后，又考入巴黎大学，师从居里夫人学习镭学，成为居里夫人唯一的中国籍女学生。1926 年，她从巴黎大学毕业后，于 1927 年回国，先后任教于武汉大学、广州中山大学、上海暨南大学、北京大学、北平女子文理学院。教学之余，曾翻译出版《积分学纲要》，与严济慈合译《法国高等数学大纲》等著作。抗战期间，她在北平采购了不少生活必需品托人带往延安。抗战胜利后，毛泽东亲赴重庆谈判，其间会见和宴请了当时在重庆的劳君展等人，这是劳君展与毛泽东时隔二十五年后的再次聚会。老友相聚，相谈甚欢，劳君展颇为毛泽东的安全担心，她在与毛泽东告别时暗示他：“重庆气候不好，山城不可久留，早作归计为好。”1945 年，劳君展参与筹备成立九三学社，后又与学生一起积极投身到“反内战、反饥饿、反迫害”的学生运动中。1949 年 3 月 25 日，中共中央和中国人民解放军总部由西柏坡迁至北平，在西苑机场举行了盛大的阅兵式，劳君展与许德珩也在西苑机场的欢迎人群中，迎接毛泽东、朱德、周恩来等中共领导人进入北平城，当天晚上又应邀参加了毛泽东主席在颐和园乐寿堂举办的宴会。新中国成立后，劳君展历任中国人民大学、北京大学教授，高教部研究员，教育部参事，并当选北京市人大代表、市政协常委，九三学社第三至五届中央委员会常委，全国妇联执委，全国政协第二至四届委员，为社会主义革命和建设事业做了许多工作。其夫许德珩作为九三学社创始人和杰出领导者，在新中国成立后担任过全国政协副主席和全国人大常委会副委员长。特别值得一提的是，她的长女许鹿希就是中国核武器研制工作的开拓者和奠基者邓稼先的夫人。1976 年 1 月 3 日，劳君展在北京病逝，终年七十六岁。

李振翩，字承德，美籍华人，是世界著名的细菌学家、病毒学家。他既是毛泽东的挚友，也是美国第四十一任总统布什（老布什）的朋友。1920 年，李振翩在参加“驱张运动”之后回到长沙，他的一位学友十六岁就死于天花。这给他深深的触动，在沉痛中他冷静地在政治与医学之间做出了人生的抉择，他对毛泽东说：“你搞你的政治运动，我要集中精力来钻研医学，我们将在未来相会。”从此，李振翩立志献身医学，济世救民，“中国的受难者我见得太多了——瞎子、瘸子以及痢疾、霍乱、天花、饥饿所造成的种种后果。我深深地知道它们是我的头号大敌。我要学医，用医术来和这些敌人斗争。”尽管他和毛泽东选择了不同的道路，但两人的交往依然密切。1922年10月24日，毛泽东和杨开慧第一个孩子毛岸英降生，就是李振翩在清水塘接生的。1925年6月，李振翩以学业成绩和毕业论文皆第一名毕业，被授予博士学位，同时还被授予一枚金质奖章。随后，他担任北京协和医学院细菌学初级研究员。1926年，李振翩在卡尔坦布鲁克指导下研究霍乱病毒，并取得显著效果。1929年，李振翩与妻子汤汉志一道去美国纽约洛克菲勒医学研究所深造，研究发明制造病毒疫苗的方法。次年，李振翩与汤姆·里弗斯在《医学实验》杂志上发表论文，标志着“李氏-里弗斯”病毒疫苗培养法成功，为病毒疫苗的制作开辟了道路，这种方法后来被广泛应用。1931年，日本发动侵华战争，李振翩夫妇毅然回国为抗日救国效力，他先后在北京协和医学院、上海医学院、南京中央大学医学院从事细菌学研究。1937年全面抗战爆发后，李振翩誓言：“如果我自认为是个爱国者，我必须作为不仅仅是中国这个国家的公民，而应作为世界这个大团体的公民。这的确是个唯一的团体，在这个团体里，真正的敌人——战争，应连根铲除。从那一刻起，这就成了我的信念。”1949年，李振翩定居美国并加入美国籍，从事病毒学研究。他与黑伯尔一道发明了把血清注入脊髓的“李氏-黑伯尔”脊椎内注射法（LH脊内技术），标志着小儿麻痹症第三种类型的毒株被征服，李振翩从而成为世界知名医学家。尽管李振翩已入籍美国，但他说：“我并没有忘记中国，我决心要尽一切可能为我的祖国服务！”他一方面继续在医学上造福人类，另一方面积极促进中美关系正常化。他发起成立促进中美邦交正常化委员会，架构中美友谊桥梁。毛泽东一直没有忘记这位老朋友。1973 年 8 月 3 日，《人民日报》在头版头条报道了一条新闻：毛泽东主席会见应邀回国访问的美籍华人李振翩教授夫妇，并配发了一幅毛泽东与李振翩亲切交谈的照片。可许多人不知道这张照片背后的故事。那是 1973 年 8 月 2 日傍晚，李振翩夫妇乘车进了中南海，毛泽东主席在中南海游泳池自己的书房里，亲切地接见了李振翩夫妇，一见面，毛泽东就握着这位五十年不见的老朋友的手，久久不放。李振翩回忆起五四运动和“驱张运动”那段峥嵘岁月，由衷地说：“主席，您比我大五岁，您的活动能力很强，您像一块磁石把我们都吸引到您的身边了。我们同学都认为您具有很大的吸引力，具有一个伟大的融合者的协调能力，而这种品格正是我们所缺乏的。第一次见面时，您的风度给我留下了深刻的印象。”毛泽东笑道：“你那时也是一个‘过激派’哦，上下串连，左右呼应，十分活跃……”他们用湖南家乡土话畅谈了三个小时，既追忆往昔岁月，也交流了中美关系。李振翩觉得应该告辞了。毛泽东劝阻说：“天还不晚，不必着急，我们还有许多心里话要说嘛！”李振翩夫妇三次想走，都被毛泽东拦了回来。直到深夜十一点，他们终于握手告别了。李振翩夫妇到宾馆，正准备上床睡觉时，门外忽然有人敲门。开门后，毛泽东派来的两位工作人员站在门口，提着满满一篮子湖南蔬菜，这是毛主席给他们送来的礼物。毛主席甚至还让人关照饭店厨师，说明这些湖南蔬菜的做法。1976 年 9 月 9 日，毛泽东主席与世长辞，李振翩沉痛地写道：“仰望巨星今不见，长使世人泪满襟。愿化悲痛为力量，加紧服务为人民。”处处都表现出他热爱祖国和人民领袖的感情。1979 年 1 月 1

日，中美两国正式建交，李振翩作出了不可磨灭的积极贡献。1984年11月16日晚，李振翩因病逝世，终年八十六岁。时任美国副总统布什亲自打电话表示哀悼，驻美大使章文晋在追悼会上致悼词说："他不愧为一名伟大的科学家，全美华人的杰出代表，他不愧是中华民族的优秀儿女。他的高尚品德永远是我们学习的榜样。中国人民将永远怀念他。"

陈书农是新民学会的发起人之一，在成立会上与毛泽东一起当选为干事，在新民学会存续的三年多时间里，他一直支持毛泽东的主张，赞成走俄国十月革命的道路。但他后来并未走上革命道路，多年来一直在周南女校任教，在国民党统治时期还曾做过一段南县县长，后任湖南大学教师。

周名弟，字筱颜、晓三、明缔，1895年出生于湖南省湘潭县，1915年考入湖南一师第十一班学习，为新民学会第一批会员。1919年赴日本留学，后赴东南亚，终身从事教育事业。

魏璧，又名韫厂、璞完，湖南长沙人，1897年出生。1919年在周南女校上学期间，参加长沙的五四爱国学生运动。在向警予的影响下，她于1920年加入新民学会，同年，赴法国里昂大学勤工俭学。1927年回国，任武汉国立第四中山大学教授。新中国成立后，先后在北京大学华侨补习班和中国人民大学任教。1969年逝世，终年七十二岁。

萧子升作为新民学会主要创始人之一，到法国后，仍积极从事学会的活动，如组织会员分工协作，研讨各种学术，并利用华法教育会工作之便，为国内传递信件等。1921年在新民学会解散前，萧子升力主保存新民学会，并以无政府主义作新民学会的指导思想，而毛泽东则主张解散新民学会，先进青年可以加入社会青年团和共产党组织。但萧子升却坚信蒲鲁东主义和伯恩斯坦的机会主义是“改造中国与世界”的最佳途径，由于选择的道路不同，他在中国共产党成立后，便与毛泽东、蔡和森等选择了马克思主义道路的会员分道扬镳。这两位曾经的挚友尽管选择了不同的信仰和道路，但他们并未为此而翻脸。此后，两人一生都在实践着自己的理念。1921 年底，萧子升又去了法国。三年后回国，在国民党北平市党委编《民报》，并任北京中法大学教授。那还是国共合作的时代，萧子升也被段祺瑞主政的北洋军阀政府视为“过激分子”。1926 年，在北洋政府的黑名单上，李大钊排第一，萧子升排第二。李大钊为共产主义信仰献出了生命，而萧子升这位无政府主义的信徒最终逃过一劫。在 1927 年之前，他和毛泽东一直有信件往来，国共分裂后，他们就中断了联系。1930 年，杨开慧在长沙被捕后，萧子升还曾多方营救，但遗憾的是最终未能成功，萧子升为此而深感痛惜。从上世纪 30 年代到抗战结束，萧子升担任过国立北京大学委员兼农学院院长、华北大学校长及国民政府农矿部次长、国立历史博物馆馆长等职。新中国成立后，萧子升随国民党去台湾，后来又到法国、瑞士，此后一直在国外。李石曾在法国办了个中国国际图书馆，萧子升担任馆长。这个图书馆 1951 年搬到南美的乌拉圭，萧子升也跟着去了，此后一直从事教育事业。1959 年，萧子升在国外出版了一本关于他与毛泽东交往的书（中译本名为《我与毛泽东的一段曲折经历》），书中详细描写了他与毛泽东两人一文不名而步行游走湖南省内长沙、宁乡、安化、益阳、沅江五个县的传奇经历。1976 年，萧子升在乌拉圭去世，终年八十二岁。他生前曾留下遗嘱："死后骨灰和萧夫人骨灰同放一处，如有可能，运回湖南湘乡祖坟处与原配夫人遗骨同葬一处。"

在新民学会会员中，还有一位曾经活跃在国民党政坛上的著名教育家任培道。任培道，字振余，生于 1895 年，1918 年毕业于长沙周南女子师范学校，在五四运动后加入新民学会，为首批女会员，并参加过文化书社组建工作。任培道在很大程度上受萧子升的影响，她认为改造中国的"根本之处仍在教育，如人民都受了教育，自然易于改造"。1927 年，任培道在北京师范大学毕业后，任国民党天津市党务指导委员会常务委员、国民党中央党部政训设计委员、妇运科员。1929 年留学美国，获教育硕士学位和心理硕士学位，后回国从教，1938 年任国民党中央妇女委员会委员、儿童保育总会常务理事。1946 年，任培道被选为制宪国民大会代表，并当选为国民党立法院首届立法委员。1949 年去台湾后，任台北女子师范专科学校首届校长，后以资深"民意代表"终其一生。

新民学会中还有两个人后来走向了历史的反面，他们是熊梦飞和易阅灰。在一二·九运动中，熊梦飞正在北京师范大学任教，当时，在中共地下党的领导下，支持学生爱国运动的北平学生联合会成立了，在国民党的支持下，熊梦飞则参与组建了所谓的"新学联"，而且充当了"新学联"的头面人物，同北平学生联合会相对抗，极力阻挠学生爱国运动。在新中国成立之前，熊梦飞曾任湖南一师校长，由于其反动罪行昭著，在新中国成立后被捕判刑入狱。易阅灰在 1946 年担任直属国民党中央的南岳特别区党部书记。这年 7 月，昆明发生了闻一多、李公朴被特务暗杀的惨案，激起了进步青年学生对国民党黑暗统治的强烈愤慨，南岳国立师范学院首先爆发了抵制学院开讲三民主义课的学潮。当时，易阅灰在该校各年级以讲三民主义课为名，实为美化国民党的独裁统治，同学们都很反感。易阅灰一上讲台，学生就起哄，经常弄得他狼狈不堪。易阅灰老羞成怒，连派三个训育员前来监视，同学们仍然坚决不听课，一致要求取消易阅灰的讲课资格："易阅灰不学无术，是地地道道的党棍，不够资格给我们上课!"而易阅灰也确实沦为了国民党地地道道的党棍和新民学会的败类。

综观新民学会的七十多名会员，他们在历史长河中经历了大浪淘沙的洗涤，最终绝大多数会员都经受住了严峻的考验。除了那些可歌可泣的革命志士，这些以教育救国或以书为生的知识分子，也同样值得后世向他们远去的背影致敬。

这里，特别值得一提的还有黎锦熙先生，他后来成为中国著名的汉语言文字学家、词典编纂家、文字改革家、教育家，1955 年当选为中国科学院哲学社会科学学部委员。他虽说不是新民学会会员，却是那一段历史的见证人。当毛泽东投身于开天辟地的伟大革命征程后，笼罩在白色恐怖下的中国人人自危，黎锦熙却冒着极大的风险，一直保存着毛泽东寄给他的书信和毛泽东编撰的《湘江评论》和《新民学会会员通信集》等珍贵文献，这些文献后来成为研究新民学会和毛泽东早期革命思想的第一手资料。新中国成立前夕，黎锦熙时任北平师范大学文学院院长兼国文系主任、中国大辞典编纂处总主任。当时，国民党政府推出了"抢救学人计划"，他也被列入"抢救"对象。当他接到要他南下的"通知"，他一把撕得粉碎后扔进了垃圾桶，然后笑着对家人说："我哪里也不去，要在这里等一位'唐宗宋祖，稍逊风骚'的伟人哩！"

从"书生意气，挥斥方遒"的青年毛泽东，到"数风流人物，还看今朝"的一代伟人毛泽东，这是一条"奋不顾身以殉国家之急"的危路，又何尝不是一条必然的路？毛泽东和他的战友前赴后继，从刘家台子那个竹篱斜护的农家小院一路走过来，在三十一年后登上了天安门城楼，向全世界庄严宣告："中华人民共和国中央人民政府今天成立了！"这是20世纪最伟大的历程，最辉煌的传奇，而这一切，如毛泽东在致黎锦熙的信中所说："向大本大源处探讨。探讨既得，自然足以解释一切。"

2021年1月15日初稿

2021年5月1日改定

主要参考文献

（以发表、出版时间为序）

1. 中国人民解放军政治学院党史教研室．中共党史参考资料：第1册[M]. 北京：人民出版社，1979.

2. 新民学会．新民学会会员通信集[Z]. 长沙：新民学会，1967.

3. 斯诺．西行漫记[M]. 北京：生活·读书·新知三联书店，1979.

4. 人民出版社．毛泽东一九三六年同斯诺的谈话[M]. 北京：人民出版社，1979.

5. 萧三．毛泽东同志的青少年时代和初期革命活动[M]. 北京：中国青年出版社，1980.

6. 中国革命博物馆，湖南省博物馆．新民学会资料[M]. 人民出版社，1980.

7. 张允侯．留法勤工俭学运动[M]. 上海：上海人民出版社，1980.

8. 中共中央文献编辑委员会．毛泽东著作选读[M]. 北京：人民出版社，1986.

9. 陈之骅．克鲁泡特金传[M]. 北京：中国社会科学出版社，1986.

10. 中央文献出版社．建国以来毛泽东文稿[M]. 北京：中央文献出版社，1987.

11. 萧瑜 . 我与毛泽东的一段曲折经历[M]. 北京:昆仑出版社,1989.

12. 中共中央文献研究室 . 毛泽东年谱[M]. 北京:中央文献出版社,1993.

13. 尹高朝 . 毛泽东和他的二十四位老师[M]. 北京:中央文献出版社,2001.

14. 中共中央文献研究室,中共湖南省委《毛泽东早期文稿》编辑组 . 毛泽东早期文稿[M]. 长沙:湖南人民出版社,2008.

15. 中央文献出版社 . 建国以来毛泽东文稿[M]. 北京:中央文献出版社,1987.

16. 孙海林,文小妮,黄露生,等 . 毛泽东早期教育实践与教育思想概论[M]. 长沙:中南大学出版社,2008.

17. 人民教育出版社 . 毛泽东论教育[M]. 北京:人民教育出版社,2008.

18. 刘继兴 . 魅力毛泽东[M]. 北京:新华出版社,2009.

19. 李春雷,史克己 . 赤光:留法勤工俭学运动纪实[M]. 保定:河北大学出版社,2010.

20. 北京师范大学 . 从中小学讲坛成长起来的杰出人物[M]. 北京:北京师范大学出版社,2011.

21. 逄先知,金冲及 . 毛泽东传[M]. 中央文献出版社,2013.

22. 逄先知,冯蕙 . 毛泽东年谱[M]. 北京:中央文献出版社,2013.

23. 向端四 . 从板仓到砖屋[M]. 长沙:湖南人民出版社,2013.

24. 马纯红 . 板仓杨·杨开慧[M]. 长沙:湖南人民出版社,2014.

25. 汪兆骞．民国清流：那些远去的大师们[M]. 北京：现代出版社，2015.

26. 鲜于浩．留法勤工俭学运动史[M]. 北京：人民出版社，2016.

27. 张士义，王祖强，沈传宝．从一大到十九大：中国共产党全国代表大会史[M]. 北京：东方出版社，2017.

28. 陈向阳．梦想启航：中国共产党创立的故事[M]. 广州：新世纪出版社，2021.